JN014068

アメリカ文学との邂逅

Cormac McCarthy

コーマック・マッカーシー

錯綜する暴力と倫理

三修社

Cormac
McCarthy

AMERICAN
LITERATURE

コーマック・マッカーシー

錯綜する暴力と倫理

三修社

アメリカ文学との邂逅

本書の出版にあたり、
上智大学より二〇一九年度個人研究成果発信奨励費の助成を受けた。

アメリカ文学との邂逅

目次

コーマック・マッカーシー

錯綜する暴力と倫理

第3章

序章──コーマック・マッカーシーの人と作品

本書はコーマック・マッカーシー（Cormac McCarthy, 1933-）の小説一一作（一作は実質的にはシナリオ）を論じ、「暴力」表象と「倫理」的洞察という、マッカーシー作品に特有の問題系を探究する試みである（章ごとに作品論を構成してもいるので、どの章から読んでいただいてもかまわない）。

マッカーシーは現代アメリカ小説を代表する作家でありながら日本ではあまり馴染みのない作家であると同時に、アメリカでもその素顔は長らく謎に包まれていた作家である。たとえば、カトリック教徒でありながら反カトリック的とも言える世界観を強調するのはなぜなのか、約四年間の従軍経験がありながら戦争はおろか軍隊生活についてほとんど書かないのはなぜなのか、想像を絶する暴力や貧困を描く際に南部社会の人種差別の問題を絡めないのはなぜなのか、といった本質的な問いに対して、マッカーシーその人についての限られた情報から満足のいく答えを導き出すことはきわめて困難である。したがって、序章では、現時点で入手可能な作者の伝記的情報をたどりながら、その生涯と作品の傾向をゆるやかに関連づけ、マッカーシーの小説すべてに通底する「暴力」と「倫理」という主題への入り口としたい（マッカーシー作品には、小説以外にも戯曲やシナリオなども存在するが、紙幅の関係上、本章で言及するにとどめる）。このことの是非はさておき（というのも、マッカーシー自身の思想と、作品が醸し出す人種観・階級観・ジェンダー観等を結びつけることは、むしろ作品自体の理解を歪めかねない側面があるからなのだが)、そうすることで、生死にまつわる圧倒的でカオス的な感覚に満ちたマッカーシー文学の本質を理解する一助としたい。

チャールズ・マッカーシー・ジュニア(後にゲール語のチャールズに当たるコーマックに改名)は、一九三三年七月二〇日、父チャールズ・ジョセフと母グレイディス・マックグレイル・マッカーシーの六人の子どもの第三子(長男)として、アメリカ東部ロードアイランド州プロヴィデンスに生まれた。父方の祖父ジョン・フランシスは二〇世紀初頭の時代に娘たちを大学で学ばせるなど相当に進歩的な人物だったらしい。イェール大学出身のエリートで弁護士として成功した父チャールズもこの祖父の進歩主義の精神を引き継いだ人物であった。アイルランドからの移民であった母方の曽祖父については当時の市政調査の記録が明らかにしている。[1] 一八八〇年にプロヴィデンスで行われた市勢調査の職業名簿には、石工・煉瓦職人としてコーネリアス・マッカーシー(一八三七年生まれ)という名前が記載されており、コーネリアスと妻のメアリーはアイルランド生まれ、アメリカ生まれの六歳から一五歳までの子どもが六人いた。[2]『サトゥリー』(主人公の名前はコーネリアス・サトゥリー)の熱心な読者ならば、このコーネリアスを作者の祖先と見なさずにはいられないだろう。

南部テネシー州ノックスヴィルに、テネシー川流域開発公社(Tennessee Valley Authority = TVA)の法律担当として赴任していた父親を追い、母と二人の姉とともに移住したのは一九三七年、マッカーシーが四歳の時だった。ノックスヴィルでは弟二人と妹一人が生まれ、大家族にふさわしい家を求めて、一家は何度か住居を移すこととなった。時代は大恐慌期で、友人の家庭はどこも貧しかったが、マッカーシー家は常に複数の家政婦を雇うことができる程度に裕福であったようだ。[3] 一九四三年から住みはじめたノックスヴィル東南部に位置する新興住宅地はアパラチア南部の山岳地帯にも近く（『ザ・ロード』〔*The Road*〕において、父子が訪れる家のモデルとなったこの家は火事で焼失してしまった）、[4] そのため、少年時代のマッカーシーは、学校のあったノックスヴィルの都市部だけでなく、アパラチア山岳民の伝統的生活や文化も残る広大な自然に親しむこととなった。マッカーシーの初期の作品群で描かれている、釣りや狩猟文化、独特な自然描写などは、かなりの程度、少年期の作者の実体験にもとづいている。

だが、マッカーシーの少年期はノスタルジックに思い起こされるものばかりではないのだろう。アメリカ南部で育てば誰でも暴力を目撃するという、[5] 作者自身の言はそれを裏書きしている。もっとも、作品に描かれたさまざまな暴力や貧困のどれを実際に目撃したのかはわからないが、マッカーシーがテネシーの少年時代に極度の暴力と貧困の様態に頻繁に触れていたことは間違いないだろう。

世界大恐慌後にフランクリン・D・ローズヴェルト政権で実施されたニューディール政策（一九三三―三九年）は、マッカーシーが愛着をもっていたアパラチア南部の生活や文化にも大きな影響をもたらすこととなった。そもそも、テネシー州東部に位置するこの山岳地帯は、南北戦争以前からニューディール期の頃までは、「民族的包領」とでも呼ぶべき地域であった。奴隷制度とほとんど縁がなく、黒人もほとんどこの地域には住んでいなかったのである。また、南北戦争時には、この地域の住人たちは北軍に味方したように、連邦政府の「政治的包領」として利用され、南部テネシー州の他の地域とは異なる歴史的・文化的アイデンティティを形成していった。友人たちとともにブラウンズ・マウンテンやレッド・マウンテンの自然のなかで遊んだマッカーシーが惹かれたのは、そこに住む、自身とはかけ離れた出自や境遇の貧乏白人たちの生活様式であり、土地の自然と共存し、絶望的な貧困のなかにあっても失われない、その文化的・政治的孤高さだったのかもしれない。もっとも、初期の四作品（『果樹園の守り手』[*The Orchard Keeper*]『外なる闇』[*Outer Dark*]『チャイルド・オブ・ゴッド』[*Child of God*]『サトゥリー』[*Suttree*]）において描き出されているのは、作家の冷静かつ透徹した目で活写された、この土地の自然や人々の生活の厳しさや卑しさそれ自体でもあり、ロマンティックに脚色されたものでは決してない。

結果として、そのような土地の自然や文化を蹂躙し、無化した要因となったのがニューディールによる諸政策であった。少なくとも、作者自身はそう捉えているようだ。実際、一九三〇年代のニューディール期を物語現在とする処女作『果樹園の守り手』には、ニューディール・リベラルに対する作者の批判意識が強く反映されている。ニューディールの政策の中心となったテネシー川流域開発公社は幾多の公共事業により雇用を生み出し復興に大きく寄与した反面、アパラチア南部の大自然を破壊し、山岳民の生活や文化を蹂躙した否定的な側面も大きいのである。現在でも、多数のダムや火力・水力発電所に加えて三カ所で原子力発電所をもつこの公社は、少年時代にマッカーシーが親しんだ自然や文化や共同体の破壊の主体と見なされたのである。

マッカーシーの父親チャールズがテネシー川流域開発公社と深い関係にあったことが事態を複雑にしたのは疑いえない。父親はテネシー川流域開発公社の顧問弁護士であったが、マッカーシーにとっては、自然や文化の破壊の主体を代表するこの父親との関係、および権威主義的・官僚主義的なニューディール（アメリカ史上、最もアメリカが中央集権的になった時代とも言われる）が創出した現実との関係が、マッカーシーの作品世界に暗い影を落としている。事実、テネシー大学在学中に書かれた習作「ある溺死事件」（“A Drowning Incident”）にはすでに、アパラチア山岳民の失われた自然や文化へのノスタルジアと奇妙な罪悪感が表現されていたし、『果樹園の守り手』および同時期に書き進められていた半自伝的小説『サトゥリー』においても、父と息子の確執や歪んだ関係があからさまに前景化している。『チャイルド・オブ・ゴッド』の自殺した父や『すべての美しい馬』(*All the Pretty Horses*)の滅びゆく父、ひいては『ブラッド・メリディアン』(*Blood Meridian*)における悪魔的な父のモティーフなども、マッカーシーと父親との現実の関係の変奏と捉えるのは、あながち極端な見解ではないだろう。

そのように、マッカーシーの作品世界、とりわけ、『果樹園の守り手』から『サトゥリー』にいたるテネシー州東部を舞台とする小説は、テネシー東部・アパラチア南部の独特な歴史的・文化的背景とともに、作者自身のそれへの自己投影、父親との複雑な関係など、少年時代に形成された作者のアイデンティティと深くかかわっている。そして、それらは、マッカーシーを南部作家と呼ぶのは適切なのかという問いへ解答を出すことを困難にしている。実際に、批評家のなかにはマッカーシーを南部作家として(たとえばフォークナーやオコナーなどと並べて)文学史的に位置づけることに疑問を呈す向きもあるが、それは、マッカーシーの描く「南部」が、いわゆる「南部神話」を喚起するような「南部」ではなく、南部のなかの忘れられた「南部」であることに起因しているだろうし、マッカーシー家が北部から移住してきた、アイルランド系のカトリックであったこと(マッカーシー家を「カーペットバガー」と見なす者すらいる)[6]も無関係ではないだろう。

カトリックの宗教や教育が少年期のマッカーシーの人格形成に大きな影響を与えたことも否めない。作家自身はアイルランド系のカトリックとして育てられたことは「大きな問題ではなかった」[7]としているが、南部の田舎のプロテスタント色が強い地域（バプティストが多数を占めるバイブル・ベルト）において、マッカーシー家は民族的にだけでなく、宗教的にも少数派と見なされていたはずである。もっとも、ノックスヴィルにはすでに南北戦争期にアイルランド系カトリックの小さな共同体ができていて、一八八〇年代にアイルランド系カトリックの市長も誕生しているように、それなりの社会的勢力を形成していた。マッカーシー家も通っていた立派なカトリック教会もあった（マッカーシー自身、『サトゥリー』の登場人物のモデルとなった、友人のジム・ロングとともに祭壇奉仕役をつとめている）。[8] だが、マッカーシーが通ったカトリック高校の一九五四年の卒業生の数が二九人という記録を見ると、[9] マッカーシーが過ごしたノックスヴィルも相変わらず、アイルランド系カトリックにとっては「宗教的包領」のような地域だったと推測できる。

そのような状況のなか、マッカーシーは地元のカトリック系のグラマースクールにつづいて、カトリック高校に通い、カトリックの宗教教育にどっぷりと浸ることとなった。教条主義的なカトリック教育のせいか、マッカーシーは愛読したドストエフスキーがそうだったように、カトリックに強い違和感と嫌悪感を覚えたのだろう。後のインタヴューでは、学校生活の初日から学校が大嫌いになったことを告白しているし、『サトゥリー』ではカトリック教会に対する疑念を思う存分、書いてもいる。他方、学校生活以外ではさまざまな遊びに興じる活発な少年だったようだ。多趣味なあまり、「見せてお話」の活動のために何をもっていったらいいのか候補がありすぎて困るほどだったし、[10] 趣味のひとつであるビリヤードの腕前は相当なもので、友人と勝負する際にはハンディキャップとして片手でプレイするほどだったという。[11]

高校卒業後の一九五一年にマッカーシーは、テネシー大学に入学した。しかし、学問に身が入らず、翌年には中途退学することとなってしまった。当時、マッカーシーはアメリカ各地を放浪もしているが、空軍に入隊するまでのこの放浪生活についての詳細は不明である。一九五三年、マッカーシーは空軍に入隊した。空軍に所属したその後の四年間について、本人は詳しく語っていないが、そのうちの二年間をアラスカ州の基地で過ごし、当地でラジオ番組のホストをつとめたり、余暇には数多くの文学作品を読み漁ったりしたという。後の作家マッカーシーにとって、軍隊生活の最大の果実は文学との出会いであったのかもしれない。

空軍除隊後の一九五七年、マッカーシーは復員兵援護法の大学教育資金を得て、テネシー大学に復学し、物理学と工学を中心に学んだ。小説の執筆に本格的に取り組みはじめたのはこの時期のことである。その才能はすぐに開花し、マッカーシーは職業作家になることを目指して、本格的に小説の執筆を開始した。そして、学内誌『フェニックス』に「スーザンのための通夜」("Wake for Susan")と「ある溺死事件」の二作の短編小説が掲載された。これにより、マッカーシーは作家や芸術家に与えられるイングラム＝メリル財団の奨学金を二度授与されている。この間、マッカーシーは英文学教授ロバート・ダニエルの著作の編集の仕事を引き受けたが、セミコロンや句点を用いずに文章を明晰に表現する志向をこの編集作業を通して高めていったとされる。[12] 一九六〇年にマッカーシーはテネシー大学を再び離れ、退学することになる（正式には一九六一年）が、この決断は自分の文才への確信があったからにほかならない。

一九六一年、マッカーシーは大学の友人リー・ホレマンと結婚し、長男カレンが誕生した。金銭的な問題もあったからか、一家で両親の家に身を寄せた後、セヴィアヴィルという町の古い農場家屋（丸木小屋）に移り住み、質素な生活を送ることとなった。谷間を清流が流れる田園地帯で、マッカーシーが自分の足で何度も探索し、精通したと思われるこのあたりの地勢は、『チャイルド・オブ・ゴッド』のレスター・バラードの行動範囲に当てはまる。[13] 一九六一年の終わりに一家はシカゴに移り、マッカーシーは自動車部品の倉庫で働くなど、雑用仕事で糊口をしのぐこととなった。マッカーシーの小説には幸福な結婚生活はあまり描かれないが、この現実の結婚生活も長くは続かず、一九六四年には完全に破綻し、その後、マッカーシーは妻子と疎遠になってしまう。[14] 夫として、また父としての役割を十全に果たせなかったことの負い目をマッカーシーは生涯背負っていくことになったにちがいない。すでに執筆を開始していた『サトゥリー』には、妻子を捨てた邪悪な「父」としてのマッカーシーの自己認識が色濃く投影されているように見える。

マッカーシーの元妻であり、詩人でもあるリーは、リー・マッカーシーの名前で詩集を出版している。詩集『欲望のドア』(*Desire's Door*)に収められたある詩のなかで、リーは、マッカーシーとのうまくいかなかった結婚生活に思いを馳せるように言葉を紡いでいる。

> 雪が降るエルパソで彼の父親は暮らし、その歯は
> 健康なのにそれ以外は岩に当たり、重心を失い
> 破滅に向かう。彼の歯がガチガチ鳴るくらいの、普通の吹雪ならよかったのだけれど。[15]

リーとの短い結婚生活の後、マッカーシーは、ノースカロライナ州アッシュヴィル、ルイジアナ州ニューオリンズなどを転々とした。一九六〇年代半ばにマッカーシーはノックスヴィルに戻ることとなったが、この間の生

活について、マッカーシーは語るのを頑なに避けているように見える。唯一語っているのは、丸一年間、友人とビリヤードばかりしていたということである。[16] 後のインタヴューで、マッカーシーは、「あの頃の仲間はほとんど死んでしまった」[17]と述懐しているが、『サトゥリー』の登場人物たちの多くはこの当時のノックスヴィルでマッカーシーが交流した実在の人物たちである。着手していた『果樹園の守り手』と『サトゥリー』の執筆は根気強く続けられていたが、当時のマッカーシーの経験は前者においては間接的に、後者においては直接的に反映していると言っても過言ではないだろう。

やがて、マッカーシーの作家としてのキャリアに貴重な出会いと機会が訪れることとなった。ある日、唯一知っている出版社だからという理由でランダムハウス社に送った『果樹園の守り手』が認められ、出版が決定したのである。しかも、担当の編集者となったのは、ウィリアム・フォークナー、ロバート・ペン・ウォレン、ラルフ・エリソンなどを担当した敏腕編集者アルバート・アースキンであった。このとき、マッカーシーは三二歳で、まったくの無名であり、当然のことながら、代理人もいなかった（その後もマッカーシーは長い間、代理人をつけることはなかった）。アースキンから数多くの助言を得、推敲を重ね刊行した『果樹園の守り手』により作家デビューを果たしたのは一九六五年のことだった。

『果樹園の守り手』は、そのフォークナーの文体の過度な影響が指摘される向きもあったが、批評家からの評価は概して高かった。同作品がアメリカ人作家による最初の優れた作品に与えられる、ウィリアム・フォークナー財団の新人賞を受賞したのは皮肉であった。『果樹園の守り手』は、アメリカ作家のデビュー作にふさわしく、ジョン・ウェスリーという少年が二人のメンター的人物との出会いを通して開眼する、イニシエーションの物語である。第1章で論じるように、物語は、マッカーシーの青年期までの経験を反映しながら、アパラチア南部の共同体に根づくアンチノミアン的・市民的反抗の系譜や、アパラチア山岳民の自然や文化の消滅という同時代的文脈に及ぶ。グロテスクな人物や出来事などを描く作風のため、批評家たちは、南部ゴシックの伝統にマッカーシー作品を位置づけていくこととなった。

もっとも、その売り上げは芳しいものではなく、『果樹園の守り手』の出版以降、およそ二〇年以上も、マッカーシーの作家としての一般的認知度が高まることはなかった。金銭的には恵まれない時期も続いたが、それは自身で選びとった茨の道でもあった。他の作家たちと交流することを好まず、インタヴューや講演、大学での授業担当などの話がきても、小説の執筆のために片端から断っていたのである。もっとも、この間も常に経済的な枯渇状態にあったわけではなく、アースキンの後ろ盾で獲得した文学賞や奨励金で生計をたて、ヨーロッパやアメリカ南西部、メキシコ各地を旅行してもいる。この遊学生活とも取材旅行とも言える時間が、マッカーシーの人生や作家生活に大きな糧になったことは間違いない。たとえば、アメリカ文芸アカデミーの奨学金は、マッカーシーがかねてより切望していたアイルランド旅行を可能にした。当時、マッカーシーは、母方のいとこをたよりに一カ月ほどアイルランドに滞在することとなったが、その主目的はブラニー城を建てたアイルランド初代王にして「教会のパトロン」であるコーマック・マック・アートに連なる祖先の家への訪問であった。[18] この旅行がマッカーシーにとって、アイルランドを起源とするアイデンティティ確立の旅となったのかもしれない。その証拠に、マッカーシーは、チャールズから、王にちなむコーマックに改名をしている。ブラニー城にあるブラニー石が雄弁と説得力を授けるといわれる伝説の石であることも興味深い。[19]

渡欧中の船上では、米軍慰問協会で歌手およびダンサーとして働いていた英国人アン・デ・リールとの運命の出会いもあった。船上で意気投合した二人は、イギリス、アイルランド、イタリア、フランス、スペインなど、ヨーロッパ各地を巡ることとなった。当時、芸術家やヒッピーのコロニーであった、地中海のイビザ島で一年間暮らしたのもこの時期である。第二作『外なる闇』はこのイビザ島での滞在時に執筆された作品である（刊行は一九六八年）。

第2章で論じる『外なる闇』は、場所は特定できないがアパラチアに住む貧乏白人の生を描きながらも、時空間の枠が意図的に攪乱された、マッカーシーの小説のなかで最も寓意色の強い作品と言える。このことは執筆時の作者がアメリカを離れ、コスモポリタン的な生活を送っていたことと無関係ではないだろう。この作品では、近親相姦により赤子をもうけた兄妹が山地を彷徨う背後で、聖なる三位一体を反転した三人組の殺人鬼が人間を次々に殺害していく様子が描き出される。『外なる闇』は、前作『果樹園の守り手』ですでに垣間見られたゴシック・モードを引き継ぐと同時に、広い意味でのロード・ナラティヴを採用しているが、これにより、『ブラッド・メリディアン』、「国境三部作」、『ザ・ロード』といった、後のマッカーシーの代表作が準備されたと言えるかもしれない。

ロックフェラー財団からの奨学金によって、マッカーシーは当初の予定からさらに二年、ヨーロッパ滞在を引き延ばし、アンとともにロンドンおよびパリで暮らすこととなった。ヨーロッパ滞在を終え、マッカーシーがアンとともにアメリカに帰国したのは一九六七年のことだった。二人はノックスヴィル近郊に居を構えたが、そこでの生活はかなりつつましいもの、というよりも、かなり貧窮したものとなった。居を構えたといっても、家屋は牛小屋を改造したもので、食べるものは豆ばかり、水道も通っていなかったため、入浴は近くの湖でしていたという。アンは当時の生活を振り返り、以下のように述べている。「彼はひねくれ者すぎで地球上のどんな人の生活も好まなかった。……私たちにはお金がなかった。いつも切り詰めた生活をしていたの。子供を持つなんてあり得なかった。そんなことしたら彼、気が狂ったでしょうから」[20]。もっとも、マッカーシーもアンも独立自尊の精神をもつ人物であったので、貧困の問題は別にしても、離別は時間の問題だったのかもしれない。マッカーシーは「英雄的なまでの個人主義者」[21]であったし、一方、アンも夫に頼ることなく生きていける、本質的に自立した女性であったからだ。

ヨーロッパから帰国後のマッカーシーは貧困と同時にアルコール依存症にも悩まされることとなった。貧困と飲酒の問題は「マッカーシー作品に反響する主題以上のもの」[22]になっていったのである。この頃、インタヴューや講演などの誘いをことごとく断り、小説の執筆に打ち込むマッカーシーを支えるために、アンはアニーズというレストランを経営しはじめた。最低限の生活を続けるために、マッカーシーも臨時の日雇い仕事などはこなしていた。グッゲンハイム奨学金を獲得し、『チャイルド・オブ・ゴッド』（一九七三年刊行）の執筆に集中できるようになったのは、一九六九年のことである。

かなりの程度、家計が安定したことにより、この頃、マッカーシーはテネシー州ルイヴィルの納屋を購入している。マッカーシーは、一家で石工を営む黒人一家から技術を学び、自身で採石した石、伐採した木を使い、かまど作りも自分で行うなど、この納屋を住居用に改築したことはすぐれてマッカーシー流である（かまどは同郷のピューリッツァ賞作家ジェイムズ・エイジーの家の石を廃物利用して作られた）。この時期に、ビル・キッドウェルという人物と共同で二つの巨石のモザイクを創作し、メリヴィルの町に展示したことも、マッカーシーの独立自尊の精神を端的に示している。それは小説のなかでもさまざまな形であらわれている。たとえば、『チャイルド・オブ・ゴッド』の鍛冶屋の斧の刃の砥ぎ方や、『果樹園の守り手』における自動車の装置や動作の描写などには、ものづくりにかかわるマッカーシーのこだわりが顕著に表現されているし、後の戯曲『石工』(一九九四年刊行)では、独立自尊の精神そのものが主題化されているとも言える。

第3章で論じるように、『チャイルド・オブ・ゴッド』では、貧乏白人のレスター・バラードが社会から疎まれ、殺人を犯し、女性の死体を屍姦する「怪物」と化していくが、その衝撃的な内容によって批評家のあいだで賛否両論が巻き起こった。『チャイルド・オブ・ゴッド』のレスター・バラードも含めて、マッカーシーは主人公たちに共感することを読者に求めているわけではないだろうし、彼らの言動を精神分析的に解釈することも困難に見える。また、主人公たちの生死は、恐怖と共感という同居しがたいタッチで描出されているため、読者は彼らを自己ではないものとして、つまり自身のアイデンティティを規定するための絶対的な「他者」と見なすこともできないようだ。『チャイルド・オブ・ゴッド』は誰しもが「レスター・バラード」になりうることを逆説的に示す小説と言えるが、他の作品においても、マッカーシーが創造する人物たちの生死が究極的な意味で悲劇としてあらわれるのは、マッカーシーの「他者」理解や、さらに言えば、「他者」への自己投影という側面が大きいと言える。

そのような意味において、デビュー作『果樹園の守り手』と同時期に執筆が開始されながら、二〇年近くの年月をかけて完成された『サトゥリー』(一九七九年刊行)はやはり特別な作品なのである。第4章で論じるように、『サトゥリー』は一九五〇年代前半のノックスヴィルを舞台にし、マッカーシーの自己や経験を投影した半自伝的な作品である。すでに述べたように、マッカーシーの父親はニューディール政策において中心的事業を担ったテネシー川流域開発公社を代表する人物であり、地元の名士となった人物である。この作品で強く暗示される父親と息子との確執がどの程度事実にもとづいているのかは憶測の域を出ないが、主人公サトゥリーが不自由のない家庭生活を捨てて、石膏板で作られたハウスボートでの船上生活を選択することは、社会規範や常識を忌避し、ラディカルな独立自尊の精神を尊ぶマッカーシー自身の人生や文学に向かう姿勢と並行している。それは釣り糸を垂らし、ひもすがら魚が掛かるのを待ちつづけるトム・ソーヤ的な船上生活などではなく、暗澹たる表情をした「呪われたハックルベリー・フィン」[23]であるサトゥリーは、常に油が浮き、廃棄物のガスが湧き出ている川面に釣り糸を垂らす。サトゥリーは、年金をもらいつづけるために父親の遺体を川底に沈めざるをえないような人物たちの生活のただなかに暮らし、家族・社会・歴史、あるいは世界からも切断された彼らの生死を白身の目で活写する。ここにマッカーシー自身の自己や眼差しを読みとらないのはかなり不自然であろう。

一九七七年一月、マッカーシー脚本によるテレビドラマ『庭師の息子』(*The Gardener's Son*)(監督リチャード・ピアース)がPBSで放映された。一八七〇年代、サウスカロライナで起きた紡績工場主の殺人事件を基にしたこの作品には、マッカーシー自身、台詞のない、紡績工場の株主として出演もしている。脚本執筆の依頼は一九七四年のことだったので、この作品に携わっているあいだに、マッカーシーは、私生活においてはテネシーに住むアンと別離し、テキサス州エルパソに移住したことになる(一九七六年)。エルパソでは完全に酒を断ち、一時、恋人といっしょに暮らしていたされるが、事実は謎である。[24]執筆開始から約二〇年の月日を経て完成した大著『サトゥリー』はマッカーシーのそれまでの人生の総括であり、再出発の宣言だったと見なすことができる。「マッカーシーの南西部への移住は……家族、妻、南部小説の職歴を含めた、彼の過去との突然の決別であった」[25]のである。結婚中に膨大な量の『サトゥリー』の原稿のタイプ打ちを手伝ったアンとは一九八一年に正式に離婚したが、以降も二人は友好的な関係を続けた。アンはその後フロリダに移り、一九九〇年代はじめにはレストランを経営していたことがわかっている。[26]

マッカーシーがエルパソの日干し煉瓦（アドービ）の小さな家で暮らしはじめたのは一九七六年初頭のことだったが、彼は何の前触れもなく地元のビリヤード場やボウリング場、メキシコ料理レストランに姿を現した。いつも小脇に難解そうな本を抱えていたという。[27]当時のマッカーシーは四三歳、出版した三冊の小説はどれも絶版になっていたし、作家同士の交流もなかった、というよりも意識的に避けていた。一九八〇年代のマッカーシーは公的生活を頑なに拒否する隠遁生活を送ったわけであるが、それは自身の創造力を守るためであったと後に語っている。当時のマッカーシーは、ものを書くことに関係する無意識の力、意識に働きかける無意識の力は、社会と接することで減退してしまうという考え方をもっていたらしい。[28]金欠の時期に講演を依頼されたのにもかかわらず、言いたいことはみんな本に書いたと言って断ったというエピソードも残るし、一九九〇年代以前の作品はどれも売り上げは伸びず、印税をもらったこともなかったと、述懐もしている。現在では大衆作家としてのイメージもあるが、長らく作家のための作家という評価が定着していたのは、一九八〇年代のマッカーシー自身による自己成型という側面も大きいのである。

たしかに、エルパソへの移住は作家としてのマッカーシーにとって自己成型の機会であった。エルパソに移住後に書かれた四作品(『ブラッド・メリディアン』と「国境三部作」)は「西部」を題材とし、「南部」を題材した小説の主題や形式からの変化をともなうものだった。もっとも、晦渋な語句、濃密な文章、引用符(日本語の「 」)を用いない独特な文体、暗澹とした神話的・哲学的主題といった特徴は、発展的に継承していた。メキシコとの国境地帯(ボーダーランド)を舞台とする、暴力と死の場面が充溢する作品世界が完成したのは『ブラッド・メリディアン』(一九八五年、ランダムハウス社より刊行)によってであった。この大著に心血を注いだマッカーシーは、メキシコへ何度も足を運び、土地の歴史や特性を調査し、スペイン語の指導も受けた。第5章で詳しく論じるように、『ブラッド・メリディアン』は、マッカーシーの世界観を直接に反映した作品と言える。マッカーシーは自身の作品世界をめぐり、「血の流れない人生など存在しない。……すべての存在が争うことなく生きていけると考える者こそが真っ先に自分の魂や自由を差し出してしまう」と発言しているが、『ブラッド・メリディアン』では、世界や自然の人間に対する根源的な冷酷さ・無頓着さという、彼のすべての小説に通底する主題が劇的に表現されているのだ。

『ブラッド・メリディアン』の売り上げは当初、芳しくなかったが(一五〇〇部売り上げ、すぐに絶版となった)、批評家たちからは激賞された。マッカーシーの作品のなかでも、暴力が支配する世界の本質を小説によって再創造しようとする企図の壮大さにおいて随一のものであるこの作品は、一八四〇年代、アメリカとメキシコのボーダーランドで懸賞金獲得を目的とするインディアンの頭皮狩りの一団の(聖なる)蛮行を描き出すとともに、ひとりの少年の歪んだイニシエーションの物語でもある。「真正なるアメリカの終末論小説」[29]とも評されたこの作品には、文字通り暴力と虐殺の描写が充溢しているが(ほぼ五ページごとに殺人の描写がある)、それは暴力や死への衝動、堕落が人間性の起源に存在するという作者の透徹した眼差しと確信によって支えられている。「戦争こそ神である」と賛美するホールデン判事の悪魔的存在は圧倒的だ。

マッカーシーは、一九七七年の一時期、アリゾナ州トゥーソンに移っているが、このときすでに『ブラッド・メリディアン』の執筆にとりかかっていた。エルパソに移り住んだ一九七八年の後、一九八一年にはノックスヴィルに戻り、友人が経営するモーテルに滞在させてもらいながら『ブラッド・メリディアン』の改稿作業を行っているように、金銭的な問題は常に作家にとっての足かせとなっていたのだろう。この金銭的苦境が一気に改善されたのは、「天才助成金」として知られるマッカーサー基金奨学金（当時は二三万六〇〇〇ドル）を得たことによる（マッカーシーを推薦した人物のなかには、ノーベル文学賞作家ソール・ベローがいる）。この奨学金により、マッカーシーは『ブラッド・メリディアン』執筆のための調査を徹底的に行い（物語に描かれた舞台はほとんど周ったとされる）、また、翌年にはエルパソの家を購入し、作品執筆の環境を整えることができた。マッカーサー基金奨学金の獲得がマッカーシーにもたらした恩恵として特筆すべきは、その授賞パーティで、ノーベル物理学賞受賞者であり、サンタフェ研究所の設立者のひとりマレー・ゲルマンと知り合い、親交を深める契機となったことだろう。もともと科学にも強い関心をもち、作品世界にも反映していたマッカーシーは、サンタフェ研究所の科学者たちと交わり、科学への興味をさらに追究していった。

『ブラッド・メリディアン』刊行後もしばらくのあいだ、マッカーシーは「作家のための作家」でありつづけた。その反面、一九八六年二月には、舞台脚本『石工』（*The Stonemason*）を完成し、『鯨と人間』（*Whales and Men*）（未刊）、[30]および脚本『平原の町』に取り組むなど、旺盛な執筆活動を行っている。生物学者で、後に反捕鯨運動で有名になるロジャー・ペインと鯨の調査のため、アルゼンチンに渡航したのもこの頃である。マッカーシーの小説家としてのイメージを一変することになる「国境三部作」についても着手し、一九八八年には第一作目の『すべての美しい馬』の原稿を完成、第二作の『越境』の執筆も開始、当初は脚本として書き起こした『平原の町』を小説として執筆しはじめた。このように作家として脂が乗り切った時期に、批評家ヴェリーン・ベルによって、初のマッカーシー研究書が出版され、アカデミックな注目を集めることとなったのは必然であった。

第6章で論じるように、同じアメリカとメキシコの国境地帯（ボーダーランド）を舞台にしながらも、『ブラッド・メリディアン』と異なり多分に感傷的な『すべての美しい馬』は、マッカーシーの小説六作目にして初の全米ベストセラーとなった小説である。続く『越境』『平原の町』とあわせて「国境三部作」をなす、ウェスタン小説のジャンルを活用したこの作品で、マッカーシーは若きカウボーイ、ジョン・グレイディのイニシエーションの物語を書いた。「国境三部作」はいずれも、消えてしまったもの、消えゆくものへのノスタルジアを喚起してやまないが、リリシズムとリアリズムのあいだを揺れ動く作風は、マッカーシーが初期の作品から鍛え上げてきたものである。第7章で論じるように、『越境』における主人公ビリー・パーハムの彷徨の物語、とりわけ冒頭で描かれる、メキシコから越境してきた牝狼を生まれ故郷へ返還するエピソードは、崇高美と残虐な現実が見事に同居しているという点において世界文学のなかでも屈指である。第8章で論じるように、脚本から小説へ改稿された『平原の町』も含めて、「国境三部作」はアカデミズムにおいても一般においても、マッカーシーの評価や名声をゆるぎないものとした。

マッカーシーの人気作家への転換に大きな役目を果たした人物が二人いる。ひとりは著作権エージェントのアマンダ・アーバンである。『ブラッド・メリディアン』刊行後に、増加するインタヴューや講演依頼に対応するために、マッカーシーがはじめてエージェント契約を結んだのがアーバンだった。アーバンはマッカーシーの期待に応え、彼のプライヴァシーと執筆環境を守った。もうひとりは、敏腕編集者ゲイリー・フィスケットジョンである。アースキンのランダムハウス社退職に伴い、マッカーシー作品の編集の後継となったのがフィスケットジョンである。「国境三部作」はフィスケットジョンが所属するクノッフ社より刊行されたが、『すべての美しい馬』はフィスケットジョンの熱心な宣伝活動もあり、最初の二年間の売り上げが五〇万部を超え、『ニューヨーク・タイムズ』紙のベストセラーリスト入りも果たし、全米図書賞と全米批評家賞を受賞した。この機会に、それまであらゆる取材も拒否してきたマッカーシーも、『ニューヨーク・タイムズ』紙のリチャード・B・ウッドワードのインタヴューを受け入れることとし、自著の販売促進とヴィンテージ版による再刊に貢献した。

ウッドワードによるインタヴューから作家の素顔が多少とも明らかになったのは確かである。ウッドワードは「頑固に人と交わらない生活を実践している人物にしては、マッカーシーは愛嬌があり、超一流のおしゃべりで、愉快で、自己主張が強く、よく笑う人物である」[31]と書いている。記事は息子カレンとの関係や、マッカーサー基金奨学金の関係で知り合いになった科学者たちとの交流についても触れている。この記事を境にさらに多くのインタヴューが実現するものと期待されたが、本格的なものは現在にいたるまで、二〇〇五年に同じウッドワードが雑誌『ヴァニティー・フェア』のために行ったもうひとつのインタヴューしかない。

『ニューヨーク・タイムズ』紙にインタヴュー記事が掲載されたまさにその頃、マッカーシーは『越境』の仕上げにとりかかっていた。「国境三部作」のなかで最も長く、深遠で複雑なこの小説を『ブラッド・メリディアン』や『サトゥリー』以上の傑作であり、マッカーシーの代表作と見なす者も多い。国境作家としてのマッカーシーのイメージは『すべての美しい馬』で確定したと言えるが、一流の作家としての評価は『越境』で確定したと言ってもいいかもしれない。

『平原の町』が出版されたのは三年後の一九九八年だった。一九七〇年代後半に脚本として構想され、遅くとも一九八四年にはその最終稿が完成していた脚本『平原の町』は、一九五二年に実際に起きた事件を基にしていた。アメリカの若いカウボーイがエルパソの対岸に位置するメキシコ側の町ファアレスの売春宿で働く女と恋に落ち、結婚の計画を立てるものの、計画を察知した売春宿の主がその女を殺害してしまった事件である。初期原稿で「エルパソ／ファアレス（El Paso/Juarez）」と題されていたこの物語の延長線上に、小説『平原の町』も浮世ばなれしたロマンスという側面を強くもっている。そのためか、出版当時の批評家たちの評価も一般の評価も高くはなかった。だが、当時の（そして現在の）ファアレスにおいては、安価で合法的な労働力（不法移民に頼らない労働力）に依拠するグローバル企業によってマキラドーラと呼ばれる工場が立ち並びはじめ、労働者たちの命が尊厳なく使い捨てにされるだけでなく、麻薬カルテル絡みの破壊行為、殺人、誘拐、性犯罪などが以前にも増して横行していたことに鑑みれば、『平原の町』の設定の意味はきわめてアクチュアルなものとして立ち現れる。グローバル化（新自由主義）の暗黒面の最大の被害者は、メキシコのみならず中南米諸国からファアレスの工場地帯に仕事を求めてやってきたにもかかわらず、搾取され、売春宿に売られ、レイプされ、猟奇的に殺害される、マグダレーナのような貧しき少女たちにほかならないからだ。かくして、一九九〇年代のマッカーシー作品には大衆文学ジャンルへの傾斜と同時に、現代社会への関心が強くあらわれているが、この傾向も作者の旺盛な取材によって可能となっている。

「国境三部作」の執筆のあいだ、マッカーシーは『石工』の脚本を改稿し、公演準備のためにワシントンＤＣで行われたリーディングのワークショップに参加するなどした。しかしながら、内容が人種差別的というそしりを受けて『石工』の舞台公演は実現しなかった。『サトゥリー』の読者であれば作者その人が人種主義者ではないことは明らかだが、興行というのは地位が確立された作家のものでも、ひとつの偏った見解の表明で頓挫してしまうものなのだろう。幸い、公演の頓挫はマッカーシーの私生活にとっては大きな影響をもたらさず、同年、ジェニファー・ウィンクレーという女性と三度目の結婚をし、エルパソのコロナド・カントリー・クラブ近くの家を購入した。そして、まもなく息子ジョン・フランシスが誕生することとなった。後の『ザ・ロード』はこの息子と二人でエルパソのホテルに滞在していたときに、窓から見える光景に息子が生きる将来の世界を脳裏に思い描いて書かれた作品であるという。

一九九〇年代から世紀転換期にかけて、マッカーシーの作品群は本格的にアカデミックな関心も集めるようになり、研究書や論文が数多く書かれるようになった。しかし、マッカーシー本人は批評家たちの解釈や評価にはまったく関心を示さなかった。その一方で、ニューメキシコ州の州都サンタフェ近郊のサンタフェ研究所に頻繁に通うようになっていたマッカーシーは、ますます科学的思考への関心を強めていった。いつしかマッカーシーは、さまざまな科学分野の研究者たちが集まり存在の複雑性について議論を交わす場となっていた研究所のライター・イン・レジデンスのような存在となっていた。マッカーシーは「わたしの作品を知っている人たちはなぜわたしがそこにいるのか少し混乱するようだが……とくに問題はない。すぐに慣れるから」と述べ、さらに、

「科学というのはとても厳格なものだ。……科学者たちといっしょに過ごして彼らのものの考え方を見ると、そのことに尊敬の念を払わずにはいられない。……何かものを言うときには、その発言は正しいことが必要だ。物事についてだらだらと考えをめぐらすだけというわけにはいかない」と述べている。[32] これは、マッカーシー自身の作品の説明としても通用する見解と言えるだろう。

生活の安定を得たことにより、二〇〇〇年代のマッカーシーは鷹揚な姿勢で作品を執筆するようになったように映る。第9章で論じる、スリラーという、別の大衆ジャンルを活用した『血と暴力の国』（*No Country for Old Men*）（二〇〇五年刊行）（アントン・シュガーはホールデン判事の生まれ変わりのような殺人鬼である）、第10章で論じる、ピューリッツァ賞を受賞したポストアポカリプス小説『ザ・ロード』（二〇〇六年刊行）（絶対的悪が支配する世界での絶対的な善の可能性が追究されている）といった後期の作品は、純文学的テーマと大衆文学的テーマを巧みに包摂しながら、同時代性と脱時代性を見事に融合する、マッカーシー文学のひとつの到達点を標している。

そのような文学的達成にふさわしく、マッカーシー作品の映画化も次々と進んだ。かねてより、映画や舞台に強い関心をもっていたマッカーシー自身、この状況に積極的にかかわることにもなった。マッカーシーを一躍有名にした『すべての美しい馬』がビリー・ボブ・ソーントン監督によって映画化されたのは二〇〇〇年のことだった。ソーントン監督は小説のエッセンスをすべて表現しようとしたからか、当初、この映画は四時間を超える大作になる予定であったが、その後、ハリウッド映画の文法にならうように二時間とするように編集の方針が示された。監督はこれを不服とし、編集の最終段階にはかかわることはなかった（マッカーシー自身は時間短縮は当然のことと捉えたようだ)。[33] 結局、映画は「小説のどの部分からでも全体的な映画『すべての美しい馬』をつくることはできるだろう。……しかし小説全体から映画をつくることはできない」[34] といったものに仕上がった映画の集客も評価も低調に終わった。その要因のひとつは、マッカーシーの小説世界にくらべて映画が「あまりにきれいすぎる」[35] ことだったのかもしれない。

マッカーシー自身が製作にかかわりながら頓挫した『石工』の舞台化は、二〇〇一年、テキサス州ヒューストンで実現した。マッカーシーは製作にかかわることがなかったが、テキサス州クリア・レイクで行われた一夜かぎりの公演にマッカーシーは姿を現し、舞台終了後に観客に手を振った。ケンタッキー州ルイヴィルに暮らす黒人一家の青年と祖父の関係を中心に、人種差別、背信、麻薬常用、自殺などの重い主題が扱われる劇作品である。マッカーシーは舞台の出来栄えに満足したようだが、「小説や他の形式も難しいが戯曲は最も難しい」[36] とも述べている。

小説『血と暴力の国』は大衆作家としてのマッカーシーの新境地を開拓した作品である。一九八〇年代、麻薬戦争下の国境地帯を舞台にしたこの小説では、ホラー、スリラー、ノワール、西部劇など、ジャンルの期待の地平を巧妙にずらしながら、死や暴力が支配する世界観が提示されている。このマッカーシーの原作小説を「忠実に」映像化したのがコーエン兄弟である。映画『ノーカントリー』は『すべての美しい馬』のときとは違い、一般にも批評家からも激賞された。アカデミー賞で八部門にノミネートされ、作品賞、監督賞(コーエン兄弟)、助演男優賞(ハビエル・バルデム)、脚色賞(コーエン兄弟)の四部門で受賞したことはその証左と言えるが、これによって、コーマック・マッカーシーという名前の認知度は飛躍的に高まったと言える。受賞式にはマッカーシーも息子ジョン・フランシスと出席し、健在を印象づけた。

二〇〇六年、マッカーシーは「劇形式の小説」という副題を付された脚本『特急日没号』(*The Sunset Limited*)を発表した。第11章で論じる同作品は、シカゴのステッペンウルフ劇場、後にニューヨークでも上演され、好評を博した。『特急日没号』で描かれているのは、ブラックとホワイトという、記号そのものの名前が付与された二人の人物の対話、というより二つの世界認識の衝突であり、そこには、死、幸福、神、他人への義務、人生の意味、意味の意味、といった、すぐれて小説的な主題が含まれる。

趣はまったく異なるものの、同年に発表されたポストアポカリプス小説『ザ・ロード』は、根源的な死生観を問う点において、『特急日没号』と同列の作品と言える。実際に、死の灰が降り積もる凍てつく終末論的荒野を父親と息子が鉛のように重い足取りで南の海を目指すことの意味は、『特急日没号』のブラックとホワイトの議論と地続きである。高齢で息子を授かった作者の思いが強烈に反映されたこの作品は、『サトゥリー』とは異なる意味で半自伝的でもある。『ザ・ロード』は、世界の最悪の形を想像し、そこで生きていく息子に対していかなる倫理的責任が果たしうるのかという、作者の逡巡する思いを表現する物語として捉えることもできる。

『ザ・ロード』のピューリッツァ賞受賞によりマッカーシーの名声はますます高まることとなった。ハリウッドが映画化権を買い取り、ジョン・ヒルコート監督によって映画化されたのは当然の流れであったし、オプラ・ウィンフリーの有名なブッククラブの読書リストに選ばれ、一般読者にも広く読まれた。この時期に昔からのマッカーシー作品の愛読者が驚いたのは、あれほどメディア嫌いを通していたマッカーシーが、ウィンフリーが司会を務めるテレビショウに出演したことである(二〇〇七年六月五日)。多くのファンにとって、マッカーシーの生の声を聞いたのはこれがはじめての機会となった。ものを書くことについて「情熱的」かどうかという問いに対して、七三歳のマッカーシーは、鼻にかかったテネシーなまりの声で、「情熱的という言葉はかなり空想的な言葉に聞こえる。私は私がやっていることが好きなだけだ」[37]と答えている。

二〇〇九年、マッカーシーは功績を残した作家に与えられるPEN／ソウル・ベロー賞を受賞した。テキサス州立大学サンマーコス校がマッカーシーの原稿その他資料を買い取り、アーカイヴ化したのも同時期である。これにより、マッカーシー作品の研究が飛躍的に進んだことは間違いない。マッカーシーが執筆のために徹底的に調査を行うタイプの作家であることもこれらの資料から明らかになった。このアーカイヴに含まれている未刊行の小説『パッセンジャー』(*The Passenger*)の初期原稿は未公開だが、近い将来の刊行が期待されている。

終わりの見えない国境地帯の麻薬戦争に題材を取った、リドリー・スコット監督の映画『悪の法則』(*The Counsellor*)(二〇一三年上映)の脚本はマッカーシーの書き下ろしである。欲望渦巻く暴力的な世界の本質に迫っている点において、映画『ノーカントリー』との共通項は明らかだが、人間はそこでいかなる倫理を紡げるのかを追究する点において、すべてのマッカーシー作品に通底する主題があふれた作品と言える。以来、マッカーシーは作品を発表していないが、彼方からの声に耳を傾けつつ、神話あるいは宇宙そのものに身をまかせるような感覚を味わわせてくれる、そのようなマッカーシー作品にあといくつ、われわれ読者は出会うことができるのだろうか。

註

1 Bryan Giemza, *Irish Catholic Writers and the Invention of the American South* (Baton Rouge: Louisiana State UP, 2013) 201. ギムザは、マッカーシーの母方の両親（祖父母）の生年や、彼らが一九一四年から四七年まで住んでいた住所、曾祖母のアイルランドへの旅券の記録（目や髪の色、鼻の形を含む）について確認している。

2 Giemza 201.

3 Willard P. Greenwood, *Reading Cormac McCarthy* (Santa Barbara: Greenwood, 2009) 3.

4 Peter Josyph, *Cormac McCarthy's House: Reading McCarthy without Walls* (Austin: U of Texas P, 2013) 39.

5 Greenwood 3.

6 Mike Gibson, "Knoxville Gave Cormac McCarthy the Raw Material of His Art. And He Gave It Back." *Sacred Violence, Volume I: Cormac McCarthy's Appalachian Works*, ed. Wade Hall and Rick Wallach (El Paso: Texas Western P, 2002) 33.

7 John Jurgensen, "Hollywood's Favorite Cowboy." *Wall Street Journal* 20 Nov. 2009. W6. Web. 23 Aug. 2019.

8 Josyph 21.

9 Giemza 202.

10 Greenwood 3.

11 Greenwood 22.

12 Greenwood 4.

13 Josyph 38.

14 Greenwood 4.

15 Lee McCarthy, "A History Minor at U. T. and Territorial Rights," *Desire's Door* (Brownsville: Story Line P, 1991) 61.

16 Greenwood 4.

17 Richard B. Woodward, "Cormac McCarthy's Venomous Fiction," *New York Times Magazine* 19 Apr. 1992. 36.

18 Giemza 201-02.

19 Greenwood 5.

20 John Cant, *Cormac McCarthy and the Myth of American Exceptionalism* (New York: Routledge, 2008) 21.

21 Cant 21.

22 Greenwood 6.

23 Jerome Charyn, "Doomed Huck," *The New York Time: Book Review* 18 Feb. 1979. 14-15.

24 Greenwood 8.

25 Robert L. Jarret, *Cormac McCarthy* (New York: Twayne, 1997)

14.

26 Greenwood 8.

27 Greenwood 9-10.

28 Greenwood 11.

29 Harold Bloom, "Introduction," *Cormac McCarthy*, new ed., ed. Harold Bloom（New York: Bloom's Literary Criticism, 2009）1.

30 この作品の草稿は、テキサス州立大学サンマーコス校のアーカイヴ『コーマック・マッカーシー・ペーパーズ』（*The Cormac McCarthy Papers* [*CMP*]. *1964-2007*. MS and TS. Alkek Lib. Texas State University, San Marcos, Box 97.）で閲覧可能。

31 Woodward 29.

32 David Kushner, "Cormac McCarthy's Apocalypse," *Rolling Stone* 27 Dec. 2007. 44.

33 Peter Josyph, *Adventures in Reading Cormac McCarthy*（Lanham: Scarecrow, 2010）165.

34 Josyph, *Adventures* 178.

35 Josyph, *Adventures* 170.

36 Edwin T. Arnold, "A Stonemason Evening." *The Cormac McCarthy Journal Online*. 2002. Web. 23 Aug. 2019.

37 Cormac McCarthy, "Oprah's Exclusive Interview with Cormac McCarthy Video," *The New Oprah.com*. Harpo Productions. Web. 28 Aug. 2015.

第1章　『果樹園の守り手』——「保守」の倫理と市民的反抗の精神

「保守」と市民的反抗の精神

コーマック・マッカーシーの小説はしばしば「保守」的だと言われる。しかし、その「保守」性を没落した「アメリカ」のセンチメンタリズム、あるいは、多文化主義によって修正されるべき白人男性主体の世界観などとして片付けてしまうのはいかにも単純だろう。たとえば、『ブラッド・メリディアン』の過激な超人思想を抱く判事ホールデンや、『すべての美しい馬』の自己破壊的ロマンティシズムを生きるジョン・グレイディ、『チャイルド・オブ・ゴッド』の「動物」化していくレスター・バラードなどの人物造型は、一見脈略がないように映るが、進歩主義や近代主義への強烈な抵抗意識に裏付けられている点において同根であり、その点においてこそ、ひとつの「アメリカ」に回収できない、「保守」の諸相が見出されるべきなのだ。

本章は、マッカーシーのデビュー作『果樹園の守り手』（*The Orchard Keeper*, 1965）を題材として、マッカーシー作品に通底する「保守」性の意味合いについて歴史的に考察する。[1]『果樹園の守り手』は、ジョン・ウェスリーという若者が二人のメンター的人物（アーサー・オウィンビーとマリオン・シルダー）との出会いを通して開眼する、アメリカ的なイニシエーションの物語とひとまずは言える。もっとも、小説の射程は、テネシー州東部の共同体に根づくアンチノミアン的・市民的反抗の系譜や、「社会保障制度」や「すべての者に保険を」と謳ったニューディールの福祉国家的体制による個人に対する管理統制、それにともなうアパラチア山岳民の「自然」や「文化」の消滅という同時代的文脈に及ぶ。そして、物語においては、「果樹園の守り手」アーサー・オウィンビーが神秘化／審美化され、作者のオルター・エゴと目されるジョン・ウェスリーがその意思を継承する、というより、エリオット的な意味で「伝統」を創造する生き方を選びとること、[2] さらには、「家族」や「国家」の喪失にせよ、それらからの解放にせよ、自己の立場が担保されない状態として表象される点に、アメリカの「市民的反抗」の系譜に連なる「保守」的な倫理観が反映している。

ニューディール・リベラルの暴力性と「保守」

『果樹園の守り手』は一九三〇年代のニューディール期を物語現在とするが、物語を貫くニューディール・リベラルに対する批判意識は、作者マッカーシーの父親がテネシー川流域開発公社の顧問弁護士であったこととも無関係ではないだろう。大恐慌期にニューディールの政策の中心となったテネシー川流域開発公社は幾多の公共事業により雇用を生み出し失業者を吸収した反面、アパラチアの大自然を破壊し、山岳民の生活や文化を蹂躙した否定的な側面も大きい。現在でも、多数のダムや火力・水力発電所に加えて三カ所で原子力発電所をもつこの公社は、幼少時代にマッカーシーが親しんだ自然や文化や共同体の破壊の主体となったわけだが、その破壊の主体を代表していたのが父親であったことがマッカーシーの作品世界に影を落としている。たとえば、テネシー大学在学中に書かれた習作「ある溺死事件」（一九六〇年）にはすでに、アパラチア山岳民の失われた自然や文化へのノスタルジアとあいまって奇妙な罪悪感が表現されていたし、『果樹園の守り手』と同時期に書き進められていた半自伝的小説『サトゥリー』（一九七九年刊行）は父と息子の確執が主題のひとつになっている。[3]『果樹園の守り手』は、ニューディール期に幼少時代を過ごした作者の半自伝的小説として読まれるだけでなく、より大きな歴史的・政治的文脈において、すなわち、アメリカのリベラリズム批判の文脈において読まれるべき小説だ。このことをまずは歴史家リチャード・ホフスタッターの考察を導きの糸に考えてみたい。

フランクリン・D・ローズヴェルト大統領によるラジオ放送「炉端談話」などよる肯定的なイメージとは裏腹に、ホフスタッターの『改革の時代』に見られるように、ニューディールの弊害を指摘する見解は多い。『改革の時代』において、ホフスタッターは世紀転換期のアメリカの三つの社会改革運動、すなわち、一九世紀終盤のポピュリズムから二〇世紀初頭のプログレッシヴィズムの時代を経て一九三〇年代のニューディールにいたる改革運動の流れを歴史的に考察している。さらに、ホフスタッターは農本主義神話に依拠するポピュリズムと、プロテスタンティズムの道徳的責任観に依拠するプログレッシヴィズムの共通性・連続性を見出す反面、歴史には絶対的な不連続は生じないと留保しつつも、ニューディールは歴史的に先行するこの二つの改革運動とは乖離・断絶していたと指摘している。

プログレッシヴィズムの時代を生き抜き、プログレッシヴィズム特有の数々の政策提案をアメリカ的伝統の中心に由来するもの、あるいは伝統を復活させるものと考えていた多くの人々は、ニューディールのなかに彼らが知り尊重してきたあらゆるものから途方もなく逸脱するものを見出し、それゆえに、伝統を転覆させる企図あるいは外部からの圧倒的な影響の結果としてのみ解釈しえたのである。彼らの反発はあまりにヒステリックであったが、何か新しいものがアメリカの政治的・経済的生活に入り込んできたという感覚においては完全に正しかった。[4]

ポピュリズムやプログレッシヴィズムと異なり、ニューディールは人心に訴えようとはしない、すぐれて合理的・功利的・利益優先の政策運動であり、「保守」的な人々から見ればその経済実験は危険であるだけでなく、「倫理観に欠ける」と見なされたとホフスタッターは問題の本質を指摘している。[5]「ニューディールの核心にあるものは哲学ではなく……態度であり、この態度は実際的な政治家、行政官、専門技術者向きのものではあったが、プログレッシヴズが彼らの政敵と共有していた道徳主義とは相容れないものであった」[6]というのだ。

当初、左派からも右派からも、あまりに全体主義的で「自由」を抑圧するものとして疑いの目を向けられていたニューディール・リベラルは、[7]数百万の人が解雇され社会秩序を維持するべき指導者たち自身も恐慌に近い状態のなかで、病める経済という課題に直面している政府を引き受けた最初のものであったし、[8]一定の経済的成果を経て人民との関係を良化させていったが、その急激な官僚機構と関連法の拡大のために、修復不可能な禍根を残すこととなった。『改革の時代』でニューディールへの反発と第二次世界大戦後の赤狩りとの関連をほのめかしていたホフスタッターは、後の『アメリカの反知性主義』において、ニューディールと知識人（インテレクチュアルズ）との結びつきについて分析しているが、[9]これを志村正雄は以下のようにまとめている。

ニューディール期にインテレクチュアルズと大衆の関係は修復され、政治に対する大衆の主張とインテレクチュアルズの支配的ムードがこれほど調和したことは建国以来初めてと言っていいほどだったが、しかし少数のニューディール反対派は存在して、彼らは米国政治史上に例を見ないほど激しい敵意をもって対抗し、インテレクチュアルズが波に乗る一方で、インテレクチュアルズに対する感情も悪化し、それが第二次大戦後についに爆発し、表面に現れるのです。[10]

ニューディールの高官たちの官僚主義的・権威主義的な「態度」がマッカーシズムにも通じる「米国政治史上に例を見ないほど激しい敵意」を醸成する要因のひとつとなったことは、法制史の立場から考察するエドワード・G・ホワイトによっても裏書きされる。ホワイトは、ニューディール・リベラルが第二次世界大戦後に味わうことになる苦境は、「自分たちは通常の法的な拘束を受けることはないという共通理解、あるいは、政府つきの法律家であり政策立案者としての熟練の偉大さによって自分たちは法的・倫理的譴責を免れることができるという共通理解に遡るのが公正であろう」[11]と述べている。ニューディール・リベラルに対峙する側という意味での「保守」による抵抗の根因は、社会改革のために数々の新法を制定することによって個人の自由を制限し、管理統制を強化しながら、そのエリート主義・例外主義がはらむ暴力性に無自覚だったニューディール・リベラル側にあるというわけだ。

大恐慌後に復興政策を断行したニューディールの「大きな政府」路線は以来、民主党政権の政策の基調路線となったと言えるが（一九九〇年代には自由市場を重視したビル・クリントン政権によって放棄されることになる）、その救済の程度、つまり、とりわけ、社会の最下層にいる貧農たちの現状を改善しえたのかは評価が分かれる。ホワイトの考察のなかにも名前が現れるアルジャー・ヒスはＦＤＲの側近で、赤狩り旋風が吹き荒れるなか、非米活動調査委員会にアメリカ共産党のスパイとして嫌疑をかけられ、一九五〇年に偽証罪で有罪判決を受けた人物として有名だが、そのヒスがニューディール期に勤務した農業安定局のプロジェクト（世界恐慌後の主として南部の農村の惨状および復興の過程を記録した）はその範例であろう。農業安定局は、一方で貧農たちの救済の必要を世間に訴えると同時に、他方でニューディールの宣伝として利用されたが、実際のところ、彼らを抗えない経済の力の犠牲者でありながら「高潔」[12]に生きる人物たちとして、彼らの生をいわば美的に表現することが彼らの現実的な救済に結びついたかどうかは明らかではないのだ（図1および図2参照）。[13]

図1　失業した製材業者の男性とその妻。男性の腕には社会保障番号の入れ墨がある。（ドロシア・ラング撮影、オレゴン州、1939年8月）
© Buyenlarge/Getty Images

図2　綿花畑で働く出稼ぎ労働者の子どもたち。（ドロシア・ラング撮影、カリフォルニア州、1935年6月）
© Universal History Archive/Getty Images

以下の節で具体的にみるように、『果樹園の守り手』は、作者自身の幼少時代と重なるニューディール期を物語の背景としながら、当時のリベラリズムの視野からこぼれ落ち、恩恵を受けられない人々の生を描き出す。また、政府や「法」による個人の生活への介入に対して生理的とも言える不信感・抵抗感を抱く人々、写真には写らない、見えない人間たちの精神を描き出すのだ。

レッドブランチ前史——アイルランド、ウィスキー暴動、北軍についた南部人

実際のところ、『果樹園の守り手』には、ニューディール期以前の他の歴史的・政治的文脈および、アメリカにおける進歩主義や革新主義に対する「保守」的抵抗の歴史が幾重にも重ねあわされているようだ。少なくとも、そのように読者の想像を駆り立てる物語的仕掛けに満ちている。

物語の舞台である現在のテネシー州東部、アパラチア山脈南部の地にいち早く入植したのは、スコッツ・アイリッシュと呼ばれる人々であった。ジェイムズ一世（スコットランド王としてはジェイムズ六世［在位一五六七—一六二五］）の時代にスコットランドからアイルランド北部に入植したスコッツ・アイリッシュは、玉突き式にアイルランドのネイティヴたちに移住を強いると同時に、現地のアイルランド文化を吸収した後、今度は国王と土地の借地権をめぐり対立した後、大挙してアメリカの植民地に渡ったとされる。アメリカでは当初、アパラチア山脈の北部に移住したスコッツ・アイリッシュは徐々に山脈の南部にも下り、その山岳地帯に移住する者も多かった。[14]

その血脈の後裔と見なすことができる、「果樹園の守り手」オウィンビーの人物造型には、イングランドの侵略に対するアイルランドの抵抗運動の歴史もまた刻印されている。たとえば、オウィンビーが山中を儀式的に徘徊する様子やそのいでたちは古代ケルト社会の祭司ドルイドを想起させる（「彼は……難儀して立ち上がり、首から皮ひもでぶら下がっているごつごつした角笛を触った。……立木のヒッコリーを切り倒し回りを八角形に削った杖の上半分に妖術の彫刻——大鼻の月や奇妙な更新世の魚が複数——を施していた。昇る太陽の光にあたるとその杖は半分に切られたリンゴの断面のように白く鮮やかに輝いた」）[15]。[16] また、オウィンビーは、アイルランドの独立運動の神話的・精神的支柱となった、ケルト神話の半神半人の英雄クー・フーリンを想起させるが、イングランドの侵略者・植民者に対するアイルランド（ケルト）の抵抗運動の歴史が重ねあわせられることで、彼自身が抱く「保守」の精神が強調されている。

アメリカ史における「保守」的抵抗という鍵概念で『果樹園の守り手』を読むとき、読者の想像力は「ウィスキー暴動」（一七九四年）との関連に飛翔するだろう。ウィスキー暴動とは、イギリスからの「独立」を達成したアメリカ連邦政府が、戦後補償と強力な中央政府樹立の資金捻出のために、議会でフロンティア住民がつくるウィスキーに対する課税法を通過させ、税の支払いを強いたことに端を発する、当時フロンティアの最前線であったペンシルヴァニア州西部の住民の反乱である。ここで重要なのは、「代表なくして課税なし」という、イギリス議会制民主主義が培った「保守」の思想にもとづき「革命」を正当化し、独立を達成したアメリカという国家が、今度は十分に代表されているとは言えないフロンティア住民の生活の糧ウィスキーに対して課税するという歴史上のアイロニーである。

当時のフロンティア住民にとって、物々交換を主とする生活経済のなか、ウィスキーづくりはその原料となる穀物を輸送し売買するうえで最も効率的な手段であっただけでなく、文化に根づいた基本的権利あるいは人権と見なされていた。それゆえ、ウィスキー税の法制化は、命をかけて独立戦争を戦ったフロンティア住民に対する卑劣な裏切り、非倫理的な立法と見なされ、それゆえに、彼らは連邦政府からの一定の政治的・経済的独立状態を保つことを強く望むようになった。[17]

他方、連邦政府にとって、ウィスキー税は、戦後補償と強力な中央政府樹立のための資金捻出以外にも強い私的動機が隠されていた。独立期において、西部の土地所有者で利益を上げていたのは大部分が「東部の投機筋」であり、この「東部の投機筋」のなかにはアレクサンダー・ハミルトンをはじめ、合衆国憲法発布に尽力した人物たちも含まれていた。[18] 彼らが制定したウィスキー税と暴動鎮圧の陰には、自分たちの財産の確保という目的があった。[19] 要するに、論理上、アメリカ独立革命の「保守」の精神を継承したのは連邦政府ではなく、フロンティア住民であったというわけだ。

だが、実際のところ、ウィスキー暴動の鎮圧は、誕生したばかりのアメリカ国家にとって経済的にも、政治的にも権力の強化をはかる絶好の機会となった。[20] 萱野稔人はドゥルーズとガタリによる「捕獲装置」の概念を用いながら「住民から租税というかたちで富をうばい、その富を暴力の組織化と蓄積のためにもちいるという国家の原型」[21] について以下のように述べている。

租税の根拠は安全にあるとよくいわれる。国家が住民から税を徴収するのは、それをつかってかれらの生命や財産をまもるためである、と。租税とは、国家によって強制されるのではなく、反対に、住民がみずからのために負担するものである、というわけだ。……これは、暴力の社会的機能を考えるなら、倒錯した発想である。……税の徴収がなりたつためには、税を徴収する側にすでに暴力の優位性がなくてはならない。暴力によってこそ、富の我有化は最終的に保障されるからだ。……国家は住民に対して有無をいわせず税を徴収しにくる。国家にそれができるのは、国家がすでに暴力の優位性をそなえているからだ。[22]

この図式にしたがえば、ウィスキー暴動は、アメリカ合衆国という若き国家が「暴力の優位性にもとづいて富を収奪しながら、みずからが富を収奪する権利をもつということを行為遂行的（パフォーマティヴ）に示す」ための格好の出来事となったのである。

事実、連邦政府がフロンティアに満遍なく官吏を派遣し、フロンティア住民を監視しながら、税を直接に徴収する官僚的仕組みを確立したことは、絶大な国家権力への意志の顕現とも見なすことができるだろう。連邦主義者たちはアメリカの人民を連邦政府が代表する「法」に同一化し、他方、フロンティアは「法」のない場所を代表すると捉えたので、「ウィスキー暴動によって示された潜在的な無政府主義は、政府が共和国に歯向かう者たちを排除するのに一役買った」[23]というわけだ。ほんの数年前には正当なる「税」や「法」をめぐってイギリスと戦った愛国者たちも、ウィスキー税法を不当な税法として新たに批准した議会＝国家の意志に対して反抗の姿勢をとると、国家に属さない犯罪者（delinquents＝「納めるべき税を法律に違反して納めない者」の意）と見なされ、[24]フロンティアの地はいまだ「法」の及ばぬ後背地として、国家の暴力の正当な行使の対象とされた。その一方で、そうではない正統なる「国民」という概念が抽出されたのである。

そのような初期アメリカ史の文脈を視野に入れながらマッカーシーのテネシーを舞台とする一群の小説を読むと、「ウィスキー」に反権力の象徴性が付与されていることは偶然ではないことがわかる。『果樹園の守り手』においても、マリオン・シルダーはウィスキーの密造・密売と税金逃れに深く関与しているが、ここにウィスキー暴動にまでさかのぼる、「不当な」国家権力に対する市民的抵抗の歴史が投影されていると仮定することは決して的外れではないのだ。[25] 事実、物語においては、正統性を欠く国家のアウトサイダーとして生きる、「保守」的な生き方が美化されている。自然と文明の狭間に住むように生きるオウィンビーが、ニューディール期にいたってもバーター（物々交換）を行っていること、そして店主や町の住人らもそれを受け入れていることは、税金を暴力的に徴収する「法」への反抗の実践と解釈することができるし、レッドブランチの住人や山岳地帯の共同体の住人が地域の古い「掟」を尊重する生活をしていることは、裏を返せば、「国家」や「法」による共同体や個人への介入をおしなべて「悪」と見なす精神風土の反映と見るべきだろう。実際に、マッカーシーの小説ではしばしば「法（law）」と「掟（code）」の対立が主題化されるが、[26]『果樹園の守り手』でも、オウィンビーが「法」に追われて森のなかを逃走する場面で、山岳地帯の住人が初対面の彼を迎え入れるように、「掟」が生活に根付いている様子が描かれている。したがって、オウィンビーを追い詰める行為や、ウィスキーの密造・密輸にかかわり税金逃れをしたこと（「法」に反する行為）でジェファソン・ギフォードがシルダーを逮捕するといった行為は、共同体の「掟」に反する行為にほかならず、その存続にかかわる重大な裏切りとして表象されている。

『果樹園の守り手』に表象された「保守」性を考えるうえでさらに注意しなければならないのは、南北戦争時におけるこの地域の特殊性であろう。ホレース・ケファートが指摘しているように、アパラチア南部の山岳地帯に住んでいた人々は、南北戦争時には南軍ではなく北軍に味方した結果、南部復興期には州政府からはおろか、皮肉なことに、連邦政府からもウィスキー暴動後を想起させるような仕打ちを受けることになったという（「最も不幸なことに、連邦政府は、山岳地帯の法や秩序を回復するために介入するのではなく、忠誠心のある山岳民たちから法律の保護を奪ったのである。一七九四年の時［ウィスキー暴動］と同じように、極端に重い税を彼らの主要商品に課したのである」）。[27]『果樹園の守り手』において、オウィンビーがメランコリックな人物として描かれていることは、この文脈において理解できるだろう。南軍の兵士として戦い、連邦政府によって土地を取り上げられた南部白人のある種の典型として言及されているオウィンビーは（一四五）、他方では、南北戦争後に山岳地帯の住民たちの生活様式、すなわち、連邦政府であれ州政府であれ、権力を忌避する生活、さらには近代文明と断絶した生活を尊び、完全な自給自足の生活を夢想するのだ（八五）。南部再建期の若きオウィンビーは妻子を養うためとはいえ、鉄道会社の公共事業に雇われ、「木々の殺戮」と呼ばれるほどの大規模な森林伐採にかかわったが、そのことへの彼の深い罪意識は、「法」や進歩主義・近代主義との共犯関係への自意識に由来すると考えることができる。[28]

実在した人物をモデルにしたとされるオウィンビーの人物造型には、[29]そのような「法」を憎んで「掟」を尊重する精神風土の成立の歴史が複雑に刻まれていると言える。オウィンビーが政府のタンクに「無尽蔵に補給される」銃弾を撃ち込み、巨大なX（エックス）の文字を刻む行為（九七–九八）には、[30]ウィスキー暴動から南部復興期、さらにはニューディール期に連なる市民的反抗の精神（＝「保守」の精神）が投影されているのだ。

この一見、両面価値的に提示される歴史観・政治観は、オウィンビーの抑留中に身元調査にやってくる社会福祉局（ニューディールを象徴する）の社会労務士とのやりとりにも端的にあらわれている。それまでオウィンビーの存在を「見落としていた」ために、給付金の受給資格の有無を確認するためにやってきたその社会労務士は、「記録のための記録」を取るように質問攻めにする（二一九）。「善意」を強調するこの労務士に対してオウィンビーは怒りを爆発させ、やがては自己の内面に沈んでいく。結果として、オウィンビーはこの社会労務士によって、「無法者」（二二二）と分類され、[31] 精神病院に送られることになる。この場面で強調されているのは、「進歩の慈悲深き官吏＝代理」[32] がオウィンビーを「記録のための記録」という自己完結した領域に封じ込めようとする、官僚機構のテクノロジーにほかならない。オウィンビーは、この後、面会にきたジョン・ウェスリーに対して、自身の正常さと「彼ら」の「異常さ」を強調する（「わしに何の罪があるのか奴らは言わんし、頭がおかしいじいさんくらいに思っているんじゃろうな。お前はここが狂った人間のための場所だとわかってるじゃろ。わしが狂ってないと奴らが知ったらどうするんじゃろうな」［二二七］）。ソローの『市民的反抗』の言「人を不当に投獄する政府のもとにおいては、正義の人のふさわしい場所もまた監獄である」[33] よろしく、狂った世界のもとでは精神病院こそが正常な人間がいるべき場所というわけである。

コンフォーミストからアンチノミアンへ

『果樹園の守り手』において、ジョン・ウェスリーのイニシエーションに大きな影響を与えるもう一人の人物マリオン・シルダーは、ニューディールの「法」に支配された世界のなかで、言ってみれば、コンフォーミストからアンチノミアンに転向する人物として描かれている。大工見習として地元の親方のもとで働いた後、数年間、町を出ていたシルダーは、帰郷した際にはきらびやかに着飾り、ピカピカのフォードの新車で山あいの酒場に乗りつけ、酒場の客全員に酒をふるまう（一一－一四）。ニューディール絡みの闇仕事で一定の金を稼いだことが強く示唆されている彼は、それにふさわしくと言うべきか、故郷では酒の密造・密輸にかかわる運び屋となる。「法」の網をかいくぐり、また「法」を食い物にしながら生きるシルダーをレッドブランチの共同体はお気に入りの放蕩息子として受け入れる。

シルダーの帰郷の背景は以下のように説明できるだろう。テネシー州では一八七七年に学校がある場所の四マイル以内では酒の売買を禁止する「四マイル法」が制定されていたが、一九二〇年に連邦政府による禁酒法が制定されると、以前から続いていたウィスキーの密造・密輸はますます盛んになるという皮肉な現象が起きた。「法」が禁酒を強いれば強いるほど、共同体の「掟」と密接に結びつくウィスキーの密造・密輸は盛んになったのである。一九三三年にニューディールの雇用促進政策のために連邦政府の禁酒法が廃止となると、[34]シルダーの稼ぎに多少の影響が出たが（二九）、テネシー州の都市部では一部の酒場以外に酒の売買が可能になったのは一九六一年になってからのことだったので、[35]酒の密造・密輸にかかわる闇仕事の需要は続いた。また、ウィスキーの蒸留所や酒場は官憲の手を逃れた、あるいはあえて官憲が手をつけなかった人里離れた山間部に存在し、「市民法であれ宗教法であれ法の支配が及ばない領域」（一六）として描かれているが、「繁栄の時代、金さえ払えば堂々と酒が飲めるユートピア」（二九）と呼ばれるのは、ニューディール・リベラル的雇用の創出という観点から酒の製造・販売を促進することが善とされる一方、州法や郡法などによってそれが制限され、（たとえば、宗教的保守の土壌で）「悪」と見なされるという「法」のダブルスタンダードを皮肉るためであろうし、物語の主要な舞台のひとつである「緑蠅酒場」が一九三六年に焼失するエピソード（四七–四八）は、酒税をめぐり「法」と「掟」の微妙なバランスが崩壊したことを示すものだろう。

このことは、シルダーと、地域の官憲であるジェファソン・ギフォードおよびアール・レグウォーターとの関係に反映されている。この二人の官吏はニューディールがはらむ暴力性を象徴する人物として導入されている。共同体の人間から残虐なことで知られるレグウォーターの暴力は、子どもたちの見ている前で、猟銃で二匹の野良犬に七発ずつ撃ち込み、残忍なやり方で処分する類の直接的で不条理な暴力として描かれている（一一七）。オウィンビーの逮捕後に、おとなしくふるまう彼の猟犬を無慈悲に射殺するのもレグウォーターである（二四二）。

ギフォードの暴力性はレグウォーターよりも複雑に表象されている。ギフォードはオウィンビーやシルダーと同じく、レッドブランチの共同体出身の人物、したがって、「法」に対する抵抗の歴史が刻印された人物でもある。郡（あるいは州）に対して忠誠を誓うギフォードは、ニューディール期の全国的な禁酒法の撤廃を重んじるのではなく、郡法（あるいは州法）により忠実に密造者・密輸者に強硬な姿勢でふるまう。要するに、彼は「法」と「掟」の対立を内面化した人物として、その矛盾を生きる人物として表象されているのだ。酒場に集まる共同体の住人から白い目で見られながらもシルダーの逮捕には異常なまでの執念を燃やす姿勢は、「法」の暴力というのは個人と個人のあいだで具現するというまぎれもない事実を示すだけでなく、ギフォードにとってシルダーはウィスキーを密造し密輸する犯罪者というより、(ニューディール・)リベラルにコンフォームする人間として映ることを示しているだろう。つまり、ギフォードから見るシルダーは、「法」を犯す人物というよりも、自分と同じように、「法」に飼いならされた人物なのだ。その意味で、ギフォードがシルダーに対してふるう暴力は、「法」の権力構造に取り込まれることを嫌悪するこの地域の「保守」的な精神風土に起因している。つまり、それは同族嫌悪というねじれた形での自己回帰的な暴力とも言えるのだ。

このように見ると、物語のはじめで、シルダーがヒッチハイクで車に乗せた男(ジョン・ウェスリーの父ケネス・ラトナー)に襲われ、正当防衛的に殺害してしまう、つまり、我知らず暴力の主体となってしまう場面は、彼が「法」の暴力的なメカニズムに組み込まれていることを暗示していたことがわかる。シルダーは男を車に乗せる際に「悪が存在しているという心の奥底で感じる揺るがしようのない気づき」(三一)を得ながら、自分自身が「悪」を演じざるをえないのだ。このことを十分に自覚したがゆえにシルダーは、ギフォードによって逮捕されたのちに、刑務所に面会にやってきて、復讐を誓うジョン・ウェスリーをたしなめる。

それが奴の仕事なのさ、それで奴は飯を食っている。法を破る人間を逮捕してな。俺は法を破るだけじゃなく、それで飯を食っている。……誰かが誰かに借りをつくってるって話じゃない。ギフォード、つまり法がなかったら、俺のウィスキー運びの仕事はなかったわけだし、ウィスキー運びがなかったら、運び屋を捕まえる奴の仕事だってなかっただろう。……お前は正義の味方か何かになりたいんだろう。だがな、正義の味方なんてもんはもうありえないんだよ。(二二三-一四)

ギフォードにも自分にもこれ以上近づかないようにという言葉は、少年を「法」と「掟」の対立に派生する暴力的メカニズムから守ろうとする必死の警告なのだ。

もっとも、直後の内面描写から明らかなように、「法」の圏域における「善」と「悪」の共犯関係あるいは可逆性を主張するその言葉とは裏腹に、シルダー自身は共同体の「掟」を蹂躙する「法」に対してアンチノミアン的に抵抗する意志を強固にする。

俺が言ったことは本当じゃない。全部嘘っぱちだ。ギフォードは悪党であいつ自身が無法者なんだから、撃ち殺しても、寝てる間に焼き殺しても、何をしてもかまわんさ。奴こそが意地汚い欲から盗み、怒りで人を殺すような非難すべき裏切者で、事実、隣人を金のために売るような輩なんだから……。(一二五)

ここには、共同体の「掟」を蹂躙する「法」が「倫理」と乖離している事態、それがただ処罰や管理の技巧として機能している事態への気づき、また「法」にコンフォームするのではなく、アンチノミアン的に抵抗しようとするシルダーの転向の意志が表明されている(それが「法」の執行の場である監獄で行われることは皮肉である)。

イニシエーションと「掟」の創造への意志

『果樹園の守り手』のなかで、ニューディールの恩恵を享受できない、読者の想像をはるかに凌ぐほどに周縁化された人々の典型は、ジョン・ウェスリーとその家族であろう。二人のメンター的人物に出会う以前、ジョン・ウェスリーは父親と母親とともに打ち捨てられた丸木小屋で、いかなる公の「記録」にも存在しない状態で、したがって、福祉的な援助を受けることなく（「法」の「捕捉装置」に捕らわれることもなく）暮らしていた（六二）。記録的には非存在であったジョン・ウェスリーが、はじめてノックスヴィルの町を見たときの光景（ニューディールの公共工事によって再開発が進むノックスヴィルの町の光景）は象徴的だ。ここでは、都市文明のきらびやかな日常的細部に腐敗が潜むことが強調されている（八一）。

『果樹園の守り手』はジョン・ウェスリーのイニシエーションの物語でもあるが、彼にとっての究極のイニシエーションとは、「父」と「母」からの解放と言える。壁に掛けられた父親（ケネス・ラトナー）の肖像画が示すように、彼に亡霊的にとりつき、二人の言動を規定しているのは「父」＝「法」の権力と暴力なのだ（「渦巻の装飾と金めっきを施した額縁からはケネス・ラトナー大尉が二人を見ていた。はつらつとした表情で外地帽を右の眉毛につくほど威勢よくかぶり、縞が二重に入った記章を明かりに反射させ、兵士であり、父であり、幽霊でもある男が二人を見ていた」［六一］）。また、ジョン・ウェスリーが町に出るのは、脅迫的に息子に父親の復讐を誓わせる母親の命令による（この母親には神秘的な力があり、不思議なやり方で夫が殺害されたことを知覚する）（六六–六七）。ここで重要なのは、この母親が執着しているのが、夫の異常に過激な自己信頼（セルフ・リライアンス）の生き方である。彼女によれば、第一次世界大戦で負傷したケネス・ラトナーは、政府の補償や恩給などをあえて受け取らず、誰からの施しも受けずに、ニューディール期にいたっても、むしろ「施す者」でありつづけたという（七三）。この裏には、われわれの文脈で言うところの、「米国政治史上に例をみないほど激しい敵意」[36]が見え隠れしているのだが、それは他方で、殺人や火事場泥棒などをも厭わない「倫理」観の欠如によって可能になる生き方として表象されている。シルダーを襲うラトナーは「悪」そのものであり、「父」＝「法」＝「悪」という等式を具現した存在であるのだ。

このことは、「果樹園の守り手」として「国家」や「法」の捕捉装置にとらわれない生を希求したオウィンビーの物語や、シルダーのアンチノミアンへの転向の物語が最終的には、脱神秘化／脱審美化されていることと関連している。物語の終わりで、数年の時を経てレッドブランチに戻ってきたジョン・ウェスリーは（この間、彼は第二次世界大戦に従軍していたと考えられる）一九四五年にすでに亡くなっている母の墓石の前に立つ。この最終場面で象徴的に表されているのは、ジョン・ウェスリーが「父」と「母」から解放された姿であり、同時に、古い共同体の「掟」が、というよりも共同体自体がすでに消滅しているという事態だろう（「いずれにせよ、それは彼の家ではなかった」［二四四］）。この場面で読者は、もはやオウィンビーもシルダーも誰も存在しないトポスに、つまり、物語全体のメタレベルにジョン・ウェスリーが立っていること、言い方をかえれば、物語の視点がジョン・ウェスリーであったことを発見する。

彼は墓石に手を伸ばし軽くたたいた。その仕草は、おそらく何かのイメージを喚起するためであり、ある名前やある場所への忠誠心、さまざまな顔が分かちがたく溶け合っているがそれでも不動の真実であることには変わりない幻の追憶への忠誠心を引き起こすのだった。……彼らはもう去ってしまった。逃げたのか、処刑あるいは流刑になったのか、失われたのか、抹消されたのか。陸地の上では太陽と風がなお森や草地を燃やし揺らしている。その人々の化身も、末裔も、痕跡も残ってはいない。今そこに住んでいる奇妙な人種の言葉では彼らは神話、伝説、塵なのだ。(二四五-四六)

つまり、この場面で描かれているのは、「歴史」の外部に立ち、また、「法」による支配を受けず、依拠するべき古い「掟」をもたないジョン・ウェスリーの存在様式と言える。しかし、だからこそ、彼は古い「掟」の継承者というよりも、新たな「掟」の創造者として立ち現れることになる。[37] マッカーシーの後の作品にも通底する「保守」性とは「掟」の起源にこだわりながら、古い「掟」を復古的に求めるのではなく、新たな倫理の世界のとば口に立つ者に与えられた、「保守」の可能性の謂いと言えるのではないだろうか。

註

1　この小説は、草稿の段階（早くとも一九六四年八月一一日）までは、『窯の労働者』（*Toilers at the Kiln*）という、社会主義小説のような仮タイトルが使用されていた。*The Cormac McCarthy Papers, 1964-2007.* MS and TS. Alkek Lib. Texas State University, San Marcos, Box 6を参照。

2　T. S. Eliot, "Tradition and the Indivisual Talent," *Selected Prose of T. S. Eliot*, ed. Frank Kermode (New York: Harcourt Brace Jovanovich, 1975) 37-44を参照。

3　マッカーシー家が北部ロードアイランド州から南部テネシー州にやってきたアイルランド系（カトリック）であり、アパラチア山岳民の人種的背景がスコッツ・アイリッシュ（プロテスタント系）中心であったことは、ニューディールとマッカーシーとの関係を複雑化したことは想像に難くない。父親は社会活動・教会活動に熱心な地元の名士でもあり、マッカーシーは幼少期からノックスヴィルで一番古く大きなカトリック教会に通い、高校までカトリック教育を受けた。カトリックや父親に対するマッカーシーの反発心は、彼の作品に見え隠れするグノーシス主義的宗教観と結びつけて考えることもできるだろう。また、コーマックという名前が父親にちなむチャールズから古代アイルランド王にちなむ名前への改名であること、奨学金を得てアイルランドへの自分の起源探しの旅をするなど、マッカーシーが自身の出自へ強いこだわりを見せていたことは、ニューディール期に北部からカーペットバガー的に南部にやってきた人間の、宗教的・民族的に引き裂かれた主体意識が反映されていると言ってもいいだろう。ちなみに、「ある溺死事件」（"A Drowning Incident," *The Phoenix* [A Publication of the University of Tennessee at Knoxville, 1960] 3-4）で主人公が拾ってきた子犬を父親が川に投げ捨て、その死骸を川下で見つけてしまうエピソードは象徴的だが、この行為は『ブラッド・メリディアン』の判事ホールデンによって再演される（Cormac McCarthy, *Blood Meridian, or, The Evening Redness in the West* [New York: Vintage, 1992] 201）。

4　Richard Hofstadter, *The Age of Reform: From Bryan to F. D. R.* (New York: Vintage, 1960) 303-04.

5　Hofstadter 316-17. ホフスタッターはまた、「ニューディールの最も先進的な理論」を生み出したとするサーマン・アーノルドの書に言及しながら、プログレッシヴィズムとニューディールが主に使用する語彙の相違にあらわれる価値観の相違を指摘している。すなわち、前者はアングロサクソン系プロテスタントの道徳的・知的伝統を想起させる語彙

(patriotism, citizen, democracy, law, character, conscience, soul, morals, service, duty, shame, disgrace, sin, selfishness)、後者は経済的緊急性や官僚政治の要請に由来する価値を示す語彙(needs, organization, humanitarian, results, technique, institution, realistic, discipline, morale, skill, expert, habits, practical, leadership)の使用が顕著だという(320)。

6　Hofstadter 325.

7　Hofstadter 327.

8　Hofstadter 304.

9　Richard Hofstadter, *Anti-Intellectualism in American Life* (New York: Vintage, 1963) を参照。

10　志村正雄「知性・反知性・神秘主義――マッカーシーイズムからＩＤまで」『反知性の帝国――アメリカ・文学・精神史』(巽孝之編、南雲堂、二〇〇八年)一一一―一二。

11　G. Edward White, *The Constitution and the New Deal* (Cambridge: Harvard UP, 2000) 2.

12　Thomas J. Sugrue, "'Hicks' and 'Hayseeds': The History of White Poverty in America Takes in Race and Class, Stereotype and Exploitation." Rev. of *White Trash: The 400-Year Untold History of Class in America*, by Nancy Isenberg, *The New York Times Book Review* 26 Jun. 2016. 11 を参照。

13　Peter Walther, *New Deal Photography: USA 1935-1943* (New York: Taschen, 2016) を参照。

14　Horace Kephart, *Our Southern Highlanders: A Narrative of Adventure in the Southern Appalachians and a Study of Life among the Mountaineers* (New York: FQ Books, 2010) 150-51 を参照。

15　Cormac McCarthy, *The Orchard Keeper* (New York: Vintage, 1993) 46. 以下、本書からの引用訳はすべて著者による。

16　Barbara Brickman, "Imposition and Resistance in *The Orchard Keeper*," *Myth, Legend, Dust: Critical Responses to Cormac McCarthy*, ed. Rick Wallach (Manchester: Manchester UP, 2000) 55 参照。カエサルの『ガリア戦記』にも書かれているように、宗教的・政治的指導者であったドルイドの影響力は甚大だった。彼らはオークの森を聖なる地としていたが(木村正俊『ケルト人の歴史と文化』〔原書房、二〇一二年〕一三二―三八参照)、遺棄されたケネス・ラトナーの死体を木の葉で隠し、二年以上ものあいだ保管するというオウィンビーの行為は、人身を神に捧げるドルイドの供犠をなぞるものと解釈できる(Brickman 61)。

17　Gabe Rikard, *Authority and the Mountaineer in Cormac McCarthy's Appalachia* (Jefferson: McFarland, 2013) 9-10 を参照。

18　Thomas P. Slaughter, *The Whiskey Rebellion: Frontier Epilogue to the*

American Revolution (New York: Oxford UP, 1986) 65.

19　Rikard 10を参照。この文脈において、ハミルトンは「蒸留所の所有者すべてに対してすぐに接触できる距離（一〇マイル以内）に役所があることが望ましい」（Alexander Hamilton, *The Papers of Alexander Hamilton, vol. 8: February-December 1794*, ed. Harold C. Syrett, et al. [New York: Columbia UP, 1967] 368）と書いている。

20　ウィルバー・ミラーは、南北戦争後の南部再建期までに、連邦政府の歳入源に占めたウィスキー税の重要性について分析し、「ウィスキー税は、一八六三年の三〇%から八四年の六三%に上昇しているように、歳入の主要源となった。ウィスキー税は拡大するアメリカ政府が日々機能するために恒久的に寄与するように思われた」（Wilbur R. Miller, *Revenues and Moonshiners: Enforcing Federal Liquor Law in the Mountain South, 1865-1900* [Chapel Hill: U of North Carolina P, 1991] 148）と述べている。

21　萱野稔人『国家とはなにか』（以文社、二〇〇五年）一〇〇。

22　萱野　一〇〇–〇二。

23　Rikard 18.

24　Rikard 15.

25　ナンシー・アイゼンバーグは『ホワイト・トラッシュ』（Nancy Isenberg, *White Trash: The 400-Year Untold History of Class in America* [New York: Viking, 2016]）において、独立期から一九世紀はじめにかけて、国家の周縁に「アウトサイダー」たちが追放される過程、および彼らがアパラチア南部の山間地域や南部の湿地地帯に移り、粗末な掘立て小屋に住み、土地所有者になることを夢見ながらも小作人として搾取され、移動労働者として過酷な生活を送る歴史的過程を考察している。

26　たとえば、「国境三部作」におけるカウボーイの「掟」や、『ブラッド・メリディアン』の判事の思想、『血と暴力の国』におけるアントン・シュガーの行動原理などは、意味合いは異なるものの、「法」と「掟」という対立図式で見るとわかりやすい。

27　Kephart 159. 南部復興期における現地の共同体と奴隷制度の関係について、ケファートは「山岳民は奴隷制度と競争する必要はなかった。伝聞以外に奴隷制度について知っている者はほとんどいなかった。彼らの黒人への嫌悪感は単なる本能的なものと、奴隷的な状態に甘んじる者への軽蔑による」（Kephart 160）と述べている。この種の記述は南部農本主義者によるユートピア的描写とも言えようが、『果樹園の守り手』の冒頭（三）に描写されている二人の白人（若いほうはおそらくオウィンビー）と一人の黒人による木の伐採の様子も同じ観点から理解することができよう。

28　オウィンビーが抱く罪意識は自然描写に反映され、たとえば、彼が警官に追われて山中を逃げるときの情景描写（一七二）に「客観的相関物」として表現されている。Natalie Grant, "The Landscape of the Soul: Man and the Natural World in *The Orchard Keeper,*" *Sacred Violence: A Reader's Companion to Cormac McCarthy*, ed. Wade Hall and Rick Wallach (El Paso: Texas Western P, 1995) 61を参照。この地域の森林伐採は、洪水や山火事、生態系の破壊をもたらし、ミンク、マスクラット、ピューマといった動物は絶滅の危機に陥り、胴枯れ病（葉枯病）の蔓延の影響により、一九四〇年までにアパラチア山脈全域のほとんどのクリの木が病気にかかるか死んでしまうほどだったとされる。Donald Edward Davis, *Where There Are Mountains: An Environmental History of the Southern Appalachians* (Athens: U of Georgia P, 2000) 193-94を参照。

29　Dianne C. Luce, *Reading the World: Cormac McCarthy's Tennessee Period* (Columbia: U of South Carolina P, 2009) 5.

30　一九四三年に連邦政府は原子爆弾開発、とりわけプルトニウム製造研究のためにノックスヴィル近郊のオークリッジに原子力研究所を設立した（Grant 64）。この原子力研究所の保管施設だと思われる。マッカーシーの作品には核爆発のイメージがしばしばあらわれるが、彼の少年期にできたこの施設（放射能汚染隠蔽の歴史もある）の影響もあるのだろう。オークリッジにこの研究所が設立された要因のひとつに、ニューディールの開発工事によりできたノリス・ダムの完成が挙げられる。Charles Johnson and Charles Jackson, *City Behind a Fence: Oak Ridge, Tennessee, 1942-1946* (Knoxville: U of Tennessee P, 1981) 41-47を参照。

31　ここで使用されている"anomic"という語は「無法」つまり「法のない状態」を意味するギリシア語から派生した"anomie"の形容詞であることは示唆的だ。

32　Donald Davidson, *The Tennessee*, vol. 2 (Nashville: J. S. Sanders, 1992) 147.

33　Henry David Thoreau, *Walden, and Civil Disobedience: Authoritative Text, Background, Reviews, and Essays in Criticism*, ed. Own Thomas (New York: Norton, 1966) 233.

34　John Kobler, *Ardent Spirits: The Rise and Fall of Prohibition* (New York: G. P. Putnam's Sons, 1973) 353.

35　William J. MacArthur, Jr., "Knoxville's History: An Interpretation," *Heart of the Valley: A History of Knoxville, Tennessee*, ed. Lucule Deaderick (Knoxville: East Tennessee Historical Society,

1976) 65.

36　志村　一一一。

37　この意味で、「ジョン・ウェスリーは生き残り、彼の恩師たちは古い価値観を彼に伝道するのに成功した」（Brickman 56）という見解は楽観的にすぎるだろう。

第2章　『外なる闇』——南部ゴシックとグノーシス主義の世界像

南部ゴシックへの定位

「ゴシックが発見されてはじめてアメリカの真面目な小説が現れた。アメリカ小説が続く限りゴシックが滅びることはあり得ない」[1]と述べたのはレスリー・フィードラーだった。なるほど、チャールズ・ブロックデン・ブラウンやエドガー・アラン・ポーにより、ヨーロッパから移入され、アメリカ化されたゴシック文学は、現在ではアメリカ文学自体の中心を形成しているといっても過言ではあるまい。アメリカン・ゴシックが「伝統」化されるうえで大きな役割を果たしたのは、二〇世紀のウィリアム・フォークナー、テネシー・ウィリアムズ、カーソン・マッカラーズ、フラナリー・オコナーといった、サザン・ルネサンスの作家たちであった。南北戦争後の近代化に取り残された南部社会を題材とし、「南部」とは何か、「南部人」とは何かという、鋭敏な社会意識に貫かれたその作品群は、「非合理で、身の毛のよだつ、逸脱的な思考・欲望・衝動」「グロテスクな登場人物」「黒いユーモア」「苦悩と疎外感」といったゴシック文学の特質を共有している。[2]いわゆる「南部ゴシック」の文学は、奴隷制度や人種主義に密接にまつわる、南部白人の罪意識や心の闇を探究することで、隠された南部社会の本質を浮き彫りにする。

そのようなアメリカン・ゴシックの批評的文脈において、コーマック・マッカーシーの初期の小説は論じられてきた。[3] たしかに、デビュー作『果樹園の守り手』（一九六五年）から『サトゥリー』（一九七九年）にいたる、アパラチア南部を主要舞台とする小説群は、扇情的なプロットやサスペンスをともないながらアメリカ南部社会の現実に対する鋭い批判意識に貫かれている。とりわけ、長編第二作『外なる闇』（一九六八年）は、南部ゴシックの「伝統」と結びつけられ、「暴力、人間の堕落、人間性および自然の悪」など、マッカーシー作品を貫く主題を最も直接的かつ寓意的に描いた作品と見なされている。[4] もっとも、『外なる闇』は、個人を抑圧し、その内面を支配する社会のあり方や歴史を単純に批判するだけの抵抗小説ではなく、社会を包摂、あるいは超越する「世界」という概念を措定し、その根源的恐怖を探究する点において、また、「世界」の外にある闇、すなわち、「外なる闇」をも探究する点においてすぐれて南部ゴシック的である。「グロテスク」な登場人物たちは、南部ゴシック小説にふさわしく、「社会的パターンの典型から離れ、神秘や予期されざるものの方向に向か［い］……否応なく外部に放り出され、悪に遭遇」[5] する一方で、物語はリアリズムでは表現しきれない、集合的無意識や神話的世界へと逸脱し、「歴史」と「神話」、「現実」と「幻想」、「内」と「外」、「意識」と「無意識」、「善」と「悪」のあいだを絶えず揺れ動きつづける。そして、ここにグノーシス主義的な世界観が介入してくる。[6] 本章では、マッカーシーが『外なる闇』において、どのように南部ゴシックを援用し、南部神話を解体しているのか、さらには、ハンス・ヨナスの『グノーシスの宗教』[7] を導きの糸にしながら、その独特の神話的世界がどのように立ち現れているのかを確認したい。

「グロテスク」と／な「他者」

世間から隔絶した暮らしをしていたキュラ・ホームとリンジーの兄妹は、近親相姦により赤子をもうける。ところが、キュラは死産だったとリンジーに嘘をつき赤子を森のなかに捨ててしまった。やがてリンジーはキュラの嘘に気づいたが、赤子はすでに放浪の鋳掛屋に連れ去られてしまっていた。赤子を取り戻そうと鋳掛屋を追ってリンジーは山地を彷徨い、キュラはリンジーの後を追う。最後まで交わることのないそれぞれの彷徨の途中で、二人は奇妙な人間たちに遭遇し、話を聞き、幾多の危険な目にあう。その背後では、聖なる三位一体を反転したような三人組の殺人鬼が出遭う人間を次々と殺害している。やがて、鋳掛屋から赤子を奪った三人組はキュラの眼前で赤子を惨殺し、その肉を食べ、血を飲む。かくして、キュラの彷徨は出発地の沼地で、リンジーの彷徨は赤子と鋳掛屋が殺された空き地で終わりを迎える。

新約聖書から引かれた『外なる闇』というタイトルが暗示するように、この小説は寓意小説として捉えることもできる（ただし、寓意を下支えする聖書の救済観を転覆している点において、反寓意的でもある）。[8] ラッセル・M・ヒリアーが詳細に比較検討しているように、[9]『外なる闇』は、ジョン・バニヤンの『天路歴程』を換骨奪胎し、中世ヨーロッパの道徳物語をパロディ化した、ポストモダン的寓意とも言えるだろう。実際に、『天路歴程』が夢物語の形式をとり、主人公クリスチャンが妻子を捨て、「滅亡の市」から巡礼の旅に出発、「落胆の沼」「死の影の谷」「虚栄の市」などにおける誘惑や苦難に打ち勝ち、「天の都」にいたるまでを描いた物語（第二部では「滅亡の市」に残された妻クリスチアーナが同様に「天の都」に到達する道程が描かれる）であることを考えれば、『外なる闇』のパロディ的側面は際立つ。『天路歴程』の正式な題名が「この世から来るべき世にいたる巡礼の旅」であることに鑑みても、『外なる闇』においてキュラとリンジーが到達する「世界」は「来るべき世」の対極的な世界であることがわかる。

また、『外なる闇』を、人類初の殺人を犯した、カインの罪と背信を語る、旧約聖書の物語を忠実にたどったものとみる向きもある。[10] ここで指摘されるのは、キュラが人間社会から放逐されつづける『外なる闇』の物語設定が、神から悔い改めを求められたにもかかわらずエデンの東に移住し神から隠れたカインの物語をなぞる点だけではない。キュラとリンジーは現代のアダムとイヴであり、二人の世界は、文字通り、旧約聖書的世界と捉えることができるのだ。そもそも、カインの子どものみならず、アダムとイヴの子どもたちはみな、今で言う近親相姦の子どもたちであるのだが、このことは旧約聖書の世界においては当然であった。つまり、近親相姦が禁忌とされたのは人類の数が増えたモーセの時代（紀元前一三世紀）であったことに鑑みれば、キュラが妹のリンジーとのあいだに子どもをもうけるという物語設定は、二人を旧約聖書的人物として造型するためには不可欠なのだ。「私にとって知らない人間（stranger）ではない人間はこの世界にはひとりもいません」[11]（二九）というリンジーの不可解な言葉や、「隠喩のレベルでは、キュラとリンジーはアダムとイヴを再生したもの」[12] という見解もこの文脈で理解できるだろう。[13]

だが、そのように、複層的な寓意をはらむこの小説を、現実から乖離した寓意のための寓意小説として片づけてしまうことはできない。そのことは、アパラチア南部のアクチュアルな社会問題を反映した人物設定や舞台設定からもうかがえる。実際に、物語で唯一、はっきりと言及される「ジョンソン郡」は、テネシー州の北東端に位置し、物語のなかでキュラが旅を開始する場所と同定できるし、[14] キュラとリンジーは「アパラチアの山岳民」のように話し、ふるまう。[15] 南北に長く連なるアパラチア山脈の各地域はアメリカのなかでも最も貧困が厳しい地域であり、ニューディール期までは外部との交流がほとんどない、「極度に周縁化した下層階級」[16] が暮らす、「民族的包領」が存在したのだが、そのように政治的・経済的に孤絶したアパラチア南部からも疎外された存在として、キュラとリンジーは、現実に存在しうる人物として、リアリズムのモードで描かれてもいる。つまり、『果樹園の守り手』のアーサー・オウィンビーや『チャイルド・オブ・ゴッド』のレスター・バラードと同様に、キュラとリンジーは極度の貧困にあえぐ、社会的に不可視な存在として表象されているのだ。もっとも、ニコラス・モンクが指摘しているように、彼らの状況は一般読者の理解をはるかに超えており、その行動様式は「貧困や教育の欠如によって衰弱し、自己破壊や暴力という行為として現れる」[17] というわけだが、この点において、二人は現存する、貧乏白人のステレオタイプを凌駕する人物とも言える。

ここで注意しなければならないのは、逆説的だが、物語の時空間が故意に現実や歴史概念を転覆するものとして設定されている点だ。このことは、実在した人物や集団のアナクロニズムとしてもあらわれている。たとえば、「襲撃者の一団は、南北戦争前のフロンティア入植期に暗躍したミュレルの一味のようだが……時代設定は奇妙かつ超現実的だ」[18] と指摘されているように、一般に流布する歴史上の人物の伝説が導入されながら、[19] その特定の時空間自体を転覆する仕掛けが施され、その結果、主人公の実存状況が前景化されることになるのだ。後述するように、リアリズムの時空間から地続きに移行する幻想的・神話的時空間は、人間の内面の闇、無意識、夢の世界であり、その意味において、きわめてリアルかつ神秘的な個人の領域として表象されることになるのだ。

そのような物語の仕掛けにともない強調されることになるのは、ステレオタイプを凌駕する人物たちの「グロテスク」さである。[20]「北部人は南部から出てきたものは何でもグロテスクと呼ぶ」[21]と述べたのはオコナーだが、北部からの南部への視線のイデオロギーとして捉えるにせよ、人間の普遍的な生のあり方として捉えるにせよ、「グロテスク」とは、支配的な価値基準から逸脱した者を理解可能なものとして統御し、封じ込めるための修辞と言える。だとすれば、キュラとリンジーの人物造型は、「グロテスク」が社会的に構築された概念であり、「グロテスク」という概念自体が「他者」を支配・統御する社会常識やイデオロギーと共犯関係にあるという事実を暴露すると同時に、「グロテスク」の対極に想定される、参照点としての「正常」さの概念に異議申し立てをするものとして捉えることができる。この点においてこそ、『外なる闇』の南部ゴシック的な社会批評性が顕著にあらわれる。

ここで重要なのは、二人が社会や共同体との接触をほとんどもたなかったがゆえに、自分自身の存在様式を最後まで相対化できないことの意味であろう。自分たちの境遇を顧みることができない二人は、自分たちが他人の目にどのように映るのか、想像する能力も機会ももたない。近親相姦という社会的・宗教的禁忌の意味を理解することもできないのは当然であろう。だとすれば、「彼らの出自が表現される必要はないのだし、社会や文化と関連づけられる必要もない」[22]ということになるのだが、他方、このことは、キュラとリンジーを「他者」化する南部社会や文化の無意識が問題化される端緒となる。

出自の不明という主題は、南部ゴシックの作品においてさまざまに変奏されてきたが、『外なる闇』においては、二人のアイデンティティはどこにあるのかという問題よりも、二人の「他者」性はいかに表象できるのかという問題と密接に結びついている。事実、物語を通して強調されているのは、二人が他の人間や社会と遭遇する際の異和感であり、いかなる人間同士の「共感」の領域にも留まることができない二人の存在様式である。二人は社会に迎え入れられることはなく（あるいは、彼ら自身にそのような発想は欠如している）、徹頭徹尾、社会の「他者」として立ち現れているのだ。「キリスト教信者も社会主義者も実存主義者も結びつける『隣人』という概念に、マッカーシーの小説の倫理的基盤はある」[23]と解釈する向きもあるが、この二人が「隣人愛」の対象として表象されているとは言い難い。それどころか、物語が徐々に明らかにしていくのは、自らを「善」や「正義」として肯定するために、二人を排除すべき「他者」として必要としてしまう社会や世界のあり方なのだ。

時空間の飛翔とグノーシス主義的「無知」

かくして、『外なる闇』の世界は、キュラとリンジーにとって、不条理なゴシック的空間として出来する。聖書の記述に由来する、荒らされた墓、切り刻まれた遺体、首つり死体、突進してくる豚の群れはその範例だが[24]、それらは人間の心の闇に宿るものでもあるのだろう。そのように考えてはじめて、『外なる闇』が、社会や世界の暴力性について探究すると同時に、人間存在の闇を探求する物語であることの意味が見えてくる。物語がリアリズム的時空間の概念を離れ、神秘的世界へと開かれていくこと、たとえば、乳が止めどなく流れつづけるのは赤子が生きているからとするリンジーの非合理な解釈（一六〇）や、「一行で読者を物理的なものから形而上学的なものへと導く」[25]語りのあり方などは、人間の心の闇と世界の闇が同根であること、というよりも、人間の心の闇が世界そのものであることを示している。
そのように考えると、物語前半で描かれるキュラの夢が物語全体の解釈枠を提示するために導入されていることがわかる。

両腕を広げて広場に立つ預言者は集まった物乞いの群衆に向かって説教をしていた。ひっくり返った盲目の眼で預言者を注視している浮浪者の一群。しわしわの歯茎やらい性の赤膚。太陽が日食の頂点にかかり預言者は彼らに語りつづける。太陽は次第に陰に隠れ再び姿を現す前にこれらの魂はすべての苦痛から癒されることになっている。この夢を見ている彼自身はこの嘆願する群衆に交じっていたが彼らへの祝福が終わり太陽が黒くなりはじめると前に進み、手を上げて大声を出した。俺も、俺も癒されるのか、と彼は叫んだ。預言者は驚いたように浮浪者たちの群れに交じる彼を見下ろした。太陽は動きを止めた。不意を突かれた預言者は言った。ああ、おそらく癒されるだろう。それから太陽の形が歪み暗闇が雨垂れのように落ちてきた。針金のように細くなった太陽の最後の縁がすっと消えた。彼らは待った。動くものは何もなかった。彼らは長い間待ちあたりはひんやりとしてきた。頭上には別の季節の星々がかかっていた。だんだんと落ち着かなくなりぶつぶつ言う声が聞こえるようになった。それでも太陽は帰ってこなかった。寒さと黒さと静けさが増し叫びはじめる者や自暴自棄になる者も出てきたが太陽は帰ってこなかった。こうなるとこの夢を見ている彼は恐怖に駆られた。群衆の怒りの声の矛先は彼に向けられた。彼は群衆のなかに捕らえられ彼らのぼろ服の異臭が鼻をついた。群衆の動きは御し難くなり彼は身を隠そうとしたが彼らはこの希望が絶たれた暗闇

の穴でも彼の居場所がわかり怒号を浴びせかけてくるのだった。（五—六）

「物理的空間、罪意識、霊的な絶望が完全に融合し、区別不可能」[26]な「太陽が帰ってこない」この夢の世界は、キュラとリンジーが彷徨う世界そのものであり、「反田園主義（anti-pastoral）」を具現している。[27] この世界が、「悪」の象徴である「蛇」のイメジャリーに満ちていることは、もちろん偶然ではない。焚火には蛇の舌の炎が燃え（一八八）、火かき棒は蛇の形をそなえ（二〇三）、川は蛇の音をたてている（一六七）。蛇を憎む話（一一五）、蛇に噛まれた話（一二五）、大蛇を捕まえた話（一二七）など、物語では蛇への言及は無数にある。また、人の笑顔（三九）にも宿り、川の色（一六三）にも醸し出される「悪」は、邪悪な世界そのものの様態であると同時に、人間の心の闇が乱反射するものでもあるのだろう。ここで描き出される「悪」とは、「善に対置される」抽象概念ではなく、「逃れられようのない邪悪な現実、腐敗した物理的な世界の腐敗状況、人間の奇形や堕落」[28]というゴシック的実在の謂いなのだ。

ダイアン・ルースは『外なる闇』をキュラの夢の実現する物語として読み解き、物語を統御するグノーシス主義的世界観を浮き彫りにしているが、[29] なるほど、物語の終わりでキュラとリンジーが到達するトポスは、グノーシス主義的な意味での、真なる神が不在の世界である。実際に、キュラの夢において提示される、「太陽が帰ってこない」暗闇としての世界の表象は、グノーシス主義の救済論と矛盾なく両立する。すなわち、それは、「外なる宇宙も人間も神的・超越的本質（実体）と物質的・肉体的実体とに二元的に分裂しているとみなされ……個々の人間のうちに宿る神的実体は肉体および可視的・物質的宇宙を超えて、超個人的な（＝原人の）神的実体と同一」[30]とされる世界観の反映なのだ。
グノーシス主義的救済論では、救済は個々の人間が「神的実体」に「回帰・合一することにあるが、そのために人間は反宇宙的に到来する神からの啓示を通して、自己の神的本質、その由来と将来を認識（覚知）しなければならない」[31]とされる。人間は「二重の起源をもつ――すなわち彼は世界のものであり同時に超世界的かつ外世界的である」[32]のだ。

救済されていない状態のプネウマ［＝個々の人間に宿る神的実体］は……魂と肉体のなかに埋没し、己を自覚せず、麻痺し、眠りこみ、あるいは世界の毒に酩酊している。一言でいえば、それは「無知」である。その覚醒と解放は「知識」を通じてもたらされる。……グノーシス的努力の目標は、「内なる人」を世界の絆から解放すること、そして彼の生まれ故郷である光の領域へ帰還させることである。このために必要な条件は彼が超越的な神と自己自身について知ることとされる。自己自身について知るとは、みずからの神的な出自およびその現在の状況、したがってまたこの状況を規定する世界の本質について知ることである。[33]

このようなグノーシス主義的救済論の文脈に置いてみると、主人公の名前キュラ（Culla）が「無知」を示唆することは決して偶然とは言えない。近代初期英語で“cully”という俗語は、「馬鹿」（fool）、「騙されやすい人」（dupe）、「無知な者」（ignoramus）をあらわすし、[34]キュラの夢では、彼が救済されるための「知識」をもちえずに、「無知」の領域に留まることが予兆されていることは明白だ。キュラの彷徨が堂々巡りのまま終わることも物語的必然と言える。

リンジーもまた、グノーシス主義的救済論との関連において、「無知」を体現する人物して捉えることができる。マッカーシー作品の女性登場人物のほとんどはポーの「アッシャー家の崩壊」のマデラインを想起させる、カタレプシー（強硬症）の女性、あるいは人形のように生気のない人物と言えるが、リンジーもこの系譜に属する。[35] 実際に、「彩色した陶磁器に描かれた人形の目」（二五）、「不具の操り人形」（三二）といった、彼女を描写する表現はその主体性の欠如ばかりでなく、グノーシス主義的な意味での「無知」を強調している。

もっとも、この物語のリアリズム的文脈において、リンジーには他のマッカーシー作品の女性登場人物とは異なる主体性を認めることもできるだろう。リンジーの彷徨が赤子を取り戻すという目的に貫かれていることをキュラの旅の無目的性と比較してもいいだろうし、赤子の殺害を目撃しても心を動かされない、「マッカーシーの作品のなかで欠陥のある父親の極端な例」[36] であるキュラの父性とリンジーの母性を対照してもいいだろう。この点において、リンジーの人物像はフォークナーの『八月の光』のリーナ・グローヴと同様に「南部淑女の神話を根本から転覆する」[37] ものとして理解できるかもしれない。事実、リンジーはさまざまな苦難にもかかわらず「威厳や力を得ていく」ように映るし、「単に男性の欲望に従属的なのではなく……欲望の主体、欲望する主体」[38] と見なすこともできるからだ。

だが、やはり、この物語のグノーシス主義的救済論の文脈においては、リンジーのこのような主体性もまた、救済に結びつかない「無知」の一つの形態と見なさなければならないだろう。悪や暴力や死が蔓延る『外なる闇』の世界においては、男性主体であれ、女性主体であれ、社会的・俗世的な主体が救済のためには何の役にも立たないという物語的真実が前景化されているのだ。このことは、カタルシスがもたらされない物語のエンディングに端的に示されている。キュラの眼前で赤子が殺害される場面は「カタルシスとは著しく対照的」[39]だし、道を彷徨いつづける「無知な」キュラの姿には、グノーシス主義的な救済の道が閉ざされた事実が刻印されている。「宇宙は広大な牢獄のごときもので、そのもっとも奥にある土牢が地、すなわち人間生活の場である。……この宇宙の建築の宗教的意味は、この世界と彼方とのあいだに介在するすべてのものが人間を神から隔てる働きをする。……宇宙体系の広大さと多層性は人間がいかに神から遠ざけられているかを表している」[40]というわけだ。

彷徨の果ての「悪」と「暴力」

このように見てくると、「アルコーン［下位の権力者・支配者］たちは集団で世界を支配し、各々が自分の天球にあって宇宙の牢獄の看守役をつとめる。……各々のアルコーンは自分の天球の監視人であって、魂たちが世界を逃れて神のもとに帰るのを阻む。それゆえ彼らは死後に上昇しようとする魂の通過を妨害する。アルコーンたちはまた世界の創造者でもある」[41]というグノーシス主義の世界観・人間観を、『外なる闇』は忠実になぞっているように見える。物語終盤で描かれる、キュラの行く手を阻もうとするかのように出現する川の氾濫はその範例であろう。たしかに、この川は、「魂たちが世界を逃れて神のもとに帰るのを阻む」[42]アルコーンに見立てることができる。『天路歴程』の「死の川」の「川渡り」を想起させるこの場面では、キュラは渡し舟に乗り、「波止場を不気味にシューッと通り抜ける音を立てる川」（一六七）を渡ろうとする。「由々しい爬虫類の生を与えられているかのような」（一六七）川は「船を口の中にやさしく入れる」（一七三）。キュラは船の甲板のうえで波打つ水の音が「あたかも自分を探しているかのように」感じ、「川の早瀬に立つ波の青白い歯」が「修道院に閉じ込められた狂人のような吃音」を出すのを耳にする。このようにゴシック的に擬人化された川は、「激怒した」(raging)、「咆える」(howling) などと形容されるように（一七一）、同船した馬を発狂させ、キュラの救済の道を妨害する「アルコーン」の意思を投影するようだ。

　怒り狂う川の向こう岸に一瞬、「光」を見たキュラはそれがどんな「光」なのかを考える間もなく、目を凝らしてそれを探し求める（一七四）。怒り狂う川のなかにいるキュラにしてみれば希望と救いへの導きに見えるのは当然だが、その「光」はグノーシス的な「知」、すなわち、真の救済につながる「光」ではなく、キュラをこの「世界」に捕捉して放さないまやかしの「光」なのである。果たして、それは悪の三人組の囲い火の「光」ということがすぐに明らかになる。『天路歴程』においては川を渡った主人公は天使に迎えられ、天国の門を通り彼岸に到着するが、『外なる闇』においては「闇」から別の「闇」、あるいは、さらに暗い「闇」へと移行するだけなのだ。ここではキリスト教的寓意があからさまに転倒している。

　キュラが豚追いの男たちから豚の狂乱の罪を着せられ、あやうく絞首刑になりそうになる場面では、より顕著にキリスト教的寓意のパロディ化が見られる。『マタイによる福音書』（八章二四節–三四節）および『マルコによる福音書』（五章一節–二〇節）には、悪霊にとりつかれた凶暴な人物がイエスのところにやってくるエピソードがある。『マタイによる福音書』では「神の子、かまわないでくれ。まだその時ではないのにここに来て、我々を苦しめるのか」と言いつつ姿を現す悪霊は自分たちを追い出すのなら、遠くでえさをあさっている豚の群れのなかに入れてくれとイエスに願う――「イエスが、『行け』と言われると、悪霊どもは二人から出て、豚の中に入った。すると、豚の群れはみな崖を下って湖になだれ込み、水の中で死んだ」。「悪」を凌駕するイエスの神秘的な力を表現する、聖書のエピソードをパロディ化しながらマッカーシーが示そうとしているのは、「悪の性質を理解するためには、キリスト教は不十分である」[43]ということなのだろうが、『外なる闇』における「悪」の属性はいっそう複雑に示されている。実際に、この場面では、豚追いたちはキュラが不思議な「悪」の力で豚たちを狂乱させ川に追いやったと見なし、キュラは「悪」として処刑されそうになるのだ。

キュラが命からがら逃げた先で対面するのは「捕食動物の好奇」(一七六)をもって彼を見つめる、不気味な三人組である。「悪」と見なされたキュラは続く場面で「悪」と遭遇するのである。ウィリアム・スペンサーはこの三人組(首領[父]、ハーモン[子]、唖[聖霊])を「邪悪な三位一体」(unholy trinity)と呼び、キリスト教の「三位一体」像の反転と捉えているが、[44]三人組の邪悪さについては、カニバリズムを想起させる肉がキュラに与えられる場面に端的に表現されている(「こんな肉を食べるのははじめてだな、とキュラはいった」)(一七九)。[45]「この三人の役割を区別することにより、マッカーシーは、一人の人物に具象させるよりも、グノーシス的な世界の支配者[アルコーン]のさまざまな[邪悪な]属性をより神話的にダイナミックに表象することに成功している」[46]というわけだ。

この場面で、キュラはブーツを奪われ、代わりにぼろぼろの靴を渡される。このブーツはキュラが旅の途中で無断で拝借した上等品だが、物語においては、呪いの一品として機能している。持ち主である地方の名士が激怒してキュラの後を追跡するが、彼は三人組によって惨殺されてしまう。もっとも、このブーツは、グノーシス主義的救済論の文脈においては、キュラが救済に導かれるための「知」を象徴するとも考えられる。実際に、出会う人物のほとんどがキュラの履いているこのブーツに言及するだけでなく、あわよくば手に入れようとする点、また、キュラも始終このブーツに視線を送る点において、このブーツの象徴性は際立つ。かくして、このブーツに導かれるようにキュラは三人組の前にやってくるが、ここで強調されるのは、再びグノーシス主義的な意味でのキュラの「無知」なのである。「死人のブーツを履くのは何も履かないよりはましなんだろうな」と首領に言われたキュラは、ブーツの元の持ち主が殺害されたことに想像が及ばない。


そんなに大きなブーツだとかかとがすり減ってしまうだろうな、と男は言った。

大丈夫、とホームは言った。

そうは思えんが、と男は言った。……もしかするとお前は別の人間かもしれん。俺が言うことを理解しているようには思えんからな。とにかくそのブーツを脱ぎな。(一八五–八六)

「火の中に座っているように見える」首領に命令されたキュラは、無意識でブーツを脱ぎ、つまり、救済の可能性を放棄するように首領の前に差し出す。首領は「別世界の加工物を調べる野蛮な靴屋のように」ブーツを手に取り、自分の靴を脱ぎ、そのブーツを履く(一八六)。その後、首領の脱いだ靴はハーモンが履き、ハーモンの靴は唖が履くことになる。そして、「大きさが合わず、裂け、形がくずれ、焦げ目ができ、針金や紐で雑に繕った」唖の靴がキュラに与えられる(一八七)。「邪悪な三位一体」とのあいだで行われる、この一連の靴の交換の儀式は、キュラが救済から最も遠い、完全なる「無知」な存在に立ち戻っていく様を描写するものと理解することができるだろう。

同じ頃、鋳掛屋を探し当てたリンジーは赤子の所在について問いただす。森に捨てられた赤子の命を助けて一時的にも育てていたという点において、鋳掛屋は代理父と言えるだろうし、キュラにとってのブーツと同じように、リンジーを救済の場へと導く、グノーシス主義における「神的実体」の使者＝預言者のようにも映る。だが、この使者＝預言者はリンジーに「他の選択肢も、よりましな世界の展望も与えはしない」。[47] それどころか、「四〇年間、騾馬のように手押し車につながれ」、どこに行っても人々から軽蔑されてきた自分の生を嘆くことしかできない（一九九）――「人間の卑劣さをさんざん目にしてきたからなぜ神様が太陽を消し去ってしまわないのかが不思議でならない」（一九八）。要するに、彼は「世界」のなかで骨抜きにされ、「邪悪な三位一体」の暴力の犠牲となるように、自身の呪われた運命に抗うことができない、無力な使者＝預言者なのだ。

あんたがあの子に会う前に俺の死体を見るだろう、と鋳掛屋は言った。
あんたが安らぎを得ることは絶対ない、と彼女はうめくように言った。絶対に。
安らぎを得る人間なんていないない、と彼は言った。（二〇一）

果たして、生前には「無関心な手に持たれた糸に吊り下がったぼろ人形のよう」（一九六）だった鋳掛屋の死体は、森の木に吊るされ、「鳥たちにとって奇妙な光景」（二四七）となる。猟師たちにも気づかれず、禿鷹たちがついばみ、風雪によって骨肉が土に落ち胸部だけとなったその死体は「骨の鳥かご」（二四七）のようにぶら下がっている。預言者としての鋳掛屋自身が自身の死で実演しているのは、この「世界」における救済の不在にほかならないのだ。

鋳掛屋の死と赤子の殺害はほとんど同時に描写される。

ハーモンは赤子を掴み持ち上げた。赤子は炎を見ていた。［キュラ］はナイフの刃が炎の明かりのなかに猫の悪意ある細いつり目のように光り、赤子の喉には黒い微笑が突如として現れると前部が完全に裂けてしまうのを見た。赤子は音を立てなかった。ぶら下げられたままの赤子の片方の目は濡れた石のように艶が出て、黒い血がどくどくと剥き出しの腹の上を流れていた。唖が前のめりにひざまずいた。彼は涎を垂らし小さくぐずるように喉を鳴らしていた。ひざまずいたまま両手を前に伸ばし、わずかに小鼻にしわを寄せた。唖はハーモンから赤子を渡されるとそれを持ち上げ、知恵のない目で一度［キュラ］を見て、うめき声を出しながら赤子の喉元に顔を埋めた。（二四四–四五）。

キリストの肉と血を分かつ聖体拝領の儀式をパロディ化するこの場面を、ルネ・ジラールにしたがい、グノーシス主義的な意味での「世界」の秩序（この場合、「悪」の秩序と言うことになるだろう）を維持・回復するための暴力や犠牲と捉えることはできるだろう。[48] だが、他方、この「邪悪な三位一体」による赤子の殺害とカニバリズムという、すぐれてゴシック的な場面は、先述したように、アメリカ南部の文化的・宗教的・歴史的な「現実」に定位され、人間の心の闇のアクチュアルな表象ともなっているのだ。

グノーシス主義的心性とゴシック

ハロルド・ブルームはアメリカのすべての宗教や宗派、さらには、アメリカ人の精神のあり方を貫通する、グノーシス主義的心性を「アメリカの宗教」と呼び、その特異性を指摘する――「二世紀にわたって存在してきたアメリカの宗教は、取り返しのつかないほどグノーシス主義的になったと私には思える。アメリカの宗教は、創造以前の自己あるいは自己の中の自己による『知』、またはそれらについての『知』であり、その知識は破滅を希求する危険な自由につながっている。それは自然、時間、歴史、共同体、他者の自己からの自由なのである」。[49]この文脈で、『外なる闇』は、他のマッカーシー作品と並んで、「それ自身が他の自己からも、創造された世界からも自由」[50]であることとの意味と、その（不）可能性を問う物語として解釈することができる。実際に、ポストアポカリプス小説『ザ・ロード』、独我論的自己を表象する『すべての美しい馬』、半自伝的『サトゥリー』といった、一見趣をまったく異にするマッカーシー作品に通底しているのは、呪われた自己の終わりなき放浪であり、既成の文化的・社会的価値からの自由を希求するがゆえに、「暴力」や「悪」と遭遇し、根源的・絶対的な孤独に陥る自己のあり方と、その世界像なのだ。

『外なる闇』の終わりの場面で、一連の出来事から数年後、キュラはひとりの盲人と出会う。「ぼろを纏い、心穏やかな」その盲人は彼の「不変の闇」からキュラに声をかけてくるが（二五〇）、ここで盲人の存在様式が審美化・神秘化されることはない。盲人の「闇」とこの「世界」の闇は同根だからだ。道の先に進んだキュラは行き止まりの「沼」にたどり着く。そこには、「呪われた者の土地」に立つ人間よろしく裸の木々が苦しみ悶えて立っているだけである（二五一）。それ以上前に進むことができずに引き返したキュラは、盲人が「沼」の方向に歩いていくのを見て行先に何があるのかを教えようとするが思いとどまる。盲人の行先に待つ「闇」とキュラが戻る先の「闇」は、結局のところ、お互いにとっての「外なる闇」にすぎないのであり、「世界」とは「人間」の「闇」そのものだからだ。かくして、『外なる闇』は、ゴシック的表現とグノーシス主義的世界像の交点で結実した小説となる。

註

1　Leslie A. Fiedler, *Love and Death in the American Novel* (New York: Dalkey Archive, 1977) 143.

2　南部ゴシックの定義については、Jay Ellis, “On Southern Gothic Literature,” *Critical Insights: Southern Gothic Literature*, ed. Jay Ellis (Ipswich: Salem, 2013) vii-xxxiv および Bridget M. Marshall, “Defining Southern Gothic,” Ellis 3-18 を参照。「アメリカにおいては、ある種の罪意識がゴシック形式に投影されるのを待ち構えていた。無垢の夢がヨーロッパ人に大洋を渡らせ、ヨーロッパでは誰も逃れられないと感じていた過去の諸悪を受けつけぬ新しい社会の建設が目指された。しかし、ユートピアを実現しようとする者たちに土地を渡そうとしない先住民を虐殺し、黒人やラム酒や金の問題が分かちがたく罪の結び目を形成する忌まわしい奴隷制度を保持したことは、後に残してきた世界に悪が留まっていなかったことを改めて証明したのである」（Fiedler 143）というフィードラーの言は、新大陸に持ち込まれたキリスト教的原罪観とゴシック的主題の結びつきを端的にあらわしている。南部ゴシックはまた、「抑圧されたものの回帰」という精神分析的な主題と結びつけられ解釈されてきた。

3　Vereen Bell, *The Achievement of Cormac McCarthy* (Baton Rouge: Louisiana State UP, 1988) 34; Ann Fisher-Wirth, “Abjection and ‘the Feminine’ in *Outer Dark*,” *Cormac McCarthy: New Directions*, ed. J. D. Lilley (Albuquerque: U of New Mexico P, 2002) 132; George Guillemin, *The Pastoral Vision of Cormac McCarthy* (College Station: Texas A&M UP, 2004) 68-70 などを参照。

4　Robert Frye, *Understanding Cormac McCarthy* (Columbia: U of South Carolina P, 2009) 5. もっとも、マッカーシー小説の「南部」とは、フォークナーやオコナーの「南部」ではなく、一般的な南部神話と相いれない独自の歴史や文化をもつアパラチア南部、テネシー州東部を指すが、ここでは南部の多様性という問題には深入りしない。たとえば、ロバート・L・ジャレットは、プランテーションが根付かなかったこの地域では奴隷制度も根付かず、他の南部地域から政治的・経済的に孤立していたと論じている。Robert L. Jarret, *Cormac McCarthy* (New York: Twayne, 1997) 24-27 を参照。

5　Flannery O’Connor, *Mystery and Manners: Occasional Prose*, ed. Sally and Rebert Fitzgerald (New York: Farrar, Straus and Giroux, 1970) 42.

6　この点を作者のカトリック信仰の問題と結びつけて検討することも可能であろう。カトリックの宗教観との関連については、たとえば、Bryan Giemza, "Toward a Catholic Understanding of Cormac McCarthy's Oeuvre," *You Would Not Believe What Watches:* Suttree *and Cormac McCarthy's Knoxville*. 2nd ed.（N.p.: The Cormac McCarthy Society, 2012）158-72を参照。ギムザはマッカーシーの作品は「異端によって徹底的かつ逆説的に審問されるカトリックによって裏打ちされている」（172）と述べている。

7　ハンス・ヨナス『グノーシスの宗教――異邦の神の福音とキリスト教の端緒』（秋山さと子・入江良平訳、人文書院、一九八六年）。

8　このタイトルの意味合いについては、以下を参照のこと。Edwin T. Arnold, "Naming, Knowing, and Nothingness: McCarthy's Moral Parables," *Perspectives on Cormac McCarthy*, ed. Edwin T. Arnold and Dianne C. Luce（Jackson: UP of Mississippi, 1999）45-69.

9　Russel M. Hillier, "'In a Dark Parody' of John Bunyan's *The Pilgrim's Progress*: The Presence of Subversive Allegory in Cormac McCarthy's *Outer Dark*," *ANQ* 19.4（2006）52-59.

10　Paul J. Ford and Stephen R. Pastore, *Cormac McCarthy: A Descriptive Bibliography*, vol. I（N.p.: American Bibliographical P, 2014）46-47.

11　Cormac McCarthy, *Outer Dark*（New York: Picador, 1994）29. 以下、本書からの引用訳は筆者による。

12　James R. Giles, *The Spaces of Violence*（Tuscaloosa: U of Alabama P, 2006）21.

13　これとはまったく逆に、『外なる闇』を「近親相姦によって汚された過去からの精神的再生」や「心理的禁忌の抑圧、拒絶、遂行」が表現された物語と捉え、精神分析の解釈枠を応用しながら、その寓意を解釈することも可能だろう。Lydia Cooper, "McCarthy, Tennessee, and the Southern Gothic," *The Cambridge Companion to Cormac McCarthy*, ed. Steven Frye（Cambridge: Cambridge UP, 2013）45.

14　John Cant, *Cormac McCarthy and the Myth of American Exceptionalism*（New York: Routledge, 2008）83.

15　Robert Coles, "The Empty Road," Rev. of *Outer Dark*, by Cormac McCarthy, *New Yorker* 22 Mar. 1969. 133.

16　Nicholas Monk, *True and Living Prophet of Destruction: Cormac McCarthy and Modernity*（Albuquerque: U of New Mexico P, 2016）69.

17　Monk 69.

18　John M. Grammer, "A Thing against Which Time Will Not Prevail: Pastoral and History in Cormac McCarthy's South,"

Perspectives on Cormac McCarthy, ed. Edwin T. Arnold and Dianne C. Luce (Jackson: UP of Mississippi, 1999) 36-37.

19 ジョン・M・ミュレルは西部開拓時代にテネシーを中心に追いはぎ、馬泥棒、奴隷窃盗、夜盗などを行った悪党の首領。一八三五年に「ミュレルの騒動」として知られる、ハイチ革命を想起させる奴隷蜂起を計画し、南部奴隷州の白人たちを恐怖に陥らせたことで知られる。

20 デュアン・R・カーは、「マッカーシーの登場人物たちの多くは、南部の貧乏白人の蔑称である、レッドネック」たちの露骨なステレオタイプ化であるとしている。Duane R. Carr, "The Dispossessed White as Naked Ape and Stereotyped Hillbilly in the Southern Novels of Cormac McCarthy," *Midwest Quarterly: A Journal of Contemporary Thought* 40.1（1998）9.

21 O'Connor 40.

22 Coles 137.

23 Cant 78.

24 Grammer 35.

25 Cant 84.

26 Giles 23.

27 Cant 76.

28 Cooper 42.

29 Dianne C. Luce, *Reading the World: Cormac McCarthy's Tennessee Period*（Columbia: U of South Carolina P, 2009）62-63 を参照。グノーシス主義の定義や起源の説明は諸説あるが、本章ではルースも主に参照しているハンス・ヨナスの『グノーシスの宗教』（英語タイトルは *The Gnostic Religion*）を参照した。グノーシス主義を「神話論的」と「哲学的」に区分したヨナスの論は現在でも影響力が大きいが、この点については以下を参照のこと。大貫隆「グノーシス主義」『新カトリック大事典』第II巻（新カトリック大事典編纂委員会編、研究社、一九八八年）五八八–九一。

30 大貫 五八八。

31 大貫 五八八。

32 ヨナス 六八。

33 ヨナス 六九。

34 Hillier 54.

35 Nell Sullivan, "The Evolution of the Dead Girlfriend Motif in *Outer Dark* and *Child of God*," *Myth, Legend, Dust: Critical Responses to Cormac McCarthy*, ed. Rick Wallach（Manchester: Manchester UP, 2000）69.

36 Cant 87.

37 Cant 75.

38　Sullivan 68.
39　Cooper 45.
40　ヨナス　六七–六八。
41　ヨナス　六八。
42　ヨナス　六八。
43　Willard P. Greenwood, *Reading Cormac McCarthy*（Santa Barbara: Greenwood, 2009）36.
44　William C. Spencer, "Cormac McCarthy's Unholy Trinity: Biblical Parody in *Outer Dark*," *Sacred Violence: A Reader's Companion to Cormac McCarthy*, ed. Wade Hall and Rick Wallach（El Paso: Texas Western P, 1995）76.
45　マッカーシー作品においては、『ザ・ロード』において顕著なように、カニバリズムは「悪」の象徴的行為あるいは属性として表象される。
46　Luce 88. ルースはまた、『外なる闇』においては、さまざまな「三位一体」が繰り返し表象されていると分析し、このことがこの小説の「型」を形成しているとしている。
47　Cant 138.
48　たとえば、Giles 29-32を参照。
49　Harold Bloom, *The American Religion: The Emergence of the Post-Christian Nation*（New York: Simon and Schuster, 1991）49.
50　Bloom 32.

第3章 『チャイルド・オブ・ゴッド』――暴力と帰還する聖なるもの

暴力と聖なるもの

マッカーシーの南部小説のなかでも、第三作『チャイルド・オブ・ゴッド』（*Child of God*, 1973）は、その過激な暴力表象によって最大の問題作となった作品である。[1] この小説は、ケンタッキー州で起きた、二人の女性を誘拐、殺害し、遺体を洞窟内で冷凍保存した連続殺人犯ジョン・オトリーの事件、ウィスコンシン州で起きたエド・ゲインの事件（一九五七年）、ジョージア州北部で起きたジェイムズ・ブレヴィンズの事件（一九六三年）を下敷きにしているとされる。[2] アパラチア山脈南部、テネシー州東部セヴィア郡の山村地域に舞台を移したこの小説は、主人公の貧乏白人レスター・バラードの常軌を逸した性倒錯的行動や殺人、さらには屍姦といった衝撃的な描写を繰り出していく。そのため非倫理的な小説として地域によっては焚書にも近い扱いを受けることになったのだが、[3] しかしながら、この小説は過激な扇情主義に訴えるだけの小説ではない。日本語訳者の黒原敏行がいみじくも言いえているように、マッカーシーは「一人の人間が社会からどんどん離れていき、絶対的な孤独のうちに世界のなかを彷徨うとき、世界はどのような姿で立ち現れ、人間はどのような本性をあらわにするのかを、哲学的に、詩的に、神話的に表現していく」[4] のだが、言い方をかえれば、この小説は、常套的な小説ジャンルの枠組みを超えた、ルネ・ジラールの言う意味での「暴力」と「聖なるもの」の相互補完関係についての真実を追究する、高度に倫理的な芸術作品として成立しているのだ。[5] 批評家のロバート・コールズは「マッカーシーはギリシアの悲劇作家と中世のモラリストに似ている――奇妙で、両立しないものの取り合わせだが――」[6]と述べたが、本章も同様の解釈の線上において、主に聖なる暴力という主題の側面と語ることの倫理という様式の側面から『チャイルド・オブ・ゴッド』について論じる。

暴力の主体と共感のベクトル

『チャイルド・オブ・ゴッド』は、何よりもまず、反共同体的・反道徳的な人物としてのレスター・バラード個人の暴力性が強調されると同時に、そのような暴力的な存在に依拠せずには成立しえない、近代民主主義共同体に潜む、根源的な暴力を扱う小説と言える。ここで留意すべきなのは、キリストの十字架上の犠牲を思わせるように、バラードの「狂気」と共同体の「正気」が対立的にではなく、両者が相同的に捉えられているという点だ。その証左にと言えようか、この小説は読者を、殺人鬼にして屍姦魔であるバラードに感情移入させるという一見無謀な語りの戦略が企図され、[7] いかに彼がグロテスクに見えようとも、否、グロテスクな「誰からも愛されない猿」（二一）のような人間だからこそ、読者と何も変わらない人間であるというアクロバティックな論理を提示する。ジョン・ラングが詳細に分析しているように、「作者は注意深く語りを統制しているので、他の登場人物たちとは異なり、レスター・バラードの行動には心理面からも情緒面からも正当な理由が与えられている」[8]

のだ。

物語は、バラードの土地が、おそらく税金未払いの結果として、競売にかけられる場面で幕をあける。「カーニバル（謝肉祭）のような隊商」（五）がさまざまな楽器をかき鳴らしながらやってくる様子は、共同体の礎である「法」の暴力的執行をカムフラージュするために行われる祝祭といった具合だ。祝祭はそれ自体、限定的な非日常空間において、共同体の内なる暴力を解放することで仮想的に秩序を破壊する場と言えるが、ここでは、バラードという個人に対して「法」を根拠にした共同体感情による暴力が、仮想的にではなく現実に行使される様子が強調されている。「カーニバル」の語源はイタリア語の *carne levare*（肉を取り除く）とされるが[9]、背後からいきなり斧で殴られ失神し、血を流すバラードは（一〇）、文字通りには、先祖伝来の土地から引き剥がされ、比喩的には、地域共同体の「肉」から切り除かれる存在である。「法」を根拠とする共同体の暴力的起源を示唆するこの場面において、バラードは共同体の「体」の外部へ放逐されるというわけだ[10]。

ここで際立つのは、口先八丁で土地を売ろうとする不誠実な競売人や物見遊山の見物人たちとは対照的に、不当な公開裁判の犠牲者としてのバラードの様子が描かれ、読者の共感を促すような語りのあり方である。競売によって土地と家屋を奪われるだけでなく、足を踏み入れた教会では無視される（三一）（したがって、宗教と農本主義的な理想が結びついたアメリカ的価値観にもとづく共同生活の実践が否定される）。また、強姦の濡れ衣を着せられ収監される（四九–五四）といった一連の「不運な」出来事の描写においても、バラードが徐々に共同体から天涯孤独の世界へと放逐されていく様子が共感的に描かれている（彼の独我的な生き方の根因となっている）。さらに、バラードが一〇歳頃には母親が駆け落ちし行方不明となり、その後すぐに起きた父親の首つり自殺の現場をバラード自身が目撃したという証言（二二二）などは、端的に彼がトラウマを抱えた人物であることを示しているのであり、[11]その狂気や暴力性を一定程度合理的に説明することで、読者がバラードに感情移入するための仕掛けとなっている。[12]物語全体の陰鬱な雰囲気もまた、「母」も「父」も失われた、混沌としたバラードの内的世界に照応しているのであり、彼に寄り添う「視点」を読者にもたらしていると言えるだろう。[13]

この文脈において、バラードと共同体の周縁に生きる弱者との交わりが散発的に描かれていくことは当然であろう。九人の娘が「猫のように」次々と近所の不良たちに妊娠させられる廃品処理屋は、バラードと同程度の不運な人物として、加えて、近親相姦という共同体の禁忌を破る人物として描写されるのだが、家まわりのねずみ撃ちをバラードに依頼するように（三七）、バラードとは明らかな互恵関係を保っている。また、つかまえた駒鳥を子どもへの土産として訪れる家で、バラードは寒さをしのぐコーヒーをすすめられ（七四）、駒鳥の足を食いちぎってしまう子どもに対して「逃げないようにしたんだろう」（七六）と理解を示すように、他人への気づかいもできる人物として描かれる。また、ウィスキーの密造で逮捕されるフレッド・カービーとバラードは権威に対する反抗の精神を共有している（一〇八）。[14]これらの場面では、いわば、社会的に周縁化された人物たちとバラードが濃密な人間関係を結び、彼らと反共同体的精神による連帯感を保持している様子が活写されていると言えるだろう。この意味で、バラードは社会的に抑圧され、共同体の周縁で生きる社会的弱者の代表的存在とも言えるのだ。

一見物語の本筋とは無関係に見える、鍛冶屋のエピソードは、このことと無関係ではない。ある日、バラードは拾った斧の刃を研いでもらうために鍛冶屋を訪れる。金属の精錬に精通し、武器を司る鍛冶屋は、古来、「高度の暴力を司る支配者」として表象されてきたが、武器は共同体が外部の敵から自らを守るのに役立つ反面、共同体の内部の軋轢を引き起こすため、「人々は［鍛冶屋］をいささか不吉な人のように見……彼との接触を避け……鍛冶屋の仕事場は共同体の周辺に置かれる」[15]とされる。『チャイルド・オブ・ゴッド』においても、周縁から共同体を俯瞰するような鍛冶屋からバラードが刃の鍛え方の適切な方法について長い講釈を受ける場面で（六七–七一）、「鍛冶屋は依然として最下層の民であることに変わりないが、最高の審判者の役割を演じている」[16]ように映る。「常に作業の種類に合わせて火を加減すること」が重要なその作業から示される教訓とは、「ちょっとしたことでもしくじると全部が台無しになってしまう」（七一）というものだ。鉄を精錬する技術を神学的・哲学的に「高度の暴力」として語るこの鍛冶屋＝「暴力を司る支配者」の言が示唆するのは、誰しもが「ちょっとしたこと」でバラードのように運命の歯車が狂い、共同体の暴力によって外部に放逐される可能性であり、共同体の暴力と適度な距離をとることで自己防衛することの重要性である。

もっとも、『チャイルド・オブ・ゴッド』の語りにおいて、共同体の暴力とは、それを構成する個々人が共同体の「法」に譲渡した暴力の集積あるいは帰結としても捉えられている。したがって、バラードの暴力についての見解は意図的に曖昧化され、確固とした道徳的判断が示されることはない。小説の第一部は二五の節に分かれ、そのうちの七つの節は七人の語り手がそれぞれに一人称で語るバラードについての不完全で、脱線を含む回想となっているが、[17]この断片化された語りは、共同体の人間がバラードについて十全に語ることができないという「内容」と「形式」の一致をあらわしている。

この断片的な、ゆらぎに満ちた複数の語りに含まれるのは、バラードの土地を競売で買った、ジョン・グリアーという人物が別の郡出身（共同体のよそ者）であることについて複雑な感情をもつ者（一〇）、少年時代に年下の少年の鼻面を殴ったことでバラードを好きになれなくなった者（一八－一九）、首つり自殺をしたバラードの父親のロープを切った際の様子を証言する者（二二－二三）、バラードが動かない雌牛の首にロープをかけトラクターで引き即死させた出来事を語る者（三四－三五）、（バラードを無実の罪で逮捕する）保安官フェイトのユーモラスな人柄を語る者（四三）、バラードの銃の腕前を語る者（五五－五七）、戦争に行かなかったにもかかわらず軍人恩給を得ていた、バラードの祖父の話を語る者（七七－七八）、などである。三人称で語られる物語の本筋とは別に、これら信頼できない一人称の語りを複数導入することで示されているのは、共同体の住人たちのバラードに対する両面価値的な感情と、バラードの暴力性について語ることの違和感にほかならない。バラードへの共感と同族嫌悪をともないながら、根性が曲がった牛の話（三五）やサルとのボクシングの話題（五六－五七）などに横滑りしていく語り手は、共同体の外部の暴力的「他者」としてのバラードの話を十全に語ることができずに、いつの間にか共同体の「自己」の一部として語ってしまう際の不穏さを露呈すると同時に、自分がバラードによく似た暴力の主体でありうることを図らずも示してしまうのだ。そのような語りのアポリアは、バラードの常軌を逸した暴力がすべての人間の暴力的本質と等価なものとしてしか捉えられないという仮説を読者につきつける。

否定される共同体の自由意志と聖化される暴力

バラードが共同体の浄化・存続のために犠牲の山羊の役割を担うことは、この物語が展開するうえでの中心的構図である。物語後半でも、共同体の男たちが郡病院からバラードを誘拐し、死体の保管場所まで案内させる様子が描かれるが（一六八―七四）、この一連の描写は共同体の人民の意志による「法」＝「正義」の執行というよりも、むしろ民主主義の主体としての人民の意志の暴走として描かれている。この場面において、男たちが自ら処刑はせずに裁判所＝「法」の判断に委ねるという、いかにも合理的・理性的に見える共同体の意志は（一七二―七三）、マッカーシーの小説においては、肯定的に捉えられることはない。要するに、人為的＝暴力的に立ち上げられた、共同体の「法」に則り、人が人を裁く民主主義の基本原理は、むしろ反転して、キリスト教的な意味での高慢の罪として捉え返されることになるのだ。バラードの「あんたらにはなんだってできるよな」（一二一）という言が示唆するように、暴走する共同体の自由意志は神への挑戦に等しいというわけだ。

否定される自由意志および高慢の罪という神学的・哲学的主題は、マッカーシーのほとんどすべての小説において特徴的と言えるが、ここでは現代の民主主義のひとつの様態としての「原罪」として捉えられていると言えるだろう。このことに関連し、ツヴェタン・トドロフは、アウグスティヌスとペラギウスによる古代の神学論争を引いている。トドロフによれば、「自分を左右する諸力の本性を知らないがゆえに、自分のうちなる支配者ではない人間は、自分の意志を信頼することも、自分の意志に自分の救済を要求することもできない」[18]としたアウグスティヌスらによって、「原罪」を否定したことで異端宣告されたペラギウスの思想が、現代の民主主義社会における人民の意志の暴走に大きな影響を及ぼしているという。ペラギウス主義は「人間は自分自身を創造する……そして人間の意志は限界をもたない」[19]として、人間の自由意志を礼賛し、近代民主主義社会の成立に大きな役割を果たしたとされるが、マッカーシーが描く、旧約聖書的な原罪観を反映した物語世界は、このペラギウス的価値観に対置されていると言えるだろう。[20]

このことは、セヴィア郡の町が聖書のソドムとゴモラと同じ災厄の町として表現されていることにも端的にあらわれている。この町には昔、年金暮らしの老人から貯金を奪ったり、夜中に寝ている人間を平気で殺す集団が跋扈していたという。町の歴史上、二度目の大洪水に見舞われ、他人の不幸に乗じて泥棒が出現するこの惨状を目の当たりにしたある住人は、最後の審判に言及している。「セヴィア郡の人間は一人残らず芯まで腐って」いて、「その罪の代償として死をもって支払う」べきだという言（一五五）[21]によって断罪されているのは、人間誰しも背負うべき原罪観を喪失した共同体の集団的合理性であり、自らが設定した「法」＝「正義」にもとづき、暴力を正当に行使する主体として自らを措定し、原罪の責任を負う必要はないかのようにふるまう理法なのだ。「正義が、あらゆる神的な目的設定の原理であり、権力が、あらゆる神話的な法措定の原理」[22]だとすれば、まさにこの自らの「正義」という民主主義共同体の理法が共同幻想として批判の的になっているのだ。

かつて町で行われた二人の男の公開処刑を奇妙なやり方で回想する老人の話はこの文脈で解釈できるだろう。老人によれば「夜寝ている一家を叩き起こして小さな娘の前で頭を吹き飛ばす」（一五七）ような、この残虐な男たちが処刑された際に、お祭りのように町に人が詰めかけたという。ここで、処刑を余興として楽しむ軽薄な民衆とは対照的に、妻と腕を組んでやってきて絞首台にあがる前にはお別れのキスをする死刑囚への共感は明らかだ。また、足台が外されてから一〇分程度は宙ぶらりんのままもがき苦しむことを死刑囚に強いる処刑の方法は、共同体の「正義」のサディスティックな暴力性を端的にあらわすものだが、だとすれば、物語で描写されたバラードの一連の過激な暴力は「ショッキングなものだが、不幸なことに、彼独自のものではない」[23]という理屈につながるだろう。保安官補から「昔の人間は今の人間よりも卑劣でしたか」と聞かれ、「人間は神様がおつくりになった日からずっと同じ」(一五八)と人間の原罪観をたった一言で示し、その奇妙な話を終える老人は、暴力性を自らの外部に措定し、自らの暴力性を顧みない共同体の自由意志に対する諦念を抱いた人物として表象されている。

ところで、バラードを外部に放逐する共同体の暴力の行使とは、象徴的な意味では、彼の存在とその暴力を「聖化」するための「供犠」にほかならない。

> [供犠は]いかなる神と関係させることなく、唯一の聖なるものとの関わり合いの中で定義することができるのである。唯一の聖なるもの、つまりそれは、いけにえによって偏在せしめられ、その殺戮によって良き暴力に変貌されるか、外部に放逐される(それは結局同じことに帰着する)悪しき暴力のことである。共同体の内部において悪しきものである聖なるものは、それが再び外部に移動するとき、良きものに再び化するのである。[24]

共同体の存続を脅かす暴力的存在を聖なる存在として共同体の外部に措定する＝聖化するという言説は、共同体自身がはらむ暴力を隠蔽し、共同体の平和や秩序を再生させるための共犯者として生け贄を措定する。『チャイルド・オブ・ゴッド』において、共同体の内部における悪とされたバラードは、外部に放逐されると同時にその共同体と共犯的関係を結ぶことになる。すなわち、聖化され、また、神的な暴力性をまとい人々に原罪を甘受させる＝神の道に立ち返らせる点において、救世主の役割をも担う可能性をも秘めるのだ。[25] この言説の枠組みのなかで、共同体の自由意志による暴力とバラードの暴力は対立的というよりも相互補完的なものとして表象される。「聖なるものの働きと暴力の働きは一つのものでしかない」[26] というわけだ。

そのように考えると、外部に放逐された＝聖化されたバラードが殺人や性に関する原始の禁忌を破るのは物語的必然と捉えることができるだろう。若い女性の死体を背負いながら山のなかを走るバラードの描写（「おぞましい姿の女夢魔に襲いかかられた男のようだ」［一四四］）は、暴力の主体と客体の転倒を意味するだろうし、[27] また、女性用の下着を身につけ、口紅を塗り、長髪のかつらをつけて（つまり女性性を表面的にはなぞりながら）、（アメリカ的）男性性を象徴する猟銃を常に携えながら森をさまようバラードは、[28] バタイユ的な意味での「自己」と「他者」の境界の破壊者として表象されていると言えるだろう。「男性と女性、加害者と被害者、生者と死者の結合」をあらわし、「ほとんど人間とは認められない」姿で山中を徘徊するバラードは、そのあまりに極端な領域侵犯性ゆえに、超越的な「神の怒りをまとう」者として表象されていると言うべきなのだ。[29] この点において、「神の子」とは「秩序と同じく無秩序を、平和と同じく戦争を、創造と同じく破壊を包含」[30] する「聖なる暴力」の権化なのだ。

涙と暴力の詩学

共同体から放逐された＝聖化されたバラードは「古い深い森」に身を潜める。「ある時代の世界には誰のものでもない森があったが、この森はそれに似た森だった」（一一九）と語られるように、それはロマン主義的な意味での「自然」ではなく、社会的に構築された自己を無化し、剥き出しの自己を表出させる、「人間の自己意識に対して絶対的に無関心な自然」であり、アメリカの「ウィルダネス」の概念の再考をも促すトポスと言えるだろう。[31]「あんたらには分からんだろうがちゃんと道があるんだ」（四九）という保安官に連行される際のバラードの言葉は、共同体の住人たちがこの森との関係、あるいは神との関係を断ち切った状態、したがって、救済の可能性を絶たれた堕落の状態にあることを暗示する。と同時に、バラードにとって命がけの試練の場となるという物語の伏線となっているのだ。[32]

だが、そもそもなぜ罪深き共同体から放逐されたバラードが「自然」の試練に耐え、涙を流さなければならないのだろうか。物語後半において、バラードが山の上から以前住んでいた下の平地を眺め、たった一度我知らず涙を流す様子が描かれる。

> バラードは谷間の町の小さきもののすべての営みを眺めた。耕されて灰色から黒く変わり畝がつけられていく畑や、ゆっくりと緑を広げ隙間を塞いでいく森を。しゃがんだ姿勢で頭を両足の間に垂らして彼は泣きはじめた。（一六一）

涙は文学的抒情や感傷の紋章とも言えるが、この場面には、人間が真に流すことができる涙の一回性あるいは反復不可能性が表現されていると言えるだろう。舌津智之は、「時代や国家が頬を濡らして泣くことはない。涙を流すのはいつも一個人である」と述べ、「共同体のコードに組み込まれた感傷の文化的記号」とは似ても似つかない「文学的涙の修辞学」について論じているが、右の場面においても、なるほど、言ってみれば、血も涙もない暴力性が付与されたバラードが一度だけ流す涙には、「矛盾の結晶」にせよ、「逆説の凝縮」にせよ、「葛藤の析出」にせよ、常識や道徳観の限界を超える、複雑な「人間」性の発露の表現が企図されているように見える。[33]

むろん、涙と暴力という両立困難な主題を企図した語り、たとえば、「彼に語りかける声は悪魔の声などではなく脱ぎ捨てたはずの古い自己の声であり、それはときどき正気の名のもとにやってきて、破滅に向かう憤怒の淵から彼をやさしく引き戻す手となった」(一四九)といった語りに含まれる抒情を、バラード個人の自己憐憫や心の弱さという人物造型にだけ帰すべきではないし、小説を否定的に捉える際の「感傷性」として捉えるべきではないだろう。[34] むしろ、こうした描写においては、死への衝動に突き動かされるがゆえに崇高なるものへの憧れを抱かざるをえないという人間実存のあり方や、その不可解さが問われているからだ。

顔をこする葉の一枚一枚が哀しみと怖れを深めた。どの一枚一枚も二度と出会うことのない葉だった。ベールのように顔に触れていく葉は既にいくらか黄色く葉脈は陽光が透き通す細い骨のようだった。このまま騾馬に乗ってどこまでも行こうと決心していたのはもう引き返せないからでありかつて存在したどんな日より

も美しいこの日の世界をバラードは死に向かい進んでいくのだった。(一六二)[35]

この抒情的な場面が描くのは狂気に陥っていくバラードの姿では決してない。ここには、生の不可逆性と死の確実性に抗いながらも彼岸の地を希求せざるをえない、ひとりの人間としてのバラードの欲望の逆説があらわれているると言うべきなのだ。

だとすれば、物語のハイライトのひとつは、バラードが増水した川で水に飲み込まれてもがく場面ということになるだろう。「生きた悪意のようなものをもって迫りくる丸太」と格闘し、「たとえ水に飲み込まれたとしても引き返すつもりはない」(一四六-四七)と語られる箇所では、バラードは運命に立ち向かう悲劇の英雄のように見えなくもない。しかし、「ずぶ濡れで狂乱した英雄を描いた愛国主義のポスターのパロディ」(一四七)のようだとすぐに付言されるように、物語においてバラードの英雄化は巧妙に忌避されている。ここでは、むしろ、いかに死に対して英雄的に抵抗しようが、人間は「死に向かって進んで」生きるしかない滑稽な存在にすぎず、どんな生もパロディにしかなりえないという物語内真実が示されているのだ。文明を離れ、荒野に生きるアメリカの英雄、とりわけ、アメリカ南西部のパストラリズムや農本主義における英雄とは、独立自尊で、自給自足を実現し、「長期間にわたる孤独、不快、欠乏に耐えうる資質を付与されている」[36]ものだが、バラードはそのようなアメリカ的英雄の「不吉なパロディ」[37]として表象されているとも言えるだろう。

さらに、この種の語りで重要なのは、バラードをそのように表象する主体の問題、端的に言ってしまえば、作者(あるいは語り手)と読者のバラードに対する距離感の問題である。たとえば、以下の箇所には、物語への

「作者の侵入」が見られ、[38] 作者＝語り手から読者への呼びかけの声が顕著にあらわれるが、ここではバラードの物語を読む読者もまた傍観者として物語の外に凛然としていることは許されず、暴力の主体として語りの権力に主体化＝従属化されることになる。

バラードは泳げないが、彼を溺れさせることなどできそうにない。激しい怒りによって浮かんでいるようだ。自然の法則もここでは停止しているように映る。彼を見るがいい。彼は同胞たちに支えられていると言ってもいいほどだ、あなたのような同胞たちに。人々が岸辺に集まり彼に呼びかけている。不具の者や狂気の者に乳をあたえる種族。歴史のなかの間違った血を望み後に残す種族。だが彼らはこの男の命を欲しているのだ。バラードは夜にランタンを持ちのろいの叫びを発しながら彼を探す者たちの足音を聞いた。それなら彼は今どのようにして浮かんでいるのか。というよりもどうして水は彼を飲み込まないのか。（一四七）

半ば集団リンチのような供犠を想起させるこの場面で、神の視点をもつ語り手＝作者は、文字通り、バラードを罰する怒れる神のようにふるまい、また、読者を供犠の暴力の主体として物語内部に絡め取ろうとする。「あなた［読者］のような同胞たち」はバラードを水に溺れさせないように支えると同時に、その「命を欲している」と語られるように、暴力の主体化＝従属化それ自体に含まれる論理矛盾が示されるわけだが、その矛盾に満ちた欲望や行為にこそ共同体成立の暴力的起源と供犠の本質があることがここでは示されていると言えるだろう。読者はこの物語のいわば解釈共同体のなかで、この語りの権力に籠絡された、暴力の主体として前景化されてしまうのだ。

あなたによく似た神の子

　このように見てくると、『チャイルド・オブ・ゴッド』の物語において、バラードは「あなたによく似た神の子」（一六）であるという定理が一貫して変奏されていることがわかるだろう。共同体の男たちから逃走し、洞窟のなかを三日間さまようバラードのエピソードは、キリスト教神学の予型論をパロディ的になぞるかのように、[39]彼の病院への帰還（現世への帰還）で終わるが、それは片腕をもがれた「グロテスクなキリスト」[40]の「グロテスクな復活」[41]として諷刺的に表象されていると考えることができるのだ。

　また、洞窟から出てきたバラードがスクール・バスに乗る子どものひとりと目が合ったときの描写は、バラードの視点から、誰しもバラードによく似た神の子であることの不気味さが示されている（「バラードはあの少年とはどこで会ったのだろうかと考えているうちに彼が自分と似ていたことに気づいた。そう気づくとなんだか落ち着かなくなりガラス越しに見えたその少年の顔のイメージを払いのけようとしたができなかった」［一八一―一八二］）。さらに、病院の場面においては、人間の頭蓋骨に穴をあけて脳ミソをスプーンで食べる男について、「狂った人間にいうべきことはなかった」（一八三）と語られるように、バラードを「他者」と措定し「自己」から峻別しようとする、（読者を含む）人間誰しもが、もうひとりの「レスター・バラード」にほかならないことが逆照射される。「自分の罪のあまりの重さに耐えきれずに口をきけなくなっていた」（一八三）と語られる、この男もまた、原罪の途方もない大きさのゆえにそうなってしまったのかもしれない、もうひとりの「レスター・バラード」と言える。

死後、バラードの体はホルマリン漬けにされた後、他の献体とともに解剖される。皮を剥がされ取り出された内臓は細かく切り刻まれ、鋸で切られた頭蓋骨から脳が取り出されて調べられ、骨と筋肉を分離し摘出された心臓や引き延ばされた腸はスケッチされ、最終的にはビニール袋のなかへ掻き落とされる（一八四）。解剖の一連の過程が示すのは、バラードの暴力、ひいては人間の暴力の起源に到達することの不可能性であり、それを表象不可能な禁忌の領域として表象しようとする語りのアポリアであろう。バラードの解剖にあたった四人の学生が見たかもしれない、「その器官の配置のなかのさらにひどい怪物の予兆」（一八四）とは、暴力の起源の到達不能性と、それがいつ、いかなる場所に回帰してもおかしくない世界の、解消することのない根源的不安なのだ。

結局、バラードを放逐し、維持と安定を企図した共同体の供犠は不全に終わり、暴力の回帰と連鎖が繰り返されることが物語の最後に予兆として示される。病院から暴力的に誘拐されたバラードは、洞窟をさまよった後に、まさにその暴力が行使された場所に自らの意志で帰還する。「俺はここにいるはずの人間だ」（一八二）と言って病院に帰還したバラードは、結局のところ、共同体の外部の暴力的存在として聖化されたまま死ぬのではなく、脱聖化され、共同体や人間の領域に属する暴力的主体として再定位されてから死ぬ。それは「神の子」の宿命であると同時に彼なりの倫理的決断なのかもしれない。

註

1 『チャイルド・オブ・ゴッド』における聖なる暴力という主題について、最も論理的かつ説得的に論じた論考の一つはゲイリー・シウバによる。Gary M. Ciuba, "McCarthy's Enfant Terrible: Mimetic Desire and Sacred Violence in *Child of God*," *Sacred Violence: A Reader's Companion to Cormac McCarthy*, ed. Wade Hall and Rick Wallach (El Paso: Texas Western P, 1995) 77-85 および同著者の *Desire, Violence, and Divinity in Modern Southern Fiction* (Baton Rouge: Louisiana State UP, 2007) 165-99 を参照。シウバの論は全面的にルネ・ジラールの理論にもとづき展開されているが、本章はこの流れを継承している。Cormac McCarthy, *Child of God* (London: Picador, 1989) からの引用訳は基本的に著者によるが、黒原敏行訳（早川書房、二〇一三年）を参考にした。

2 Stephen R. Pastore, *Rethinking Cormac McCarthy* (New York: American Bibliographical P, 2013) 26-27 および Dianne C. Luce, *Reading the World: Cormac McCarthy's Tennessee Period* (Columbia: U of South Carolina P, 2009) 135-36 を参照。ダイアン・ルースが指摘しているように、エド・ゲインは、ロバート・ブロックの小説『サイコ』（一九五九年）、およびアルフレッド・ヒッチコック監督による同名の映画化作品（一九六〇年）の主人公のモデルともなっている。エド・ゲインの事件およびジェイムズ・ブレヴィンズの事件と、『チャイルド・オブ・ゴッド』の関連については、Luce 134-53 を参照。

3 マーク・ロイデン・ウィンチェルはマッカーシーが「ほとんどすべてのページに嫌悪感を抱かせるような描写を計算して入れている」(Mark Royden Winchell, "Inner Dark: or, The Place of Cormac McCarthy," *Southern Review* 26.2 [1990] 300) と指摘している。名作としての評価が定まった二〇〇七年においてもなお、テキサス州の高校教師が課題図書リストに入れたところ、有害図書を未成年に提供したことで告訴されるという事件が起きている（黒原敏行「訳者あとがき」、コーマック・マッカーシー『チャイルド・オブ・ゴッド』二三〇）。他方、「読者を震え上がらせることを計算した〈恐怖小説〉などではない。そのような意図があったとしても、残虐さ、孤立、非人間性についての言明以上のものにはなっていない」(Richard P. Brickner, "A Hero Cast Out, Even By Tragedy," Rev. of *Child of God*, by Cormac McCarthy, *New York Times Book Review* 13 Jan. 1974. Web. 18 Oct. 2017) と否定的に捉える批評もある。

4 黒原「あとがき」二三一。

5 ジラールの「人間自身の暴力は、人間の外にあるものとして措定され、爾来、外から人間にのしかかって来る他の一切の力と混同されている。聖なるものの真の核心、ひそかな中心を成すものは、そうした暴力なのだ」（ルネ・ジラール『暴力と聖なるもの』［古田幸男訳、法政大学出版局、一九八二年］五〇）という言を参照。また、バタイユの「原始時代の犠牲の聖なるものは、本質的に現在の宗教の崇高なるものの類似物である」（ジョルジュ・バタイユ『エロティシズム』［澁澤龍彦訳、二見書房、一九七三年］三四）という言も参照。

6　Robert Coles, “Stranger,” Rev. of *Child of God*, by Cormac McCarthy, *The New Yorker* 26 Aug. 1974. 89.

7　Thomas Daniel Young, *Tennessee Writers* (Knoxville: U of Tennessee P, 1981) 36.

8　John Lang, “Lester Ballard: McCarthy’s Challenge to the Reader’s Compassion,” Hall and Wallach 88.

9　あるいは“arne vale”（「肉よ元気でいてくれ」の意）を語源とする説などもあるが、いずれにせよ、古代・中世において、キリスト教の四旬節（復活祭の前の四〇日間に回心、精進、断食を行い、キリストの苦難を偲ぶ習わし）の前の一週間に、歌や踊りをともないながら、肉をはじめとする食事を楽しむのがカーニバルであった（植田重雄「カーニバル」『新カトリック大事典』第I巻［新カトリック大事典編纂委員会編、研究社、一九九六年］一一七一を参照）。

10　草稿の初期の段階では、「法」による他者の外部への放逐という構図をわかりやすく示すように、バラードを殴ったのは保安官フェイトとされていたが、後に修正された。*The Cormac McCarthy Papers* [*CMP*]. *1964-2007*. MS and TS. Alkek Lib. Texas State University, San Marcos, Box 16, Folder 2, 2を参照。

11　Vereen M. Bell, *The Achievement of Cormac McCarthy* (Baton Rouge: Louisiana State UP, 1988) 64.

12　草稿では、妻を殺害し、土地を奪われたバラードに対して、保安官が理解を示す場面があったこともこの文脈で理解できる（*CMP*, Box 16, Folder 2, 9）。もっとも、「読者にはバラードが〈狂った〉理由は明示されないし、彼に共感することも蔑むことも求められてはいない。……バラードの卑劣さや〈奇妙なふるまい〉は、他の人物たちが風変りで、視野が狭く、利己的であることが明らかになるにつれて目立たなくなる。しかし、読者がバラードに同情するよう説得されることはない。バラードは彼の運命に向かって進み、他の者はそれぞれの運命と格闘している」（Coles 88）とし、反対に解釈する書評もある。

13　常にすでに喪失された「父」は、マッカーシー作品に通底する主題と言える。『チャイルド・オブ・ゴッド』について、たとえば、ジョン・カントは「レスターの人格のなかには、父なるものの庇護と責任の不全、および父なるものの力の絶対的な破綻を見出すことができる」(John Cant, *Cormac McCarthy and the Myth of American Exceptionalism* [New York: Routledge, 2008] 101) と述べ、世界と人間の内面双方の無秩序という主題に言及している。この意味で、「森が無秩序になり木々が倒され新しい通り道が必要となった。その役目が与えられたのであればバラードは森のなかと人間の魂のなかをもっと秩序正しくしただろう」(一二八) という語りが示すのは、バラードの現世否定と(グノーシス主義的な意味での)保守性である。また、物語の終盤において、洞窟の闇のなかで、少年時代に夜明けに聞いた、「父親が孤独な笛吹きとなって路上で吹く口笛」がバラードに聞こえたような気がした(がそうではなかった)という描写は(一六二)、「父」の回帰をバラードが無意識に願望している描写と捉えることも可能だろう。

14　本書の第1章でも論じたように、マッカーシーのテネシー小説においては、ウィスキーの密造・密輸は先祖伝来の地域文化として捉えられ、管理統制しようとする体制への批判的精神の象徴となっている。ウィスキー暴動(一七九四年)にまでさかのぼることができる抵抗の歴史、およびマッカーシー作品との関連については、Gabe Rikard, *Authority and the Mountaineer in Cormac McCarthy's Appalachia* (Jefferson: McFarland, 2013) を参照。

15　ジラール　四二〇-二一。

16　ジラール　四二三。

17　Andrew Bartlett, "From Voyeurism to Archaeology: Cormac McCarthy's *Child of God*," *Southern Literary Journal* 24 (1991) 5-8.

18　ツヴェタン・トドロフ『民主主義の内なる敵』(大谷尚文訳、みすず書房、二〇一六年) 二八。

19　トドロフ　三三。

20　この点に関連し、以下のトドロフの言葉は、マッカーシーの小説を読むうえできわめて示唆的である。「古代ギリシア人においては、神々は、神々にとって代わろうとし、自分たちですべてを決めることができると信じている人間たちの傲慢を処罰する。キリスト教徒においては、人間存在はその誕生以前からして原罪を刻印されている。この原罪が人間のあこがれをきびしく制限するのである。近代民主主義諸国の住民は、神々をも原罪をもかならずしも信じない」(トドロフ　一六)。また、バラードの放逐という観点から「民主主義はその行き過ぎによって病んでいる。そこでは自由は暴政と化し、人民は捜査可能な群衆へと姿を変える。……経済、国家、法は万人の開花のための手段であることをやめ、いまや非人間化のプロセスの性質を帯びている。……私たちが断罪するものは、私たちとは全面的に無縁であると考えることを好んでいる。私たちが通常、忌み嫌う人々に私たちは似ているという考えはとても耐えがたいので、私たちは大急ぎで彼らと私たちのあいだに乗り越えがたいと思われる壁を建立しようとする」（二二〇-二二一）という言も同様に示唆的である。

21 新約聖書『ローマ人への手紙』（六章二三節）、「罪が支払う報酬は死です」（新共同訳）より。

22 ヴァルター・ベンヤミン『暴力批判論 他十篇』（野村修編訳、岩波文庫、一九九四年）五七。

23 Lang 94.

24 ジラール 四一五。

25 この文脈において、共同体の内に留まろうとするバラードをジョルジョ・アガンベンのいう「ホモ・サケル（聖なる人間の意）」＝「殺害可能だが犠牲化不可能な生」として捉えることも可能だろう。アガンベンによれば、「主権的圏域とは、殺人罪を犯さず、供犠を執行せずに人を殺害することのできる圏域のことであり、この圏域に囚われた生こそが、聖なる生、すなわち殺害可能だが犠牲化不可能な生」（ジョルジョ・アガンベン『ホモ・サケル――主権権力と剥き出しの生』［高桑和巳訳、以文社、二〇〇三年］一二〇）である。森（国民国家誕生以前の前近代世界を象徴すると考えてもいいだろう）に放逐されたバラードを、「殺害不可能で犠牲化可能な」存在と解釈することも的外れではないだろう。

26 ジラール 四一六。

27 マッカーシー作品をフェミニスト的解釈で読み解くネル・サリヴァンは、マッカーシー作品に通底する「女性嫌悪」を指摘したうえで、この場面について、「死んだ少女が性的な捕食者で、レスターが彼女の被害者のように見える」（Nell Sullivan, "The Evolution of the Dead Girlfriend Motif in *Outer Dark* and *Child of God*," *Myth, Legend, Dust: Critical Responses to Cormac McCarthy*, ed. Rick Wallach [Manchester: Manchester UP, 2000] 76）と指摘している。

28 「レスターに残されたのは［牧歌的国家神話とは別の］もう一つの、アメリカの神話での役割、すなわち、銃を頼りに荒野を唯一の資源にしながら生きる英雄的なパイオニア、孤独な個人を演じること」（Cant 94）であるが、レスター・バラードの人物像においては、このアメリカ神話の理想像が転倒していると言うべきだろう。

29 Ciuba, "McCarthy's" 80-81 および *Desire* 173 を参照。また、

そこで参照されている、禁忌の領域の侵犯に恐怖とエロスを見出しある種の宗教的行為と見なす、バタイユの『エロティシズム』の第五章「違反」（九一―一〇〇）を参照のこと。ここで、草稿の段階で、マッカーシーが、森のなかでバラードが自分の睾丸を切り取るという場面を挿入していたことに留意してもよいかもしれない（「腰から下は靴と靴下以外は裸でバラードは大枝にまたがり柔らかい木の上に睾丸をのせると素早いナイフの一切りで体から切断した」[*CMP*, Box 16, Folder 5, 136-37]）。ここに記されている「伏線をきちんと示さない限り、読者を失うことになる」という編集者のアドヴァイスもあり、この場面は削除されたが、残っていたとしても、あらゆる差異の無化という、われわれの解釈の文脈で理解することができたであろう。

30　ジラール　四一五。

31　Georg Guillemin, *The Pastoral Vision of Cormac McCarthy* (College Station: Texas A&M UP, 2004) 54.

32　この場面が範例であろうが、ダイアン・ルースは「この地上での生活は煉獄の経験あるいは地獄」として捉えるグノーシス主義とマッカーシー作品との関連を指摘する考察を行っている。現世や文化を個人が真理を探究する障害とする考え方には、ハロルド・ブルームが「アメリカ的宗教（the American religion）」と捉えた、神から派生しこの世に堕ち、神に帰還することを願望する自己という、グノーシス主義的な（独我論的）人間観を見出すことができる（Harold Bloom, *The American Religion: The Emergence of the Post-Christian Nation* [New York: Simon and Schuster, 1992] を参照）。もっとも、ルースも指摘しているように、マッカーシー作品がグノーシス主義の概念である「死後の世界、生まれ変わり、神性との超越的な再結合などを楽観的に喚起することはほとんどない」（Luce 159）。

33　舌津智之『抒情するアメリカ――モダニズム文学の明滅』（研究社、二〇〇九年）二一〇–二一四を参照。舌津は「文学的な涙の修辞学は、理論（や時には論理）の支配を拒みつつ、知と情の滲み、あるいは心身の臨界に肉薄を試みる。単なる悲しみの可視化ではなく、安易な喜びのあかしでもなく、矛盾の結晶であり、逆説の凝縮であり、葛藤の析出であるような涙こそ……アメリカ文学の抒情世界に似つかわしい」（一二四）と述べている。

34　実際のところ、『チャイルド・オブ・ゴッド』を「本質的に感傷的な小説」とし、「いかにいかめしく悲劇に近づこうとしても陰鬱以上のものにはなっていない」（Brickner）と否定的に捉える書評もある。

35　初期原稿において、この場面で三人称の語り手ではなく、バラードの一人称の語りが採用されていたことは（「……かつて存在したどんな日よりも美しいこの日を俺は俺の死に向かい進んでいくのだった」[*CMP*, Box 16, Folder 2, 108]）、この人間の意志の逆説（あるいは死の欲動）のより直接的な表現であったと言えるだろう。

36　Leo Marx, "Pastoralism in America," *Ideology and Classic American Literature*, ed. Sacvan Bercowitch and Myra Jeflen (Cambridge: Cambridge UP, 1987) 43.

37　Guillemin 52.

38　Lang 93.

39　新約聖書『マタイによる福音書』（一二章四〇節）「ヨナが三日三晩、大魚の腹の中にいたように、人の子も三日三晩、大地のなかにいることになる」（新共同訳）より。

40　Guillemin 48.

41　Luce 157.

第4章 『サトゥリー』——自己探究と「父」なるものの影

ゴシック都市ノックスヴィルと死への妄執

長編第四作『サトゥリー』(*Suttree*, 1979)は、マッカーシーの作品群の起源に位置づけることができる小説である。[1] 執筆開始から刊行までにおよそ二〇年を要したこの小説の執筆が始まったのはデビュー作の『果樹園の守り手』とほぼ同時期のことであったのだが、[2] この間、マッカーシーは自身が幼少時代を過ごしたアパラチア南部を共通の舞台とする三作の小説(『果樹園の守り手』『外なる闇』『チャイルド・オブ・ゴッド』)を発表している。『サトゥリー』は一九五一年から五五年のノックスヴィルを舞台にした、マッカーシーの半自伝的小説であるが、刊行の一九七九年にはすでに当時の都市風景は一変していたことに鑑みれば、前三作と同様に、作者の「少年時代の消えゆく世界を捕えようとする」[3] 試みと見なすこともできるだろう。マッカーシーの二番目の妻、アン・デ・リールの「彼のノックスヴィル、本物のノックスヴィルが消えてしまった時、彼自身も消えてしまったの。彼が見たノックスヴィルはもうなかったのだから」[4] という言が示唆するように、マッカーシーは自身の過去を再構築するかのように『サトゥリー』を執筆したというわけだ。このことは、とりもなおさず、主人公コーネリアス・サトゥリーの人物表象に、複雑で矛盾に満ちた作者自身の「自己」の変遷と創造がかなりの程度、含まれていることを意味する。

『サトゥリー』の物語において、主人公サトゥリーは急速に変貌する一九五〇年代前半のノックスヴィルを当て所なく彷徨う。そこに描かれているのは、かつて実在した都市の原風景であると同時に、主人公の内面の荒野でもある。サトゥリーはある夢のなかで「お前はお前が生まれた都市が最後の石にいたるまで破壊されるのを目撃するだろう」[5]という予言めいたメッセージを受け取るが、果たして、物語の終わりで、彼はチフス熱のさなかに啓示体験のような幻覚を見、消えゆくノックスヴィルを去る決意にいたる。簡単に言ってしまえば、『サトゥリー』は作者のペルソナでもあるサトゥリーの自己成型と旅立ちの物語なのだ。

『サトゥリー』に描かれた「ノックスヴィル」は、時代錯誤的であると同時に、ゴシック的に歪曲された都市である。「アメリカで最も醜い都市」[6]とも言われた当時のノックスヴィルを、マッカーシーは誇張して描き出しているのだが[7]、このことは『サトゥリー』の都市表象が必ずしも虚構であることを意味しない。むしろマッカーシーは、自身の「自己」のあり方を追究するために不可欠な「ノックスヴィル」をゴシック的修辞を駆使して再現しようとしたと言えるだろう。たとえば、欽定訳聖書の言語の使用はその範例である。ノックスヴィルの描写は「徹底したリアリズムにより真に迫っている。……それは紛れもなく神話的な響きを帯びた聖書の言語を通して高められ、物語の文脈を形成し……コーネリアス・サトゥリー自身の混乱と疎外状況を映し出している」[8]というわけだ。

ゲイブ・リカードが詳細に論じているように、『サトゥリー』の「ノックスヴィル」は、都市中心部の通りや建造物から、周縁に位置するスラム街マッカナリー・フラッツを含め、その歴史的成立過程に忠実に描かれている。[9] ピーター・ジョサイフが明らかにしているように、物語の主要舞台のほとんどは現在のノックスヴィルの地図を用いても忠実に描かれていることが確認できるし、主要な登場人物のほとんどは実在の人物をモデルにしている。[10] サトゥリーのハウスボートによる船上生活は船上生活者の共同体があった事実（もっとも中心地からは見えない隠れた共同体と言えるが）にもとづいている。スイカと性的に交わり、逮捕されたハロゲイトのエピソードですら、実話がもとになっている。[11] 物語冒頭部の「田舎者たちが土地の土を靴につけたまま何マイルもの距離をやってきて市場で一日中、唖者のように座っているのだった」（三）という描写は、ノックスヴィルの近代化、とりわけ、一九三〇年代のニューディールの中心事業を担ったテネシー川流域開発公社による開発事業のために、土地と農業にもとづく生活様式を奪われたアパラチアの山岳民たちが、安価な労働力として、都市中心部に流入した現象を活写している。リカードの分析にしたがえば、親類や友人のつてをたより続々と都市部に流入した山岳民たちは、同種の人間たちが住むマッカナリー・フラッツのようなスラムを形成したが、このことは、模範的な「市民」を創出し、管理し、権力に主体化＝従属化させるうえで為成者にとっては好都合であった。というのも、『サトゥリー』が描くように、スラムに暮らす「堕落者」たちを社会規範から外れた、規律と訓練を施すべき対象と見なし、支配することで、彼らとは対照的な「市民」を社会や文化の秩序に組み込み、権力を下支えさせるからだ。『サトゥリー』はこの近代民主主義がはらむ権力構造にきわめて意識的な小説なのだ。

中世のロンドンやイエスの生きた時代のエルサレムに喩える批評家もいるように、[12] 一九五〇年代初頭のノックスヴィルは、あまりに急激に近代化が進んだ新興都市であった。それは、テネシー川流域開発公社による恩恵が大きかったわけだが、もっとも、マッカーシーはこの都市の急激な変化を近代的な進歩主義や啓蒙主義の成果として表現するのでなく、腐敗や退廃、混沌といった否定的なイメージで表現する。[13]「いかなる規範にもよらずに建設されているこの都市、無秩序で気のふれた逸脱者の縮図のなかに人間の営みを読み取る雑種の建造物としてのこの都市」(三)などと表現される、『サトゥリー』の「ノックスヴィル」はすぐれてゴシック的な空間として表象されているのであり、ひいては、主人公の心の闇の表象と結びついている。物語において、「生は地下世界をともない」、サトゥリーは「危険をおかして地下世界とつながる」[14]ことを望み、合理的、非合理的を問わず、あらゆる方法で地下世界や見えない世界とつながろうとする。現実のノックスヴィルがそうであるように、『サトゥリー』の「ノックスヴィル」も地下に巨大な洞窟が存在する都市、つまり、文字通りの地下世界の上に建設された都市として表象されているが、この都市の構造はとりもなおさず、サトゥリーの意識と無意識、身体と精神の関係に対応している。サトゥリーが地下世界に降りていくとき、あるいは、地下世界の比喩としての都市の周縁部に移動するとき、それは象徴的に彼自身の無意識の世界への移行を意味する。要するに、ゴシック都市としてのノックスヴィルは総体としてサトゥリーその人の比喩でもあるのだ。

サトゥリーの住居であるハウスボートが浮かぶ川(テネシー川)が腐敗や退廃のイメージに満ちていることも当然であろう。サトゥリーはこの腐敗と退廃の川で釣った魚を闇市で売り小銭を稼ぐ(ただし、釣った魚をサトゥリー自身は食べることはしない)。それは釣り糸を垂れて日が暮れるのを待つような優雅な趣味とはかけ離れている——「固まった下水汚物、名付けがたい灰色の固まりや黄色のコンドームが巨大化した吸虫かサナダムシのように真っ暗闇からゆっくりと回転して出てくる。……見えない何かが深みで身動きしたように川面のみみず腫れの形状が緩慢にねじれ、油分の領域には小さなガスの泡がいくつも沸き立っていた」(七)。物語で何度か言及される、無造作に捨てられたコンドームは、「不毛と罪の象徴」であり、サトゥリーがさまよう都市のあらゆるものが「壊れ、不潔で、使い古され、嫌悪感を催す」[15]というわけだが、このような川の表象もまたサトゥリー自身の荒廃した精神世界と同調している。

このことに関連し、物語のなかで最もショッキングな場面のひとつは、サトゥリーが赤子の死体が流れてくるのを発見する場面であろう――「球根状の頭骨のなかに膨れ上がり、どろどろに腐った眼球が見え、小さなぼろのような体が薄葉紙のように水を引きずって進んでいた。……雨のなかでこれらの珍物の横を軽くオールをかいて進みながら、地から漉し出され、洗い流され、都市から排出されるもののひとつにすぎない遺物以上のものを彼は感じた。雨の向こう側の、雨が決して元通りにすることができない、あの冷たい粒状の形を」(三〇六)。この赤子の死体は、何よりもまず、サトゥリー自身の子どもの死を想起させるが、同時に、罪意識と混然一体となった彼自身の死への妄執の客観的相関物なのだ。溺死体を何度も浮かび上がらせるこの川は、文字通りにも比喩的にも、死の川なのである。

かくして、『サトゥリー』において、ゴシック空間としての都市表象は死の美学化という主題と密接に結びつくことになる。物語を紐解けばすぐに、サトゥリーが死に対して恐怖を感じると同時に魅了されていること、言い方をかえれば、彼が死を生の一部として、あるいは自分自身の一部と捉え、自己探究の手段にしていることに読者は気づくだろう。サトゥリーは息子の死に直面してもなお、その死を悼むというよりも、死それ自体について考えをめぐらしてしまう――「死者の場所は死の向こう側というのはどれほど確かなことなのだろうか。死は生者が携えているものだ。苦い思い出を前もって経験するというはかり知れない、恐怖の状態。しかし、死者には記憶がないし、無は呪いではない」（一五三）。このような死をめぐるサトゥリーの妄執は、死んだ息子に向けられているのか、自分自身に対して向けられているのか、判然としない――「お前は恐怖を感じていたのか。お前の命を要求する鉤爪を感じていたのか。今ここでお前の骨を見ながら跪き、悲嘆に暮れているこの愚か者は何者なのか。神の計画の闇を子供は知ることができるのだろうか。これほどにもろい肉体は夢とたいして変わらないのだろうか」（一五四）。このように、サトゥリーは死に恐怖を抱くと同時に死に魅了されつづける。

死へのアンビヴァレントな姿勢は、それ自体、ゴシック的な主題と言えるが、後述するように、サトゥリーと堕落者たちとのかかわりにおいてもきわめて重要である。生を媒介にするのではなく、死を媒介にしてこそ、サトゥリーは彼らとつながるとさえ言えるだろう。醜悪なイメージと聖なるイメージが同居するゴシック的空間としての都市があり、それに照応するサトゥリーの内面世界があるのだとすると、リディア・クーパーが指摘しているように、彼の自己探究の本質は「おぞましいものと聖なるものを腑分けすること」ではなく、「おぞましいもののなかに聖なるものを見つけること」と捉えることができるだろう。[16]

告白としての小説と自己探究の方法としての堕落

『サトゥリー』の語りはカトリック教会における秘跡のひとつ、「ゆるしの秘跡」を強く想起させる。物語が「時が刻まれないくすんだ時間に町にいる親愛なる友へ」（三）と告白体で始まることは偶然ではないだろうし、後述するように、物語で描かれる、カトリック教会とサトゥリーの不穏な関係は、幼少期から教会に通い、カトリックの教育を受けた作者マッカーシーの経験にもとづくものと推測される。「告解の秘跡」とも呼ばれる「ゆるしの秘跡」は、「罪を悔い改め、自らを正す決心をする信者が、適法の奉仕者（司祭）に罪を告白し、その奉仕者によって与えられる赦免を通じて、洗礼以後犯した罪のゆるしを神から受け、同時に、罪を犯すことによって傷つけた教会と和解する行為」[17]とされるが、『サトゥリー』において、無意識に贖罪を求めるかのようにふるまうサトゥリーの人物造型には、マッカーシー自身の心の葛藤が反映されていると言っても過言ではあるまい。事実、旧約聖書の『創世記』第三章にあるように、人が「罪によって神に背き、神から離れ、自然界からも自己からも疎外されてしまう」（新共同訳）という状況は、サトゥリーが陥った、あるいは、自ら身を置いた状況にそのまま当てはまるし、罪の告白と贖いを求める心のあり方と、それに反発するような行動様式は、マッカーシーのカトリック教会との複雑な関係を示唆しているのだろう。

物語中盤でサトゥリーがカトリック教会（無原罪の御宿り教会）の聖堂で休息する場面がある。聖堂はゴシック式の奇怪なイメージに満ち、磔刑のキリスト像の横では空色の衣をまとった聖母像が裸足で蛇を踏みつけている（二五三）。ここでサトゥリー／マッカーシーが想起するのは幼少時代に何度も繰り返した告白（懺悔）の記憶である。「恐怖と灰からなるこの王国。……不吉の金曜日［キリストが処刑された曜日］には幾度となく今も昔も変わらぬ骨のような枠のなかに座り数々の罪の恐ろしさに慄いていた。恐怖に支配され悪徳にうちひしがれる子供。告解場の仕切り戸がぴしゃりと閉まり、自分の順番を待つ」（二五三）。聖堂内でうたた寝をしていると司祭に告解を待っているのかときかれるサトゥリーは、即座にそれを否定し、教会が「神の家でない」（二五五）と言い放ち、その場を去る。ここで象徴的に描かれているのは、サトゥリーのことを覚えていない司祭に対する、ひいては「世界を理解する唯一絶対的な権威」[18]として、すなわち、「真理」の在りかとしてふるまう教会に対する彼の不信や怨恨だろう。このことは、「尽きることなく、残忍に行われる道徳の整形手術。罪、改悛なき死をめぐる作り話、地獄のイメージ、空中浮揚や憑依を語る物語、救い主を磔刑にしたユダヤ人を断罪する教義、などでいっぱいの」（二五四）教会、といった表現に端的にあらわれている。また、自身が通ったカトリック学校を「キリスト教の魔術」を教える「落後者のための見捨てられた学校」と呼び、司祭の姿が「説教壇にいる紙でできた司祭かガラスに閉じ込められた預言者」に見えてしまう（三〇四）サトゥリー／マッカーシーにとって、罪の告白をするにふさわしい場は教会ではないのだ。

サトゥリー／マッカーシーの告白の信憑性が最も問題化するのはこの文脈においてである。[19]その証拠に、表面的には読者に向けられているサトゥリー／マッカーシーの告白には、「父」なるもの（父親、神、教会）からの解放という主題が重ねあわされている。もっとも、作者と主人公を重ねて、物語内容の意味を「作者」に回収・還元する読みは、テクストの解釈の可能性を限定してしまう懸念がある。それでもなお、作者の「自己」を探究する物語とする読みの実践が強く誘発されるのは、三人称の「語り手の意識とサトゥリーの意識がしばしば混在し」[20]たり、「言い回しや視点が継ぎ目を残すことなく一人称の視点に溶け込む」[21]からだし、サトゥリー／マッカーシーの自己や主体化をめぐる主題が、マッカーシー作品に通底する、物語を語ることの倫理の問題と否応なく重なるからだ。

ミシェル・フーコーは「告白は、西洋世界においては、真理を生み出すための技術のうち、最も高く評価されるものとなっていた。それ以来、我々の社会は、異常なほど告白を好む社会となったのである。……最も優しい愛情がそうであるように、権力の最も血腥いものも、告白を必要としている。西洋世界における人間は告白の獣となった」[22]と述べているが、『サトゥリー』におけるサトゥリー／マッカーシーの語りも、この「真理」を生み出す告白という言説装置にきわめて意識的なのだ。フーコーを引用する柄谷行人は「告白という形式、あるいは告白という制度が告白さるべき内面、あるいは『真の自己』なるものを産出する。……告白するという義務が、隠すべきことを、あるいは『内面』を作り出すのである」[23]と述べているが、『サトゥリー』における告白の形式も、その告白内容はもとより、その主体（真の自己）を仮構し、客体化し、自己探究をするための装置と捉えることができるだろう。この文脈において、『サトゥリー』は告白する主体の本質を追究する物語として立ち現れるのだ。

『サトゥリー』において、告白の主体は、父と子の関係において最も顕在化している。マッカーシー自身の父親を想起させる、権威主義的で官僚的なサトゥリーの父親は、息子に宛てた「最後の手紙」のなかで、「世界を回す責任を引き受ける意思がある者によって世界は回っている。お前が逃していると感じているものが人生であるなら、それがどこで見つかるか教えてやろう。裁判所や、事業や、政治のなかだ。通りでは何も起きてはいない。無力な者や無能な者の無言劇があるだけだ」（一三―一四）と書いている。一方、サトゥリーは、そのような父親が代表する権威の側、「世界を回す」側に立つことを拒否しつづけ、「社会ののけ者たちと終わりなき貧困」（一九六）が存在する、スラム街マッカナリー・フラッツに入り浸り、「呪われし者たちとの親交」（一二三）にこだわる。[24]物質的・経済的に恵まれた家庭環境に育ちながら、というよりも、そうであるからこそ、サトゥリーは父親が「維持している生活様式」が忌むべき「他者」を作り上げ、自らを「善」と位置づける心性によって成り立っていることに強烈な嫌悪感と罪悪感を抱くのだ（一九）。その結果、彼は両親ばかりか、妻も子も捨て、「父」なるものが体現する価値観や与えられた安寧な生活から自己を引き剥がし、あえて「呪われた」道を選択するというわけだ。

『サトゥリー』はサトゥリー／マッカーシーの「友人の多くが生き延びることができない」時代や社会を描くのだが、このことは、「テネシー川流域開発公社がノックスヴィル近隣の田舎の家から生者も死者も一掃した」現実の状況をそのまま反映している。[25] マッカーシー自身が証人となった、この破壊と破滅の状況は、『サトゥリー』において、「死と蔓延する暴力の季節」（四一七）と称され、父親が代表する社会の支配・管理構造の暴力性と同一視される。[26] サトゥリーと同様に、作者自身も、友人たちの生の領域を空虚化し、死の領域へと駆逐する社会や権力の構造におもねるよりも、「受難と権利剥奪のなかでも真正に生きることを好み、安楽をともなう虚偽のなかに生きることを潔しとしない」[27] 道を選択するというわけだ。そのように、父親、あるいは「父」なるものを拒絶する「自己」をむき出しのまま語ることで、サトゥリー／マッカーシーの告白の主体は創出されると言えるのだが、[28] サトゥリーの告白は父に「対する」贖罪ではなく、父に「代わっての」贖罪であるとジェイ・エリスが指摘しているのは、この文脈においてである。[29]

そのように、「父」なるものとの葛藤はサトゥリー／マッカーシーの自己の探究や主体の確立に重要な役割を果たしているのだが、「母」なるものも彼の自己認識と主体化を複雑にしている。父と母の関係について、母方の叔父ジョンに対してサトゥリーは自身の見解を述べる。「奴［父親］は彼女［母親］が良い人間だなんて考えちゃいない。……慈悲をかけて指導してやっているおかげで母が売春宿に行かなくてすんでいるくらいに思っているんだろう」（二一〇）。留置所に面会にやってきた母親は、サトゥリーの目にはあまりに年老いて見える。「いくつものダイヤモンドがついた細い指輪をしていた。俺が生まれる以前、子供だった彼女の心に苦悩と情欲を引き起こしたのがあれだ。死すべき人間の苦悶がここにある。希望は断たれ、愛は切り裂かれる」（六一）。もっとも、父親にとっては、自分も母親と同様に哀れな存在にすぎないことをサトゥリーは承知している。だが、その反面、母親の生が父親に依拠せざるをえないこと（象徴的には「母」と「父」が共依存の関係にあること）、自分自身が母親の期待を裏切り、状況に加担していることも承知している。そのような自己認識や罪悪感こそが、留置所で見ることを最も恐れた「悲しんでいる母親」の姿を目にして（六一）、サトゥリーの涙が止まらないことの要因であり、彼の生き方をかなりの程度、方向づけるものの正体なのだ。[30]

サトゥリーの罪悪感に染まった自己認識は、「サトゥリーが棄てた妻」（一五〇）や死んだ幼い息子に対して倒錯的にあらわれてもいる。あたかも罪の報いを求めるかのように幼い息子の葬式に姿をあらわすサトゥリーは「たいまつの火のように恥の中に消尽した……落後者」（一五〇）と描写される。妻子に対する責任を放棄したことを償うかのように、サトゥリーは自らシャベルで土を掘り、息子の墓穴を埋める（一五四–五五）のだが、もちろん、そのような身振りだけで本当の意味で罪が贖われるはずはない。妻の母親になじられ、父親にライフルで撃ち殺されそうになり（一五〇–五一）、地元の保安官に金を恵まれ、町から永久に出ていくよう促される（一五七–五八）のは、彼が希求した懲罰として描写される。「すべてが重要なんだよ。人間は自分の人生を生きて、それを重要なものにする必要がある。それは小さな町の郡保安官でも大統領でも同じことだ。一文無しの浮浪者でもだ。いつかあんたにもそのことが分かる日が来るかもしれん」（一五七）という、「礼儀をわきまえ、愛想がよく、公正に法を施行する」[31]保安官の言葉は、自分なりの「真実」の追究と自己成型を企図する、サトゥリーの独我的な生き方に対する、外部からの強烈な批判であると同時に、サトゥリーの自己審問の言葉として響くのだ。

「お前は悪意ある、卑劣な人間だ」（二〇）という叔父の言葉は、堕落した他者との関係のなかに「真正なる自己」を追求するサトゥリーの人間性を端的にあらわしている。ここで想起されるのは、人間の救済を堕落のなかに見出し、「人間は生き、人間は堕ちる。そのこと以外のなかに人間を救う便利な道はない。……堕ちる道を堕ちきることによって、自分自身を発見し、救わなければならない」[32]と述べた坂口安吾である。

堕落自体は常につまらぬものであり、悪であるにすぎないけれども、堕落のもつ性格の一つには孤独という偉大なる人間の実相が厳として存している。即ち堕落は常に孤独なものであり、他の人々に見すてられ、父母にまで見すてられ、ただ自らに頼る以外に術のない宿命を帯びている。……孤独という通路は神に通じる道であり、善人なおもて往生をとぐ、いわんや悪人をや、とはこの道だ。キリストが淫売婦にぬかずくのもこの曠野のひとり行く道に対してであり、この道だけが天国に通じているのだ。何万、何億の堕落者は常に天国に至り得ず、むなしく地獄をひとりさまようにしても、この道が天国に通じているということに変りはない。……悲しい哉、人間の実相はここにある。然り、実に悲しい哉、人間の実相はここにある。[33]

坂口の「堕落論」と奇妙に符合するサトゥリーの自己探究の方法は、周囲の者にとっては理解しがたいものに映るが、本人にとっては実存を賭けた、孤高の営みとして審美化される。それは、他者からの隔絶や孤立を選び取る姿勢というだけでなく、「追われ、だまし取られ、鞭うたれ、汚され、拘禁され、幻覚を起こし、美徳を失い、滅ぼされることさえも好む敗残者たち」[34]の精神を共有しようとする姿勢とも言える。なんとなれば、サトゥリーにとって、堕落者たちのなかに従うべき「真実」を見出そうとするのは、彼の自己成型の本質なのだ。

その範例を、サトゥリーは、白人中心主義の世界で打ちのめされながら、狡猾に生き抜き、不屈の精神を維持するアブ・ジョーンズの生き方に見出すことになる。サトゥリーがとくに理由もなくアブを探し、子どものようにアブの一言一言に耳を傾ける様子（二〇三–〇五）は、アブがサトゥリーにとって代理の「父」の役割を果たしていることを示している。[35]「サトゥリーは闇のなかでも［アブの］血管の浮いた大きな両手を見ることができた。……その手は闇を何らかの目的へと形作るように動いていた」（二〇三–〇四）という語りは、サトゥリー自身が生きる目的や意味を見失い、模索している事実を逆照射すると同時に、アブの死ぬことも厭わない、権威への抵抗を「降伏することを拒絶する、尊敬に値する姿勢」[36]としてサトゥリーが理想化・美学化していることをあらわす。泥酔し、たたきのめされ、半分意識を失ったアブを家に連れ帰ろうとする途中で、サトゥリーは二人の警官に呼び止められる。すると突然、アブは「無から作り出された力と優雅さで」（四四〇）警官に向かっていく。不条理な権威や法に立ち向かい、その後、逮捕され、むち打ちによって獄死してしまうアブに対してサトゥリーが感じるのは、死ぬに値する大義をアブがもっていたことへの羨望と崇敬の念なのだろう。[37]その証左に、それまで政治的には冷めていて破壊行為に訴えることのなかったサトゥリーは、パトカーを盗み、町を走ったあげくに川に飛び込ませる（四四一）。[38]

アブと同様にサトゥリーの自己成型にとって重要な役割を担うのは、「社会病質者」であり、「無邪気な策士」であるジーン・ハロゲイトである。「無垢性と犯罪性が奇妙に融合した」このネズミ顔のコミカルな人物は、マッカーシー作品のなかで「最も南部ゴシック的な」人物と言える。[39] 畑のスイカと性交し（三二）、作り損ないのアンドロイドのように歩き（五六）、地下洞窟を掘り進めて銀行の金を盗むという無謀な計画を実行する、この人物はヒルビリーのステレオタイプと言ってもいいだろう。そのことは、公共の水飲み場では白人用の蛇口を使うし（一〇一）、衛生的に極悪な場所に住むことはできても、近隣に黒人が住む住居を好まない（一一五）という風に、人種主義を内面化していることからも明らかだ。むろん、サトゥリーが惹かれるのは、ハロゲイトのなかに「何かとても透明で、傷つきやすいもの」（五四）を見出すからだ。それはサトゥリー自身からは失われてしまった何か、ハロゲイトの行動様式が端的に示すように、「社会的に有用な道徳的感受性が発達する以前の、欲深い人間動物の中心」[40]を指すのであろう。息子の死後、サトゥリーのハロゲイトへの共感はいっそう深まるように映るが、[41]このことは、ハロゲイトが、サトゥリーにとって「代理の息子」[42]であり、彼の死んだ双子の兄弟を想起させる存在でもあること、つまり、その内面に罪悪感を喚起しつづけ、贖罪の可能性を担保する存在であることを暗示している。

「父」なるものとの和解なき離別と、逃れえないその影

象徴的な意味での「父」なるもの（父親、神、教会など）を拒絶することで主体化するサトゥリーが、アブや

ハロゲイトをはじめとする「堕落者」たちとのかかわりのなかでやがて見出すことになるのは、自分自身も裁かれるべき、暴力的な「父」であるという、のっぴきならない事態である。このことは物語のはじめで、サトゥリーが息子の姿を幻視する場面においてに暗に示されていた——「夢の風も冷たかった。……父が持つナイフは薄暗い街灯の明かりを細く青い魚のように切り裂き、俺たちの足音は街路の空虚のなかで増幅し一群の足音の大合唱となった。しかし、俺を恨むこともなく近づいてきたのは、父ではなく息子だった」（二八）。物語後半におけるサトゥリーの自身への問いかけ——「俺は怪物なのか、怪物が俺の中にいるのか」（三六六）——は、「父」の権力に抵抗しながらも、自身が単なる被害者ではなく権力側＝「父」の側にもいること、抵抗されるべき「父」なるものでもありうるという、罪悪感とないまぜになった自己審問の言にほかならない。物語の終わりで、サトゥリーはチフス熱による昏睡状態のなか、神に断罪される悪夢を見る。夢のなかで、神は「人間の行いを記した台帳」を確認してから「巨大な鍵を使って地獄への門を開く」（四五七）と描写されるように、サトゥリーは無意識に地獄行きの審判に恐れ慄くのだ。

　このように見てくると、『サトゥリー』では、自己探究の主題が「父」なるものとの和解という主題に横滑りしていくことがわかる。たしかに、サトゥリーは、堕落者たちとのかかわりを通して「他者との共通の人間性」[43]を志向しているように見えるが、それは彼の実存的孤独の問題と背反してしまう。つまり、いかにサトゥリーが堕落者たちとの連帯を目指しているように見えようと、それが彼の自己探究の最終目的地とはならないのだ。実際に、父親に見捨てられたという点において「俺たちは似た者同士だ」（一八）とする叔父の言葉を、サトゥリーは断固として拒絶する。「俺はあんたには似ていない。……俺が誰に似ているかなんて言わないでくれ」（一八）と言うサトゥリーは、堕落者たちとの連帯やそのような形での自己実現によって最終的な罪の贖いがもたらされるわけではないことを十分に承知している。

この文脈において、双子の兄弟の死産がトラウマとなり、サトゥリーが強迫観念的に苦悩する姿が断続的に描かれることは重要だろう。「双子の兄弟の非対称の複製」（一四）にすぎないというサトゥリーの自己認識は、とりわけ、物語前半で繰り返し表現される、自己の不完全性をめぐる彼の強迫観念と結びついている。事実、物語前半では、サトゥリーの言動は、損なわれてしまった「アンチ・サトゥリー（Antisuttree）」（二八）の発見という不可能な試みから発しているようにも映るのだ。

だが、サトゥリーのそのような自己認識と自己探究は、やがては否定されることになる。ある日、リースのキャンプに、ヴァーノンとファーノンという名のオポッサム狩りの二人が「悪い知らせのように……よろよろと歩いて」（三五八）やってくる。二人は歯の染みにいたるまで見た目がそっくりなだけでなく、文字通り、精神的波長が合い、お互いが何を感じ、何を考えているのかがわかるという。違う場所にいても、同じ時に同じ事が起きるように、その運命も同じで、つまり、その存在自体が交換可能なものとして表象されている。二人はそのような存在の「同一性を喜んで受け入れている」[44]だけでなく、「腕時計を蔑視している」（三六〇）と描写されるように、時間性／歴史性のない二人だけの世界に生きている。ここで注意すべきなのは、そのような「安寧とした静止と同一性」[45]を特徴とする二人の「個人のアイデンティティという概念や……人間であることのあらゆる定義に異議申し立てをする」[46]存在様式は、サトゥリーが目指す、自己と他者のかかわり方の対極として表象されているということだろう。二人の存在様式は「怪物性と独我性」の謂いであり、それは「自己自身に対して現れる」[47]にすぎないのだ。

この直後の箇所で、サトゥリーが一時的に生を謳歌していたと捉えることができる、ワンダとの暮らし（二人だけの世界）が、ワンダの突然の死によって絶たれる。聖書の洪水のエピソードを思わせるように、「父」なるものの不条理な暴力としての川の氾濫によりワンダは死んでしまうのであるが、このことが示すのは、他者とのつながりが絶たれた、自己完結した世界に安住することがサトゥリーの救済につながらないという事実である。サトゥリーがこの気づきを得るためにこそ、「ワンダの死はこの小説の美学のなかでは絶対に必要」[48]なのである。

このことはまた、独我論的な世界においてサトゥリーが死産した双子の兄弟が象徴するものとの自己同一性を獲得し、ある種の主体化を果たすことが、他者と／への倫理と対立的・対照的に示されていることをも意味する。

他者と／への倫理に開かれるためには、サトゥリーは、「父」なるものを否定することで自己完結する、独我論的世界に浸ろうとする自己をも不断に否定しつづけなければならない。意識朦朧としたなかでサトゥリーが司祭に発する、「ひとりのサトゥリー、ただひとりのサトゥリーが存在している」（四六一）という言葉は、「［アンチ・サトゥリー］との人格統合への彼の願いが達成された」[49]のでは決してなく、そのような欲望こそが妄執にすぎないことを彼が悟ったことをあらわしていると解釈すべきであろう。実際に、チフス熱から快復したサトゥリーが司祭に言い放つ言葉は、静止した独我論的世界観をサトゥリーが乗り越える契機として示されている――「神はひとつの物ではない。動きを止めるものは何もない」（四六一）。つまり、独我論的世界の外部では、「父」なるものとの関係性も固定的で脅威的なものではなく、流動的で柔軟なものであるべきというわけだ。ここに「父」なるものとサトゥリー／マッカーシーとの和解の可能性を見出すのもあながち間違いではないだろう。

だが、それもあくまで可能性の問題であって、完全なる和解がもたらされたわけでは決してない。死の瀬戸際で司祭から聖油を塗油されるサトゥリーは「強姦の被害者のように」（四六〇）横たわっているばかりだし、意識を回復した後も司祭への告白を依然として拒否するように、サトゥリー／マッカーシーと教会との関係は以前とほとんど変わることはない。さらに決定的なのは、「あなたは分かっていない」（四六二）という、司祭に向けたサトゥリーの言葉であろう。ここでサトゥリー／マッカーシーが選ぶのは、「父」なるものとの和解の道ではなく、和解なき離別の道なのだ。

かくして、物語の終わりでサトゥリーは、マッカナリー・フラッツが解体されていくのを好奇の目で眺め（四六四）、ノックスヴィルを永遠に去る決意をするにいたる。ここで、ノックスヴィルからテキサスに移り住み、南西部作家としての自己成型を果たすことになるマッカーシーの決意を読み取ることは容易だろう。実際に、この場面で、三人称と一人称が意図的に混合された語り手の声は作者マッカーシーの声と区別がつかない――「［サトゥリーは］自分自身から秘められた小さな護符やまじないの言葉を取り除き、生涯誰にも見つからない場所に捨て置き、自身のなかにある単純な人間の心を護符としたのだった。最後に小さな通りを歩きながら彼は自分からすべてのものが落ち去っていくのを感じた。やがて彼から落ち去ってゆくものは何もなくなった。痕跡も軌跡も残らずに」（四六八）。しかしながら、ここで「恐怖心のしるしである護符を捨てたことによりもはや彼の恐怖心はなくなった」[50]と指摘する批評家もいるものの、サトゥリー／マッカーシーは、死の恐怖を克服し、独我論的世界観を乗り越え、贖罪や救済にいたったと結論づけるのはいかにも早計だろう。事実、「父」なるものとの和解が描かれない、物語の最後の場面には、忍び寄る狩人＝「父」なるものの暴力にサトゥリー／マッカーシーが依然として慄いていることを示唆している。

川の近くの灰色の森、ほうきのように揺れるトウモロコシ畑、城郭都市の内部のどこかにその狩人はいる。彼の所業はいたるところにあり彼の猟犬たちは疲れを知らない。私はその猟犬たちを夢で見たことがある。主人に隷属する荒々しいその目はこの世界の魂を貪り食うかのような狂気を湛えている。(四七一)

それは影であるがゆえに、どこに逃げようとも、何度振り払おうとも、永遠につきまとう類の不条理な暴力なのだ。物語の最後になってはっきりと顔を出す語り手の「私」=マッカーシーは、そのことを痛切に理解している。その意味において、『サトゥリー』はマッカーシーの南西部小説との断絶ではなく連続性を見出すべき小説であり、マッカーシー作品群の起源にも中心にも位置づけることができる作品なのだ。

註

1 John Ditsky, "Further into Darkness: The Novels of Cormac McCarthy," *Hollins Critic* 18 (1981) 1-11 および Mark Royden Winchell, "Innter Dark: or, The Place of Cormac McCarthy," *The Southern Review* 26 (1990) 293-309 を参照。

2 Richard B. Woodward, "Cormac McCarthy's Venomous Fiction," *New York Times Magazine* 19 Apr. 1992. 31.

3 Dianne C. Luce, *Reading the World: Cormac McCarthy's Tennessee Period* (Columbia: U of South Carolina P, 2009) 194-95.

4 Mike Gibson, "Knoxville Gave Cormac McCarthy the Raw Material of His Art. And He Gave It Back," *Sacred Violence: A Reader's Companion to Cormac McCarthy*, ed. Wade Hall and Rick Wallach (El Paso: Texas Western P, 1995) 34.

5 Cormac McCarthy, *Suttree* (New York: Vintage, 1992)188. 以下、本書からの引用訳は筆者による。

6 Bruce Wheeler, *Knoxville, Tennessee: A Mountain City in the New South* (Knoxville: U of Tennessee P, 2005) 61.

7 ボブ・ジェントリーは、マッカーシーが描くノックスヴィルは実際よりも「汚く、異臭を放ち、陰湿で、腐敗が進み、進歩の遅れた」都市であり、本当はあった「幸せ、健康、生き生きした会話、華やかな衣装、おいしい食べ物」などの肯定的な側面はまったく描かれていないとしている。Bob Gentry, "The Other Knoxville Responds to Suttree et al.: An Argument," *You Would Not Believe What Watches:* Suttree *and Cormac McCarthy's Knoxville*, 2nd ed., ed. Rick Wallach (N.p.: The Cormac McCarthy Society, 2012) 220.

8 Steven Frye, *Understanding Cormac McCarthy* (Columbia: U of South Carolina P, 2009) 57-58.

9 Gabe Rikard, *Authority and the Mountaineer in Cormac McCarthy's Appalachia* (Jefferson: McFarland, 2013) 86-130 を参照。

10 ノックスヴィル在住の心理学者でマッカーシー研究家であるウェスリー・モーガンは、ピーター・ジョサイフとの対話のなかで、『サトゥリー』の登場人物たちが鮮やかに想像されているとする書評を読んで、「想像の産物などではない。彼のほとんどはそこらを歩きまわっている人物たちで、誰が誰であるか分かると言った」(Peter Josyph, *Adventures in Reading Cormac McCarthy* [London: Scarecrow, 2010] 40) と述べている。また、モーガンは、ゲイ・ストリート・ブリッジが自殺の名所であったこと、ノックスヴィルのダウンタウンに売春のためのホテルが存在していたこと、保安官選挙の前に暴動があったことなども明らかにしている (Josyph 50-53)。

『サトゥリー』に関するモーガンのウェブサイト「サトゥリーを探して（Searching for Suttree）」(https://web.utk.edu/~wmorgan/Suttree/suttree.htm) 掲載の写真の数々も参照のこと。

11　Josyph 43-50を参照。

12　Thomas D. Young, Jr., "The Imprisonment of Sensibility: *Suttree*," *Perspectives on Cormac McCarthy*, rev. ed., ed. Edwin T. Arnold and Dianne C. Luce (Jackson: UP of Mississippi, 1999) 97.

13　もっとも、マラリアの撲滅、土地改良、電気の創設、貧困対策など、テネシー川流域開発公社からの恩恵を高く評価する論者もいる。Gentry 207を参照。

14　Josyph 43.

15　Leslie Harper Worthington, *Cormac McCarthy and the Ghost of Huck Finn* (Jefferson: McFarland, 2012) 112.

16　Lydia Cooper, "McCarthy, Tennessee, and the Southern Gothic," *The Cambridge Companion to Cormac McCarthy*, ed. Steven Frye (Cambridge: Cambridge UP, 2013) 49.

17　石井祥裕「ゆるしの秘跡」『新カトリック大事典』第IV巻（新カトリック大事典編纂委員会編、研究社、二〇〇九年）二一〇三。

18　David Holloway, *The Late Modernism of Cormac McCarthy* (Westport: Greenwood, 2002) 12.

19　自伝研究者フィリップ・ルジュンヌが言うように、ポスト構造主義による自律的な「主体」概念の問い直し、あるいは文化相対主義による価値の序列の崩壊にともない、自伝的テクストをめぐる読解の二分化、つまり、作者と読者のあいだで交わされる「自伝契約」か「フィクション契約」かという読みの選択は、現在のアメリカ文学批評においてはあまり意味をもたないように映る。Philip Lejeune, "The Autobiographical Contract," *French Literary Theory Today*, ed. Tzvetan Todorov (Cambridge: Cambridge UP, 1982) 192-222を参照。実際に、メタフィクションを主要な物語の装置のひとつとするポストモダン小説は、かつては自伝的テクストと捉えられていた作品の虚構性や嘘を暴露したのであり、その裏返しとして、フィクション＝虚構のなかの「自己」の真実（あくまで相対的な）を洗い出す試みも繰り返し行われた。このことはまた、「自己」の真実を告白する「作者」という概念そのものが個人的で非政治的なものではなく、人種・階級・性差などをめぐる文化の支配的価値観やイデオロギーの産物であるという作家自身のジレンマに結びついていった。半自伝小説とされる『サトゥリー』もまた、そのような自己表象の歴史性と無関係ではいられない。

20　Douglas J. Canfield, "The Dawning of the Age of Aquarius: Abjection, Identity, and the Carnivalesque in Cormac McCarthy's *Suttree*," *Contemporary Literature* 44 (2003) 686.

21　Dianne C. Luce, "Cormac McCarthy," *Dictionary of Literary Biography: American Novelists Since World War II*, ed. James E. Kibler, Jr. (Detroit: Gale Research, 1980) 230. このことに関連し、ブライアン・エヴァンソンは「マッカーシー作品は技巧的に三人称なるものは存在しないと暗に認めている。つまり、常に存在するのは「彼」と発声する私（語り手）なのであり、「私」と発声して姿を現さないとしても事態は変わらない」(Brian Evenson, "McCarthy and the Uses of Philosophy in the Tennessee Novels," Frye 59) と述べている。

22　ミシェル・フーコー『性の歴史Ⅰ　知への意志』（渡辺守章訳、新潮社、一九八六年）七六–七七。

23　柄谷行人『日本近代文学の起源』（講談社文芸文庫、二〇〇九年）一〇二。

24　マッカーシーは、この「呪われし者たち」を「泥棒、落後者、悪党、のけ者、腰抜け、ならず者、へそ曲がり、ばか者、殺人者、博打打ち、売春宿の女将、売春婦、淫婦、山賊、大酒飲み、飲んだくれ、どじな奴、脱走者、道楽者、法に背く多彩な放蕩者」（四五七）と、あらゆる単語を駆使して表現している。また、ここには黒人や性的逸脱者が含まれるように、人種や性差を超えての連帯も示されている。

25　Jay Ellis, *No Place for Home: Spatial Constraint and Character Flight in the Novels of Cormac McCarthy* (New York: Routledge, 2006) 147.

26　もっとも、ボブ・ジェントリーのように、マッカーシーの父親および当時のノックスヴィルの施政者たちを擁護する見解もある。Gentry 208-09 を参照。

27　Vereen M. Bell, *The Achievement of Cormac McCarthy* (Baton Rouge: Louisiana State UP, 1988) 72 を参照。また、「[マッカーシー」はいつも『不快だと感じないからといって不快なものが存在していないということにはならない』と言っていた。彼はいつも幸運に恵まれない人たちや、私たちが無視している世界に同情し、そこに飛び込むことで何が出てくるのかを見ようとしていた」(Ellis 139) という、アン・デ・リールの言を引いてもいいだろう。

28　ここで、父とは対照的に善意の人物として、マッカナリー・フラッツの住人アイリッシュ・ロングに言及しておくべきだろう。この実在の人物は、『サトゥリー』のなかで、大恐慌後の時代に、私利私欲に走らずに、自身が経営していた店のものを惜しげなく人々に分け与えた人物として美化されている（二五）。他方、マッカーシーが教育を受けたカトリックの無関心と、それに対するマッカーシーの批判を指摘する批評家もいる。Ellis 139 を参照。

29 Ellis 147.

30 マッカーシー作品における女性表象がステレオタイプの域を出ないという指摘は多い。たとえば、ワーシントンは、『サトゥリー』における女性登場人物はすべて「処女、母、売春婦、老婆（女）」のいずれかに当てはまるとしたうえで、このことは、マッカーシーの作品において、「男性が救済されるのに女性は効力を持たないという信念」のあらわれであるとしている。Worthington 104, 108 を参照。

31 ジェントリーは、この保安官のモデルとなったアール・クローニンという人物をこのように評している。Gentry 216 を参照。

32 坂口安吾『堕落論』（新潮文庫、二〇〇〇年）八五–八六。

33 坂口 九七。

34 Josyph 18.

35 Robert L. Jarret, *Cormac McCarthy* (New York: Twayne, 1997) 61.

36 Worthington 96.

37 Worthington 98.

38 ワーシントンはこの場面のサトゥリーの感情を、トウェインの『ハックルベリー・フィンの冒険』においてハックがジムとの逃亡を選択し、地獄行きを決意する際の感情と相同的と捉えている（Worthington 99）。

39 Erik Hage, *Cormac McCarthy: A Literary Companion* (Jefferson: McFarland, 2010) 89-90.

40 Young 113.

41 Edwin T. Arnold, "Naming, Knowing, and Nothingness: McCarthy's Moral Parables," Arnold and Luce 59.

42 Jarret 61.

43 Frank W. Shelton, "Suttree and Suicide," *The Southern Quarterly* 29.1 (1990) 78.

44 Euan Gallivan, "Cold Dimensions, Little Worlds: Self, Death, and Motion in *Suttree* and Beckett's *Murphy*," *Intertextuality and Interdisciplinary Approaches to Cormac McCarthy*, ed. Nicholas Monk (Albuquerque: U of New Mexico P, 2012) 152.

45 Patrick O'Connor, "Literature and Death: McCarthy, Blanchot, and Suttree's Mortal Belonging," *Philosophical Approaches to Cormac McCarthy: Beyond Reckoning*, ed. Chris Eagle (New York: Routledge, 2017) 86.

46 Young 117.

47 O'Connor 86.

48 O'Connor 86.

49 William Prather, "Absurd Reasoning in an Existential World: A Consideration of Cormac McCarthy' *Suttree*," Hall and Wallach 111.

50 Worthington 116.

第5章　『ブラッド・メリディアン』——暴力表象と倫理の行方

小説と暴力表象

一九世紀半ばの、現在のアメリカとメキシコの国境地帯（ボーダーランド）で先住民の頭皮狩りを行う一団の蛮行を描き出す『ブラッド・メリディアン』（*Blood Meridian, or the Evening Redness in the West*, 1985）は、アメリカ南西部正史への対抗歴史として、またホメロス、シェイクスピア、メルヴィルらの作品にも比する叙事詩的物語として高く評価されてきた。しかしながら、文字通り、血と暴力と死の描写が充溢するこの小説の倫理観については、否定的に捉える見方も多かった。マッカーシーは「血の流れない生などというものは存在しない。何らかの方法で人類が向上したり、皆が仲良く生きられるという考え方は、本当に危険な考え方だと思う。この考え方に執着する者こそ、先頭に立って自分の魂や自由を捨てようとするのだ。そんな風になればよいと願うことこそあなたを奴隷化し、あなたの人生を空虚にするのだ」[1]と発言しているが、『ブラッド・メリディアン』はそのような作者の世界観が反映された作品としても解釈できるだろうし、グローバル・テロリズムの脅威が恒常化した今日の世界においては、時代を超えた人間の普遍的暴力性を表現する作品と捉えることもできるだろう。また、この小説についての批評の多くが虚無主義的な解釈を施してきたことは、あらゆる価値体系の相対化が極北に達した現代の知的潮流を照射するものかもしれない。しかしながら、マッカーシーの作品ほぼすべてにわたって、単なる煽情主義に陥らないさまざまな暴力の主題が追究されているように、『ブラッド・メリディアン』においても、ときに既存の倫理体系と共犯関係を保ちながら駆動する暴力の複層性・多義性が追究されていることは明らかだ。誤解を恐れずに言えば、ある種の倫理体系と暴力を二項対立的に捉え、単純に前者を称揚し、後者を否定するだけでは、『ブラッド・メリディアン』において追究されている暴力の複層性・多義性が覆い隠されてしまい、その暴力表象の本質を捉えることはできないのではないだろうか。本章では、二人の中心人物（少年［the kid］と判事［the judge］）の人物造型に着目しながら、暴力表象の問題系を倫理の問題系に接続することで、ポスト近代あるいはポスト・ヒューマンとも形容される時代における倫理の行方と可能性を探る物語として『ブラッド・メリディアン』を再解釈したい。[2]

「成長」しない少年のウェスタン・ビルドゥングスロマン

「ビルドゥングスロマンが新奇さの探求に駆り立てられるのに対し、既成の様式や昔のプロットを繰り返したり再生させる欲望に駆られるウェスタンは回顧的、反復的、哀調的になるのが必然だ」[3]とすれば、『ブラッド・メリディアン』はビルドゥングスロマンとウェスタン双方の特質をもつ、つまり、未来か過去かのベクトルは異なるものの、「倫理」を志向する二つの文学ジャンルに意識的な物語と言えるだろう。物語は一八三〇年、テネシーの田舎町で生まれ、一四歳で故郷を捨てテキサスに向かう少年の放浪を描きはじめるが、ここには「明白な天命（マニフェスト・デスティニー）」に代表される当時のアメリカのアイデンティティと使命感の軌道がなぞられている。「合衆国は社会史のなかの巨大なページのように横たわっている。この大陸のページを西から東へ一行一行読んでいくと社会の発展の記録が見つかるのだ」[4]と述べ、西部由来の民主主義国家としてのアメリカを歴史化したのはフレデリック・ジャクソン・ターナーだが、少年の放浪を描写する際の語りは、アメリカの「成長」（あるいは「膨張」）過程を「自然」と唱えるターナー流の修辞と共振する（「アメリカの文明は地質によって創られた無数の動脈づたいに走ってきた。……それは複雑な神経回路が着実に成長するようなものだった」[5]）。生物学的に複雑化していく人間の神経細胞の比喩を用いて、アメリカの西部への拡大を「成長」と捉えたターナーの歴史記述は、もとよりビルドゥングスロマンの語りとも親和性が高いと言えるが、少年の行動様式は西漸運動の地政学的力学やその修辞を少なくとも表面的にはなぞるものと理解していいだろう。つまり、当時すでに一定の「歴史」が刻印されたアメリカ南部を捨てて、「歴史」も「法」も刻印されていない＝無垢の土地ゆえに自由な西部に向かう少年の放浪の軌跡は、アメリカ領土の西部への拡大と地政学的に同調するし、また、少年の行動は「神が与えたもうた……明白な運命」という修辞などによって、失われた理想と自己再生を求めて西に向かう聖なる行動として神秘化／審美化されもするのだ。

ここでまず注意しなければならないのは歴史記述そのものの暴力性の問題である。ニール・キャンベルはヴァルター・ベンヤミンの「文明の文書には同時に野蛮の文書でないものはひとつもない」[6]という言を引きつつ、ターナー的な歴史記述がはらむ、還元主義的・人種差別的な暴力性が、『ブラッド・メリディアン』においては極端に増幅された形で表現されている点を指摘している（「荒野を制圧するという前提は権力をめぐる野蛮な争いとしてあらわれており、そこでは強く無慈悲な者だけが生き残る……マッカーシーの作品にあるのは終わりのない暴力的闘争のみである」)[7]。少年の心がタブラ・ラサなどではなく、根源的な暴力の主体とされること（「見境のない暴力への嗜好をすでに宿していた」)[8]、あるいは、「顔は傷跡だらけだが不思議と傷に損なわれていない何かが残り、目は奇妙に無垢だった」（四）といった身体描写などは、歴史記述の暴力と表裏一体にある、白いアメリカの無垢なる自己像・国家像が少年に刻印されていることを示している。さらに、母親の「命を奪うことになる生き物」（三）という表現にあらわれるように、「母」殺しの主体でもあることが示されるのだが、彼が「母」を喪失した同情すべき人間として描かれているのではなく、彼の自己＝アメリカ的自己に内在する、無垢性と暴力性の密かな結びつきが強調されるのである。要するに、西へ向かう少年の人物造型は、実のところ、「遍在する、アメリカの国家的空想――西部の獲得と、フロンティアの経験を通じたアメリカ的人格の構築」を内側から転覆するものなのだ。[9]

その証左に、少年は古典的なビルドゥングスロマンの主人公のように、（少なくとも倫理的には）「成長」することはない。たとえば、トードヴァインのホテル放火の共犯になるのは偶発的なことにすぎないし（一二―一五）、ホワイト大尉の不法戦士団に入隊するのは不法戦士団版マニフェスト・デスティニーに共鳴するからではない（三六―三八）。グラントンの頭皮狩り隊に加わることすら牢屋から出るための方便にすぎないし（八二―八四）、先住民虐殺という行為についても最後まで思考停止しているようだ（物語は少年が先住民を殺害している様を描かない）。そのような少年の描写を通して物語が提示するのは、彼の言動の無目的性だけでなく、彼と世界の関係の不和性、あるいは彼の存在様式と世界の存在様式の共存不可能性なのだが、実際に、旅路の果ての描写において強調されるのは、彼がいかなる意味でも社会性・共同性を獲得していないという事実なのである(「荒野で行き合う旅人は世の中の新しい知らせを教え合うのが慣例であったが、彼は世の中のことは自分にはあまりに浅ましいかくだらないので追いかける気はないとでもいうように、新しい知らせを何も持たずに旅をしているようだった」[三二五])。また、一八歳になった彼がかつての自分と瓜二つの少年を射殺する場面(三三六)は、彼が自らの暴力性を統御できるようにはならないことを端的にあらわしている。物語の終わりで、読むこともできない聖書を携えながら放浪生活を続ける姿(三二五)はさらに象徴的に彼の反「成長」を強調している。

もっとも、少年の根源的暴力性は「彼らは平原を進みながらいろいろなものを削除していく。彼らは現に存在するものに仕える使命を負った者たちであり、出会う世界を分類して、過去にだけ存在したものや将来に存在しえないものは同様に消滅したものとして背後に残していくのだった」(一七九-八〇)と表現される、グラントンの頭皮狩り隊の暴力と本質を同じくするものとして表象されている。隊による一連の蛮行=暴力が歴史創出の行為体とされ、少年がそれにふさわしい存在として表象されていることは物語的必然とも言えよう。だが、ルネ・ジラールが考察しているように、暴力はすべて供犠的であり、「沈静化されない暴力は、身代わりの犠牲を探しもとめ、いつもそれを見つけ出す」[10]のであれば、少年が物語の終わりで犠牲化されているように見える事態(あくまで見えるにすぎないが)と、少年を主体とする暴力の関係は複雑である。一例を挙げれば、強烈な暴力的属性を保持しながらも、「血みどろの戦争に自分自身のすべてを捧げた者、闘技場の床にたって恐怖を体験しその体験が自分の心の最も深いところに語りかけてくるとついに知った者、そういった者だけが踊ることができる」(三四五)とする判事の暴力の思想に少年は与しない。

また、少年の暴力性と「父」の暴力性の関係も複雑に描かれている。メキシコ戦争で兵士として戦い、容赦なく頭皮狩りを行った実在の人物グラントンは、血縁上の父を捨ててきた少年の「父」となる。「何が起ころうと立ち向かえるつもりでいるのは彼がいかなる時でも完璧だからだ。自分の歴史が人間たちや諸国家の歴史と一致していようがいまいが関係ない」(二五四)と描写されるように、あらゆる「歴史」表象に与しない人物として神秘化・審美化されてもいるグラントンは、しかしながら、少年にとっての「父」の役割を全うするどころか、徐々に弱体化し、中途で物語から退場してしまう。物語が進むにつれ、グラントンが主導する頭皮狩りは軌道を逸し(平和的なティグゥア族、酒場の市民、庇護すべき対象であるメキシコ人市民、メキシコ槍騎兵なども対象とする)、彼は狂気の発作を起こし、アパッチ族に殺害される直前には判事に実質的に首領の座を奪われている(二八四)。脱神秘化/脱審美化されるグラントンとは対照的/対称的に、強大な「父」として少年の前に立ち現れるのが判事であるが、少年は判事に自己や自身の運命を委ねることをしないし、後述するように、現実的にも象徴的にも「父」殺しを拒絶する。このことは、一方で、彼の属性である根源的な暴力性を自由意思で行使しない(できない)ことを意味し、他方で、彼がいかなる意味でも「成長」しない(できない)、あるいは確固とした倫理を獲得しないことを意味するのだ。

われわれの文脈で注視しなければならないのは、ある種の暴力性によって規定される主人公の「成長」を描かない物語が倫理の所在を追究する物語に転化する端緒である。つまり、倫理の所在が個人の自由と社会/世界の規範とのかかわりにあるのだとすれば、また、「成長」とは既成の諸価値や当該の倫理体系を肯定し、否応なく共犯関係を結ぶことだとすれば、少年のアイデンティティの形成ではなく、自己の血縁的起源の抹消と暴力的起源の発見という主題へと横滑りしていく物語にこそ、倫理と暴力の二項対立によって暴力の複層性・多義性を覆い隠してしまうような物語に対抗する契機が逆説的に生じることになるというわけだ。事実、常套的なビルドゥングスロマンのように少年の認識論的な変革が導き出されることはなく、血と暴力に満ちた世界と「人間」の自由意思の関係を問う存在論的主題がプロットの中心として示される（「今ようやく少年はそれまでの自分のすべてを脱ぎ捨てる。自分の起源も運命と同様に遠いものとなり、この世界全体がいつまで回り続けようとも再び現れることのない野蛮な領域が現れて、被造物は人間の意志にしたがって形作られるのか、それとも人間の心もまた土塊にすぎないのかが試されることになる」［四–五］）。そして、判事の言葉にしたがえば、少年の反「成長」は「人間」的な欠陥と同義なのであるが（「お前は殺し屋ではなかった。……お前の心の織物のなかには欠陥がある。お前だけが魂の片隅に異教徒への慈悲をもっていた」［三二一–一二］）、そのあまりに「人間」的な欠陥をもつからこそ、少年はあらゆる既存の倫理を否定する判事の大敵となると同時に、新たな倫理の地平を指し示す存在となりうるのだ。

砂漠、狼、戦争

しばしば指摘されてきたように、『ブラッド・メリディアン』における最大の創作は判事の圧倒的人物像にちがいない。たとえば、リック・ワラックは「悪の支配者」としての判事の特性を「起源がはっきりとせず、絶えず一貫した存在の原理を転覆するもの」[11]としている。実際に「この隊の人間はひとり残らずあの魂が真っ黒な悪党に別の場所で遭ったことがあると言っている」（一三〇）というトビンの言葉が示すのは判事の「超常的な偏在性」[12]にほかならないが、無限に自己を拡大することによって「地球の宗主」たることを志向する判事の欲望は、少年の属性でもあるアメリカ的自己の欲望を無限に拡大した結果とも言える（「地球の宗主は他の支配者たちの上にたつ支配者だ。その権威は下位の支配者たちの決定を取り消すことができる」［二〇七］）。その意味で、判事はアメリカ的暴力の権化であり、アメリカ例外主義を肥大化している点で、判事は「我々のうちのひとり」[13]とする批評家もいる。

判事の暴力の思想実現の舞台は「煉獄のような荒地」（六六）、「鉄が錆びず錫が雲らない地帯」（二五八）などと表現されるボーダーランドの砂漠である。マッカーシー作品に共通して言えることだが、砂漠は自己刷新や自己再生の場とはなりえず、マニフェスト・デスティニーや西部神話が思い描くようなユートピア幻想は打ち砕かれる。題辞に引かれた「闇の生命が悲惨に打ち沈み、まるで悲しみに我を忘れているかのように考えるべきではない。それは悲しみなどではない。というのも、悲しみは死において打ち沈むもので、死や死滅は闇の生命そのものだからだ」という神秘主義者ヤーコブ・ベーメの言葉が示すように、『ブラッド・メリディアン』の砂漠は死の隠喩、あるいは“desert”の語源（「語源的には否定によって定義される。それが何であるかではなく、何でないかによって表される」[14]）に忠実に、絶対的な空白であることが強調されるのだ。[15] 判事が言うように、「多くの人間が破滅した砂漠は広大で、それを受け入れるには大きな心が必要だが、結局のところ砂漠は空っぽ」（三四四）なのだ。

スティーヴン・シャヴィロが論じているように、『ブラッド・メリディアン』の砂漠は、人間に所属しなければならないという強迫観念を抱かせる文明や社会、人間を追放しうる文明や社会の諸規範、そしてもとより、それらから派生するさまざまな「歴史」「道徳」「真理」をはじめ一切の価値体系を無化するからこそ、つまり、そこでは誰もが永遠の追放者となるからこそ、究極の「自由」と「平等」が実現されうる場となる。[16]

分け隔てのない厳しさのなかでこの土地ではすべての現象が奇妙な平等の地位を与えられており、蜘蛛でも石でも草の葉でもいかなるものも優先権を主張することができない。……この土地ではあるものが他のものより明るいとか暗いとかいうことがなく、このような土地の視覚的な民主主義のもとではあらゆる優先順位は気まぐれなもので、たとえば人間と岩とは思いもよらぬ共通点をもっているのだった。(二五八-五九)

砂漠の演説で判事は言う――「倫理というのは強者から力を奪い弱者を助けるために人類がでっちあげたものだ。歴史の法則はいつも倫理を転覆させる。倫理規範は究極的にはどんな試験によっても正しいとも間違っているとも証明することはできない」(二六一)。[17] ニーチェの「超人」思想と共振する判事の思想は、民主主義的「自由」「平等」の概念や啓蒙思想全般の背理、および近代の倫理体系の背後に潜む自己正当化の言説を次々に暴露していくものだ。要するに、『ブラッド・メリディアン』の砂漠のモティーフが示すのは、一九世紀半ばの民主主義的権力の空白地帯のリアリズムだけでなく、西洋近代特有の人間中心主義の終末が露骨になった世界、端的に言えば、倫理相対主義の到達地点なのだ。

判事の思想は超越的倫理が存在しないか、到達不可能であることを前提とするが、常に生命の絶頂期を生きる

「狼」が砂漠における理想的な存在と見なされていることは重要である（「この世界のあり方というのは花が咲いて散って枯れるというものだが、人間に関して言えば徐々に衰退していくということでなく、生命力の発現が最高潮に達する正午が夜の開始の合図となる。人間の霊はその達成の頂点で消尽する」［一五三］）。[18] 死体や息絶えつつある者を狙う禿鷹のような浅ましい存在とは区別され、「倫理観のない強欲の象徴」であり、「舞台の中心で踊るダンサー」[19] である狼は、「私は狼を撃つ気にはなれないし、他の連中もそうだ」（一三五）というトビンの言葉が示しているように、極悪非道の頭皮狩り隊の面々からも崇敬される。黒人のジャクソンが白人のジャクソンを撃ち殺すことも（一一二）、グラントンが槍で貫かれたマギルの頭を銃で撃ち抜くことも（一六三―六四）、デラウェア族の男が戦闘で負傷した別のデラウェア族の男二人を棍棒で撲殺することも（二一五）、生命の絶頂期を過ぎたものを選り分ける狼の性質（「群れのなかの役に立たないものをえりのける」［一五三］）をなぞる行為にほかならない。狼たちの遠吠えが頭皮狩り隊を認めているように響く（「眼下の暗い森のなかで狼たちはまるで仲間を呼ぶように彼らに向かって吠え声をあげた」［一九六］）のは、「人間の堕落」（一五三）に抗い、各自の暴力を従属化＝主体化することで、集団としての存在の絶頂期を確保するからなのだ。

　判事が擬人化して表現する「戦争」はこの従属化＝主体化される暴力の謂いであり、同時に生の究極目的＝最高善とされる。彼は「戦争」を人間の自由意思にもとづく「自律」的行為ではなく、「神律」的行為として捉える。[20]

> 人間が戦争のことをどのように考えようが関係ない……戦争は持続する。……戦争はいつだってこの地上に

> あった。人間が出てくる前から戦争は人間を待っていた。最高の職業が最高の担い手を待っていたというわけだ。これまでもそうだったし、これからもそうだろう。それ以外にはない。……戦争とは予言のいちばん確かな形だ。戦争は一方の意志を試し、また他方の意志を試すが、それらを試すより大きな意志は二つの意志を結び合わせるがゆえに選択を強いられる。戦争が究極の遊戯だというのは要するに存在の統合を強いるものだからだ。戦争は神なのだ。（二五九－六一）[21]

判事にしたがえば、砂漠における生の条件は、自由意志を放棄し、「戦争」＝「神律」に自己を完全に委ねることである。グラントンの軍を脱走した男たちが全身の皮を剥がされて木から吊される描写（一三四）はこの文脈で捉えるべきであろうし、川で溺れた精神薄弱者が救い出される描写（二七〇）は、過酷な砂漠の生へ誘う残酷なバプティズムと解釈できるだろう。

だからこそ、少年が他者に対して我知らず示す（人間的な）慈悲は、少年と判事の敵対関係を決定的なものとする。実際に、負傷した仲間の息の根を止めるデラウェア族の男とは対照的に、灼熱の砂漠で瀕死の重傷を負ったシェルビーを殺さずに、少量の水を残して置き去りにする少年の行為（二一八）は、「戦争」に挑戦する「自律」的な行為として、言い方をかえれば、非倫理的な行為として糾弾される（狼的な選別行為＝死を与えられずに残されたシェルビーは、乾きと飢えの極限を経るか、敵の拷問の末、死ぬかのどちらかであった）。さらに、アパッチ族の襲撃後、砂漠に逃れた少年が丸腰の判事に対峙する場面（二九四－三一二）において、少年は自分の命に危険がおよぶのを承知しながら、判事を銃殺することを選択しない。三度の機会をみすみす失う少年の選択は、判事にとって（おそらく、大半の読者にとっても）決定的な裏切り＝非倫理的行為であり、イエス・キリストを否定することになるペトロ（『マタイによる福音書』二六章三一節−三五節）にも比されるのである。

暴力の弁証法と倫理の行方

このように見てくると、判事の人物造型には近代が到達した倫理相対主義的ニヒリズム（ニーチェの思想そのものではない）をどう克服すべきかという課題、換言すれば、進歩思想や人間中心主義が破綻したポスト近代、あるいはポスト・ヒューマンの問題意識が刻印されていることがわかる。彼は「文化それ自体の比喩」[22]に比せられるほどに啓蒙的知性の到達点を示す人物であると同時に暴力の権化である。彼は旧約聖書時代の失われた部族に言及し、ギリシア詩を引用し、人種の分散や特性に対する地殻変動や気候変動の影響を論じ（八八−八九）、舞踏やフィドル弾き、射撃、乗馬などあらゆる技芸に通じ、いくつもの言語に通じる（一二九）。また、インディアンの追撃から逃げているときでさえ植物を採集し（一二三）、砂漠に残された古代の絵画を写生し（一八〇）、自然の鉱物を用いて即席の火薬をつくり、敵を撃退する（一三八−四一）。他方、自然をつぶさに観察し、「記録簿」に記録する判事の目的はさまざまなものを人類の記憶から抹消するためと説明されるように（一四七）、彼の万能的な知性は「啓蒙された人間のファウスト的高慢という欠陥」[23]にも見えるし、また、倒錯的に他者支配の強烈な欲望と結びつく点ですぐれて暴力的なのだ。

判事の子ども殺しは知性と暴力の結託というこの文脈において理解すべきだろう。物語のなかで彼の子ども殺しが明示あるいは暗示される場面は四つある（一二五、一七〇、二五〇、三四七）が、なかでもアパッチ族の男の子の殺害は最も衝撃的かつ不可解な殺害として表象されている。アパッチ族の村を襲撃する場面（この小説のなかで凄惨をきわめる殺戮が行われる場面）の後には、判事が男の子と馬に乗り、焚き火を囲む様子や、隊員たちが男の子に干し肉を与える親密な場面が描かれる（一六七―七〇）。しかし直後には、判事が男の子を殺害し、頭皮を狩った事実が明示され（一七〇）、暴力の不条理性が強調される。だが、このような一見不条理な暴力の行使も判事自身にとってはきわめて理知的な行為なのだ。

ある無名の生き物たちは……世界のなかで取るに足らない存在あるいは無に等しい存在に見えるかもしれない。だが一番小さな屑みたいなやつらが我々を滅ぼすかもしれない。岩の下にいる人間が知らないような小さなやつらが。……あらゆるものが掘り出され人間の前で裸にされて初めて人間はこの地球の宗主になれるんだ。……すべて私のものだと言えるためには私の配剤なしに何も行われてはならないようにする必要がある。……鳥の自由は私への侮辱だ。鳥はみな動物園に入れてやりたい。（二〇七―〇八）

判事にとって、「無名の生き物」を代表するのは少年にちがいないが、だからこそ、少年が抱える暴力性は支配すべき対象に転じ、次元の異なる二人の暴力的属性は存在の根源的対立と捉えられる。「人間を結束させるのはパンを分かち合うことではなく敵を分かち合うことだ。……我々の敵対関係は我々が出遭う前に形作られ出遭いを待っていた」（三一九、傍線筆者）[24]という判事の言葉は象徴的だ。実際に、少年と判事の暴力をめぐる関係は正義と悪、光と影、無垢と堕落といった、二元論的に分裂した関係ではなく、複雑に絡み合いながら、弁証法的に融合する関係として、少年の夢のなかで、つまり、少年の無意識として示される。負傷した脚の手術後の譫妄状態のなかで少年が見る夢において、判事の悪魔的存在は内面化されていく。この夢のなかで、何らかの罪のために火から遠ざけられ、判事にへつらいながら貨幣を偽造している鋳造職人の姿（三二二−二三）は、判事の暴力を（に）主体化／従属化した少年の仮の姿（ニーチェ的な意味での弱者＝贋金つくり）なのだ。

ここでより重要なのは、判事の自己のなかに少年が回帰していくかのように、判事の存在自体が全体論的に肥大化する描写であろう。

> 判事にどんな先行者がいようとも彼はその総和とはまったくの別物であり、彼を分割して起源に還元するシステムも存在しない。というのも彼を分割することはできないからだ。血統や記録を紐解いて彼の歴史を探ろうとする者は結局のところ終端も起源もない虚空の岸辺で暗愚の状態に留まることになる……。（三二二）

一方、「戦争という牝の親から生まれた悪臭を放つ存在」（五八）とも書かれているように、少年は判事の基準に照らしても砂漠の生を生き抜く資格を有する暴力的存在としても表象されている。そのことは「最後に本物が残った。みんな破滅していき私とお前だけが残ったということだ」（三四〇）という物語の終わりにおける判事の承認の言葉にもあらわれている。だが、結局のところ、判事の思想に完全に同一化しないがゆえに少年は根源的暴力の標的となり、酒場の便所で判事に殺害されることになる。この最後の場面（三四七−四八）は一方で、象徴的な意味合いにおいて、「判事は……少年を貪ったのであり、少年の本質を吸収し、新たな存在として立ち現れた」[25]と言えるだろう。しかし他方、二人の暴力の弁証法の外部にこぼれ落ちる剰余的な何かがここでしるしづけられているようにも見える。

このように見てくると、それでは、少年の殺害が三人の男のやりとりによって間接的に表現されていること、つまり、表象不可能なものとして表象されていることはどのように考えたらいいのだろうか。「他の人間はともかくお前はこの空虚感や絶望感といった感情と無縁ではないはずだ。我々はそれと戦っているんじゃないのか」(三四二)という言や、自分は絶対に眠らないし、死なないと豪語しながら破壊の神シヴァのように踊る姿勢に示されるように、[26]判事にとっての「戦争」とは究極的には死に対する戦いにほかならないが、少年の死の表象不可能性は、死それ自体が簒奪不可能であることを端的に示す。要するに、物語は判事が一方で少年との対立における勝利を得ながらも、他方で、少年が担保する彼自身の死という簒奪不可能な究極の暴力によって、自己と他者の関係性における判事の敗北というねじれた事態を浮上させる。ハイデガーを引きながらジャック・デリダが言うように、「死は固有なものとして、代理不可能なものとして、私の死でしかありえない」[27]からだ。

たとえ「私を殺す」という意味で、私に死を与えるとしても、この死はつねに私のものであるだろうし、私は死を誰からも受け取ってはいない。私の死は絶対に私のものである――そして、死ぬことは持ち去られることも、借用されることも、移送されることも、委譲されることも、約束されることも、伝達されることもできないからである。また、私に死を与えることができないのと同じように、私からそれを奪い取ることもできない。死とは、「与えること―奪い取ること」の可能性のことであり、この可能性そのものはそれが可能にするもの、すなわち「与えること―奪い取ること」から逃れ去るのであろう。死とは、「与えること―奪い取ること」という経験をすべて中断するようなものに与えられた名であるのだろう。[28]

判事に抵抗する明確な言葉を最後までもたないものの、少年が無意識に言い放つ「お前なんか何者でもない」(三四五)という言葉は、少年の死に対する、さらには、すべての他者の死に対する判事の無力を示唆する。また、この言葉は、少年自身の死が判事の暴力に主体化/従属化されえないものであること、翻って、少年の存在自体が判事との「与えること―奪い取ること」の関係性に組み込まれることを忌避する宣言のようにも映る。ここには、二人の暴力の関係性における弁証法が宙吊りにされる事態、さらには、偶有的な倫理、あるいは対抗倫理(とりあえず、そのように呼ぶほかないだろう)へのかすかな希望が生じている。判事による少年の殺害の表象不可能性とは、すなわち、他者の死の表象不可能性=簒奪不可能性の謂いにほかならないのだが、物語における倫理の可能性は、アクロバティックに(少年の)死の向こう側に布置されることが示されるのだ。

ポスト・ヒューマンの倫理に向かって

『ブラッド・メリディアン』において、マッカーシーは一九世紀アメリカの自己像・国家像と密接な関係にあるビルドゥングスロマンやウェスタンの話型を転覆させながら、その暴力的起源を浮き彫りにするだけでなく、倫理相対主義が刻印されたポスト近代＝ポスト・ヒューマンの世界のあり方を寓話化しているようにも映る。そこでは、はじめからたどるべき人生の指針をもたず、また獲得することもない少年の死は、多くのアメリカ小説の主人公のように、共通の「善」や共通の「信条」のための犠牲にはなりえない。[29] 他方、物語の終わりで一人踊りつづける判事の思想が物語的真理として正当化されるわけでもないことは、少年の死の表象不可能性が示している。エピローグに描かれている、砂漠の中心で石から火をたたき出しながら進む男、「西部の夕陽の赤に歯向かう人物……新しいプロメテウス」[30] に対しても判事の容赦ない暴力はいずれ及ぶことになるのは間違いないだろう。だが、幾たび敗北しようとも続いてあらわれる「新しいプロメテウス」によって、神があらかじめ世界に仕込んだ火は後の人間に継承されつづけることを物語は暗示し、幕を閉じる。要するに、『ブラッド・メリディアン』において、判事の暴力に完全に与することのない対抗倫理は常にすでに萌芽的なものとして表現されるのだ。「人間」が排除され、「超人」だけが生きる世界がいかに悲惨で醜悪なものになるのかは想像に難くないが、ほのかな火をつなぐ「人間」の営為＝倫理の可能性は、ひとりひとりの死の他者による簒奪不可能性によってかろうじて残されている。それははるか昔に世を去り、砂漠のまん中で祈る姿のまま干からびた老婆の死骸に対して我知らず語りかけてしまう少年の行為（三二八）と遠くつながっている。その意味で、なぜ少年は自らの暴力を行使し判事を殺害しなかったのか（殺害できなかったのか）という物語最大の謎は、暴力の地平のはるか彼方にある倫理なるものへの足掛かりであるように思えてくるのだ。たとえそれが「人間」以後（ポスト・ヒューマン）の世界であったとしても。

註

1 Richard B. Woodward, "Cormac McCarthy's Venomous Fiction," *New York Times Magazine* 19 Apr. 1992. 30.

2 Wade Hall and Rick Wallach, eds. *Sacred Violence*, new ed., 2 vols. (El Paso: Texas Western P, 2002) をはじめ、マッカーシー作品における暴力表象についての先行研究は数多いが、ベル（Vereen M. Bell）らのニヒリスト的読解とアーノルド（Edwin T. Arnold）らのモラリスト的読解に二分してきたと言える。この点については、Petra Mundik, "'This Luminosity in Beings So Endarkened': Gnostic Soteriology in *Blood Meridian*," *They Rode On:* Blood Meridian *and the Tragedy of the American West*, ed. Rick Wallach (N.p.: The Cormac McCarthy Society, 2013) 285 を参照。本章は、『ブラッド・メリディアン』を新たな倫理の可能性を探る物語と捉える点において後者の流れに属すが、それ自身で倫理的な作品として自律しているとは捉えない点においては前者に属すと言える。

3 James D. Lilley, "'The Hands of Yet Other Puppets': Figuring Freedom and Reading Repetition in *All the Pretty Horses*," *Myth, Legend, Dust: Critical Responses to Cormac McCarthy*, ed. Rick Wallach (Manchester: Manchester UP, 2000) 274.

4 Frederic Jackson Turner, "The Significance of the Frontier in American History," *Major Problems in the History of the American West*, ed. Clyde A. Milner II (Lexington: Heath, 1989) 6-7.

5 Turner 7.

6 Walter Benjamin, *Illuminations*, trans. Harry Zohn (London: Fontaca, 1992) 248.

7 Neil Campbell, "Liberty beyond Its Power Bounds: Cormac McCarthy's History of the West in *Blood Meridian*," Wallach, *Myth* 220.

8 Cormac McCarthy, *Blood Meridian, or, The Evening Redness in the West* (New York: Vintage, 1992) 3. 以下、引用は同書による。日本語訳は黒原敏行訳（ハヤカワepi文庫、二〇一八年）を参照させていただき、文脈によって適宜、改訳を施した。初期原稿において（*The Cormac McCarthy Papers* [*CMP*], *1964-2007*. MS and TS. Alkek Lib. Texas State University, San Marcos）、マッカーシーは少年の暴力性とある種の人種観を結びつけていた（「ブラック・アイリッシュ。単純なケルトの残酷さを見境のない略奪行為への嗜好へと増幅させるのに十分な量のサクソンとスペイン人の血。少年のなかにそれが見えるか [Box 35, Folder 3, 2]」）。ブライアン・ギムザによれば、マッカーシー自身、黒い髪、明るい目の色など、「典型的な」ブラック・

アイリッシュの特徴をもっているという（Bryan Giemza, *Irish Catholic Writers and the Invention of the American South* [Baton Rouge: Louisiana State UP, 2013] 205）。ギムザはまた、「黒い(dark) 特徴（とくに髪）をもつアイルランド人はゴールウェイ湾で難破したスペイン無敵艦隊の子孫であるという通説があるが、この主張は信用に値しないと見なされてきたと指摘している。アメリカでの使用については、ブラック・アイリッシュという語は、ブラック・ダッチと同じく、先住民族の排斥や他の人種主義的軍事行動にともなう市民調査が行われた際に、混血のアイルランド人であることを調査官に示す最後の手段として用いられた」（Giemza 205）という。

9　Sara L. Spurgeon, *Exploding the Western: Myths of Empire on the Postmodern Frontier* (College Station: Texas A&M UP, 2005) 20 参照。また、レスリー・フィードラーが指摘しているように、「暴力」を媒介にしながら「無垢」が「悪」と分かちがたく結びつくゴシック的主題はアメリカ文学の当初からの中心的主題の一つである。「ゴシックが発見されて、はじめて、アメリカの真面目な小説が現れるようになった。アメリカ小説が続く限り、ゴシックが滅びることはありえないのである。……無垢の夢がヨーロッパ人に大洋を渡らせたのであり、その目的はヨーロッパでは誰も逃れることができなかった、さまざまな要素から成る過去の悪の影響を受けない新しい社会を建設することであった。しかし、そのようなユートピア思想を抱く者たちに土地を渡そうとしない先住民を殺し、黒人やラム酒や金が罪の結び目でがんじがらめになった忌まわしき奴隷制度を持ったことは、後に残してきた世界に悪が留まっていないことを新たに証明したのである」（Leslie A. Fiedler, *Love and Death in the American Novel* [New York: Darkey Archive, 1997] 143）。

10　ルネ・ジラール『暴力と聖なるもの』（古田幸男訳、法政大学出版局、一九八二年）三。

11　Rick Wallach, "Judge Holden, *Blood Meridian*'s Evil Archon," Hall and Wallach vol. 2, 1.

12　Wallach 2.

13　Carl Kandutsch, "*Blood Meridian*'s Judge Holden in the Age of American Exceptionalis," *Counterpunch* 7-9 November 2014. Web. 28 April 2015.

14　Rune Graulund, "Fulcrums and Borderlands: A Desert Reading of Cormac McCarthy's *The Road*," *Orbis Litterarum* 65.1 (2010) 70.

15　マッカーシーが使用した英語版では、「それは悲しみなどではない」という一文と「というのも……」という一文のあいだに、「我々の属性に従っていうところの悲しみというのは、闇の属性に従えば力であり喜びである」（Jacob Boehme, *Six Theosophic Points and Other Writings*, trans. John Rolleston Earle [Ann Arbor: U of Michigan P, 1958] 92）という削除された一文がある。この削除により、『ブラッド・メリディアン』では砂漠と死の比喩関係が強調されている。他方、少年が到達する、野生の馬の母子が浜辺で寄り添う海（三〇三―〇四）は砂漠＝死とは正反対の存在様式として示されている。

16　Steven Shaviro, "'The Very Life of the Darkness': A Reading of *Blood Meridian*," *Perspectives on Cormac McCarthy*, rev. ed., ed. Edwin T. Arnold and Dianne C. Luce (Jackson: UP of Mississippi, 1999) 147.

17　判事のこの言は「われわれは道徳的価値の批判を必要とする、これら諸価値の価値そのものがまずもって問われねばならぬ」以下、ニーチェの言に呼応している（フリードリッヒ・ニーチェ『善悪の彼岸――道徳の系譜』［信太正三訳、ちくま学芸文庫、一九九三年］三六七―六八）。『ブラッド・メリディアン』とニーチェ思想との関連については、Eric Milles Williamson, "*Blood Meridian* and Nietzsche: The Metaphysics of War," Wallach, *They Rode On* 261-72を参照。

18　ゴールウェイ・キネルの「狼たち」という詩が『ブラッド・メリディアン』の狼表象に与えている影響は大きい（Galway Kinnell, "The Wolves," *What A Kingdom It Was* [Cambridge: Riverside, 1960] 10-11）。この詩を含む上記の詩集において、キネルは絶望や堕落、ニヒリズムを突き抜けた地点にあらわれる人間存在を追究している。また、Stanley J. Rowland, "Rev. of *What A Kingdom It Was*," *The Christian Century* 78 (1961) 248も参照。

19　John Emil Sepich, *Notes on* Blood Meridian, rev. and exp. ed. (Austin: U of Texas P, 2011) 155.

20　「行為の主体たる人格は理性と自由意思によって自らの行為の支配者であるという自律（［英］autonomy）の立場と、被造物たる人間は神によって動かされ、導かれることによってのみその究極目的に到達しうるという神律（theonomy）の立場」を総合したのはトマス・アクィナスであったが、「一方では人間の自由が絶対的なものに高められ、他方では神の絶対的全能が主意主義的な仕方で解釈されたことによって、自律と神律とは……何らかの仕方で分離・共存せしめられるべき対立的要素」となり、近代において「神律の要素は倫理学から排除され、人間の自由ないし自律の無条件的な肯定の上に道徳哲学が構築されるに至った」とされる（稲垣良典「倫理学」『新カトリック大事典』第IV巻、新カトリック大事典編纂委員会編［研究社、二〇〇九年］一三〇五）。

21　初期原稿の段階で、マッカーシーは、「戦争は我々みんなの父であり王である。戦争は誰が神に似ていて誰がただの人間なのか、誰が奴隷で誰が自由人なのかを明らかにする」（*CMP*, Box 35, Folder 1）という、ギリシアの哲学者ヘラクレイトスの言を引いている。

22　John Cant, *Cormac McCarthy and the Myth of American Exceptionalism* (New York: Routledge, 2008) 170.

23　Cant 174.

24　「貴族的人間というものは……おのれのために、自己を顕彰するためのものとして敵を求めさえする。まことに彼が敵とするに堪えるのは、さらさら軽蔑すべきところなく、いたく尊敬するにたる者だけにかぎられるのだ！」（ニーチェ 三九七）というニーチェの言が想起される。また、この傍線相当の文章（Our animosities were formed and waiting before ever we two met）はマッカーシーが著者校正で行った、唯一の長い追加修正である（*CMP*, Box 43, n.p.）。

25　Spurgeon 95.

26　Mundik 218.

27　ジャック・デリダ『死を与える』（廣瀬浩司・林好雄訳、ちくま学芸文庫、二〇〇四年）九五。

28　デリダ　九三–九四。

29　「『赤い武勲章』から『偉大なるギャツビー』にいたる小説においては、共通の善や共通の信条のための自己犠牲という点が共通している。これは『ブラッド・メリディアン』の少年の属性ではないことは明らかだ」(Stephen Pastore, "Judge Holden: Yahweh on Horseback," Wallach, *They Rode On* 111) という指摘もある。

30　Harold Bloom, "Introduction," *Cormac McCarthy*, new ed., ed. Harold Bloom (New York: Bloom's Literary Criticism, 2009) 7.

第6章　『すべての美しい馬』——冷戦カウボーイと「永遠へのノスタルジア」

冷戦カウボーイのイデオロギー

「国境三部作」の第一作『すべての美しい馬』（*All the Pretty Horses*, 1992）の主人公ジョン・グレイディ・コールは、一九世紀的な職業「カウボーイ」の理想を時代錯誤的に体現する人物と言える。事実、馬についての確かな知識と技術をもつことに加え、勇気、名誉心、忠義心など、古き良きアメリカ西部の「カウボーイの掟」を堅持する人物造型は、彼が南北戦争後三〇年ほどの牧場文化全盛時代へのノスタルジックな眼差しに貫かれた、文化的・神話的イコンであることを示している。[1] その意味で、デイヴィド・デイリイをはじめ多くのフロンティア研究者が指摘するように、「真のカウボーイ」とは、ノスタルジアのなかに想像／創造を通してのみ存在するのであろう。

二〇世紀の幕開けとともにアメリカ西部における真のカウボーイの黄金時代は終焉を迎えた。とはいえ、カウボーイ文化はアメリカ人の精神のなかに今なお華々しく輝いている。この文化は私たちの社会に依然として浸透しているのだが、一九世紀に実在したカウボーイの文化そのものではない。それは事実と想像の混ぜ合わせなのだ。[2]

一九世紀末にウェスタン小説という文学ジャンルが生まれ、二〇世紀半ばにはウェスタン映画が隆盛したことが暗示しているのは、現代の「カウボーイ」は「現実」と「神話」の混ぜ合わせであると同時に、時間性・歴史性を消失した文化表象（シミュラークル）であるということだろう。『すべての美しい馬』の時代背景が冷戦時代の黎明期であることはきわめて重要な意味をもつのはこの文脈においてである。時間性・歴史性を欠いた「カウボーイ」とは、R・W・B・ルイスのいう「アメリカン・アダム」に限りなく近接する存在と捉えることができるだろうが、[3] その背後に垣間見えるのは、アメリカ的「無垢」を象徴する「アメリカン・アダム」＝「カウボーイ」の表象を援用して自らを補強する、アメリカの支配的イデオロギーだからである。実際に、後述するように、伝統的なアメリカの「例外主義」と共振する冷戦期アメリカのイデオロギーは、「カウボーイ」が象徴するアメリカの「伝統」的な価値観と対立するのではなく、むしろ共犯関係にある。『すべての美しい馬』におけるジョン・グレイディの「ノスタルジア」に彩られた「自己」の表象、さらには物語の暴力表象はこの事態と深くかかわっている。

たとえば、批評家のアラン・ネイデルは、表面上は一九四八年から一九六〇年代半ばまでの合衆国の外交政策を指す「封じ込め」は、実のところ経済や軍事から人々の生活の隅々にまでいたる、「冷戦期における特権的なアメリカの物語であった」とし、それが「体制順応」に肯定的価値をもたらし、アメリカの自己規定に大きな役割を果たしたと指摘している。[4] 当時の赤狩りに見られたように、共産主義の「封じ込め」が他者の疎外や個の自由の抑圧に反転し、皮肉な形で「体制順応」の「文化」の価値が創出・強化されたという見解は、広い意味でのアメリカ政治の伝統、とりわけ孤立主義を温存しつづけてきたイデオロギー的願望充足との関連で捉えることができるだろう。自己が「孤立」することと他者を「疎外」することが相互補完的な関係にあることは、アメリカ的な文脈ではむしろ標準なのだ。

冷戦期における「封じ込め」は、アメリカ西部史における「フロンティア」の概念と共振する言説でもある。旧来、修辞としての「フロンティア」は、「自己」と「他者」を区分する境界線として機能し、人種的・民族的「他者」と対照することによって、アメリカ的「自己」の優越性を担保してきた。最もわかりやすいのは、「フロンティア」が自己決定と自己信頼にもとづくアメリカ白人男性の道徳律やアイデンティティを育むトポスと見なされ、アメリカの国家アイデンティティの成り立ちと結びつけられてきた事実であろう。『すべての美しい馬』において、親友のレイシー・ローリンズとともにメキシコに越境するジョン・グレイディの行動は一見、アメリカ的自己の束縛から離れ、自己再生を目指す「カウボーイ」による孤高の企図のように見える。だが、事はそう単純ではない。アメリカとメキシコの国境もまた、「自己」と「他者」を想像／創造する「フロンティア」にほかならず、物語現在として設定されている冷戦期初期において、「自己」と「他者」の境界設定はあからさまな形で、しかも、たとえば赤狩りに見られたようにパラノイア的現象を生み出したことに鑑みるならば、この「カウボーイ」表象がはらむイデオロギー性も鋭く問われることになるのだ。批評家のスーザン・ホーキンズが、冷戦期に想像／創造された「多種多様で不可視の境界線がアメリカの自身との関係、また他者との関係を定義する」[5]としたうえで、ジョン・グレイディを「冷戦カウボーイ」と呼び、体制と「自己」の同一化を強制する「封じ込め」のイデオロギーが刻印された人物と見なしたのはこの文脈においてである。

本章も同様の文脈において『すべての美しい馬』で表象される「ノスタルジア」をイデオロギー的願望充足への衝動と捉え、物語全体を「冷戦カウボーイ」がはらむイデオロギーとその暴力性について追究する物語として考察する。[6] 具体的には、ジョン・グレイディの、メランコリックとも言えるほどにノスタルジックな「自己」の思考・行動様式をイデオロギー的象徴行為として解釈しつつ、彼が故郷テキサスを去る必然性、さらには、メキシコに越境した「冷戦カウボーイ」の「自己」に与えられる試練の意味について考察する。そうすることで、「自己」の理想の限界を承知しながらも、死への衝動に憑かれ、あたかもその理想主義を高揚させ、敗北主義的な美学にまで転換させるかのように行動しつづける、ジョン・グレイディの人物像の本質に迫ることができる。

「テキサス」を去る

『すべての美しい馬』は「ノスタルジア」を軸に展開する物語といっても過言ではないだろう。[7] 物語冒頭の風景描写は西部開拓時代を想起させるものだが、この「風景」はジョン・グレイディにしか見えない「風景」として表象されている。

北から風が吹くときには聞こえる。馬のいななきと馬の吐息と皮の靴を履いた馬の蹄の音と槍を打ち合わせる音、砂の上で何台もの荷車を引く大蛇が這うようなとぎれることのない音、サーカスの騎手のように意気揚々と野生の馬に跨り目の前の野生の馬たちを追い立てる裸の少年たちや舌をだらりと垂らして速足でついていく犬たちや重い荷を負わされ徒歩でついていく半裸の奴隷たちの声、そしてとりわけ乗り手たちが低音で歌う旅の歌。そして、柔らかな合唱の声につつまれたひとつの国とひとつの国の亡霊が歴史や追憶とも無縁のままに束の間の現世の暴力的な生をまるごと聖杯のように携えてこの無機質な荒野を渡り闇のなかへと消えていく。[8]

ここで三人称の語り手が描くのはリアリズム的客体としての風景ではなく、ジョン・グレイディの主観のなかにある「風景」と言えるだろう。『すべての美しい馬』で頻出するこのような主観的「風景」の描写によって表現されるのは、ジョン・グレイディの「自己」が、彼が幻視する「風景」を前提として成立しているという事態である。[9]もっとも、物語の主人公だけに見える「風景」とは、逆説的だが、読者に特権的に開かれた「風景」でもあるから、特定の視座や価値観を主人公と共有することが読者には求められているとも言える。

ジョン・グレイディの主観のなかの「風景」は、彼の故郷「テキサス」が一般に喚起する、牧歌的でノスタルジックな「古き良き西部」、共同幻想として共有されるユートピアのイメージと無関係ではない。[10]『すべての美しい馬』において、現実のテキサスに見切りをつけたジョン・グレイディは、失われた「テキサス」を求めてメキシコに出立する。この意味で、彼は失われた理想郷をノスタルジックに幻視しつづけるドン・キホーテ的人物と言えるが、このことは、「テキサス」へのノスタルジアをもたない人物である彼の母親との対照で浮き彫りになる。牧場での生活を嫌い、乳幼児期の息子の世話をメキシコ人乳母に任せ、家を飛び出し、都会での社交生活に人生の活路を求めた母親。彼女は「社会」「家」「故郷」に拘泥しない、個人の自立的・主体的な生を尊重する、保守的な土地では新しいタイプの女性であり、ジョン・グレイディとは別の意味ですぐれてアメリカ的な人物である。たとえば、彼女は父親（ジョン・グレイディの祖父）の死後二〇年間、かろうじて経費を支払ってきた牧場を石油会社に売却し、負債を返済しようとする（一五）。このことは、彼女が「戦前から白人の雇い主はひとりもいなくなっていた」（一五）現地の牧場の経営について、現実的・合理的判断を行うことのできる人物であることを示している。彼女は、メキシコ系が主たる労働主体となった、言ってみれば人種化された牧場の経営・労働環境のなかで、白人女性が昔ながらの生活を続けることの不可能性を十分に認識しているからこそ、情に流されない、功利的な判断を行うことができる、現実主義的な女性として表象されているのだ。[11]

ここでより重要なのは、そのように現実的に生きる道を選択する母親と、ノスタルジアに生きようとするジョン・グレイディの決定的相違だ。母親の弁護士はジョン・グレイディに言う。「皆が皆、死んでから天国にいくことの次に、テキサス西部の牧場で一生を過ごすことが幸せだと思っているわけじゃない」（一七）。自らの起源・文化・本来あるべき場所といった、本質主義的な概念に囚われない、あるいは意図的にノスタルジアを振り払う母親の生き方は、それと真っ向から対立するジョン・グレイディの心性を逆照射することになる。ジョン・グレイディにとっては、「テキサス西部の牧場で一生を過ごす」ことのほうが「死んでから天国にいくこと」よりもはるかに大切というわけだ。ジョン・グレイディは意図的に母親を「奥さん（señora）」（四）、「彼女（she）」（八）と他人行儀に呼んでいるが、この母子関係で強調されているのは、決定的な人生観・世界観の相違であり、「ノスタルジア」をめぐる「断絶」とでも呼ぶべき事態なのである。

母親が演じる芝居を見たジョン・グレイディが「芝居それ自体にそれまでの世界がどのようなものであったのか、これから来たる世界がどのようなものであるのかについて意味するものが何かあるかもしれないと考えたが、そんなものはなかった。その芝居に意味など少しもなかった」(二一一)と感じることは当然なのだ。だがここでさらに留意すべきなのは、「母」を拒絶することが、ジョン・グレイディの失われた理想郷を求める旅への出立の前提条件となっているという点だろう。[12] 象徴的な次元における母親の胎内への回帰が希求されるのではなく、むしろそのような欲望自体が否定され、純粋に超時間的で非歴史的な場所、ニコラス・モンクの言葉を借りれば、「ロマンティックな非現実」[13]への飛躍が企図されるのである。ノスタルジアがノスタルジアであるためには、対象は現実的には到達不能なものとして想像されつづけなければならないが、ここではより過激に、回帰不能な「母」という概念そのもの、簡単に言ってしまえば、自分の起源が排除される。つまり、祖父の死と牧場の売却とともに葬られたのはジョン・グレイディの「自己」そのものであり、そのような形で過去や歴史から切断された存在論的孤児としての「自己」は新たな起源を求めて放浪の旅に出るほかはなかったのである。

そのようなジョン・グレイディの「自己」のあり方を考えるうえで父親の役割も重要である。この父親は自分の死が間近であることを知った段階で病院通いをやめ、また遺産のすべての権利を放棄し、結果的にジョン・グレイディの牧場継承の道を断ってしまう。それと同時に重要なのは、彼が冷戦カウボーイの敗北の美学とでもいうべき心性を携えた、ジョン・グレイディの将来の姿を暗示する人物であることだ。[14]

父親はやや前かがみになって馬に乗っていた。……落ちくぼんだ目でその風景をまるでよその国で見てきたものによって変容し胡散臭いものになってしまったというように眺めていた。もう二度とその本当の姿を見ることはできないというように。あるいはこの方がなおさら悪いのだがついにその本当の姿を見てしまったというように。今までもこうだったし、これからもこうだろうというように眺めていた。父親よりわずかに前をいく少年は……かりに不運と悪意によって馬のいない奇妙な土地に生まれたとしてもどうにかして馬を見つけていただろうという風に馬に乗っていた。もしもそんな土地に生まれていたらそこには何かが欠けていると思い、あるいはそこにいるのは本当の自分ではないと感じて馬を見つけるまではいつまでも必要な限り探し続け、見つけた時にはこれこそ自分が探し求めていたものだとただちに知ることになる、そんな風に馬に乗っていた。（二三）[15]

ジョン・グレイディが父親と馬で逍遥するこの場面は、結果的に二人の別れの儀式の場面となるのだが、ここに象徴的に描かれているように、この父親はジョン・グレイディの後の似姿としてあらわれている。人生の最終局面にいたり、愛郷精神に憑かれた、現状に対して無力なこの「父」は、象徴的な意味ではすでに死んでいる。妻（ジョン・グレイディの母親）の幻想に向かって祈ることで生き延びることができたと捕虜体験をロマンティックに語ることも（二六）、「俺たちは二〇〇年前のコマンチ族のようなものだ。明日になったらこの土地に何が姿を現すのか誰もわからない。それがどんな色をしているのかわからない」（二五-二六）と厭世的に語ることも、後にジョン・グレイディの特質として顕著となるノスタルジアの産物と言えるだろう。事実、物語の終わりでメキシコ人乳母の葬式を眺めるジョン・グレイディの姿は、物語冒頭で義父（ジョン・グレイディの祖父）の葬式を外から眺める父親の姿を反復するものだ（四―五、三〇〇―〇一）。つまり、ジョン・グレイディは父親のように、世界のどこにいても郷愁に駆られつづける、歴史性から切り離された、根源的な意味での世界の孤児になることが物語のはじめで予告されているのだ。

そのように「母」からも「父」からも断絶し、ジョン・グレイディは理想郷を求めてメキシコへと越境することになる。だが、彼が使う地図のメキシコが空白であること（三四）が示すのは、その向かう先がジョン・グレイディのノスタルジアのなかに存在する、現実に存在しない失われた理想郷であることだ（それを超越的な聖杯探求の旅と解釈することも可能だろう）。[16] したがって、家出してアラバマからテキサスに来る理由は理解できても、テキサスを去る理由は理解できないといぶかるローリンズの言（二七）は、ジョン・グレイディにとってはまったくの的はずれに響くのである。

「永遠へのノスタルジア」と独我論的自己

ジョン・グレイディが親友ローリンズとともにたどり着いたラ・プリシマ牧場。四方を砂漠に囲まれた、陸のなかの孤島。その特殊な地理的環境のため、ここでしか見られない残存種や人間を見たことすらない野生の馬が生息する大平原。牧童たちが昔のカウボーイのような生活を送り、馬に関する価値観をジョン・グレイディと共有する牧場主が統率するこの超時間的・超空間的な大牧場は、当初、ジョン・グレイディにとって「あと一〇〇年いたい」と思えるほどの地上の楽園である（九六―九九）。[17]

宗教学者のミルチャ・エリアーデは、現実世界が衰退に陥ったときに沸き上がる、神話的な聖なる時間に回帰したいという人間の原初的な欲望について述べているが、それはそのまま時間的にも空間的にも故郷から切断されたジョン・グレイディの願望充足についての説明となっている。

> 時間を全面的に再生したいという願望にわれわれは出会う。換言すれば、時間を永遠の時間に変えることによって、永遠に生きる、「人間的に生きる」「歴史的に生きる」ことができるという願望であり、希望である。この永遠へのノスタルジーは……楽園のノスタルジーといわば対称をなしている。聖なる空間に永遠に、自然にいたいという願望に対応するのは、祖型的行為のくりかえしによって、永遠のなかにいつまでも生きたいという願望である。祖型のくりかえしは、人間実存の条件の中で理想の形態（＝祖型）を実現したい、時間の重荷を負わずに、つまり時間の不可逆性という制約を受けずに、時間に生きたいという逆説的な願望を表している。このような願望は、一種の「精神主義的態度」としては解釈され得ないことに注意しよう。つまり、この世からの解脱という「精神性」の立場から、地上的存在はそれが含意する一切とともに、その価値を認めない、といった精神主義的態度ではないのである。それとはまったく逆に、「永遠へのノスタルジー」と呼び得るようなものは、人間が具体的な楽園に憧れ、その楽園はこの世で、地上において、現在、この瞬間にも獲得できる、と信じていることを立証している。[18]

エリアーデにしたがえば、「永遠」は時間的・物理的な拘束に縛られた「人間実存の条件」では獲得できない。

だからこそ、本来的に現世では獲得できない「永遠」の住処としての「楽園」＝ユートピア（どこでもない場所）が想起され、願望される。それは独我論的な世界においてのみ想像することが可能な、ほとんど「祈り」と言えるような願望と言えるだろう。

ジョン・グレイディにとっての「楽園」として表象されるラ・プリシマ牧場が、その正式名を「聖母マリアの無原罪の宿りの牧場」とするように、すぐれて宗教的な空間として表象されていることは偶然ではない。牧場の母屋のなかにかつての礼拝堂が「聖性を取り除く」（一四四）ことのないまま、きわめて俗的な空間であるビリヤード場として使われていることは、聖なる空間をこの世で実現したいという「永遠へのノスタルジー」を反映するものと考えることも可能だろう。「自分の家に神がいる」（一四四）と感じることのできる空間を所有していたいと願う牧場主の言葉はそれを裏書きしている。

ジョン・グレイディの思い描く「馬の世界」は、より直接的にエリアーデの言う「楽園」の特徴を備えている。ルイス老人の言に示唆されるように、物語全体を通して、「魂のつながり（communion）」をもつ「馬の世界」は「魂のつながりは存在しない」人間の世界と対照的に描かれている。

［馬の魂］は一頭の馬の死に立ち会ったときにある条件が整うと見えるが、それというのも馬という生き物は全体でひとつの魂を共有しており一頭一頭の命はすべての馬たちを基にしながら死すべきものとして作られているからだ。だから一頭の馬の魂を理解したなら存在したすべての馬を理解したことになる。……人間同士のあいだには馬のような魂のつながりはなく人間のことを理解できるという考え方はおそらく幻想だろ

う。（一一二）

このルイス老人の言に鑑みれば、ジョン・グレイディにとっても、現実世界にはない、イデア的な世界として「馬の世界」が根拠なく想像されているというのは正確ではない。馬の魂のなかに永遠に住みたいと願うジョン・グレイディにとっては（一一八）、超時間的・超空間的な「馬の世界」は彼なりの合理的思考によって認識可能なものとして捉えられており、現実世界はその比喩にすぎないからだ。ひとつひとつの馬の魂がその原型の反復によって「魂のつながり」（一一二）を実現しているのが「馬の世界」だとすれば、ジョン・グレイディはそれを「人間の実存の条件」のなかで獲得できると本気で「信じる」のである。だからこそ、「馬を愛する理由こそが人を愛する理由である」（六）という、彼なりの愛の論理が成立することにもなる。牧場のかつての礼拝堂で行われていた「聖体拝領（キリストの聖体を象徴するパンと霊を象徴するぶどう酒を拝領する儀式）」が同じcommunionという言葉で表現され、永遠への人間の同化を示唆する語であることは、この物語においてはきわめて意味深い。

もっとも、そのような超時間的・超歴史的な「馬の世界」が幻想であることは、物語冒頭ですでに示されている。ジョン・グレイディの家の食堂には馬の群れを描いた油絵が飾られていたが、ジョン・グレイディはそのあまりに理想的な馬体をもつ馬たちを現実には見たことがなかったので、祖父に聞いてみると、それはさまざまな馬の美点を組み合わせた「絵本の馬」（一六）だという。ジョン・グレイディが求める理想的な「馬の世界」は観念のなかにしか実在しないというわけだ。

だが、物語において、ジョン・グレイディの楽園（ユートピア）願望は彼の個人的な観念のなかに留まるものではない。それはフレドリック・ジェイムソンが言う、イデオロギー的願望充足の裏返しと考えることもできるだろう。ジェイムソンが言うように、ユートピア的なものは何であれイデオロギー的であり、イデオロギー的なものはユートピア的であるとするなら、ラ・プリシマ牧場によって具現されているように見えたユートピアがディストピアに変貌し、ジョン・グレイディとアレハンドラとのロマンスが悪夢的経験へと展開していく流れは半ば必然と言える。アレハンドラの姿がジョン・グレイディの視点から幻想的・神秘的に描かれることに顕著なように、二人の関係にも時間的・空間的超越を前提とする「永遠へのノスタルジア」が投影されていると言えるが、そこにも何らかのイデオロギーが宿るのは避けられない。[19] 事実、ジョン・グレイディが時間的・空間的超越を前提とする「永遠へのノスタルジア」を保持しながら、メキシコの時間性・空間性・歴史性を刻印されることになるアレハンドラとの関係を継続することは許されない。「時間と肉体を盗むがゆえにいっそう甘美になる。裏切りのゆえにいっそう甘美になる」（一四一）と描写される二人のロマンスは、いささか大げさな表現をすれば、「メキシコ」の「歴史（時間）」や「空間（肉体）」に対する、「アメリカ」の帝国主義的イデオロギーによる冒瀆なのだ。事実、「窃盗」という財産権にかかわる法律用語が示すように、[20]「家畜以外に人間が正当に所有できる財産はない」（一二七）という牧場主との共通理解や信頼を反故にすることで、ジョン・グレイディはアレハンドラを「盗む」。自身の生き方を実現することが許されない「アメリカ」を否定し、時間的・空間的超越を企図し「メキシコ」＝ユートピアを目指したジョン・グレイディには、はからずも帝国主義的なアメリカのイデオロギーが強く付随してしまうことを、物語は二人のロマンスの成り行きを通して示しているのだ。[21]

そのように、「アメリカ」から「メキシコ」にやってきた冷戦カウボーイの存在は、文化や慣習の違いとしては片づけられない、かなり不穏なものとなる。後で検討するブレヴィンズによるメキシコ人警官殺害の一件と同様に、冷戦カウボーイとしてのジョン・グレイディの存在は、「メキシコ」側から見れば、外部からやってきた「悪」という性質を帯びる。だからこそ、アレハンドラの大叔母アルフォンサとジョン・グレイディの意見の対立は善悪をめぐる、過激で妥協のないものとなる。この意味で、二人の対立は歴史観や文化観の対立以上にイデオロギーの対立という側面が強い。「功利的なものよりも真実なるものに価値を見出すのでなければ生きていても死んでいても同じ」(二四〇)という彼女の言は、「真実」というのはどこに帰属するのかという、物語全体を貫く問いを象徴的にあらわしているが、ジョン・グレイディの「真実」とアルフォンサの「真実」の善悪を同じ基準で測ることはもちろんできないのである。

このように考えると、ジョン・グレイディとアルフォンサはアレハンドラをめぐり「欲望の三角形」のライバル関係にあると言えるかもしれない。二人の関係は、表面的には「メキシコでは女にとって評判がすべて。……男は名誉を回復することができるが女にはできない」(二三六-三七)といった、アルフォンサが抱く、メキシコ的な保守主義のイデオロギーに起因しているように見える。しかし、ここでより重要なのは、アルフォンサが、ジョン・グレイディと同様に「人間実存の条件の中で理想の形態(=原型)を実現したいという逆説的な願望」に取り憑かれたことのある人物であるということだ。革命=「人類共通の事業」(二三五)のもとで「神を信じるのをやめる」までに自由思想を信奉し(二三二)、人間の可能性に賭けたことのあるアルフォンサは物語現在のジョン・グレイディと同質の人間であったのであり、また、メキシコという国の本質を理解していなかったために革命後の狂気と暴力のなかで死んでいったかつての恋人たち（二三八）の似姿をジョン・グレイディのなかに見出しているのだ。

過去の報いからか、彼女は眼前のジョン・グレイディにかつての自分自身や恋人の姿を幻視するがゆえに、現在の自分の敵と見なす。「あなたに対して私が抱いた共感こそが、最終的にはあなたにとって不本意な決定をした当のものなのよ」（二三二）と言うとき、アルフォンサは、ジョン・グレイディをかつての自身と同じユートピア主義者と捉え、過去の自己を根本から否定するがゆえに、彼を「敵」と見なさなければならないと宣言しているのだ。「私たちは誰が自分の敵なのかを知らなければならない」（二四〇）というアルフォンサの警句は、ジョン・グレイディに対してと同時に自分自身に対して向けられているのであり、このことは彼女もまた「永遠のノスタルジア」に封じ込められて葛藤を続けている人物であることを示している。

自身と同様にジョン・グレイディが独我論的な世界でしか生きることのできない、ユートピア主義者であることを見抜いているからこそ、アルフォンサは、ジョン・グレイディとアレハンドラのロマンスに過剰に介入せざるをえない。その証拠に、度重なる忠告を聞かずにローリンズを巻き添えにしながら窮地に陥るジョン・グレイディは、根本的に他者の言葉に無頓着であるし、アレハンドラに向けての自身の愛情の是非を疑うことは微塵もない。アントニオが言うように、ジョン・グレイディには誰もアドヴァイスすることができないのだ（一四七）。彼は、アレハンドラに彼女の祖父が殺された革命の広場に連れてこられたときも彼女の真意を理解できないばかりか、最終的にメキシコという国の歴史の軛から逃れることができないことを悟る彼女の状況を理解することもできない。別れを告げられたときも「冷たくて魂のない何かがひとつの生命体のように自分のなかに入るのを感じ、それが悪意のある笑みを浮かべるさまを想像し、いつ出ていくのか分からない」（二五四）と、自身の苦しみの際限のなさを感じるだけなのだ（二五七）。「永遠へのノスタルジア」を徹底的に内面化した人間と、現実や歴史に組み込まれて生きる人間は共存できないのだ。

裁かれる冷戦カウボーイ

「永遠へのノスタルジア」を内面化した冷戦カウボーイは、「楽園」追放後に送られたサルティーヨの監獄において人生最大の試練を受ける。容赦ない暴力による、過酷な権力闘争が行われているこの監獄は、「徹底した平等原則」によって管理されている。もっともそれは「ためらうことなく人を殺せるか」という、暴力にもとづく「平等原則」なのであり（一八二）[22]、囚人たちは文字通り、生き残るために日々を生き、また死んでいく。生き残るための「取引」をしようとしないジョン・グレイディに対し、監獄の陰の支配者ペレスが言う。「こんな根本的なことにかかわるときにもアメリカ人は奇妙なことに心を開こうとしない。……それは心の問題なんだ。……世界像が不完全なんだ。まったく奇妙なことに自分の見たいものしか見ない」（一九二）。ここでは、冷戦カウボーイの独我論的な「自己」、ペレスのいう「神なき人々」（一九四）の「自己」のあり方が問われている。

生き残ることが唯一の目的とされるこの暴力的空間では、自分はどのような人間なのかを認識する行為もまた、ある種の「暴力」的な行為となる。そもそも「自己」とはそれ自体で同定できるものでなく、「他者」との関係において同定できるものだろうが、とりわけ、サヴァイヴァルのために「味方」と「敵」の峻別が求められるこの種の暴力的空間（戦争が顕著な例だろう）においては、「自己」の暴力的起源が露わになる。カール・シュミットは「敵とは形態としてのわれわれ自身の問題である」と述べ、「敵とは誰か」、「友（われわれ）とは誰か」、そして「私とは誰か」という問いそのものと、それらの問いに否応なく関連する自己同定の欲望とはそもそも同根であるとしている。[23]『すべての美しい馬』において、「友」であるローリンズと手を携え、襲いくる「敵」に応戦するジョン・グレイディは、自己同定の欲望から冷戦カウボーイの「自己」を賭けていると見なすことができる。だが、それは同時に「闘争を絶対化させ暴力の無限昂進を惹き起こす当のもの」[24]でもある。実際に、食堂で襲ってきた「同じくらいの年齢の少年」に反撃し、心臓に何度もナイフを突き刺す行為がほとんど無意識の反応であるように、ジョン・グレイディの自己は根源的に暴力的なものとして表象されている。

ここで暗示されているのは、自己を同定するための暴力とは、「正義」という概念、あるいは、「正義」の独善性に由来するという事態だ。この点において、ジョン・グレイディの「自己」の暴力性は、死刑制度の存在しない当時のメキシコにおいて、「一族の名誉」（一八〇）のためにブレヴィンズの処刑を実行する、「チャルロ風の服の男」の暴力性や、それをアレンジした署長の暴力性と同質のものである。「正義」のための処刑が行われない限り、自身の、あるいは「家族」や「共同体」のかけがえのない「自己」が保たれないという心性を男と署長は共有しているが、そこから派生する暴力に異議を唱えるジョン・グレイディの「自己」もまた、「自己」を同定するために暴力の主体として立ち現れてしまうのだ。

したがって「人間の怒りの対象になるほどの実質がないようにみえる」（一七七）ブレヴィンズを見殺しにしてしまったというジョン・グレイディの罪悪感が彼の「正義」観の裏返しとして表象されることになる。アメリカに帰った後に判事と交わす会話のなかでジョン・グレイディが発する言葉はそのことを明白に示している。

署長が撃ち殺した少年はほとんど知らない奴だったんです。かわいそうだとは思ったけどそんな親しい奴ではなかったんです。……俺が署長を殺したいと思った理由は署長が林のなかへ少年を連れていって殺したときに俺が何も言えなかったからなんです。……そうするのが正しいことだったんです。(二九三)

ブレヴィンズはジョン・グレイディよりも「世界像が不完全」で、歯止めのきかない理想主義に駆られた少年であり、ジョン・グレイディの小さな分身的存在であった。その意味で、ブレヴィンズが非合法的に処刑された事実は、物語的には冷戦カウボーイの「自己」が断罪されることを意味するが、ここで前景化しているのは、そのような「正義」がはらむ暴力性こそがブレヴィンズの死をもたらした正体であるというジョン・グレイディの認識なのである。もっとも、冷戦カウボーイの「自己」を裁くのはジョン・グレイディ自身である。あるいは、裁きの意味については曖昧なまま、読者に委ねられている。または、代理読者としての判事が裁判官になりたい人間などいないと言うように(二九二)、「自己」の「正義」にもとづき「他者」を「裁く」ことの倫理、あるいはその不可能性を物語は示唆する。

だが、過酷な経験をした後でもジョン・グレイディの「自己」はほとんど変化していない。アレハンドラと決別したジョン・グレイディは「自分が死んだとしても四頭の馬は外にだしてやろうと決断したが、その先のことまでは考えていなかった」(二六八)というように、衝動的な行動に打って出る。ここで引き返すのは署長への復讐のためというよりも（処刑を依頼したチャルロ風の服の男は眼中にすらない）、馬を取り戻すことを第一の目的としていることは明らかだ。それは要するに、「馬」を取り戻すことが「永遠へのノスタルジア」の願望充足の最後の賭けとなっているからである。否応なくアレハンドラとの別れをもたらしたのはメキシコという空間に脈々と流れる歴史性であったと言えるが、その動かしがたい事実に打ちのめされてもなお、ジョン・グレイディは署長を人質に山岳地帯を進みながら、あいかわらず「馬」の世界を夢想する。「馬の心のなかの秩序は雨によって消されることなどない場所に書き込まれているので永続的なのだ」（二八〇）とその時間性・空間性とは無縁の「永遠へのノスタルジア」を抱きつつ、ジョン・グレイディという人間は「馬の世界」を志向しつづけるのである。

砂漠へ

過酷な人生の通過儀礼は行われてもジョン・グレイディは変わらない。したがって、ある意味では「成長」したローリンズにはテキサスに帰るべき故郷や家があるのとは対照的に、ジョン・グレイディにはない。むしろ、彼はメキシコでの経験をいわば美学化し、自分の世界への愛を確認し、その世界からの疎外を嘆く。

子供の頃から味わったことのない孤独を味わい、まだこの世界を愛してはいるが完全にその世界から疎外されていると感じた。世界の美しさには秘密が隠されていると感じた。世界の心臓は恐ろしいまでの犠牲を支払って脈打っているのであり、世界の苦しみと美しさは互いにさまざまな形で平衡を保ちつつ関連しているのであって、このようなすさまじい欠陥のなかで多くの生き物の血が究極的には一輪の花の幻影を得るために流されているのかもしれなかった。(二八二)

たしかに、ジョン・グレイディは、自分が「特別な人間ではない」ことをわかってもらうために判事の家を訪問するように(二九三)、自己認識を新たにしつつあると言ってもいいのかもしれないが、それは人間性が否応なくはらむ善悪の複層性についての認識、つまり、良くも悪くも世界や社会に組み込まれ「成長」した人間の認識ではないだろう。[25]

物語は「永遠へのノスタルジア」にすがりながら生きざるえないジョン・グレイディの姿を淡々と描き出していく。事実、物語の終わりで平行して描かれているのは、砂漠地帯に消えゆくジョン・グレイディの姿である。このジョン・グレイディの姿は「歴史や追憶も知らない猛々しい生を丸ごと聖杯のように運んで、無機質な荒野の闇のなかに消えていった」(五)コマンチ族の姿に重なるが、その彼の姿を見守るのではなく、ただ単に前を通り過ぎてゆく一つの物体として眺めているのは、どこまでも無頓着・無関心なインディアンたちである(三〇一)。やがてジョン・グレイディは「苦悶する生け贄の牡牛」を見ながら「血のような赤い夕日」のなかに消えてゆく(三〇一)。[26] 自分の住むべき場所を失い、「住む場所にどんな意味があるのかも分からない」(二九九)と言うジョン・グレイディのような人間にふさわしいのは、時間性や歴史性をもたない広大な砂漠だけなのであろう。ジョン・グレイディの悲劇は、彼の根源的な理想が敗れ、死への衝動に絶えず突き動かされてもなお、呪われた運命に対峙しながら生きつづけざるをえない、ある意味では普遍的な人間存在の悲劇なのであり、そのことを冷徹に語るナラティヴの陰で作者マッカーシーが抑圧した哀惜の情に由来するように思えるのだ。

註

1 Philip A. Snyder, "Cowboy Codes in Cormac McCarthy's Border Trilogy," *A Cormac McCarthy Companion: The Border Trilogy*, ed. Edwin T. Arnold and Dianne C. Luce (Jakson: UP of Mississippi, 2001) 199 を参照。

2 David Dary, *Cowboy Culture: A Saga of Five Centuries* (Lawrence: U of Kansas P, 1989) 332.

3 R・W・B・ルイスは「アメリカン・アダム」を「独りで立ち、自己を信頼し、自分を鼓舞する個人であり、どんなことが待ち受けていてもその独特な生来の資質を頼りに立ち向かう者」（R. W. B. Lewis, *The American Adam: Innocence, Tragedy and Tradition in the Nineteenth Century* [Chicago: U of Chicago P, 1955] 5）と定義している。ジョン・グレイディ＝「アメリカン・アダム」という図式を用いると『すべての美しい馬』は必然的に若者のイニシエーション（通過儀礼）の型をなぞるアメリカ的なビルドゥングスロマンということになるだろう。ただし、より正確には、「アメリカン・アダム」としての人間性の完成が目指されながらも、最終的にはその目的論的定型自体が脱構築される物語こそがアメリカ型のビルドゥングスロマンと呼べるかもしれない。たとえば、ゲイル・ムア・モリスンは、文明に背を向け、荒野に出立し、無垢なる者が世界の悪を経験することで堕落するという、アメリカ小説的な主題に着目し、『すべての美しい馬』をホーソーン、メルヴィル、トウェインらの「偉大な伝統」に属する「アメリカ的ジャンルの原型」をなぞる作品と見なしている（Gail Moore Morrison, "*All the Pretty Horses*: John Grady Cole's Expulsion from Paradise," *Perspectives on Cormac McCarthy*, rev. ed., ed. Edwin T. Arnold and Dianne C. Luce [Jackson: UP of Mississippi, 1999] 178）。同様の文脈でこの作品を読解するBarcley Owens, *Cormac McCarthy's Western Novels* (Tucson: U of Arizona P, 2000) 63-95 も参照。

4 Alan Nadel, *Containment Culture: American Narratives, Postmodernism, and the Atomic Age* (Durham: Duke UP, 1995) 2-4.

5 Susan Hawkins, "Cold War Cowboys and the Culture of Nostalgia," *Cormac McCarthy: Uncharted Territories/Territoires Inconnus*, ed. Christine Chollier (Reims: Presses Universitaires de Reims, 2003) 95.

6 この文脈で、ジョン・グレイディが「家庭（domesticity）」を求める騎士であると主張するJay Ellis and Natalka Palczynski, "Horses, Houses, and the Gravy to Win: Chivalric and Domestic Roles in the Border Trilogy," *Sacred Violence, Vol. 2: Cormac*

McCarthy's Western Novels, ed. Wade Hall and Rick Wallach (El Paso: Texas Western P, 2002) 105-25を参照のこと。ちなみに「国境三部作」の物語現在は一九三九年から五二年であるが、ホーキンズは「アメリカの世紀と呼ばれることになった時代の開始」の時期と見なし、物語背景としての意義を見出している（Hawkins 95）。

7　四方田犬彦は「ノスタルジア」という用語の変遷を以下のように整理している。一七世紀に医学用語として、ギリシア語の「帰郷」と「苦痛」を結合させてつくられた「ノスタルジア」という造語は、専制君主国間の戦争において、傭兵たちに見られた原因不明の高熱や意気消沈の状態を指していた。その症状は患者の兵士が故郷に帰ると治癒するために「ノスタルジア」は一種の風土病と見なされていた。その後、近代国家同士の争いで戦争が大規模化し、遠方に派遣された兵士たちのあいだで似たような症状が見られるようになると、「ノスタルジア」は、一般に人間が生まれ故郷を離れたときに生じる心理的障害と見なされるにいたった。産業革命の時代には、都会に流入した農民がプロレタリアートと化したが、彼らのあいだに「ノスタルジア」が飛躍的に増えたことは当然であった。一九世紀の終わりに、精神分析において、象徴的次元における母親の胎内への退行という概念が登場すると、それまでのように臨床医学の場で「ノスタルジア」という語が使用されることはなくなった。かつて治療の対象であった症状については「適応不適合」という語が発明され、以来、「ノスタルジア」は美学的なモードとしてのみ言及される語と化したのである。四方田犬彦「帰郷の苦悶」『世界文学のフロンティア4　ノスタルジア』（今福龍太・沼野充義・四方田犬彦編、岩波書店、一九九六年）九－一一参照。

8　Cormac McCarthy, *All the Pretty Horses* (New York: Vintage, 1993) 5. 以下、引用は同書による。日本語訳は黒原敏行訳（ハヤカワepi文庫、二〇〇一年）を参照させていただきつつ、必要によって改訳を施した。

9　ここで日本近代文学や近代的自我の起源を論じた柄谷行人の議論を思い起こしてもいいだろう。柄谷は「風景がいったん成立すると、その起源は忘れさられる。それは、はじめから外的に存在する客観物のようにみえる。ところが、客観物なるものは、むしろ風景のなかで成立したのである。主観あるいは自己（セルフ）もまた同様である。主観（主体）・客観（客体）という認識論的な場は、『風景』において成立したのである。つまりはじめからあるのではなく、『風景』のなかで派生してきたのだ」（柄谷行人『日本近代文学の起源』［講談社文芸文庫、二〇〇九年］四六）。

10　かつて「テキサス」に憑かれたジョン・スタインベックは以下のように書いている。「テキサスは心のあり方だと私は言ったが、それ以上のものだと思う。それは宗教にとても近い神秘的なものである。人々がテキサスを熱狂的に愛するとか、熱狂的に憎むとかいう点で宗教に近く、また他の宗教でもそうだが、人々は神秘や矛盾に混乱するのが怖いので、あえてテキサスなるものを精査しようとはしない。私の観察も、他の意見や逆の観察によって、ただちに覆されてしまう。……テキサスはあらゆるテキサス人の固定観念であり、適切な研究対象、その熱狂的な財産である。……テキサスの統一は心のなかにある。しかもそれはテキサス人の心のなかにだけあるのではない。テキサスという言葉は、世界中の人間にとって一つのシンボルとなった」(John Steinbeck, *Travels with Charley in Search of America* [New York: Viking, 1962] 203-06)。

11　この母親の人物造型については、*The Cormac McCarthy Papers [CMP], 1964-2007*. MS and TS. Alkek Lib. Texas State University, San Marcos (Box 51, Folder 6) を参照。マッカーシーは草稿の段階では、父親が死んだときには「気がおかしくなる」ほど、父親からの溺愛を受けて育った人物として構想していたようだ。だとすれば、牧場売却は彼女にとっても苦渋の決断だったということになるだろう。

12　このように、マッカーシーの作品では女性登場人物が半ば強引にテクストから追放される事例が多いが、ルネ・ジラールのいう「欲望の三角形」における「媒介者」としての役割と捉えることもできるだろう（ルネ・ジラール『欲望の現象学――ロマンティークの虚偽とロマネスクの真実』新装版［古田幸男訳、法政大学出版局、二〇一〇年］参照）。その場合、「友情」にせよ「ホモエロティシズム」にせよ、男性主体の欲望の対象は男性ということになり、この点にマッカーシーの作品の男性中心主義や性差別主義を指摘する論者もいる。たとえば、ネル・サリヴァンは、男性主体の欲望は、男性登場人物が「女性化」される、あるいはパフォーマティヴに「女性」を演じているとし、欲望の三角形における媒介者としての「女性」を必要とせず、テクストは「閉じられた男性の欲望の回路」を形成しているとする (Nell Sullivan, "Boys Will Be Boys and Girls Will Be Gone: The Circuit of Male Desire in Cormac McCarthy's Border Trilogy," *A Cormac McCarthy Companion: The Border Trilogy*, ed. Edwin T. Arnold and Dianne C. Luce [Jackson: UP of Mississippi, 2001] 230)。

13　Nicholas Monk, "*All the Pretty Horses*, the Border, and Ethnic Encounter," *The Cambridge Companion to Cormac McCarthy*, ed. Steven Frye (Cambridge: Cambridge UP, 1993) 122.

14　この父親の人物造型については、*CMP*, Box 51, Folder 6が参考になる。草稿では戦争からの帰還後、再びポーカーをやるようになったこの人物は、ギャンブルで稼いだ金で売られた牧場を買い戻そうと（無謀にも）考えていたとされる。古き牧場文化へのこだわりという点においても、ジョン・グレイディは父親の性格や考え方をそのまま継承しているとも言える。

15　この小説の三人称の語り手は基本的にジョン・グレイディに寄り添う（つまり神の視点をもたない、限定的な語り手）のであるが、この箇所のように、ジョン・グレイディの傍らを離れ、神の視点から描写を行うシーンも散在する。このような視点の揺れ、および文体と内容の関係についてはNancy Kreml, "Stylistic Variations and Cognitive Constraint in *All the Pretty Horses*," Hall and Wallach 37-49を参照。

16　たとえばアーヴィング・マリンはこの旅の物語は「究極の意味をめぐるオカルト・ナラティヴ」であるとし、「宗教的探索、つまり聖杯発見の旅という響きがある」（Irving Malin, "A Sense of Incarnation," *Commonweal* 25 Sep. 1992. 29）と述べている。

17　ただし、この牧場は一八二四年の入植者法によって所有され、一七〇年間継承されてきたとされるように、メキシコという国の成り立ちや歴史が刻印された空間であることには注意を要するだろう。

18　ミルチャ・エリアーデ『聖なる空間と時間』エリアーデ著作集第三巻（久米博訳、せりか書房、一九七四年）一一五–一一六。

19　この点に関しては、Fredric Jameson, *The Political Unconscious: Narrative as a Socially Symbolic Act* (London: Routledge, 2002) の結語「ユートピアとイデオロギーの弁証法」（"The Dialectic of Utopia and Ideology"）を参照。

20　*OED*によるlarcenyの定義は以下のとおり。"*law* The felonious taking and carrying away of the personal goods of another with intent to convert them to the taker's use. Also gen. theft."

21　クーパー・アラルコンはジョン・グレイディ（とローリンズ、ブレヴィンズ）はアメリカの植民地主義・帝国主義を体現する者と見なしている。Cooper D. Alarcón, "All the Pretty Mexicos: Cormac McCarthy's Mexican Representations," *Cormac McCarthy: New Directions*, ed. J. D. Liley (Albuquerque: U of New Mexico P, 2002) 141-52を参照。

22　これは文明以前の野蛮状態の謂いでもあり、モダニティの行き着いた先としての新自由主義的社会状況における強者のふるまいを正当化するイデオロギーの謂いでもあるだろう。

23　上野成利『暴力』（岩波書店、二〇〇六年）一一〇。ここでシュミットの論を引く上野が分析しているのは、シュミットの『パルチザンの理論』と『政治的なものの概念』である。

24　上野　一一〇。

25　Morrison 182を参照。この文脈で、マッカーシーの西部小説をグノーシス主義との関連で解釈することも可能だろう。ただし、『すべての美しい馬』は、前作『ブラッド・メリディアン』から、グノーシス主義にも関連する本格的な「悪」の考察が見られる次作『越境』への橋渡し役を担う作品と捉えるべきだろう。

26　ここに核の爆裂のイメージが重ねあわされているように（一九五〇年代にこの地域周辺で行われた一連の核実験を想起してもいいだろう）、『すべての美しい馬』を、核の時代＝冷戦時代のアメリカの支配的イデオロギーが刻印された「冷戦カウボーイ」の破滅を描く、悲劇的物語と見なすことは可能であろう。

第7章 『越境』――「剥き出しの生」と証人の責務

狼の舞と啓示体験

『すべての美しい馬』に続く、「国境三部作」の第二作『越境』(*The Crossing*, 1994)において、主人公ビリー・パーハムはアメリカとメキシコ国境を三度往復する。一度目はアメリカ側で捕らえた牝狼をメキシコ側に戻すための旅、二度目は両親を殺害した犯人と盗まれた馬を探すための旅、三度目は弟ボイド(の遺骨)を探すための旅だ。三度の旅はロード・ナラティヴ的な直線性と神話的な円環性をあわせもつという点で共通している。

越境(人種的・階級的・ジェンダー的な意味を含めて)は現代アメリカ文学ではお馴染みであるし、マッカーシー作品においても何度も繰り返される主題である。だが、たとえば『すべての美しい馬』において「カウボーイ」の生活を求めたジョン・グレイディの旅がある種の現実的必然性をもっていた(歴史性を欠いたカウボーイの理想郷を求めての越境だとしても)のに対し、『越境』におけるビリーの旅、とりわけ一度目の越境は強い啓示体験に由来するという点において、神秘性・宗教性を帯びている点において特異である。それは一度、境界線を踏み越えてしまえば何度も越境を繰り返す回帰性(何度も新しい人間に生まれ変われる)を特徴とする一方で、いったん越境してしまえばそれをなかったことにすることはできない(元の人間に立ち返ることはできない)とい

図1　ニューメキシコ州最南端に位置するアニマス山脈。（筆者撮影、2014年8月）

う不可逆性によって規定されている。この越境の両義性は、物語冒頭で描かれているビリーの原始体験に由来している。すなわち、一九三一年当時六歳の彼が、メキシコからアメリカ側（ニューメキシコ州ヒダルゴ郡）のアニマス山脈（図1参照）に越境してきた狼の群れが羚羊を狩る、舞踏のような幻想的光景を目の当たりにした体験である（迷い込んできた牝狼の存在は例外として、野生の狼の姿をビリーが目撃するのはこのときが最初で最後であることは偶然ではない）。[1] 端的に言ってしまえば、『越境』の物語構成および物語内容の核を担っている神話的円環性＝回帰性とビルドゥングスロマン的直線性＝不可逆性はいずれも、物語全体の四分の一ほどを占める、暴力的かつ神秘的な狼譚によって準備され、下支えされているのだ。本章では『越境』という大部の物語の本質はこの狼譚にあると捉え、その意義を明らかにしながら、ビリーのイニシエーションの意味を「狼」のシンボリズム、「剥き出しの生」、高慢の罪、証人の責務といったモティーフに着目しながら考察する。

シートン的パラドクスと「狼」のロマンティシズム

人間と狼のかかわりには長く多様な歴史がある。先史時代、人間と狼は獲物や領地をめぐって争う好敵手同士であった。たとえば、フランスのドルドーニュ県に残るラスコーの壁画（紀元前一万三千年頃）には、狩猟の民であった人間と生存環境をともにする狼との競争関係が象徴的に描かれている。[2] 時代を下り、中世ヨーロッパにおいては、「狼」は基本的に「悪の象徴」と見なされていた。魔女裁判よろしく「狼人間」として多くの人間が処刑されたように、キリスト教会が民衆を統御するために「狼」の不吉なイメージを利用したことはその一例である。[3] 近代農業・牧畜が発展すると、牛や羊などの家畜を襲う狼は害獣として人間の生活領域から徹底的に排除されるようになった。北アメリカ大陸においては、早くも一八世紀初頭にウィリアム・ペンが植民地政府による狼狩りへの報奨金制度を創設しているし、[4] 一九世紀の開拓時代には、西部への移住者たちのために狼の根絶計画が各地で実行されている。やがて狼猟はアメリカ白人の文化として根づき、報奨金目当ての狼猟師のなかからは伝説的な人物も出てくるようになった。北アメリカにおける狼の消滅の直接要因は西漸運動や資本主義の隆盛に求められるだろうが、その歴史的・精神的背景として「狼嫌悪」の文化が存在することも確かであろう。[5]

他方、「狼」が神秘化・神話化されてきた事象は世界各地で数多い。このことが示しているのは、生死を賭けた、絶え間なき争いの世界において、秀逸な狩人としてたくましく生き残ってきた狼に対する人間側の畏怖の念である。[6]『越境』の舞台であるアメリカ南西部においても、家畜を襲う害獣として狼は駆逐され消滅していく一方で、崇敬すべき特定の狼の物語は語り継がれ伝説化していった。博物学者アーネスト・トンプソン・シートンの『私の知る野生動物たち』に収められた『カランポーのオオカミ王ロボ』は、その代表的なものであろう。この書のなかでシートンは、アメリカ東部の実業家である友人が所有するニューメキシコ州の大牧場から狼を駆逐する仕事を引き受けた際の経験をもとに、人間側の浅はかな知恵を凌駕し、迫害に屈することない自然界の英雄としてロボという個体としての狼を神秘化している。[7]

もっとも、『カランポーのオオカミ王ロボ』は、狼猟師たちを一蹴するロボの知性、相方の牝狼ブランカが人間に捕まったときに見せた彼の情、その情を人間につかれ、捕まってもなお誇りを失わない気高さ、あるいはありのままの自然の一員として生きることの素晴らしさなどが美談化されているだけの子ども向けの物語ではない。この書を「文学」として読むときに注意しなければいけないのは、ロボとのかかわりを通してシートンが経験したエコロジー的転回ともいうべき回心の記録が綴られていることだ。事実、すべての動物の生きる権利を唱道する一方、狼猟師としてニューメキシコに赴くという彼の行動は論理的には破綻しているが、物語で前景化されているのはそのような作者シートン自身の抱える自己矛盾についての意識のあり方にほかならない。シートンは「ロボを退治する『やとわれオオカミ猟師』という仕事を引き受けること」に矛盾を感じつつ、「都会にすみ野生動物に手をくださない人も、同じ矛盾に生きているのであり、自分はその矛盾をせおって、オオカミを知る義務がある」[8]と考えることによって、矛盾を論理的に乗り越えようとしたのである。

このシートン的パラドクスの内実を理解することは、『越境』の牝狼譚におけるビリーの言動を理解するうえでも重要である。『越境』の牝狼譚ではビリーが経験するエコロジー的転回が描かれていると考えるのはやや極端な見方であろうが、ダイアン・ルースが指摘するように、ビリーは「より啓かれたエコロジカルな視野」をもちつつ「エコロジスト」として狼猟を行うというシートン的パラドクスをある程度継承しているように見えるし、牝狼譚はシートンによるロボの物語に代表される文学的伝統のなかにあると見なすことができる。[9]

のです。すべての動物は悲劇的な死を迎えるものです」[10]と述べているが、端的に言えば、自身の狼猟の大義を死の美学と結びつけることによって解消しようとしたわけである。マッカーシーの描く生物学的決定論が支配する世界ではすべての存在は「消えゆく」存在として描かれ、往々にして「悲劇的な死を迎える」。[11]なかでも「狼」は「消えゆく世界のコア・イメージ」[12]であり、『越境』において極度に美学化されている（「狼を知ることはできない……罠にかかった狼は歯と毛皮だけにすぎない。狼それ自体を知ることはできない。……狼は偉大なる秩序に属している存在である……狼はこの世界と同じようなやり方でつくられている。世界に触ることはできない」［四五］）。

ビリーは本能的に牝狼を獲得不可能な「崇高なるもの」と見なすことで自身のシートン的矛盾を乗り越えようとする。ビリーの幼少期における狼の群れの目撃体験は以下のように描かれる。

　狼の群れは平原を疾走して羚羊の群れを追い、羚羊たちは幽霊のような姿で雪の上を動き弧を描き旋回し、冷たい月の光のなかで周囲に乾いたさらさらの雪を蹴りたて、あたかも体の内側で火を燃やしているかのように青白い息を冷気のなかに噴き出していたが、その狼たちは彼ら自身がまったくの別世界の存在であるかのように見える沈黙のなかで身をよじったり翻したり飛び跳ねていた。……全部で七匹の群れが少年の伏せている場所から二〇フィートの処へやってきた。月の光で彼らのアーモンド形の目が見えた。彼らの息遣いも聞こえた。空気を伝う電気のように狼の意識が感じられた。……家に帰るとボイドが目を覚ましていたが少年はどこへ行ってきたとも何を見たとも言わなかった。少年はこのことを誰にも話さなかった。[13]

「崇高なるもの」の原始体験が描かれているこの場面は、それを獲得しようとするビリーの無謀で不遜な冒険の伏線となっているが、ビリーの「崇高なるもの」を志向する無意識の欲望はあまりに強烈で根源的であるからこそ、彼は狼体験を弟ボイドにも打ち明けることのできない秘め事とせざるをえないのだ。「崇高なるもの」それ自体との対峙は、媒介者抜きの、個人の宿命的出来事とせねばならないというわけだ。『すべての美しい馬』から継承されたモティーフでもある、この独我論的思考はすぐれてアメリカ小説的な欲望であり、牝狼にはメルヴィルの『白鯨』の白鯨やフォークナーの「熊」における熊のような壮大な象徴性・神秘性が与えられている。

ビリーの欲望は文明の病とも言えるほど強烈な近代人の欲望でもある。それは「自然」を所有・支配したいという欲望、究極的には「自然」と同一化したいという身も焦がれるほどのロマンティシズムに転化していくものだ。事実、牝狼の扱いに関して何の計画もなかったビリーは格闘の末に牝狼を捕獲すると、カウボーイたちに撃ち殺される前に牝狼を家に連れ帰りたいという心境になり（五九）、最終的には、牝狼を取り返すために闘技場に乱入し「これは俺のものだ」（一一七）と言い放つまでになる。

牝狼をめぐり膨張するロマンティシズムはボーダーランド（アメリカとメキシコの国境地帯）の荒野や砂漠にまつわる心象風景と密接に結びついている（「ビリーは目を閉じて牝狼の姿を思い描こうとした。その牝狼や彼女の同族たち、あたかも自分たちの意に沿うように創り出したかのようにわが物顔であの高地の白い世界を走り回る狼たちとその幽霊たちを、思い描こうとした」［三一］）。その心象風景のなかで牝狼は人間＝文明側の欲望の鏡となる。たとえば、牝狼譚の語り手は、罠にかかってしまったつがいの牡狼の傍らから牝狼が離れようとしなかったこと、仲間欲しさに牝狼が生まれた土地を移動したことなどをロマンティックに語る（二四−二五）。[14] また、野生の獲物たちを食らうときとは異なる方法で家畜である牛を牝狼は襲うが、その過激な襲い方は、人間社会＝文明に飼い慣らされ、屠殺されることを知りつつも抵抗の姿勢を微塵たりとも見せない牛たちへの怒りに駆り立てられているとされる。牛たちが「古の秩序、古の儀式、古の掟」を踏みにじったためだと説明されるのだ（二五）。さらに、牝狼を標的とする罠は「妖怪」（三六）のようだと表現されるように、語り手（あるいは作者）の狼＝消えゆく者への共感が強調されている。

この文脈において、批評家のジョン・カントはアメリカの例外主義と超絶主義に依拠する「自然」観に結びつけてビリーが「狼」に魅せられる理由を説明している。「ビリーが狼たちに魅せられるのは彼らが世界をじかに感得していると感じるからだ。ビリーは狼たちのこの能力に倣おうとする。世界をじかに感得する力、すなわち、文化的基盤によって媒介されず、いかなる物語枠も必要としない経験を得る力に倣おうとするのだ」。[15] カントにしたがえば、ビリーのような人間にとっては、「世界をじかに感得する力」をもち、いっさいの「文化的基盤」や「物語枠」を必要としない個人が存在の第一審級と見なされる。つまり、「世界」や「自然」と媒介者なしにつながり、認識したいという超越主義的欲望をもつからこそ、ビリーは自分が狼を「捕まえようとしていること」を秘密裏にしなければならないのだし、実際に牝狼を捕獲すると、父親との約束を反故にし、国境を越えメキシコの山地に牝狼をつれ返そうという衝動に我知らずしたがうことになるのだ。牝狼は大農園主から預かったものだから売ることはできないというビリーの嘘（九〇）は、牝狼の故郷への返還を神託と捉える彼の無意識があらわれたものと解釈することも可能だろう。あるいは、イーハブ・ハッサンが「自由解放へのラディカルな衝動を抑えることのできない［アメリカの］原初の自己」[16]と定義した無垢なる行為（イノセンス）とも言えるだろう。実際に、このように牝狼とビリーの関係性を見ると、物語序盤でなぜビリーが怪しげなネイティヴ・アメリカンに食糧を与えるのか、また、なぜビリーは闘技場で陵辱された牝狼を自ら銃殺するのか、という牝狼譚における重要な問いに対してもひとつの答えが導き出されるように思える。

したがって、牝狼＝崇高なるものへの欲望がビリーの個の欲望であると同時にアメリカ人の集合的な欲望として表象されていることは偶然ではない。「生きたままの狼を見てみたい」（三四）というボイドの言は指摘するまでもないだろう。また、近所のトラック運転手は、捕らえた牝狼を家に連れ帰ろうと試みるビリーを狂人扱いするが、心の奥底ではビリーの無鉄砲な行動を称賛していることが明白だ（五八－六二）。国境沿いに住む、ビリーの父親を知る家族は、ビリーの父親に連絡を入れるどころか、負傷した牝狼に応急処置を施し、ビリーの密かなメキシコ行きを支援する。要するに、彼らはみな、ビリーの欲望を共有し、「牝狼＝崇高なるもの」に心底魅了されているのだ。かくして、牝狼譚におけるビリーの企ては、「神の御業と人間の行いがひとつになる場所」（四六）をめざす共同体の聖なる儀式となるのだ。

自然の無関心と、狼（人間）＝ホモ・サケルの身体

だが、そのようなビリーの「崇高な」企図は、メキシコ側に越境すると「高慢な」企図へと意味合いが変わっ

てしまう。ピラーレス山脈に向かう道中、禁制品として牝狼を没収されたビリーは、ある農園で見世物として獰猛な犬たちと闘う牝狼を取り返そうとし闘技場に乱入する。それを見た農園主の息子は「お前はこの国のことを勝手に入ってきて何をしてもいい国だと思っているんだろう」(一一九)とビリーの行為を非難するが、それに対してビリーは「そんなことは思っていない。この国がどんな国かだなんて考えたことすらない。……俺たちはただ通り過ぎていきたいだけだ」(一一九)と応答する。次節で検討するように、このビリーの応答の仕方にはキリスト教の教義でいう「高慢」の罪が刻印されていると考えられるだろう。「通り過ぎるというより、侵入しているのだろう」(一一九)と農園主の息子がビリーを糾弾するように、闘技場にいるメキシコ人たち全員にとって、ビリーは牝狼と同様に越えてはいけない境界を越えてやってきた「侵入者」(一一七)にすぎないのだ。その証拠に、「ビリーはいくつもの顔のなかに自分の訴えをきいてくれそうな顔をさがしたが無駄」(一一九)なのであるし、狼は境界(国境)のことなど何も知らないというビリーの申し立ては、狼が知ろうが知るまいが境界(国境)は狼の立場に関係なく存在し、国境を越えてやってきたのなら狼の立場はいっそう悪くなるはずであり、ビリーの立場も狼と同じだという農園主の息子の論理によっていともたやすく論駁される(一一九)。

この場面において皮肉な形でビリーは牝狼＝「自然」と同一視されることになるわけだが、ここには幾ばくのロマンティシズムも介在しない。そもそも『越境』でマッカーシーが描く「自然」はビリーの企てに対して理解を示すような恵み深き存在ではない。「使用の目的も考えない軽率な神の手から生まれた」(三一)といった形容句や、「世界には死がもたらす秩序以外の秩序はない」(四五)といった表現からも明らかなように、マッカーシーの「自然」(往々にして「荒野」と等価である)は「文明」の対極に布置される無垢なる存在ではないし、アメリカ西部の意義を説いた歴史家フレデリック・ジャクソン・ターナーが言うような意味で「文明」と表裏一体の関係にある存在でもない。[17]それは脱神秘化された自然、言ってみれば、脱「自然」化した存在であり、人間の思いや期待に徹底的に無関心な外部である。自然は人間の内にあるのではなく、人間の内面の投影でもないというわけだ。

したがって、マッカーシーの小説においては、文明のなかに悪が存在するのと同程度に自然のなかに悪が存在する。あるいは、文明も自然も包摂する「世界」の本質のなかに純粋悪が含まれている。「世界」が人間の前にあらわれるのではなく、人間のほうが「世界」を通りすぎる存在にすぎないという脱人間中心的思考はマッカーシーの小説では支配的であるが、これは人間や何かの属性として悪が存在するのではなく、悪そのものが存在するという思考と表裏一体となっている。[18]代表的なアメリカ小説においてしばしば「自然」と同一視され、ロマンティックに描かれるネイディヴ・アメリカンの描写も例外ではない。マッカーシーの小説では、ネイティヴ・アメリカンは白人入植者たちと比べて罪深くもなければ無垢でもない。物語冒頭でビリーが両親に内緒で食料を与えたネイティヴ・アメリカンの男が、両親殺害の犯人なのかどうかが曖昧に描かれていることは顕著な例であろう。[19]

自然や世界の無関心あるいは独立性という文脈において、牝狼の身体が克明に描写されていることは注目に値するだろう。「闘技場にただ一匹でいる狼は見るも無惨な姿をしていた。……頭を土に寝かせ舌をだらりと土につけ毛衣は土と血にまみれ黄色い目は何も見ていなかった」(一二一-一二二)。このような徹底的に虐げられた牝狼の身体描写は、ジョルジョ・アガンベンのいう「殺害可能だが犠牲化不可能な生」=「ホモ・サケル」を想起させる。闘技場で牝狼の身体に加えられる暴力は「誰もが罪を犯さずにおこなうことのできる殺害」であり、「供犠の執行とも……処刑とも冒瀆とも定義づけることができない」[20]種類の暴力にほかならないからだ。

アガンベンは「古代ローマにあっては不可能と見なされていること――追放に処せられた者を裁きなしに法の外で殺害すること――は、古代ゲルマニアでは反論の余地のない現実だった」というルドルフ・フォン・イェーリングの言を引き、古代ゲルマン法を基礎づけていた「平和という概念と、これに対応する悪人の共同体からの排除」の仕組みに着目する。共同体から締め出された者は「平和なき者」となり、「誰もが殺人罪を犯さずに彼を殺害できた」が、この殺害可能となった者＝ホモ・サケルは「狼人間」と定義されもしたとしている。また、中世でもたとえばエドワード証聖王の法（一一三〇―三五年）は、「締め出された者を wulfesheud（文字通りには狼頭の意）と定義し、これと同じものとしている（彼は追放の日から狼(ルプス)の頭(カプト)をかぶる）」という指摘がある。[21]

『越境』の牝狼譚において牝狼が一定程度人格化されていることは偶然ではない。アガンベンは「集団的無意識において、森と都市のあいだで分割された半人半獣の雑種の怪物としてとどまっていたにちがいないもの――狼［人間］――はもともと、共同体から締め出された者の形象なのである。……締め出された者の生は、動物と人間、ビュシスとノモス、排除と包含のあいだの不分明の境界線、一方から他方へと移行する境界線なのだ。人間でも野獣でもない「狼人間」はまさしく、その二つの世界のいずれにも属することなく、とはいえ逆説的に両方の世界に住みついている」[22]と述べているが、『越境』における牝狼の表象はこの「狼人間」に限りなく近いことがわかる。事実、ビリーによって息の根を止められる前の牝狼は害獣として処理されるわけでも、共同体の浄化のための犠牲として殺害されるわけでもなく、あくまで殺害可能な状態にとどまっていた。つまり、牝狼は「執行と殺人罪のあいだの不分明地帯」に捉えられた「聖なる生、すなわち殺害可能だが犠牲化不可能な生」を生かされていたのである。[23]

闘犬たちに痛めつけられつづける牝狼の身体はこの「殺害可能だが犠牲化不可能な生」の究極の具現と言えるが、そのような存在をビリーは自らの手で葬る。[24] 彼の牝狼の理想化はあまりに激烈なため、牝狼が儀礼的浄化のための生贄とされるのではなく、あからさまに「殺害可能だが犠牲化不可能な生」を生かされていることを宗教的冒瀆として捉えているかのようである。だからこそ、狼の死骸を何十倍もの値がつくウィンチェスター銃と交換し（一二四）、道中、自分自身の血と同じ味がする牝狼の血を味わい（一二五）、かの地では聖なる供犠を行うように牝狼を埋葬することになるのだ（一二六）。

捕まった狼はもはや狼ではないという言（四七）を裏書きするように、ピラーレス山脈に埋葬された牝狼はその身体性が剥奪されることで「崇高なるもの」として完成する。

……神が秩序づけたそのあり得べき世界のなかで、狼は他と切り離されずその一員として存在していた。牝狼が駆け回るその世界をコヨーテたちの啼き声が戸を立てるようにぴしゃりと閉ざし、恐れと驚異の念だけが残された。ビリーは落ち葉の上から牝狼のこわばった頭を持ち上げたが、彼が持ち上げようとしたのはむしろ手に取ることができないもの、今はすでに山のなかを走り回っているもの、肉食の花のように恐ろしいと同時に非常に美しいものだった。血と骨をつくる材料であるが、逆に血と骨にはいかなる供犠台の上でも、いかなる戦争の傷を使ってもつくり得ないもの。闇に秘められた世界の形を切り取り形作り刳り貫くことが風にでき、雨にもできるのだとしたら、必ずそれにもできるはずだと信じていいあるものだった。しかしそれは決して手に取ることができないものであり、花ではなく敏捷な狩りの女神であり、風すらもが恐れるものであり、世界が失うことのあり得ぬものだった。(一二七)

このように、ビリーの一連の行為は象徴的な意味で牝狼を「殺害可能だが犠牲化不可能な生」から「崇高なるもの」へ昇華する行為と捉えることができるのだが、皮肉なことに、彼自身は逆にその圏域内に強固に囚われていく。つまり、牝狼が「崇高なるもの」の圏域に移行するのと対照的に彼自身は「狼人間」化=ホモ・サケル化していくのだ。アメリカに帰還してきたビリーの姿=身体を見た人々が彼に向ける不穏な視線はそれを端的に示している。

……通りをいく人々は振り返ってビリーを眺めた。彼らが見たのは荒野のメサからやってきた何か、過去からやってきた何かだった。ぼろぼろの、汚れた、目や腹に飢えが見て取れるもの。言葉ではとうてい言い表せないもの。そのあまりにも異様な姿に彼らはこの上ない羨望と嫌悪の対象を見て取った。彼らの心は彼に惹きつけられたが、同時にほんの些細な理由からでも彼を殺してしまいかねなかった。(一七〇)

荒野のメサからやってきたとも過去からやってきたとも判別できないビリーの「身体」に直面した人々は、魅せられると同時に殺したいという相反感情に引き裂かれる。ミシェル・フーコーを引用しながらアガンベンは、『身体』という概念も、性やセクシュアリティといった概念と同じく、すでに［権力］装置の内に捉えられている。……それはつねにすでに生政治的身体であるとともに剥き出しの生」であるとし、「生政治的身体（ホモ・サケルの生はこの最終的な化身）はその極端な形式において、法権利と事実、規範と生物学的生の絶対的な不分明の境界線という姿を呈している」と指摘している。[25] 境界（国境）という権力装置の「不分明地帯」に置かれた「狼人間」としてのビリーの「身体」は、現在進行形の「剥き出しの生」にほかならない。しかし同時に、それは「人間の法からも神の法からも外に置かれている」という点で、ある種の「限界概念」[26]を具現するものである。だからこそ、ある種の特権的存在として立ち現れるのであり、そのようなビリーに対して、人々は羨望と憎悪という相反感情を抱いてしまうのだ。対照的に、ビリーがメキシコへの三回目の旅から持ち帰るボイドの死骸、つまりすでに「剥き出しの生」ではなくなった「身体」は何の留保もなく追いはぎの集団に暴かれ、馬に踏みつぶされることになるが、この場面の意味も同じ文脈で理解できるだろう。

高慢の罪と証人の責務

牝狼譚におけるビリーの狼人間化＝ホモ・サケル化という主題は、彼のイノセンスの喪失というストーリーと同調している。ピラーレス山脈への牝狼の返還と埋葬＝「呪われた企て」（一一九）の過程でビリーはそれまでのイノセントな世界から決定的に切断される。「呪われた企ては人生を永遠に過去と現在に分かつ。……彼はもうすでにそうではなくなってしまった子供に再びなりたいと考えた」（一一九）。イノセンスの喪失はアメリカ小説ではおなじみの主題だが、ここでは「崇高なるもの」を志向する企てがキリスト教的な意味での「高慢」の罪と等価と見なされ、ビリーがその報いを受けるストーリーとして結実しているのだ。

「高慢」とは「他人に対するふるまいばかりでなく、自己の不当な卓越性に心を奪われて神を忘れ、また神のごとくなろうとして神に帰すべき栄光を自分に帰する内的態度」[27]である。聖書によれば、人間の「高慢」の最たるものは「神と等しくあろうとするアダムの姿にみられ」、歴史的には「神によって与えられた真の秩序を軽視して、本来あるべき人間の在り方に背くこと」、「七つの罪源の第一のもの」などと見なされてきた。「高慢」は「神と人間とのあるべき関係を破壊する道徳的・宗教的な悪徳」なのである。[28] ピラーレス山脈の麓で、牝狼の亡骸の傍らで「悔悛者」のように眠るビリーは自らの罪を無意識のうちに悟っているように映る。

ビリーの受ける「高慢」の罪の代償とは端的に言えば両親の殺害であり、結果的に自身が孤児になる事態である。ロビッシュはビリーが牝狼を捕らえた日が彼の両親の殺害の日と同じであることを指摘しつつ、マッカーシー作品においては狩猟という行為が神秘化される傾向にあることを明らかにしているが、[29] なるほど牝狼譚においてビリーが牝狼を捕え、結果的に銃殺する過程は彼が孤児化する儀式の裏返しとして捉えることができる。『ハックルベリー・フィンの冒険』をはじめアメリカ小説では孤児（化）の主題は自己信頼や個人主義の文脈で肯定的に捉えられることが多いと言えるが、マッカーシーの小説ではギリシア悲劇のような構図のなかで、あるいは仏教でいう業（因果応報によってひとつの善悪の行為は必ずその結果を生む）のような世界観によって捉えられていると言うべきだろう。

すでに述べたように、ビリーは牝狼の死骸と交換に父の銃を差し出すが、ビリーがこの銃を勝手に持ち出したことが、両親が抵抗もできず殺害されてしまった要因であること（一六七）は重要だ。また、因果応報の世界において、「父」の消失という主題が孤児化の主題に重ねあわされることは物語的必然とも言える。没収された牝狼を追跡する過程でビリーは、冷気と暗闇と沈黙が押し迫ってくる砂漠をさまよい歩く父の夢を見（一一二）、牝狼を埋葬した後のビリーは父親の顔が思い浮かばなくなっている（一三五）。「父」の消失とは本人が知るすべもないまま文字通り孤児になっている事態を暗示すると同時に、象徴的な意味において、因果応報としての「神」「世界」「秩序」からの隔絶をあらわすのだ。ビリーを孤児だと決めつけ、たとえ孤児であっても放浪はやめて世界のどこかに自分の場所を見つけるべきだと警告するインディオの老人の言葉は、人間一般の存在のあり方を比喩的に述べたものであると同時に、事実を文字通りに語るものでもある。「そんな風に放浪していると放浪が完全に身についてしまって他の人間から疎遠になってしまい、やがては自分自身からも疎遠になってしまう」（一三四）という彼の言葉は、現実に対してほとんど不感症となるビリーの行く末を暗示している。[30]

このように考えてくると、崩壊しつつある教会＝神の家に住み、神との境界争いを企てた隠者の話は、牝狼譚におけるビリー自身の行為をめぐる寓話と見なすことができるだろう。この隠者の話は、今この崩壊しつつある教会で暮らす元司祭によって語られる。元司祭によると、神の摂理によって不本意に大災害を生き延び、先祖からも子孫からも切り離された隠者は神を弾劾するために聖書を丹念に読み、自ら創造したものを破壊する神の暗い性質を見出そうとしていたという（一五三）。隠者の神に対決する姿勢と、無限定の神を盲目的に信仰することで神を制御しやすいものにしようとしていた（一五一）元司祭の姿勢は根本的に対立していた。元司祭は話を聞くビリーに対し、世界の境界線は神が定めたものなのに、神と論争し境界線を定めなおし、その境界線が守られることを望む隠者は狂人だったのか、聖者だったのか（一五一）という問いを投げかけるが、この問いこそが実は牝狼を（少なくとも自身にとっての）聖域に返還しようとしたビリーの行為を理解するための参照枠となっているのだ。

隠者と神学的論争を行った（そして打ち負かされた）元司祭によれば、隠者は「行為は証人がいてこそ存在する。証人がいなければ……行為は無に等しく証人こそがすべて」とし、「神は証人を持たない」がゆえに自分の存在を明示できないという恐ろしい悲劇のなかにいると考えた。自分が生かされているのは「神自身にとっての不利な証人」として立つためであり、自分は「相手にとって不足のない敵」として神によって選ばれているのだという考えにいたった（一五三-五四）隠者はやがて、神の恐ろしさは想像を絶するもので、神のことを避けることも考えないことも限定することもできず、自分の異端的な思想も含めて神はすべてを内に含むということを悟り、死んでいった（一五七）。ここで重要なのは、隠者が神との境界争いに敗れ死んでいったということではなく、隠者の不遜な企図が「崇高なるもの」を志向したビリーのロマンティックな欲望の果てに位置するものとして物語的に定位されていることだろう。

したがって、隠者の生涯を語る元司祭の語りは、牝狼譚におけるビリーの過去の行為を審判する参照枠になるにとどまらず、ビリーのその後の物語での役割を予見するものとなっている。隠者の死後、その人生の証人となった元司祭は、境界のない神は証人を必要としないという認識に到達する。

司祭がついに悟ったのは、ひとつの人生の教訓はそれ自体で成り立つものではないということだった。その教訓の価値を測る力を持つのは証人だけだ。一つの人生は他人のためだけに生きられるのだ。……神は証人を必要としない。神は自分に有利な証人も不利な証人も必要としない。真実はむしろ、仮に神が存在しないとしたらいかなる証人も存在しないということにある。というのも世界には自己同一性というものはあり得ず、世界についての各人の意見があるだけだからだ。司祭が悟ったのは選ばれた人間などいないということだった。なぜなら選ばれていない人間などいないのだから。……最後には我々はみな、我々が神からつくり出したものになるだけのことだ。なぜなら神の恩寵以外のものは現実ではないからだ。（一五八）

ひとつの人生はそれ自体では意味はなく、証人がいてこそはじめて存在するが、境界のない神のみは証人を必要としないという元司祭の得た認識は、証人こそがすべてで（神がつくった）世界についての証言が増えるにつれて世界は無と化す（一五四）という隠者の認識を軌道修正する。証人の性質をめぐるこの認識こそが牝狼譚だけでなく、ビリーを主人公とする『越境』という物語の全体像に対するひとつの視角を提示している。

要するに、牝狼はビリーの証人として存在したわけではない。牝狼の目は常に「世界」を見ていたのであり、ビリーを見ていたわけでない。「狼の目とそれが証人となっている世界」（七四）はもとよりビリーに無関心であった。そこで示されていたのは、ビリーもまた「世界」について牝狼のかわりに証言することはできない（牝狼の証人にはなれない）という単純極まりない事実であり、牝狼と「世界」の関係を語ることの不可能性であったのだ。

他方、そのように牝狼譚を読むときに、その残余として示されているのは、ビリーが結局のところ隠者と同様の人生を送る（そして失望のうちにこの世を去る）という筋書きではない。そうではなく、元司祭が隠者の人生の証人であるように、ビリーは元司祭から隠者の話を聞くことにより、隠者の物語の証人、さらには元司祭の物語の証人となるということである。それは、ビリー自身が証人としての立場を自ら選びとるというよりも、彼が我知らず証人としての責務を果てしなく負わされるという事態である。つまり、ここで示唆されているのは救済が永久に先送りされる、あるいはカトリック信仰でいう忘却の淵（リンボ）を想起させるトポスに投げ出されたビリーの存在様式なのである。

実際のところ、『越境』における牝狼譚以降の物語において、ビリーは幾多の人々の話にひたすら耳を傾け、彼らの物語の証人となりつづける。言い方をかえれば、ビリーの成長物語は後景化し、証言という行為についての物語、言ってみれば、メタ物語的性質を色濃く帯びていく。ビリーが数多くの物語から何を学ぶのか、旅路の果てにビリーは成長したのか、しなかったのか、そのような問いを無効にしてしまうほど、ビリーに背負わされた証人としての役割と責務は根源的で普遍的なもの、ひとりの人間にとっては不条理極まりない、「神的暴力」の結果としてあらわれているのだ。[31]

永遠の証人と倫理の起源

このように『越境』の牝狼譚をいくつかの角度から見てくると、牝狼に「崇高なるもの」を重ねあわせていたビリーが、牝狼のあるいは自身の「剥きだしの生」のあり方を実感し、やがては永遠の証人に変貌していく『越境』という物語全体の、あるいは「国境三部作」全体の底辺に横たわるモティーフが見えてくる。これをあらゆる意味で「暴力」的なものが跋扈する世界に放り込まれたビリーのイニシエーションと見なすことも可能だろうが、他方、物語がそのようなビリーの生のあり方を肯定するでも否定するでもなくただただ冷徹に描いていくことは、「証言」をめぐる物語としての『越境』の核心を形成しているように思える。アガンベンはアウシュヴィッツについての論考のなかで「証言にたいする終わりのない注釈」として、「証言にはその本質的な部分として欠落がともなっているということ、すなわち、生き残って証言する者たちは証言しえないものについて証言しているのだということがある時点で明らかとなったので、かれらの証言について注釈することは、必然的に、その欠落について問うことを意味するようになった。あるいはむしろ、その欠落に耳を傾けようとすることを意味するようになった」[32]と述べているが、あたかも物語世界全体についての証人となるビリーもまた、何かが決定的に欠落していることを承知で耳を傾けつづけ、それを物語ることの不可能性と不可避性について語りつづけるというパラドクスを生かされていると言える。

たとえば、ビリーは元革命派の盲人の「世界」観に耳を傾け、その謎や矛盾に満ちた見解について意見を表明することはない。反革命派に属し、革命派の人間に対して残忍な拷問を加えたうえで処刑するドイツ人大尉ヴェルツという「悪」に「キスをするように」眼球を吸い出されてしまったこの盲人は、「神は世界を日ごとに創りかえるが、世界には前よりも多くも少なくもない悪が含まれている」(二七八)、「あのような残忍な人間がいなくなることはない」(二九〇)という風に、「世界」の属性としての「悪」に対して完全に絶望している。他方、盲目になったことで「世界」からのある種の「自由」を感じるが（多くの人に施し物としての食料を与えられ、ありがたがられる）（二七八）、それは逆説的に、「世界」には近づくこともできないし、逆に逃れることもできない（つまり、「自由」ではない）宙ぶらりんの状態に置かれることを意味してしまう（二七九）。さらには、「この世界の光はただ人間の目のなかにあるにすぎず、世界それ自体は永遠なる闇のなかで動いている。闇こそがこの世界の本性」（二八三）というように、グノーシス主義的な「世界」観に立ち、「正義の秩序は正義そのものではなくただ秩序にすぎないが、悪の無秩序はそれ自体で実在する」（二九三）と説明する。そして、盲人は「結局のところすべては塵だということに神の慈愛の深い証がある。そこに我々は神のより大きな祝福を見出す」（二九三）という、驚くべき論理を展開する。このような矛盾に満ち、論理の飛躍を厭わない長い話を聞きながら（ただし、眼球を想起させるゆで卵を食べているか、半分居眠りをしている）、ビリーが唯一発するのは「なぜそこに神の祝福があるんですか」（二九三）という言葉である。ここで強調されているのは、おそらく話の論理についていけなくなった読者が抱くであろう疑問を問うビリーの代理読者としての立ち位置であると同時に、『越境』という物語におけるビリーの主体性（ここでは主人公としての立ち位置と言ってもいいだろう）の剥奪という事態であろう。少なくとも、二回目の越境以降の物語（さまざまな人物が語る複雑な物語群を含めて）において、ビリーは、物語前半の牝狼譚のなかでのように、幸か不幸か、運命に反抗し何かを決断し行動する人間ではなくなっている。このことは、死に場所を求めて軍隊に入ろうとするも心雑音のために三度にわたって入隊を拒否されるエピソードにおいてもアイロニカルに表現されている。要するに、ビリーは生命を賭して過酷な運命に立ち向かうどころか、死にたいと思っても死ねないという運命に半永久的に呪われてしまうのだ。

そのように、とりわけ、二回目の越境においてビリーが陥る反英雄的状況とは対照的に、メキシコの民衆の歌コリードに歌われるほどになるボイドの英雄性は際立っている。盗まれた馬たち（ベイリー、トム、ニーニョ）を見つけ取り戻したビリーとボイドだが、その後のいざこざから、農園の支配人である片腕の男が馬から落ち動けなくなり、追手に撃たれたボイドも瀕死の重傷を負ってしまう。その後、片腕の男は死に、ボイドは農民たちに命を救われる。やがて、片腕の男は反革命政府軍に農民の仲間を売った裏切り者であったことから、ボイドは片腕の男と撃ち合いをし、相手を倒した「金髪の若い英雄」として、コリードに歌われるほど英雄化・神格化されていくのである。その後、少女とともにボイドは失踪してしまうのだが、ここで前景化しているのもまたビリーと二人（ボイドと少女）の対照である。「どんな悪人でも神様の愛から逃れることはできない」と信じる少女に対し、「俺は神様をそんな風に考えたことはない。神様に祈るのももうやめてしまった」（三二五）とビリーは告白する。ここで強調されているのは、コリードの世界を生きるボイドと少女に対し、[33] そのような世界から排除されたビリーの存在なのだ。

実際に、ボイドと少女の失踪後にビリーが感じるのは、世界が自分に向けた「敵意」であり、彼に残されているのは、そのような世界に対峙する気概だけである（三三二）。もっとも、そのように世界への対決姿勢を示したとしても、ビリーがコリードの世界に入ることは許されず、彼にできるのはその周囲を徘徊することだけである。ビリーの三度目の越境の目的はボイドを探し当て、いっしょにアメリカに帰国することだろうが、生きる世界がもはや異なる二人が再び出会うことがないのは当然であろう。ボイド探しの道中の酒場で、ビリーは、命を賭けて戦った「北の国からやってきた白人の若者」のことを歌うコリードを耳にし（三七五）、小さな女の子が

「金髪の若者とその恋人が弾が尽きて死んでしまう」という古くて悲しいコリードを口ずさむ場を通りかかる（三八一）。さらに、ビリーは、コリードが「歴史上の事実ではなく民衆の心の真実に忠実であろうとする」以上、また、「あの歌はすべてを歌っているが何も歌っていないのも同じである」以上、歌われているのがボイドのことのように聞こえるとしても「彼を取り戻すことはできない」と言われ、ただ動揺するしかない（三八六）。ビリー自身は、「自分が前身を持たない人間のように思える。自分が本当は数年前に死に、その後は一切の過去も将来の見込みもない別の人間として生きてきたように思われた」（三八二）と自覚しているように、コリードの世界を理解することすらできない人間になってしまっているのだ。その意味でも、ビリーの本当の人生の物語は牝狼譚で終わっていると言ってもいいだろう。

かくして、「世界が彼のために選んだ場所にいる。……彼が見つけた場所は彼自身で選んだ場所」（三八八）というコリードの世界観を理解しえないビリーは、ボイドが埋められている墓を掘り起こし、その亡骸を運び、国境を越えアメリカに戻ろうとする。しかし、道中で追いはぎに遭遇し、露に濡れたボイドの亡骸は男に蹴られ、馬に踏みつぶされる。象徴的な意味合いでボイドの亡骸を聖化しようとするビリーの試みがうまくいくはずはないことは、この試みが、先述したように、牝狼をメキシコの山中に返還する試みとパラレルになっていることを指摘するだけで十分であろう。つまり、ボイドの亡骸を故郷に戻すという行為は、牝狼をめぐる不遜な試みの再演であり、別の「呪われた企て」にほかならないからだ。このことは、息子が乗り墜落した飛行機の残骸を奥深い山中から降ろそうとした父親についての話によっても裏書きされる。ジプシーがビリーに語るこの話の核心は、この父親のように、人は生きつづけるための物語を「残骸から、屍から、死者の言葉から」作り上げるしかないのだが、そうして「つくりあげた［物語］のなかでどう生きたらいいのか」はわからない（四一一）ということなのだろう。果たして、洪水によって流されてしまった飛行機の残骸が示唆するように、ボイドの亡骸をアメリカで埋葬しようというビリーの企ての無意味さが強調される。しかし、それでもなおビリーは、人間誰しもがそうであるように、自身の物語を紡がずにはいられないのである。「人間はみな時の犠牲者。……我々自身が時間、束の間の存在、不可解な存在、無慈悲な存在」（四一四）というジプシーの言葉はこの文脈で理解しなければならない。

物語終盤で、ビリーは墓堀り人も管理人も司祭もいない教会でひとり祈る老女に遭遇する。ビリーがこのとき実感するのは、その老女が「神とだけ向き合い」「血と暴力のために死んでいった息子たち」のために祈る、メキシコという国のどこにでもいる女性のひとりだという事実、また、「荒廃と苦痛と絶望をこの老女の祈りが鎮めえないとは言えない」というある種の確信である（三九〇）。これは、自分自身、亡骸のような人生を送るほかなくなったビリーだからこそ実感することができる祈りの意味、あるいは暴力と死が充満した「世界」における痕跡としての祈りの意味なのであろう。あるいは、「世界」の証人として生かされつづけるビリーの存在証明とも言えるかもしれない。物語の終わりで、ビリーは、「この世界以前に存在した世界から突き抜けてきたすさまじい悲哀の塊」（四二四）のような声で鳴き、醜怪な動きをする犬をいったんは追い払いながら、その後、何度も何度も呼び戻そうとする。ビリー自身の写し鏡のような存在、あるいはビリーの過去の客観的相関物のようなその犬はすぐには帰ってこないが、それでも帰ってくるように祈りつづける限りはその可能性だけは永続するのだ。朝が来るたびに「神の創った太陽」が「誰にでも平等に、区別なく」昇るように（四二六）。

ビリーは「国境三部作」の第三作『平原の町』の終わりに描かれているように、ほとんどすべての登場人物よりも生きながらえる。世紀をまたいだ二一世紀の物語現在では、カウボーイのパロディ、あるいは自分自身のパロディであるかのように西部劇映画にエキストラとして出演するほどだ。そのようなビリーに読者はある種の希望と、倫理的態度を見出さなければならないだろう。まさに永遠の証人としての役割を担わされたビリーの証人となるのは、ビリーの物語の意味を創出することを託された読者個人をおいてほかには存在しえないからである。

註

1　『越境』の物語現在の起点は一九四一年（ビリー一六歳の年）である。記録によれば一九三〇年代にはアメリカ南西部から狼は一掃されている（S. K. Robisch, "The Trapper Mystic: Werewolves in *The Crossing*," *Myth, Legend, Dust: Critical Responses to Cormac McCarthy*, ed. Rick Wallach [Manchester: Manchester UP, 2000] 288）。

2　Barry Holstun Lopez, *Of Wolves and Men* (New York: Scribner, 1978) 88.

3　Lopez 208.

4　Robisch 289.

5　Wallis R. Sanborn, III, *Animals in the Fiction of Cormac McCarthy* (Jefferson: McFarland, 2006) 134を参照。また、アメリカ南西部における状況について、「狼は実行可能なあらゆる方法で殺された。毛皮目的でも娯楽目的でもなく、単純に『駆除された』のである」（David E. Brown, ed. *The Wolf in the Southwest: The Making of an Endangered Species*, new ed. [Silver City: High-Lonesome Books, 2002] 32）とする見解もある。他方、一九三四年から四〇年のあいだ、メキシコでは大牧場の土地が小作農に割譲されたことや経済状況が悪化したことで、それまで牧場を経営していたアメリカ人（gringos）や狼猟師がメキシコを去り、国境付近の狼の数は一時的に増加したという。アメリカ南西部の土地の裸地化の要因をカウボーイによる狼の駆逐に帰する論者もいる。Peter Coates, "State of the Art: Chances with Wolves: Renaturing Western History," *Journal of American Studies* 28.2 (1994) 246を参照。ちなみにマッカーシーは急進的環境論者でもある作家エドワード・アビーとアリゾナ州南部への狼の再導入を半ば本気で計画していた（Richard B. Woodward, "Cormac McCarthy's Venomous Fiction," *New York Times Magazine* 19 Apr. 1992. 30）。

6　アメリカ先住民族文化においてはこの傾向が顕著である。たとえばバリー・ロペスは以下のように記している。「アメリカ先住民部族はたいてい、猟師としての狼の有能さ、とりわけ、獲物を必ず確保する能力、その持久力、大地をなめらかに音もたてずに駆け抜けるその移動の流儀に敬意を払っていた。先住民たちは狼の吠え声に心動かされたが、その吠え声はときに霊界と交信しているものとみなされたのである。……狼を御言葉を託された者、死者と対話する者として考えることが古くからあったのだ」（Lopez 102-03）。

7　ロビッシュはロボを含め、伝説化した狼の名前を列挙しつつ、子ども向けの本からカレンダー写真にいたるまで、否定的にも肯定的にも狼の神秘化は続いていると指摘している（Robisch 288）。『越境』における牝狼の描写は一定程度、シートンさらにはジャック・ロンドンの自然主義小説の影響下にあると思われるが、マッカーシーが実際に彼らの作品を参照したかどうかは不明。マッカーシー小説と自然主義の関係についてはEric Carl Link, "McCarthy and Literary Naturalism," *The Cambridge Companion to Cormac McCarthy*, ed. Steven Frye (Cambridge: Cambridge UP, 1993) 149-61を参照。

8　今泉吉晴「訳注」『カランポーのオオカミ王ロボ』（アーネスト・T・シートン作・絵、今泉吉晴訳、福音館書店、二〇〇三年）二六。

9　Dianne C. Luce, "The Vanishing World of Cormac McCarthy's Border Trilogy," *A Cormac McCarthy Companion: The Border Trilogy*, ed. Edwin T. Arnold and Dianne C. Luce (Jackson: UP of Mississippi, 2001) 183.

10　Ernest Thompson Seton, *Wild Animals I Have Known, and 200 Drawings* (New York: Scribner, 1898) 12.

11　「国境三部作」においては"vanish"という単語が頻出する。その用例が綿密に整理されたLuce 164-66を参照。

12　Luce 168.

13　Cormac McCarthy, *The Crossing* (New York: Vintage, 1995) 4-5. 以下、引用は同書による。日本語訳は筆者によるが黒原敏行訳（ハヤカワepi文庫、二〇〇九年）を参照した。

14　初期原稿では「彼女は仲間を欲していたし、お腹のなかの子らも仲間を必要とするだろう」と書かれ、牝狼の母性が強調されていたが、改稿の結果、牝狼の母性は曖昧になった。*CMP*, Box 55, Folder 6を参照。

15　John Cant, *Cormac McCarthy and the Myth of American Exceptionalism* (New York: Routledge, 2008) 210.

16　Ihab Hassan, *Radical Innocence: Studies in the Contemporary American Novel* (Princeton: Princeton UP, 1961) 6.

17　Luce 182を参照。

18　ここで『すべての美しい馬』においてサルティーヨ監獄の陰の支配者ペレスがジョン・グレイディに対して言う「ひとりの人間のなかには何らかの悪が存在しているのかもしれない。しかし我々はそれをその人間固有の悪だとは考えない。……メキシコでは悪はそれ自体で実在するのだ。自分の足で歩き回る存在なのだ」（*All the Pretty Horses* 194-95）という言葉を想起してもいいだろう。

19　ビリーの両親はショットガンで撃たれ殺害された（一六七）。だが、マッカーシーの初期原稿では、ビリーの父親が「斧でたたき切られた」こと、母親が台所でインディアンに食事を与えたこと、父親のブーツを履いたインディアンが両親殺害の翌日、ボイドを殺害しに戻ってきたことが書かれており、インディアンの犯行が明示されていた（*CMP*, Box 55, Folder 6)。また、一九七〇年代後半に映画脚本として構想された『平原の町』の初期原稿には、「子供の頃、アパッチ・インディアンがコーヒーや食事をもとめて家の裏手にやってきたものだった」(*CMP*, Box 69, Folder 9) というビリーの言葉があったが、後の原稿では削除されている。

20　ジョルジョ・アガンベン『ホモ・サケル――主権権力と剥き出しの生』（高桑和巳訳、以文社、二〇〇三年）一一九。ただし、われわれの文脈においては、原語の loup garou の訳は「狼男」ではなく、ジェンダーの縛りのない「狼人間」が適当と考え、修正させていただいた。

21　アガンベン 一四九。

22　アガンベン 一五〇。

23　アガンベンによれば、「殺害可能だが犠牲化不可能な生」が捉えられた圏域は「主権的圏域」と呼ばれる。それは「供犠の執行と殺人罪のあいだ」の「不分明地帯」であり、「殺人罪を犯さず、供犠を執行せずに人を殺害することのできる圏域」とされる。アガンベン 一二〇を参照。

24　初期原稿（*CMP*, Box 55, Folder 6）では、ビリーは牝狼を銃殺することはなく、重傷を負った牝狼と闘技場を出て行く。牝狼は道中で息絶えることになるが、焚き火のそばでビリーと牝狼が寄り添って眠るなど、親密になった両者の関係も描かれていた。

25　アガンベン 一二五四。

26　アガンベン 一〇六-〇七。

27　浜口吉隆「高慢」『新カトリック大事典』第Ⅱ巻（新カトリック大事典編纂委員会編、研究社、一九九八年）八五一。

28　浜口 八五二-五三を参照。

29　Robisch 292.

30　このことに関連し、ダイアン・ルースは「［ビリー］は自身の苦痛を深くは感じない術、あるいは意識的に認識しない術を学んだのだ」(Luce 162) と述べている。人間はこの地上において、まやかしにすぎない自身の意識や意志に囚われていて、「全体（Matrix)」から切り離された、流刑状態にあるとするヤーコプ・ベーメの思想を引く論者も多い。この点については、Edwin T. Arnold, "McCarthy and the Sacred: A Reading of *The Crossing*," *Cormac McCarthy: New Directions*, ed. James D. Lilley (Albuquerque: U of New Mexico P, 2002) 215-38 を参照。

31　ジャック・デリダは、「神話的暴力」（法を措定する起源の暴力）の欺瞞を暴露する「神的暴力」という、ベンヤミンの概念を脱構築しつつ、「神的暴力」はあらゆる解釈を逃れてしまう暴力であるため「『それとして』認識することはできない」（ジャック・デリダ『法の力』〔堅田研一訳、法政大学出版局、一九九九年〕一七〇）としている。

32　ジョルジョ・アガンベン『アウシュヴィッツの残りのもの――アルシーヴと証人』（上村忠男・廣石正和訳、月曜社、二〇〇一年）一〇。

33　この少女は、五歳のときに亡くなったボイドの双子の妹を想起させる。ビリーに対し、「そんなことはどうでもいい。今はもう一人の妹が出来たのだから」（三二三）という少女の言葉が示唆しているのは、マッカーシー作品でしばしば言及される、幼くして亡くなった双子の片割れというモティーフであると同時に、ボイド自身のある種のアイデンティティの確立というテーマであろう。

第8章　『平原の町』——夢のなかで他者への倫理的責任は始まる

同時代的文脈と「国境三部作」の起点

「国境三部作」の最終作となる小説『平原の町』（*Cities of the Plain*）が出版されたのは一九九八年のことであるが、その起源となるテクストはもともと一九七〇年代後半に映画脚本として構想され、遅くとも一九八四年にはその最終稿が完成していた。[1] 脚本『平原の町』は、執筆の数年前にマッカーシーが故人となった友人ジャック・サンダーソンから聞いたという話を題材にしている。一九五二年のこと、アメリカの若いカウボーイがエルパソの対岸に位置するメキシコ側の町フアレスの売春宿で働く女と恋に落ち、結婚の計画を立てるものの、計画を察知した売春宿の主（あるじ）がその女を殺害してしまうという事件である。米墨戦争（一八四六–四八年）によって分断された二つの国境の町を舞台に、「似ても似つかないが分かちがたく結びついている二つの文化を舞台に繰り広げられる、悲しき宿命を背負った恋人たちと裏切りの物語、かけがえのない友情とその限界についての物語」を執筆したマッカーシーはその初期原稿を「エルパソ／フアレス（El Paso/Juarez）」と題した。[2]

マッカーシーは後に「国境三部作」の前二作品との整合性をはかったうえで、この脚本をベースに『平原の町』として小説化したわけであるが、ここで決して忘れてはならないのはこの作品の同時代的文脈である。というのも、この小説が出版された一九九〇年代後半には、国境の町ファレス（図1参照）では女性連続殺人事件が起き、それから二〇年足らずのあいだに同類の事件が五千件近くも発生したと推定されるという残酷極まりない事実を無視しては、[3]この小説の設定の今日的意味がつかめないからだ。たとえば、グレゴリー・ナヴァ監督の半ドキュメンタリー映画『ボーダータウン――報道されない殺人者』（二〇〇八年）が描き出すように、一連の事件の背景には北米自由貿易協定（ＮＡＦＴＡ、一九九二年署名、一九九四年一月発効）と協定締結後の南北経済格差の拡大やアメリカへの移民の流入などがある。とりわけ、ファレスにおいては、安価で合法的な労働力（不法移民に頼らない労働力）に依拠するグローバル企業によってマキラドーラと呼ばれる工場が立ち並び、労働者たちの命が尊厳なく使い捨てにされるだけでなく、麻薬カルテル絡みの破壊行為、殺人、誘拐、性犯罪などが以前にもまして横行することになったのである。グローバリズム（あるいは新自由主義経済）と非人道的な犯罪との結託は見えにくいが、ファレスでは、麻薬密売人と警察や企業、政治家までが癒着し、善悪の区別はおろか合法と違法の区別すら危ういという。事実、ある時期まで、五千人以上にのぼる被害者や行方不明者がいるにもかかわらず、法に裁かれた人間は一人もいなかったように、マキラドーラが具現するグローバル化（新自由主義）の存続の

図1　エルパソの町。山の手前にメキシコ側のファレスの町が見える。（筆者撮影、2014年8月）

ためには官民問わず、事実の隠蔽がはかられたのである。そのような経済構造と権力構造の共犯的関係に下支えされた、グローバル化（新自由主義）の暗黒面の最大の被害者は、メキシコのみならず中南米諸国からフアレスの工場地帯に仕事を求めてやってきたにもかかわらず、搾取され、売春宿に売られ、レイプされ、猟奇的に殺害される、貧しき少女たちにほかならない。危険を承知しながらも国境の町にやってこざるをえなかった彼女らの多くは、日当は四ドルから五ドル程度で、住居は工場からほど遠く電気も通らない辺境地帯にあり、しばしば真夜中に危険を承知で砂漠地帯を歩いて帰らざるをえなかったという。[4] そして、現実に無数の卑劣な刃が彼女たちを襲うことになった。このような同時代的文脈に照らしてみると、『平原の町』のマグダレーナには少女たちの声なき声、姿なき姿が仮託されていると捉えるのが自然であろうし、そんなマグダレーナが最終的に喉を掻き切られて殺害されてしまうのはいかにも示唆的なのだ。

もっとも、「国境三部作」の全体構想という視座で、脚本の段階ですでにプロットの基本骨子や人物設定が出来上がっていたことに鑑みれば、小説『平原の町』は三部作の最終作でありながら起点にも位置づけられる作品とも言える。実際に、マッカーシー研究者たちが明らかにしてきたように、「国境三部作」をプロット、主題、イデオロギー、言語などの観点から「十全な意味を獲得する」首尾一貫した物語として構成するうえで「典型的なメタナラティヴ」としての『平原の町』の役割はきわめて大きい。[5] そして、前二作にメタ的な解釈枠を提供するうえで、『平原の町』の同時代的文脈は看過することはできないのである。

本章では、右に述べたような、一九九〇年代以降のグローバル化や新自由主義的文脈も意識しつつ、とりわけ、物語で表象されているアメリカ的「自己」と「他者」としてのメキシコの関係に着目し、『平原の町』という物語に内包される倫理の問題系、とりわけその暴力的起源の表象の問題について考察する。

アメリカ的自己と他者としてのメキシコ

『すべての美しい馬』について論じたように、アメリカン・カウボーイの「自己」のあり方がアメリカ的「自己」を代表するものであるならば、『平原の町』はその行方と消失をノスタルジックに描く作品と言えるだろう。だが、生来固有の「自己」などはありえず、「自己」とは常にすでに「他者」との関係性のなかに想像／創造される形式のようなものにすぎない。事実、普段使っている「言語」にせよ、食物を摂取することによって維持されている「身体」にせよ、昨日の自分と今日の自分の継続性を担保する「記憶」にせよ、自分の外部にある「他者」を内に取り込みつづけることによって「自己」は形成されるのであり、だとすれば、「自己」のアイデンティティを保つこととは常に自らが「他者」化するその様態を常に意識することにほかならない。アメリカ的「自己」なるものも常に外部の「他者」を取り込むことによって想像／創造される形式であるのだとすれば、その意味で『平原の町』は「自己」としてのアメリカと「他者」としてのメキシコの関係性を寓意化した作品であり、アメリカ的「自己」の暴力的起源とその脱神話化についての作品であるとも言えるだろう。

他者表象の是非という観点から見ると、『平原の町』におけるメキシコやメキシコ人は一見、ステレオタイプ化（類型化）して見える。[6]だが、この表面的なステレオタイプ化はまさにそれ自体を解体するために導入されていると言える。つまり、物語において、アメリカ的「自己」とエキゾティックな「他者」としてのメキシコという二項対立の解体こそが主要なモティーフになっているのだ。[7] たとえば、物語は、カウボーイと不幸な過去をもつ美しき売春婦が恋に落ちるというウェスタン小説の定型をなぞる。そこでは、「処女のような売春婦」[8]としてのマグダレーナの人物造型にはアメリカ的自己を代表する男性主体の暴力的欲望が反映されている一方で、さまざまな女性表象が昇華・融合されている点は見逃してはならないだろう。実際に、脚本初期には「エルヴィラ（Elvira）」とされたその名前が「マグダレーナ（Magdalena）」に変更されたことにより、その人物表象は聖母マリアと結びつき、さらには物語において「喪失の象徴」である「マーガレット（Margaret）＝牧場主マックの亡き妻」」や「マルガリータ・イヴリン・パーハム（Margarita Evelyn Parham）＝ビリーの妹」とも結びついている。[9] また、「マグダレーナ」は聖母マリアと対照的に捉えられる罪の女＝娼婦である「マグダラのマリア」を想起させる名前だろうし、一見肯定的な意味合いをのみもつと思われる聖母マリアですら、人々を戦いに駆り立てる存在として否定的に言及されている点も考慮するならば（「神の母自身があの惨禍と混乱と狂気を生み出した者［六五］」）、小説『平原の町』におけるマグダレーナの人物造型は、アメリカ的男性主体の欲望の対象としての、エキゾティックな他者表象にとどまらないことは明らかだ。

さらに複雑なエドゥアルドの人物造型は、アメリカ的自己と他者としてのメキシコの関係を考えるうえできわめて重要である。物語のなかで冷徹な合理主義者として表象されているエドゥアルドは、人間の「弱点」や「欠点」に意識的な人物である。彼は、マグダレーナの身元引受けをめぐり、ジョン・グレイディの代わりに交渉にやってきたビリーに対して以下のように語る。[10]

あんたの友達は非合理な情熱に捕らわれている。あんたが何をいってもどうにもならない。あんたの友達は頭のなかである物語を作っている。これから物事がどうなるかという物語を。その物語のなかでは彼は幸せになるだろう。その物語のどこがいけないのか？　……その物語がいけないのは本当の物語じゃないってことだ。人間は頭のなかでこれから世界はこうなるという物語を描く。自分たちがその世界でどうなるかという物語を。世界はいろいろな形で現れるだろうがただひとつ絶対に本当にならない世界があってそれは夢にみる世界だ。[11]

ビリーにつけいる隙を与えないエドゥアルドの冷ややかな論理は、世界をありのままに見ることをせずに、自身に都合のよい世界を夢想する若者に対して年長者が教訓を与えるもの、さらには、アメリカ的自己の決定的な欠陥と他者に対する暴力性を指摘するものと捉えることができるだろう。[12] 確かに、自分を殺しにきたジョン・グレイディとの決闘の場面でも、「非合理な情熱」を捨てることのない、ラディカルな理想主義者であるジョン・グレイディに直接向けられる言葉は鋭利で、説得力に富む。

死ぬ間際にたぶん求婚者［ジョン・グレイディ］は神秘への渇望が自分を滅ぼすのだと知るだろう。淫売。迷信。最後には死だ。なぜなら死こそがお前をここに連れてきたからだ。死こそがお前の求めていたものだからだ。……死がお前をここに連れてきたのだし、これからもお前のような人間を連れてくるだろう。お前のような人間は世界がありきたりであることに耐えられない。目の前にあるもの以外は何もないということ

に耐えられない。（二五三）

このような言から、エドゥアルドは冷徹な合理主義者として表象されていると言えるが、しかしながら、同時に彼は自己矛盾する感情に引き裂かれる人間としても描き出されている。マグダレーナを殺された後に復讐にやってきたジョン・グレイディに対し、「俺の名前を知っているのか、小僧めが。俺の名前を知っているのか」（二五一）と自尊心を露骨にあらわし、メキシコに幻想を抱きつつ国境を越えてやってくるアメリカ人の高慢さを糾弾する際のエドゥアルドはいかにも感情的で、冷静さを失っている。ここで、「俺たちはお前たちを貪り食ってしまうだろう。お前たちとお前たちの青白い帝国を」（二五三）という言葉がはっきりと示すように、彼の「青白き帝国」＝アメリカに対する憎悪は熾烈を極めるが、それがアメリカに対する憧れと表裏一体の関係にあることは重要だろう。実はエドゥアルドは売春宿の雇われ経営者にすぎず、実業家である所有者（おそらくアメリカ人であろう）は一連の出来事とは無関係に存在しているとされる（二四四）。そのような設定自体、立身出世や階級上昇を実現しようにもできないエドゥアルドの憤慨をあらわすものであり、物語的には彼のマグダレーナ殺害はその代償行為としても読めるだろう。[13] 要するに、エドゥアルドは「青白き帝国」アメリカの操り人形としての自身に極度に意識的な人物、アメリカ帝国主義の経済的暴力の網に囚われた人物としても描かれているのだ。

ここで想起するのは『すべての美しい馬』でアルフォンサがジョン・グレイディに語る人形劇の逸話である（「私にとって世界はむしろ人形劇に近いのです。カーテンの後ろを覗いて人形を操っている糸を上の方へ辿っていくとそれを握っているのはまた別の人形の手で、その人形をまた別の人形が操り、さらにまた別の人形がと続いていく」)。[14] この逸話では、物事や人間のあり方を決定している要因は神や偶然などの「見えざる力」ではなく人間の意志による決断であるとされる一方、その決断とははるか昔の人間が下した決断の連鎖であり、「物事の起源に近づく鍵」は永久に失われているとされる。[15]『平原の町』でも盲目のピアノ弾きの老人がジョン・グレイディに対して「この世界での取り返しのきかないすべての行為にはそれ以前に別の取り返しのきかない行為があり、その行為の前にはまた別の行為がある。それは広大無辺の網目をなしている」(一九五)と似た考えを披露するように、起源を喪失した、逃れえない宿命のなかにすべての人間が否応なく含まれることをマッカーシーの作品は繰り返し強調する。『平原の町』におけるエドゥアルドもまたそのような悲劇的な人間存在の要件に囚われた人物なのであり、その意味で読者の共感を誘う人物としても表象されているのだ。

果たしてエドゥアルドに用意されているのは、最終的に彼自身の「物語」に囚われ、破滅する道である。ジョン・グレイディとの一対一の決闘を選択する際のエドゥアルドは、「非合理な情熱」に囚われてはいけないという自らに課した掟を放棄し、「青白き帝国」に対抗する「物語」を完成しようとするのだ。ここで自分が殺される可能性など微塵も考えずにジョン・グレイディとの決闘に突き進む彼はジョン・グレイディと同じように「運命」に対する反抗の姿勢を保持している。マッカーシーはジョン・グレイディ側の「正義」だけでなく、エドゥアルド側から見た「正義」も浮かび上がらせ、両者に共通する、破滅を選択する精神の躍動を描き出すのだ。ここでは、エドゥアルドもまた、ジョン・グレイディと同様のアメリカ小説的な人物となっており、この意味でアメリカ的自己と他者としてのメキシコの境界線は霧散している。

物語において「病的な覗き魔、葬儀屋」(一八二)と形容され、エドゥアルド以上に醜悪な人物とも言えるティブルシオにさえ共感の眼差しが向けられることは偶然ではない。[16] ビリーに殴り倒され死んだ鳥のようにのびてしまうティブルシオのもとに駆け寄り抱擁するのは、彼の母親で同じく売春宿に雇われている片目の老女である(二三八)。彼女自身、金持ちの男と結婚し、立派な家に住み、可愛い子どもを育てるという希望をマグダレーナにもたせようとする(一〇一)反面、マグダレーナとジョン・グレイディの駆け落ちの計画を(おそらくティブルシオに)密告した(二二一)自己矛盾に満ちた人物であるが、このメキシコ人母子の共感と連帯の形も『平原の町』は巧みに描き出しているのである。

このように練られた人物造型を見ると、小説『平原の町』において、下層階級に属するアメリカ人労働者の登場人物たちがメキシコ(人)への連帯意識を語るのも物語的必然と言えるだろう。不法労働をしているらしいメキシコ人たちを乗せたトラックが立ち往生しているのを見つけたビリーが「良きサマリア人」を演じることも(三二一-三二三)、トラヴィスがメキシコでの経験をノスタルジックに語ることも、根は同じであることがわかる。

俺はあの国とあの国に住む人間が好きだった。……一度出かけたら何週間も行ってるんだがポケットに一ペソもなくたって平気なんだ。連中は泊めてくれて飯も食わせてくれるし馬にも餌をやってくれるし出ていくときには涙を流してもくれる。永久にいたいくらいだった。何も持っていない連中さ。今も持っていないし将来もずっと持てないだろう。何にもない荒野の真ん中の小さな牧場へ行くとまるで親戚みたいに歓迎してくれるんだ。革命なんてあの連中には何の得にもならなかったのが分かったな。……人を歓迎する余裕なんてない連中だった。とくに白人の若造なんてどうでもいいはずだったんだ。(九〇)

『平原の町』において脱類型化されるメキシコ（人）表象は人物表象の問題から主題の問題の域にまで広がりを見せるが、ここで逆に照射されているのは、アイデンティティの境界線が無効になるほど揺らいだアメリカ的自己の成り立ちであろう。このことが示唆しているのは、アメリカ的自己の他者に対する暴力的起源とその限界であると同時に、次節で考察するように、他者に向けて自らを開いていくアメリカ的自己の可能性にほかならない。

他者への倫理的責任と供犠の意味

『平原の町』におけるアメリカ的自己と他者としてのメキシコをめぐる意識は、否応なく、一九九〇年代以降の新自由主義的文脈も巻き込む倫理的責任の問題へと接続していく。マグダレーナの殺害、およびジョン・グレイディの死をめぐるビリーの倫理的責任の問題はその範例である。ジョン・グレイディがマグダレーナをアメリカ側に連れてくる計画を打ち明けた際、表面的には反対するものの心の奥底では共感するビリーは、結果的にジョン・グレイディの計画の協力者であり擁護者となる。だが、このとき、ビリーは自身の行為がはらむ、予測不可能な未来の出来事に対する倫理的責任について自覚していたわけではない。マグダレーナが殺害された後にビリーに向けられたエドゥアルドの言葉はビリーのこの無自覚を糾弾するものでもある（「今回のことで自分がどうかかわったのかを考えてみるのもいいかもしれない。……あんたは俺の責任下にある少女のひとりをそそのかして結局は死に追いやったことの共謀者と言ってもいいだろう」［二四〇–四一］）。[17] ここでもまた、メキシコという他者に対する自己の暴力性に無自覚なアメリカ的自己の欠陥が露わになっていると言える。

この文脈において、ジョン・グレイディやビリーとは対照的に、過去からの声に応答し、未来への倫理的責任を自覚した人物として、ファアレスの警察署長は描かれている。エドゥアルドとの癒着を疑うビリーに対して、三代にわたって男たちがメキシコという国を守るために命を捧げた家系の出身だというこの人物は、「彼らこそが私にとってのメキシコであり、私は彼らに対してだけ祈りと責任を負っている」（二四三）と断言する。もっとも、未来の出来事が予測不可能なものである以上、この場合の倫理的責任とは、高橋哲哉の言葉を借りれば、他者からの呼びかけに対する「応答可能性としての責任」にならざるをえないだろう。[18]

［他者からの呼びかけ］に対して、私は責任を果たすことも、果たさないこともできる。私は自由である。しかし、他者の呼びかけを聞いたら、応えるか応えないかの選択を迫られる、責任の内に置かれる、レスポンシビリティの内に置かれる、このことについて私は自由ではないのです。他者の呼びかけを聞くことについては私は完全に自由ではありえない。このことは責任というものが根源的には〈他者に対する責任〉であり、〈他者との関係〉に由来することを示しているといえるでしょう。[19]

マグダレーナの代父になることを求められた盲目のピアノ弾きの老人が、ジョン・グレイディの計画に深く共感しながらもその依頼を拒絶することもこの文脈で理解できる。つまり彼は、未来の可能性にすぎないものの、マグダレーナの死やジョン・グレイディとエドゥアルドの破滅に帰結する自身の倫理的責任を自覚するからこそ、ジョン・グレイディの依頼を断ることを選択する。そして、この選択自体が他者に対する倫理的責任のひとつの果たし方として表現されている。実際に、盲目のピアノ弾きの老人にとって、ジョン・グレイディの計画が成就するという可能性に賭ける選択肢もあったはずであるが、そうするのではなく、依頼を拒絶することで開かれる予測不可能な未来の可能性を認識したうえで、「応答可能性としての責任」を果たしているという点において、依頼の拒絶はすぐれて倫理的な行為としてあらわれている。「応答可能性としての責任」とは、「私が自分だけの孤独の世界、絶対的な孤立から脱して、他者との関係に入っていく唯一のあり方」[20]と考えられるが、ここでの拒絶の行為は「他者との関係に入っていく」積極的な意味合いをもっているのだ。

物語序盤でジョン・グレイディが見る、マグダレーナと思しき女性を生贄として捧げる猥雑な儀式の夢が、彼が他者への倫理的責任に目覚める契機として表現されていたことはこの文脈において理解することができる。

その夜ジョン・グレイディはマグダレーナから聞かされたことがないのに聞かされたような気がすることを夢に見た。……ステージの袖では売春宿の主がタバコを吸っていて、その背後には乳房を剥き出しにした厚化粧の娼婦たち、鞭を手にして黒革の衣装を着た太った女、聖職者の衣装を身につけた二人の若者など、カーニヴァルのような猥雑な一群がひしめいていた。司祭がひとり、売春宿の娼婦の世話係がひとり、角と蹄を金色に塗られ紫色のクレープ地の襞襟を首に巻かれた山羊が一頭。青白い頬に紅をさし目を黒く縁どってろうそくを手にしている若い放蕩者たち。……彼らの真ん中には木製の荷運び台の上で白い薄手の着物を着た少女が人身御供の処女のように横たわっている。（一〇三―〇四）

この猥雑な儀式の夢を見ているのはジョン・グレイディの無意識にほかならないが、ここで幻視されているのは贖罪の山羊としてマグダレーナを犠牲にすることで共同体＝世界を維持・純化・統合する、暴力そのものである。この夢の視座が舞台全体を俯瞰しているように、マグダレーナの排除＝殺害が共同体＝世界によって要請される供犠にほかならないことが読者に示されるわけである。[21] そして、ここでより重要なのは、ジョン・グレイディ自身も否応なくその共同体＝世界に属しているとする彼の意識の芽生えである。そのような自意識が芽生えてはじめて、ジョン・グレイディはマグダレーナを排除＝殺害する暴力によって成立する共同体＝世界を、文字通り命をかけて拒絶し、そこからの飛翔を目指すことが可能になるのだ。

ジョン・グレイディにとって不幸なのは、共同体＝世界を拒絶することはマグダレーナ＝他者に対する倫理的責任を果たす行為にちがいないが、それはまた「死への衝動」に駆られた行為でもあることだ。エドウィン・アーノルドが指摘しているように、ジョン・グレイディはもともと「自己破壊的な資質」をもつ人物であり、エドゥアルドとの決闘における彼の真の目的は復讐や倫理的責任を果たすことと同時に「自身の死に場所を見つけること」でもあるのだ。[22] このような意味で、エドゥアルドとの決闘は、ジョン・グレイディにとって避けることのできない運命であり、自らが贖罪の山羊となるための供犠であるとも言えるだろう。

供犠としてのジョン・グレイディとエドゥアルドの決闘は二人の共同作業となるが、終始、エドゥアルドが「指揮」し、お互いの死に向かって導いている（「倉庫の壁に映ったエドゥアルドの影は演奏を始めるためにタクトを振り上げた黒衣の指揮者のようだった」［二四八］）。アメリカを「死病を患った楽園」（二四九）と呼び、そこではすでに失われたもの（の幻想）を求めてメキシコにやってくるアメリカのカウボーイたちを断罪するエドゥアルドは、あえてジョン・グレイディの誘いに乗り、一対一で決闘することを選択する。ここでエドゥアルドは自身のアイデンティティの拠り所であるはずの理性や合理的思考を捨て、マグダレーナへの倫理的責任を果たそうとするジョン・グレイディに共感しているのだが、それはつまり、彼の感情が自己分裂的に発露していることを意味する。敵に対する憎しみのなかに潜む奇妙な共感と連帯感こそが、二人の死をともなうこの決闘＝供犠に悲劇性を与えているものの正体なのだ。

盲目のピアノ弾きの老人がジョン・グレイディに語る、敵の息子の代父となり破滅した男の逸話は、ジョン・グレイディとエドゥアルドの屈折した関係を考えるうえで示唆的だ。死ぬ間際に敵を息子の代父に仕立てた男は、愛する者の記憶は次第に失われていく一方、憎しみを抱いた敵の記憶はいつまでも残り、やがては不死となることを知っていた。

彼はずっと心に留めておきたいものはしばしば失われてしまうが、心から取り除いてしまいたいと思うものはしばしばその思いの強さのために居ついて離れないことを知っていた。彼は愛する者たちの記憶が脆いことを知っていた。人は目を閉じて思い出のなかの愛する者たちに話しかける。もう一度愛する者の声を聞きたいと願う。しかしその声も思い出も徐々に薄れていってかつて血肉を備えていたものはこだまと影にすぎなくなる。やがてこだまと影ですらなくなってしまう。

それとは反対に敵はいつまでも自分のもとにいることを彼は知っていた。敵への憎しみが強ければ強いほどその記憶は執拗に残り、ついには本当に恐ろしい敵が不死の存在となる。（二九二－九三）

この逸話のなかで、死んでいった男は敵の憎しみのなかに潜在する共感や愛情を呼び起こすことで、自分と敵を強固に結びつけ、敵を破滅に導く。『平原の町』において愛情と憎しみは倫理的責任という文脈で相互補完的なものとして示されているが、この死んでいった男は奇妙な倫理的責任の性質を逆手に取ることによって自分を「不死の存在」にし、勝利を勝ち取ったのだ。だが他方、破滅した男も完全に敗北したわけではない。彼は倫理的責任に応じたために孤独と貧困のなかで死を迎えたが、自分を破滅に導いた息子を「生き甲斐以上のもの」(一九四)とした彼自身の人生を否定することは最後までなかったのである(一九五)。つまり、彼は絶対的他者=敵からの憎しみの贈与とも言える息子をめぐる倫理的責任を果たしえたことを至福と捉えて死んでいったというわけだ。

「教訓が含まれているかもしれない。含まれていないかもしれない」(一九四)この逸話に照らしあわせたときに明らかになるのは、ジョン・グレイディがマグダレーナに対する倫理的責任を果たすためには、エドゥアルドという敵=絶対的他者を必要とするというのっぴきならない事態である(エドゥアルド側から見ても同じことが言えるだろう)。奇妙な共感と連帯感、そして暴力によって結ばれたジョン・グレイディとエドゥアルドとの決闘の場は、二人がそれぞれの独我論的世界を突き抜ける場、つまり、絶対的な他者=敵同士が「応答可能性としての責任」を果たす場となり、さらには倫理的責任を履行する場へと昇華されていくように映る。かくして、この決闘は共同体=世界を維持するかのように二人の死=犠牲化によって幕を閉じ、ジョン・グレイディは疑似的に悲劇の英雄となる。

夢のなかの責任と証言する者

ジョン・グレイディ＝英雄の犠牲的な死は「西部」の終わりを描く物語内容にいかにもふさわしいものに映る。だが小説『平原の町』の物語は英雄の犠牲的な死をクライマックスとして終わるのではなく、古い西部の掟であれ、アメリカの理想主義であれ、「ジョン・グレイディ」が象徴するものすべてが失われた世界のあり様をも描こうとする。もっとも、矛盾するようだが、『平原の町』はそのような世界を描けない。「ジョン・グレイディ」が存在していた古い世界の言葉で「ジョン・グレイディ」なき新しい世界を語ることはできないからだ。あるいは、この物語は新しい世界を描けないということを描こうとしていると言うべきなのかもしれない。

その証左に、エピローグと題された章では、マックの農場を出ていくビリーの姿が描かれると思いきや、唐突に場面は約半世紀後、二〇〇二年のエルパソの安ホテルに飛ぶ。そこでは登場人物のなかで唯一の生き残りであるかのような七八歳のビリーの姿が描かれる。ここではビリーだけが、過去を語り、物語の出来事の証人になりうる人物であることが示される。「国境三部作」すべてに通底する主題やモティーフをひとつのナラティヴとして統合するという点において、『平原の町』におけるビリーにはきわめて大きな役割が与えられているのだ。[23]

ジョン・グレイディの生と死は悲劇的であるが、ビリーの生は喜劇的である。物語前半で、ビリーがウェスタン小説『デストリー』を読んでいる場面は（五九）、[24] エピローグにおいてビリーがウェスタン映画にエキストラとして出演している場面への伏線となっている。ビリーはカウボーイのパロディ、さらに言えば自分自身のパロディを演じることになるのだ。[25] そして、映画の撮影が終了し、部屋代が払えなくなりホテル（図2参照）から追

図2　エルパソのガードナー・ホテル。（筆者撮影、2014年8月）

い出されると、彼はカウボーイのパロディでさえなくなってしまう。ジョン・グレイディの最後とビリーの末路はきわめて対照的なのである。

実際に、ビリーは死にたくても死ねない人間、死を選ぶことのできない人間として表象されている。『越境』で描かれていたように軍隊への入隊を拒否される原因であった彼の心臓の病は、いまだ彼の死の願望をかなえてくれない（「ずっと前に軍隊の徴兵検査の医者が長くはもたないだろうと診断した心臓は、彼の意志とは無関係にいまだに胸のなかで音を立てていた」［二六五］）。夢のなかにあらわれる、七〇年前に亡くなった妹の姿は少しも色あせることはなく、ビリーを解放してくれない（「妹の姿は昔と変わったところもぼやけたところもなかった。……眠りのなかで彼は妹の名を呼んだが、妹は振り返りもせず返事もせずただ限りない悲しみと限りない喪失感を漂わせて通り過ぎていくだけだった」［二六五―六六］）。高架橋の下で出会う男は彼の期待に反して死に神ではない（「ここ何日かで一、二度ちらっと［死に神を］見かけてるんだ」［二六七］）。意に反して新たな世紀を生きざるをえないビリーは、『越境』の冒頭で狼の群れが羚羊を狩る姿に魅せられ、息をひそめていた無垢なる少年（四）とは完全に別の人間に見えるが、運命から逃れる術をもたない点においてやはり同じ人間なのである。[26]

この点に関連し、ロバート・ジャレットは「ビリーは繰り返される歴史に囚われた存在である」と指摘し、

「ビリーは彼の人生を繰り返し語り直す強迫観念から逃れることができない。それは実際の経験のなかでも、あるいはより不穏であるだろうが、夢のなかでも同じことだ」[27]と述べている。そのようなビリーの悲喜劇性を増幅するのが、失われた世界の言葉で現在の世界を語ることはできないという物語のモティーフであろう。実際に、人生の最終局面まで続くことになる放浪生活のなかで彼が悟るのは、それまでの人生経験がすべて現在の世界を語るためにまったく役に立たないという事実なのである（「自分がいままでに世界について考えたことや、自分について考えたことはすべて間違っていたと感じられた」［二六六］）。エピローグの中心である、ビリーと男との対話における彼の態度が悲観主義的運命論に貫かれていることはそのことと無関係ではないだろう。彼は自身が死に神と勘違いした男となけなしのクラッカーを分かちあうものの、男の語る話を真剣に聞いていないようだし、理解しようともしていない。ぎこちない二人のやりとりは、比喩的・象徴的な意味で死に神と死ねない男との奇妙なダンスであり、ジョン・グレイディとエドゥアルドの儀式的決闘のパロディのようにも映るのだ。

男がビリーに語るのは、彼が夢のなかで見た旅人が見た夢についての話であるが、これは作家＝夢を見る者およびその夢の対象＝主体に対する作家の責任についての寓話ということになるだろう。[28]このなかで前景化されているのは夢のなかの旅人と男＝語り手の関係であり、旅人に対する男＝語り手の倫理的責任という主題である（「『夢にでてきた』この旅人には実体がないのだから人としての歴史もないということになるかもしれないが、俺の考えでは彼が何者であれ、何で作られているのであっても歴史がなければ存在しないはずだ。そして彼の歴史はあんたや俺の歴史と同じ根拠をもっている。なぜなら我々の実在や我々にまつわるすべてのことの現実性を保証するのは我々の人生についての叙述だからだ」［二七四］）。ここで強調されているのが、語られるのが夢のなかの統御不能な他者の物語であるからこそ、そこに他者に対する、語る自己の倫理的責任が生まれるという逆説的な事態だ（「もし俺が神が人間を創ったようにあの男を創ったんだとしたらあの男の話そうとすることが話す前からわかるはずだろう。動く前に次の動作がわかるはずだろう。でも夢のなかでは次に起こることは分からない。我々は驚く」［二八五］）。つまり、夢のなかでは自己（語る主体）と他者（語られる客体）は区別できない。夢のなかで旅人と出会い、語りあい、最後に野営地に向かって一緒に歩いていくところで目覚めた男が、誰のどの夢から目覚めたのか判別できないことは、夢の主体と、その夢のことを現実で語る責任の主体にも区別がつかないことを意味するだろう。物語ることの倫理的責任は統御不可能な夢のなかにその源泉があり、この意味で夢と現実とを分離することもできない。ここで「夢の中で責任がはじまる」というウィリアム・バトラー・イェイツが用いた言を想起してもいいだろう。[29]

ビリーがマックの牧場を出て行くのは犠牲化された英雄の物語を記憶し、語りつづける「証人」の責務を果たす行為として提示されている。『越境』の物語の終わりで、放浪生活を続けていたビリーは見ず知らずの家族に引き取られ、無償の慈愛と親切のなかで死を迎えることが示唆される。はるか昔にメキシコで亡くなった弟ボイドの夢を見た直後に、ビリーはこの家の女性にやさしく手を握られる。その手は、彼が世界の証人として我知らず倫理的責務を果たしながら生きてきたことの証であり、その手にこそ神の恩寵が宿っていることが暗示される（瘤だらけの、縄で傷のついた、太陽と年月によって染みをつけられた手。心臓につながる浮き出た血管。そこには人間が読み取ることができる地図が描かれていた。ひとつの世界がつくられていた。神の徴と驚異がひとつの風景をなすほどにおびただしくあらわれていた［二九一］）。

他者からの無償の慈愛と親切を享受できる理由がわからないビリーに対して、女性は罪の許しを与えるかのように応答する。

わたしはあんたが思っているような人間じゃないよ。面白くもない人間だ。なんでわたしみたいな人間を家においてくれるのか分からない。

ねえ、ミスター・パーハム、私はあなたがどういう人間か知っていますよ。なんで家にいていただくかも。もうお休みになって。また明日の朝ね。

ああ、おやすみ。(二九二)

「証人」の役割を果たしつづけてきたビリーがわずかに報われるように見える物語の最後に示されているものとは、倫理的責任は他者へと開かれたときに真の意味で歓待の精神に変化していくという真実、というよりも期待や願望と言えるだろう。その線上で、「私はあなたの子供となってその腕に抱かれよう／私が老いたときにあなたは私となるだろう」(二九三)で始まる献辞の言葉は、すべての人間存在が倫理的責任の循環のなかに抱擁される未来に向けての祈りとして読めるだろう。それは安易な楽観主義を忌避しつつ、他者とのかかわりを通じて「自己」の唯我論的世界観や悲観主義的運命観を越えようとする意志の表明にほかならない。

人間が死ぬのはいつでも他人のかわりに死ぬ。そして死は誰にもおとずれるものだから死への恐怖が減るのは自分の代わりに死んでくれた人を愛するときだけだ。我々はその人の歴史が書かれるのを待っているわけじゃない。その人はここをずっと前に通り過ぎていった。その人はすべての人間であり、我々の代わりに裁きにかけられたが、我々の時がきたら我々はその人のために立たなければならない。あんたはあの人を愛しているか？　あんたはあの人がとった道に敬意を覚えるか？　あんたはあの人の物語に耳を傾ける気はあるか？（二八八-八九）

『平原の町』の奇妙に明るいエンディングには、ひとりひとりの人間存在が他者によって証言される＝書かれる物語となる、共感と連帯と歓待に満ちた世界への祈りが重ねあわされているのだ。その世界は、マグダレーナのような少女を犠牲化してやまない、グローバル化した新自由主義的世界を乗り越えた先にあるのかもしれない。

註

1　一九八四年、マッカーシーは脚本家・写真家・映画監督・プロデューサーのビル・ウィットリフにこの原稿を献呈している。この原稿は現在 Cormac McCarthy, *The Cormac McCarthy Papers* [*CMP*], *1964-2007*. MS and TS. Alkek Lib. Texas State University, San Marcos, Box 69-70 で閲覧可能。

2　エルパソとファレスという二つの町の設定は、旧約聖書『創世記』に描かれている、住民の犯した罪（おそらく同性愛）のために神に滅ぼされたソドムとゴモラの町に対応していることは明らかだろう。『創世記』一九章五節によれば、ソドムとゴモラの町の人々の罪は同性愛と考えられるが、「聖書の他の箇所では姦淫、偽り、高慢なども記されている」（柊暁生「ソドムとゴモラ」『新カトリック大事典』第II巻［新カトリック大事典編纂委員会編、研究社、一九九八年］九〇三）。

3　巽孝之『パラノイドの帝国――アメリカ文学精神史講義』（大修館書店、二〇一八年）一七九参照。

4　『ボーダータウン――報道されない殺人者』（DVD）（監督グレゴリー・ナヴァ、アミューズソフトエンターテインメント、二〇〇九年）所収の「グレゴリー・ナヴァ監督インタヴュー」を参照のこと。国境地帯の麻薬戦争を主に取材した、マシュー・ハイネマン監督『カルテル・ランド』（二〇一五年）、およびドゥニ・ヴィルヌーヴ監督『ボーダーライン』（二〇一五年）といった映画も国境地帯の現状を知るうえでは非常に参考になる。

5　Robert L. Jarret, "Cormac McCarthy's Sense of an Ending: Serialized Narrative and Revision in *Cities of the Plain*," *Cormac McCarthy: New Directions*, ed. James D. Lilley (Albuquerque: U of New Mexico P, 2002) 314.

6　脚本『平原の町』のために作成されたシノプシスにおいて（*CMP*, Box 69, Folder 3）、マッカーシーは主要登場人物四人の類型化を行っているが、そこには「自己」としてのアメリカと「他者」としてのメキシコの相関関係が凝縮している。若きカウボーイ、ジョン・グレイディは存亡の危機にある古い西部の価値としての「理想主義」と「融通のきかない自尊心」を保持する人物とされ、相棒のビリーは「いくらか年長でいくらか現実的なものの見方をする人物」で、ジョン・グレイディとメキシコ人娼婦との結婚の計画を「愚か」で「危険」だと認識しつつも、いつしかその計画に引き込まれる人物と規定されている。さらに、一七歳のマグダレーナがかつて人身売買で売られ、今は娼婦となっていることの背景として、メキシコの地方文化の衰退と二〇世紀のアメリカ資本の流れが合致したという事態が示唆されている。エドゥアルドは売春宿にやってくるアメリカ人カウボーイたちを冷ややかに見る気取った人物とされ、「ジョン・グレイディがこれ以上望むべくもない悪に染まった危険な敵」とされている。ビリーの人物像については、『越境』と『平原の町』で大きく異なると指摘する論者も多い。たとえば、エドウィン・T・アーノルドは「『平原の町』のビリーは……前作のビリーとは無関係に見える」(Edwin T. Arnold, "The Last of the Trilogy: First Thoughts on *Cities of the Plain*," *Perspectives on Cormac McCarthy*, rev. ed., ed. Edwin T. Arnold and Dianne C. Luce [Jackson: UP of Mississippi, 1999] 227)と述べている。また、ネル・サリヴァンは「この新しい、マッチョなビリーにはあまり好感が持てない」(Nell Sullivan, "Boys Will Be Boys and Girls Will Be Gone: The Circuit of Male Desire in Cormac McCarthy's Border Trilogy," *A Cormac McCarthy Companion: The Border Trilogy*, ed. Edwin T. Arnold and Dianne C. Luce [Jackson: UP of Mississippi, 2001] 240)と述べている。

7　脚本時の「人物表(Characters in order of appearance)」のなかではほとんどの登場人物が類型化されていた。たとえばマックは「子どものいない四〇代の男で、牧場経営者として独力で立身出世を果たし、尊敬を集め、もの静かで公正で正直な人間」とされる。「ジョン・グレイディを自分が授からなかった息子のように見なす」マックが亡き妻マーガレットの形見の結婚指輪をジョン・グレイディに差し出す場面(二一五―一六)に端的に示されるように、アメリカ人登場人物の基本設定は脚本と小説で大きく異なることはない。*CMP*, Box 69, Folder 4 参照。

8　Patrick Shaw, "Female Presence, Male Violence, and the Art of Artlessness in the Border Trilogy," *Myth, Legend, Dust: Critical Responses to Cormac McCarthy*, ed. Rick Wallach (Manchester: Manchester UP, 2000) 261.

9　この点に関連し、チャールズ・ベイリーは以下のように指摘している。「ジョンソン氏の亡くなった娘、マック・マクガヴァーンの妻は守護天使のようにその牧場を霊的に包みこんでいるが、その名は聖母マリアに由来するマーガレットであり、もちろん、短くすればマギーとなる。マーガレット、マギー、マグダレーナ、メアリー、マグダレン、聖母マリア——これらはこの小説において霊的に融合している」(Charles Bailey, "The Last Stage of the Hero's Evolution: Cormac McCarthy's *Cities of the Plain*," Wallach 298)。脚本の初期段階で「エルヴィラ」=「マグダレーナ」は「一六歳か一七歳くらいの少女で、この世のものとは思えない、もろい美しさを有している」(*CMP*, Box 69, Folder 6, 3) とされていたが、マッカーシーはある段階で名前の変更を行っている(*CMP*, Box 69, Folder 9, 62)。

10　前出の「人物表」において、「エドゥアルドはマグダレーナへの胸騒ぎを自身の弱さや愚かさの現れとして抑圧し、そうすることで自身の懐疑主義の正しさを立証しようとする」と書かれているように、彼ははじめから情をもつがゆえの人間の根源的な「弱さ」に意識的な唯一の人物として、設定されていたとも言える。

11　Cormac McCarthy, *Cities of the Plain* (New York: Vintage, 1995) 134. 以下、引用は同書による。日本語訳は黒原敏行訳(ハヤカワepi文庫、二〇一〇年)を参照させていただき、文脈によって適宜、改訳を施した。

12　脚本の初期段階では、「エドゥアルドは気味の悪い奴だ。ポン引きというより教授みたいにしゃべりやがる」(*CMP*, Box 69, Folder 6, 79) というビリーの言が残っていた。

13　脚本の初期原稿ではエドゥアルドのアメリカへの憧れを端的に示すように「エドゥアルドのオフィスは、富裕なアメリカ人ビジネスマンが所有するであろうと彼が想像するオフィスのけばけばしいパロディである」(*CMP*, Box 69, Folder 1, 7) という表現があったが後に削除された。また売春宿ホワイトレイクの所有者の名前はメキシコ系アメリカ人を想起させる「ゴンザレス氏(Mr Gonzalez)」とされていた(*CMP*, Box 71, Folder 5, 282)。

14　Cormac McCarthy, *All the Pretty Horses* (New York: Vintage, 1993) 231.

15　*All the Pretty Horses* 230-31.

16　ティブルシオは「人物表」では「のっぽで痩せていて堕落している」と書かれ、脚本の初期段階では「邪悪な身なりの精神倒錯者」(*CMP*, Box 69, Folder 9, 61) とされていた。

17　ジョン・グレイディの死の直後に「くそったれの淫売め」という言葉を発するように、ビリーがまず非難するのがエドゥアルドでなくマグダレーナであること、さらには彼が「これを見ろ……見えるか? 見えるか?」と神に向かって非難の言葉を投げることも(二六一)、エドゥアルドの言葉がいかに的を射るものであったかを示す。

18　高橋哲哉『戦後責任論』(講談社、一九九九年)二五―三〇参照。

19　高橋　二七。

20　高橋　三〇。

21　この文脈で、マグダレーナがこの世界にいるべき人間ではないという盲目のピアノ弾きの老人の言葉（八一）は共同体＝世界自体からの命令としても解釈できるだろう。

22　Arnold 228-29参照。エドゥアルドに対するジョン・グレイディの言（「俺が来たのはお前を殺すか殺されるかするためだ」［二四八］）もまた、共同体＝世界からの自己抹消願望を表現するものと解釈できるだろう。脚本において、エドゥアルドのジョン・グレイディに対する"You have come to be killed"という言葉が". . . to die"に修正された（*CMP*, Box 69, Folder 9, 192）ことも（小説では削除）、これを裏付ける。

23　脚本『平原の町』においてすでに物語の主要人物がビリーを含む四人と設定されていたことは重要だろう。マグダレーナをめぐり、ビリーとエドゥアルドが欲望の三角形を形成するという物語の観点からは余剰的人物であるはずのビリーが、主要登場人物として当初から設定されていたわけである。もっとも、「国境三部作」においては、男性主体の欲望は欲望の三角形における媒介者としての女性を必要とせずに「男性の欲望のための閉ざされた回路」（Sullivan 230）を形成しているため、女性登場人物は物語から排除されるとする指摘もある。この見解は現代ウェスタンという小説ジャンルをフェミニズムあるいは女性的主体という概念への反動と捉えるジェイン・トンプキンズらの主張に通底するが（Jane Tompkins, *West of Everything: The Inner Life of Westerns* [New York: Oxford UP, 1992] 39-40参照）、マッカーシー作品の人物設定は男女の恋愛と男性同士の友情が両立並行する旧来のウェスタン小説の常套的設定とも言える。

24　マックス・ブランドのウェスタン小説『デストリー』（*Destry Rides Again*, 1930）。テキサスの架空の町を舞台に、無実の罪で投獄された主人公ハリソン・デストリーが彼を陥れた陪審員たちに復讐を果たす物語。

25　エドウィン・アーノルドはこの場面を「自己言及的なジョーク」と見なしつつ、かつて現実のギャングの一員がウェスタン映画に出演した例を挙げている。Arnold 239参照。

26　「国境三部作」のヒーロー像についてはさまざまな観点からの解釈が可能であろう。たとえば、チャールズ・ベイリーは「『すべての美しい馬』は宮廷騎士のような主人公を提示する。『越境』は悲劇の主人公を提示する。つづいて、『平原の町』では反英雄（アンチ・ヒーロー）を提示する」（Bailey 296）と分析している。

27　Jarrett 335.

28　Arnold 242参照。

29　William Butler Yeats, *Responsibilities and Other Poems* (London: Macmillan, 1917)参照。アメリカの短編作家のデルモア・シ

ュワルツに同名の短編小説がある。Delmore Schwartz, *In Dreams Begin Responsibilities and Other Stories* (New York: New Directions, 2012) 参照。

第9章　『血と暴力の国』——例外状態、戦争、宿命論と自由意志

「例外状態」としてのアメリカ

『血と暴力の国』(*No Country for Old Men*, 2005) の冒頭部で、保安官エド・トム・ベルは、かつて自身が逮捕し、自身の証言によってガス室送りになった少年殺人犯について語る。この最初の独白のなかで、つきあっていた少女を殺害したのは、情が激したからではなく、以前から人を殺すつもりだった、自分が地獄に行くのはわかっている、自分には魂などない、という少年に対して、かけるべき言葉が見つからなかったとベルは回顧する。ベルにとって理解不能なのはこの少年の行動心理であるわけだが、物語が進むにつれ徐々に前景化するのは、世界のあり方すべてに彼の理解が及ばないという事実だ。全一三章それぞれのはじめに付されたベルの一人称の独白では、停止を求める警察の車に対してショットガンを乱発する男、[1] 見知らぬ相手と殺人を繰り返しながらアメリカ各地を周る若者 (三九)、台所の残飯粉砕器で赤子を殺す母親 (三九)、部屋を貸した年寄りを拷問したうえで殺して埋め、年金の小切手を現金化する夫婦 (一二四)、自分の子どもを育てたがらない親 (一五九)、レイプ・放火・殺人・麻薬・自殺といった学校で日常的に起きる諸問題 (一九六)、悪魔がいると想定しなければ説明のつかない出来事 (二一八)、カーラ・ジーンが殺される必然性 (二八一)、シュガーの正体 (二九九)、石の水槽

を切り出した男が信じていたもの（三〇七）など、暴力や死が充満した世界の諸相が列挙される。

ウィリアム・バトラー・イェイツの詩「ビザンティウムに船出して」から引いた題名（原題は『老人の住む国にあらず（No Country for Old Men）』）が暗示するように、『血と暴力の国』が描き出す世界は、統一を失い、ベルがもはや理解することも適応することもできなくなったアメリカという国の謂いである。以下、イェイツの詩の最初の二連である。

Ⅰ

あれは老人の住む国ではない。若い者らは
たがいに抱き合い、鳥は木々に止って
——この死んで殖えるやから——ひたすら歌う。
鮭がのぼる瀧、さばのむらがる海、
魚も、獣も、あるいは鳥も、夏のあいだじゅう
種を受け、生れ、死ぬ者らすべてを称える。
その官能の音楽にとらわれて、すべてが
不労の知性の記念碑をなおざりにする。

Ⅱ

老いぼれというのはけちなものだ、

棒切れに引っかけたぼろ上衣そっくりだ、
もしも魂が手を叩いて歌うのでなければ、
肉の衣が裂けるたびになお声高く歌うのでなければ。
それに、魂の壮麗を記念する碑を学ぶほかに
歌の学校などあるはずもない。
だから、私は海を渡って、
聖なる都ビザンティウムへやって来た。[2]

イェイツの詩に表現された変化・生成しつづけ、生死を繰り返す世界と、そのような世界に見切りをつけ永遠を求める年老いた男との関係は、[3]世界の性質こそ違え、『血と暴力の国』におけるアメリカ（世界）とベルとの関係と相同的だ。アメリカが不条理な暴力に満ちた、理解不可能な国へ変貌してしまったことへの嘆きを語りの基調とするように、ベルの精神を支配しているのは（そして、おそらく作者マッカーシーの内的葛藤として示されているのは）、アメリカ（世界）と自分自身の関係をめぐる「相反する二つの衝動の相克」[4]である。この意味において、『血と暴力の国』は「本質的にメランコリックな」小説と言える。[5]

このことは、テキサスとメキシコ国境地帯で新自由主義の自動装置のように日常化した麻薬抗争に対し、保安官であるベルはそれを取り締まる「法」を代表（リプリゼント）＝表象するのではなく、「法」の無力を代表（リプリゼント）＝表象してしまうことに端的にあらわれている。彼は州法が何の条件もつけていない保安官の仕事には神様と同程度の権力が与えら

れていると考える一方で、「法」が存在しないにもかかわらず「法」＝権力を行使することの根源的矛盾に当惑している（六四）。ここでベルは、代表＝表象（リプリゼント）する「法」は万能を装いながら実質的には機能しない、つまり、「法」は善人を統治することには万能であるが悪人を統治することには不能である（六四）という、それ自身のアポリアに依拠せざるをえないまやかしの権力として表現されているのだ。あるいは、「法」は暴力のシステムに絡めとられ、その一部あるいは中心として機能してしまっているということになるだろうが、この文脈で、「俺が今でも生きているのは連中から相手にされていないのが唯一の理由だ。それは何よりつらい」（二一七）というベルの独白は、彼自身への懐疑心や絶望の発露だけでなく、統御のきかない「暴力」と「死」に支配された世界に否応なく放り込まれた、すべての人間の普遍的状況としても提示されていると考えるべきなのであろう。

ベル＝「法」が対処できない事態とは、犯罪の増加や複雑化のことだけでない。むしろ、それは、単純に「法」の行使が機能しない事態というよりも、かつては「法」と見なされなかったものが「法」であるかのようにふるまうことが可能な圏域の顕在化であり、その圏域をめぐって争いが行われる、（新自由主義的）世界の様態であるということができるだろう。どういうことなのか、ジョルジョ・アガンベンの言う「例外状態」の概念が導きの糸となる。

内戦や革命などの緊急状態において、本来、「法」という形態をとることができないものが超法規的に法としてふるまう逆説的状況が「現代政治において支配的な統治のパラダイムにおいて立ち現れつつある」[6]ことを、ナチス国家の例を挙げながら、アガンベンは指摘している。

権力を掌握するやいなや……［ヒトラー］は一九三三年二月二八日、ヴァイマル憲法のうちさまざまな個人的自由に関する条項を一時停止する「民族と国家を保護するための緊急令」を公布した。この政令が撤回されることは結局なかった以上、法学的な観点からすれば、第三帝国は全体として一二年間にわたって継続した例外状態とみなすことができるのである。この意味で現代の全体主義は、例外状態をつうじて、政治的反対派のみならず、なんらかの理由によって政治システムに統合不可能であることが明らかとなったさまざまなカテゴリーの市民全体の物理的除去を可能にするような、合法的内戦を確立しようとしたものと定義することができる。それ以来、恒常的な緊急状態の自発的な創出が……いわゆる民主主義国家をも含む現代国家の本質的な実践となったのだった。[7]

『血と暴力の国』に描かれたアメリカの諸相は、右のような現代民主主義国家の姿を誇張したものというよりも、その具現といったほうがいいだろう。実際に、アガンベンも指摘しているように、九・一一以後に急造された「アメリカ合衆国愛国法」（二〇〇一年）は、「一個人についてのいかなる法的規定をも根こそぎ無効化」し、「法的に名指すことも分類することも不可能な存在」が「合衆国の国家的安全」のために生み出された範例と捉えることができるのであり、『血と暴力の国』に描かれた国境地帯と文字通りにも比喩的にも地続きなのである。よく知られるように、グアンタナモに「抑留」されたタリバーンの兵士たちはジュネーブ条約にもとづく「捕虜」の法的保護を受けることができなかっただけでなく、アメリカの法律にもとづく「犯罪容疑者」として取り扱われることもなかった。グアンタナモとは、すなわち、「剥き出しの生」が「最大級の無規定性に到達」した地点だったのであるが、[8] そのように、あらゆる法的な地位が剥奪され、自然化してしまう事態は何もグアンタナモの「抑留者」たちに限らないだろう。つまり、すべての存在がそのなかで生きている、あるいは生かされている「例外状態」とは、法治国家に内在するシステムそのものであり、「支配的な統治のパラダイム」としての「例外状態」とは、萱野稔人の言を借りれば、「法の規定性を越えて暴力を実践する」＝「運用する主体が法をこえてその力を行使する」[9]、国家というものの本質的なあり方なのである。実際に、現在の法治国家において、「例外状態」はその呼称が不適切と見えるほどに「規範」化しているのであるが、このことに関連し、アガンベンは「例外状態が規則［通常の状態］に転化するときには、法的―政治的体系は死を招く機械に変貌してしまう」[10]と述べている。

「例外状態」において規範や法律が停止される事態を想像することは難しくはないが、それが規範や法律の撤廃を意味するのではないとアガンベンは注意深く指摘している――「例外状態は法秩序の外部でも内部でもないのであって、まさにひとつの閾にかかわっているのである。言いかえれば、内部と外部が互いに排除しあうのではなく、互いに互いを決定しえないでいるような未分化の領域にかかわっている」。すなわち、「例外状態」とは、「複数の権力（立法権力、執行権力など）のあいだの区別がいまだ生み出されていない充溢した始原状態への回帰」に見えながら、実は「事実と法＝権利とが合致するような未分化の領域を創り出すことによって例外それ自体を法秩序のなかに包摂しようという試み」なのであり、そこでは合法的な形をとることができないものが合法的な形をとるものとして権力を代行するという逆説が可能となる。その意味で「例外状態」とは「法秩序を構成するパラダイム」の本質であり、統治ための暴力の独占が志向される圏域となる。「わたしたちがそのなかに生きている通常の状態とまったく区別がつかなくなってしまった例外状態」は、「暴力と法とのあいだの連関というあらゆる擬制」がなくなった状態であり、「いかなる法的外皮もまとうことなく暴力が跳梁するアノミー〔没価値状況〕の地帯」となるのだ。したがって、「本質からして空虚な空間」である「例外状態」においては、「法とのあらゆる関係を断ち切った人間の行動」があらわれるのであり、したがって、「暴力と法との関係」が最大の問題となる。そして、今日、「例外状態」は「惑星的な規模での最大限の展開を達するに至っている」のだが、「法の規範的側面は統治の暴力によってものの見事に忘却され論駁されてしまって」いる、とアガンベンは指摘する。[11]

『血と暴力の国』が「例外状態」における「統治の暴力」を主題とする物語として解釈することができるのは右の文脈においてである。物語の終わりで、ベルがなぜ自分が保安官になったのかについて思いを巡らす場面はその範例である——「私が自分がなぜ保安官になりたかったのか考えてみた。責任のある仕事につきたいという気持ちがあった。その気持ちはかなり強いものだった。私が言わなくちゃならんことをみんなに聞いてもらいたかった。だがその一方でみんなを船に引き戻したいとも思ったんだ」(一九五)。ここでベルが半ば恥じているのは、「統治の暴力」を盲目的に信頼し、末端に位置するその行使者として社会を正しい道に導こうとした若き日の自身の信念である。すなわち、彼は自身が「例外状態をとおしてアノミーを自らに結びつける」[12]権力=「統治の暴力」の仕組みの一部であることを痛切に認識するのであり、保安官として「例外状態」としてのアメリカの共犯者であったことを自覚し、そのような自己のあり方を否定するにいたるのだ。

以前の私は多少とも物事を正しくすることができると思っていたが今はもうそう感じない。自分がどう感じているのかもよく分からないんだ。……この気分はよくなりそうもない。私はもう以前のようには信じていないことのために働くことを求められている。以前のように押し立ててはいけないことを信じるように求められているんだ。（二九六）

物語現在のベルは、日常としての「例外状態」のなかで、論理的にも精神的にも二重の自己に引き裂かれた人間として表象されていると言えるが、このことは「法を措定する主体が、法的規定をまぬがれた措置を法の名のもとに実行する」（萱野 九九）という「法」自体のアポリアをも指し示している。実際に、ベルは、テキサス州法は保安官の仕事に何の条件もつけておらず、また郡法も存在しないため、「法」による制約のない神様と同程度の権力が与えられていると感じている一方で、「法」が存在しないにもかかわらず「法」＝権力を行使することの根源的矛盾に当惑している（六四）。つまり、ベルにとって、「法」は万能を装いながら、実は停止状態にあるか存在しない状態にあるのだ。そのような非存在としての「法」の様態を『血と暴力の国』の物語はアイロニカルに描き出す。ベルが保安官としての自身の存在意義を、そのような「法」の（非）存在様式に結びつけて考えざるをえなくなることは必然であろう――「奴らは法を尊重しないって？　それじゃ全然言い足りないな。奴らは法のことなんかこれっぽっちも考えちゃいないんだ。……何よりもつらいのは私が今でも生きているのに奴らに私が相手にされていないことだ。これは本当につらい。つらくてしょうがない」（二一六―一七）。全人生・全人格を否定しかねないほどに自分自身を恥じるベルの憂鬱（メランコリー）は、『血と暴力の国』のナラティヴの基調であるが、それは「例外状態」における「法」のアポリアの反映なのだ。

後景化される「戦争」

かくして、『血と暴力の国』の語りにおいて、「例外状態」は前景化するのだが、他方、それに反比例するかのように「戦争」表象は後景化している。ベルが自己矛盾に満ちた人間として表象されていることはその独白の内容からも明らかであるが、彼の戦争体験がその大きな要因のひとつになっていることには注意を要するだろう。「私が人を殺さなければならなかったことは一度もないがこれは本当にありがたいことだ」（六三）と一方で語りつつ、「私は二一歳で軍隊に入ったが……六カ月後にフランスに渡りライフルで人を撃ちまくっていた」（一五八）と告白するベルの言葉の矛盾は象徴的だ。もっとも、日常空間で非戦闘員や一般市民を殺害することと、非日常空間としての戦場で敵の兵士を殺害することの意味はまったく異なるだろう。だが、『血と暴力の国』のアメリカの状況を「平和と戦争とのあいだの……区別が不可能になるような状況」[13]としての「例外状態」と捉えるならば、逆説的だが、そこには日常としての「戦争」が刻印されていると言ってもいいだろう。

ベルだけでなく、ルウェリン・モス、アントン・シュガーら主要登場人物たちが、それぞれに「戦争」に囚われた人物であることは決して偶然ではない。ベルは第二次世界大戦のヨーロッパ戦線で、モスとシュガーはヴェトナム戦争で従軍し、それぞれに過酷な戦場を生き抜いた経験を有することが物語中で示唆されている。もっとも、物語は三人の戦争体験を詳細には描かない。読者に多くの情報が与えられるベルの戦争体験ですら、彼の独白のなかで断片的に語られる箇所と、物語後半の叔父への告白として語られる（二七二―八〇）だけである。モスにいたっては自らのヴェトナム体験を語ることはほとんど皆無である。国境の町イーグル・パスの検問所での警備員とのやりとりで、合衆国陸軍第一二歩兵連隊に属し、一九六六年八月七日から六八年九月二日までの出征期間に兵役を二期つとめたことを明らかにするのみである（一八八）。シュガーについては、冷血な殺人鬼と化した要因を彼の語られることのない戦争体験に帰することはできても、具体的に彼が戦場でどのような体験をしたのか、まったくうかがい知ることができない。そのように、『血と暴力の国』では、主要登場人物たちの「戦争」は意図的かつ戦略的に後景化されていると言えるだろう。

D・H・ロレンスはアメリカ小説に登場する人物の典型について、「アメリカ人の魂は本質的に堅固で、孤立し、禁欲的で、殺人者のそれである」[14]と論じたが、もとより独立戦争を「合法的内戦」とし、言い方をかえれば「例外状態」として、つまり「民主主義と絶対主義とのあいだに設けられた決定不能性の閾」[15]として成立した国家としてアメリカを捉えるならば、『血と暴力の国』の主要登場人物三人を広い意味での「戦争」によって連綿と創造されつづけてきたアメリカ小説特有の人物像に連なると考えることも可能だろう。ここで特徴的なのは、物語において主要登場人物三人が交わることはほとんどなく、それぞれの「戦争」がプロット的にまったく交わることがないことだ。要するに、物語は「戦争」を不在の中心とすることで、三人がそれぞれ「戦争」によるある種のトラウマ（表象されえないもの）を内に秘めた人物であることを逆説的に示すのだ。端的に言えば、物語は三人の「戦争」を言語化＝表象不可能なものとして表象することにより、「戦争」体験が個人に与える根深さと執拗さだけでなく、あからさまに可視化されえない、つまり、個人化・日常化される「例外状態」＝「戦争」

のあり様を表現しているとさえ言えるだろう。

そのような「戦争」表象をめぐる物語戦略は、三人が相互に追跡劇を演じながら最後まで対峙することがないプロットと密接に関係している。ベルはモスの身を守ろうと追跡するものの彼に到達することができない。シュガーとは遭遇する寸前のところまでいくが、シュガーを逮捕するどころか、命をかけてモスを守るというカーラ・ジーンに誓った約束（「テレル郡の人々がわたしを雇っているのはわたしに彼らの面倒を見させるためだ。それがわたしの仕事だ。給料をもらっているんだから最初に怪我するべきなのはわたしだ。最初に殺されるべきなのがわたしだと言ってもいい」［一二三］）を守ることができない。モスとシュガーはモーテルの部屋で遭遇し、銃撃戦を繰り広げるが、最終的にモスが殺されるのはシュガーによってではなく、麻薬カルテルが送ったと思しきメキシコ人ギャングによってである。果たして、完遂されない追跡劇が表現するのは、それぞれの「戦争」の独自性と共有不可能性なのであろう。平たく言ってしまえば、個人の「戦争」体験とはあくまで個人的なものであり、他人からの理解や経験の共有は根源的に不可能という認識にほかならない。モスがウェルズに対して言うように、ヴェトナムに行ったからという理由で即時に友達ということにはならないのだ（一五六）。

ここで注意すべきは、「戦争」の諸相が物語において表現されえないというわけではなく、あくまで後景化して表現されているということだ。このことを確認するために、コーエン兄弟による、アダプテーション映画『ノーカントリー』を引き合いに出してみよう。[16] 映画の冒頭部、シュガーによる警官と市民の殺害に続く、アメリカ西部人の典型のようにも映るモスのハンディングのシークエンスは最も顕著な例と言える。梶原克教はジル・ドゥルーズを引きつつ、「モスが双眼鏡を覗きながら動物を狩る体勢を整え、狙いをつけて銃を撃ち、平原を歩き手負いの動物の血痕と足跡を追うこのシークエンス」の分析を映画全体へと敷衍し「視ることの関係性から視ることとの構造を表出させた映画」[17]と論じている。図1から図4のように繰り返される、[18]「見るモス」と「モスが見たもの」の切り返しショット（モスの視点ショット）により、「観客はモスの主観を共有すると同時にモスを客観的に見る」という「視点の二重化」がもたらされるが、この仕掛けはハンターとして「狩る」側であったモスが「狩られる」側に転じる物語の伏線となっているというわけだ。[19]さらに、照準鏡をのぞきながら引き金を引くモスをカメラが「写す」ことによってもたらされる「見る／見られる」という関係性は、

図1　映画『ノーカントリー』（監督コーエン兄弟、DVD、5分24秒）

図2　（5分28秒）

図3　（5分36秒）

図4　（5分52秒）

プロットの中心をなしサスペンスを展開する「狩る／狩られる」の主題に符合することはもとより、「互いに代補しあう『撃つ／写す（シューティング）』を通じて……撃つ者と撃たれる者という安定した二項対立は、メビウスの輪のように際限なく反転し、錯綜した悪夢のような連鎖」の世界、すなわち、「妖しいアウラを放つシミュラークル」の世界へと開かれていく。[20]

モスが死者からの預かり物という、猪の牙をいつも首から下げている（二二五）ことは偶然ではない。ヴェトナムの戦友の形見であり、「狩る／狩られる」という行為を象徴するこの装身具は、彼が「狩る／狩られる」の関係性に捕捉された人物であることを端的に示している。『血と暴力の国』の物語解釈の起点となる問い、すなわち、モスはなぜ一杯の水を届けるために瀕死の麻薬密売人のところに戻るのかという問いの意味は、この文脈において考えるべきだろう。「狩る／狩られる」の関係が最も熾烈を極める場は戦場にほかならないが、モスの行動は彼が抱える戦争トラウマに起因する代償行為、あるいは「死への衝動」（ここでは「戦争への衝動」と言ってもいいだろう）と捉えることができるからだ。たしかに、大金を手中に収めながら、命の危険を冒し銃撃戦の現場に戻るモスの行動（二二三―二二五）は非合理極まりない。しかし、ヴェトナムの戦場で負傷した戦友に水を届けるかのように、我知らず銃撃戦の現場に引き寄せられる、典型的なヴェトナム帰還兵として規定されているのだとすれば、モスの行動はむしろ物語的必然となるだろう。実際に、モスは自身を「死人の世界への侵入者」と見なし、麻薬密売人の車に追われる段になると、かつて経験した戦場の感覚を明瞭によみがえらせることになる（三〇）。回帰しつづける「死への衝動」によって破滅していく人物はマッカーシーの小説ではおなじみである。[21]

『血と暴力の国』において、モスが自らの戦争体験を詳細に語ることはないが、過酷を極めたその戦争体験は、彼の死後、父親がベルに語る話から明らかになる部分もある（二九三―九五）。[22]モスの父親が語る話のなかには、モスが子どもの頃からライフル射撃に長け、ヴェトナムでは狙撃手になったこと、帰国してからヴェトナムで戦死した戦友たちの家族の家を周ったものの歓迎されなかったこと、ヒッピーたちに赤ん坊殺しと罵られたこと、などが含まれる。このモスの父親の話は、ヴェトナム帰還兵と国家の関係として一般化できるだろう（「帰ってきた兵隊のなかには今でもうまくやっていけない者が多い。それはこの国が後ろ盾になってくれなかったからだと私は思った。だが今はそれよりひどいことだったんじゃないかと思っている。この国はばらばらだったんだ。今でもそうだが」［二九四］）。ヴェトナム戦争敗戦の要因をそれ以前に分裂状態にあったアメリカに求めるモスの父親の言は、「合法的に暴力の唯一の担い手としてみずからを定位する」[23]ために「戦争」を利用するアメリカという国家の矛盾を端的に言い当てているのであり、結果的に、国家の「暴力」の犠牲者としてのモスの人生の美学化をもたらしている。

実際に、物語後半で、銃をつきつけられた家出少女を助けるために、自らの命を顧みずに銃を下したモスの行動は、麻薬密売人に水を届けにいく行動と相似形をなしている。目撃者の証言としてのみ描かれる、このモスの行動と死の意味は、デニス・カッチンズの言を借りれば、「小説『血と暴力の国』の中心にある、情と慈悲の概念」を体現するものであり、「暴力と破壊の傍らに存在」し、「悪との……均衡を保つもの」ということになるだろう。[24]そのような戦争体験に起因した、モスの非合理な行為は、情と慈悲といった人間らしさを端的に示すものとして表象されている。

「戦争のことを忘れた日は一日もない」が、「戦争について語りたくはない」（一九五）というベルの「戦争」体験についても同じことが言える。「戦争」によって自分のなかの大切な何かが決定的に損なわれてしまったことを自覚するベルは、叔父に対して、保安官になったのは戦場で仲間を置き去りにしたことが大きかったと告白する（「もう一度あの場に戻りたいという思いが消えたことはない。でも戻れない。人が自分の人生を盗んでしまうことがあるなんて知らなかった。……俺はできる限りよく生きてきたつもりだがそれでもそれは自分の人生じゃなかった。自分の人生だったことは一度もない」（二七八））。ここでのベルの後悔の念の表明は、銃撃戦の現場に戻るモスの非合理な行動を間接的に説明するものでもある。他方、ベルは仲間を見捨ててしまった時点に立ち返って人生をやり直したいという、叶うことのない欲望を抑圧しながら、代償行為として保安官を続けてきたというわけだが、ここでさらに強調されるのは、ベルの引き裂かれた自我と、石の水槽が象徴する、「真理」の永遠性との対比である。仲間を置き去りにした、戦場の家の傍にあった石の水槽を想像する場面（二〇七―〇八）に示唆されるように、ベルは自己の本質が「戦争」によって永遠に喪失したとノスタルジックに嘆いてみせることで、「戦争」状態＝「例外状態」としての現在の世界に組み込まれた自己のあり方を弁解し、正当化もしているのだ。

その男は金槌と鑿を持って座り一万年も持ちこたえる石の水槽を切り出した。どうしてそんなことをしたのか？　その男は何を信じていたんだ？　……私が思いつくのは男の心のなかにある種の約束があったということだけだ。私は石の水槽を切り出すつもりなんかない。しかしそういう約束をすることができたらと思う。

それが何よりも私が欲しいものなんだろう。（三〇七―〇八）

要するに、ベルは「例外状態」に組み込まれた自己のあり方を「真理」の追究の名のもとにカムフラージュし、逆説的に、「例外状態」のなかでしか生きられない自己をかろうじて担保しているのである。だからこそ、ベルの「戦争」体験は抑圧されなければならないものとして、アイロニカルに表象されることになるのだ。

宿命論と自由意志のあいだ

「法」や「規範」と強く関連づけられる保安官ベルは、「父」を象徴する人物でもある。もっとも、ジョン・カントが指摘しているように、「そのうえベルは老いゆく父であ［り］……イタリック体の語り部分は［老いゆく父の］声で語られる」のであるが、「彼は読者に直接語りかける……ことによって、オイディプスの主題が徐々に消失するという意味の構造をも明らかにしている」。[25] つまり、ベルの独白がメランコリーに貫かれているように、彼は「例外状態」としてのアメリカに翻弄され、従うべき道徳や倫理を見失った弱き「父」であると同時に、上位の「父」（つまり上位の「法」や「規範」）を切望する「子」でもあるのだ。「親父はいつも私に最善を尽くせ、本当のことを言えと言っていた。朝起きて自分はどういう人間か迷わないように生きるのが一番だとも言っていた」（二四九）という言葉は、「父」にすがりたい「子」としてのベルの心情を端的にあらわしている。

このように見てくると、『血と暴力の国』が描き出す「例外状態」＝アメリカに最も主体化／従属化しているのはシュガーということになるであろう。彼は麻薬取引を仕切る石油産業（アメリカ資本）の駒として、さらにはその背後に控えるアメリカ国家の駒として働くわけだが、「例外状態」としてのアメリカの「暴力」を下支えするという意味で、ベルとシュガーの権力関係は対照的に見えながら実は相同的であるとも言える。だが、シュガーの場合、暴力による「法」の実践を「原理」にまで高め、さながら悪の天使のように、怒れる神の代行のごとくふるまう点において、ベルの人物造型と対照的であることは言うまでもない。ウェルズがモスに対して言うように、「奴［シュガー］とは取引することはできない。……奴には原理原則がある。その原理原則は金や麻薬といったものを超越している」（一五三）のだが、あらゆる「契約」や「約束」を（死者とのそれさえ）履行しようとするシュガーの姿勢は、「例外状態」としてのアメリカそのものをも超越しようとする、過激なロマンティシズムにも映るほどだ。

シュガーはその透徹した「宿命論」により、人間の「自由意志」を完全否定する。彼の「宿命論」の象徴となっているのは、コイントスにおける賭けの概念であるが、表が出るのか、裏が出るのかわからないコイントスに、相手を殺すか、殺さないかの決定を委ねる行為は、彼が自分自身の「自由意思」をも否定していることをも示している。人間の「自由意志」を完全否定する、彼の「宿命論」がどこまでヴェトナム戦争体験の影響を受けているのかは物語ではまったく描かれないが、酒場である男を絞殺した後にあえて逮捕されたエピソードに関するシュガー自身の言葉（「おそらく意志の力で自分を救い出せるかどうか確かめたかったんだろう。人間にはそれができると信じていたからだ」［一七四-七五］）は、「自由意志」をたよりに「例外状態」＝「戦争」からの解放を企図した出来事として理解できるだろう。もっとも、「それは馬鹿なことだった。無意味なことだった」（一七五）とその企図自体も完全に否定される。シュガーの「宿命論」に他の登場人物たちが屈服する（プロット的には殺害される）事態が描かれることもこのことと無関係ではない。たとえば、物語終盤で当初シュガーのコイントスを拒むカーラ・ジーンは、やがてシュガーの宿命論に納得し、自分の死を甘んじて受け入れる（二六〇）。モスもヒッチハイクの家出少女に対して「自由意志」を否定し、「宿命論」に与する発言をするにいたる（「君のどの一歩も永遠に残る。消してしまうことなんかできない。どの一歩もだ」［二二七］）。[26]

　この文脈においてみると、ベルは、最初から最後まで、「宿命論」と「自由意志」のあいだで揺れつづける人間として表象されている点が際立つ。ベルは、到底自分の手には負えない現実に打ちのめされ、保安官引退を決意するが、「真実」に対する盲目的な信頼はかろうじて保持している（「俺は嘘が語られて忘れられた後に真実は残ると信じている。真実はあちこち動き回ったりその時々で変わったりするものではない。塩を塩漬けできないのと同じことだ」［一二三］）。このことに関連し、彼が昔に死なれた「娘」に救いや教えを求めて、妻にも秘密で想像上の対話をしていると独白することは偶然ではない（「私はときどき娘と話をするんだ。生きていればもう三〇だ。……迷信とでも何とでも呼んでくれ。私に分かっているのは長年の間に私は自分自身で持ちたいと望んだ心を娘に与えてきたということだ」［二八五］）。[27]「自分自身で持ちたいと願ってきた心」である「娘」は、物語の終わりに夢のなかで見る「父」（世界の暗闇で火をもちながら、馬で先導する）（三〇九）と同じ文脈で捉えることができるだろう。これらの例が端的に示すのは、ベルがある種の神秘主義（オカルティズム）にすがることによって、完全なるシニシズムに陥り、「宿命論」に屈してしまうのを先送りしている事態だ。自分がその一部である、「暴力」や「死」にまみれた世界のあり方に絶望し保安官を引退するベルは、「宿命論」と「自由意志」の狭間で揺れつづけることで、そのような自己のあり方を「主体」的に受け入れ、自己否定をしながら生きつづける困難を引き受けているとも言えるのだ。

ジュディス・バトラーは「主体を形成し維持することにともなう暴力」について、以下のように述べている。

そのような暴力なくしては、葛藤も、責務も、困難もないだろう。重要なことは自身の産出の条件を根絶することではなく、ただ、そのような産出を決定づける力に異議を唱えるように生きるという責任を引き受けることだ。……暴力にまみれているということは、つまり、この葛藤が見通しのたたない、困難で、足かせとなるような断続的でしかも必然的なものであるとしてもそれは宿命論とは異なるということである。[28]

小説の最後の場面で、「暴力」と「死」にまみれ、葛藤を内に抱えた主体としての自己を受け入れることで、ベルは自己を外部に開き、その世界の構造を内側から切り崩す可能性を探っているように見える。叔父が言うように、保安官を引退することによってベルの荷が下ろされるわけではなく、また、「今までの人生は予行練習にすぎないかもしれない」(二七九)ことをベルは承知している。最後に残るのは、圧倒的な「暴力」や不条理な「死」に対して敗北する運命に意識的でありながら、それでも立ち向かいつづけることに意味を見出そうとする、時代遅れのロマン主義的なアイロニーにすぎないのかもしれない。だが、神が不在の世界においては、アイロニーが「主体性の最もかすかな徴し」であり、「本質的に倫理に帰せられる」[29]とすれば、ベルは「宿命論」と「自由意志」という二項対立を乗り越えることの倫理を無謀にも創出しようとしていると言えるだろう。イェイツの詩の老人のように、いまだ見えぬ彼の国を求めて。

註

1　Cormac McCarthy, *No Country for Old Men* (New York: Vintage, 2007) 38-39. 以下、引用は同書による。引用訳は、基本的に筆者によるが、黒原敏行訳（扶桑社、二〇〇七年）を参考にさせていただいた。

2　William Butler Yeats, *The Tower* (New York: Scribner, 2004) 1-2. この日本語訳は高松雄一訳（『対訳イェイツ詩集』［岩波文庫、二〇〇九年］一六二-六五）による。イェイツは西暦五五〇年頃の東ローマ帝国の首都ビザンティウムの文化に強い憧れをもっていたという。杉山寿美子は、「宗教、美、実生活は一つであり……画家、モザイク工、金・銀工師、聖なる書の彩色師は殆ど個を超え、個人のデザインを意識することなく彼らの主題、即ち全人民のヴィジョンに浸っていた」というイェイツ自身の言を引きながら、「初期ビザンティウムに、イェイツは理想とする『文化の統一』を実現した唯一の時代を見た」（杉山寿美子『祖国と詩——W・B・イェイツ』［国書刊行会、二〇一九年］三八三）と述べている。

3　イェイツの「ビザンティウムに船出して」は「芸術対自然、精神対肉体、永遠対生成、超越対生の二元的対立において」捉えるのが通常の解釈だと思われるが、「超越と肉体との二元性から一元的生へと向かおうとする［イェイツの］一つの志向が示されている」と解釈する向きもある。木原誠『イェイツと夢——死のパラドックス』（彩流社、二〇〇一年）二四二参照。

4　杉山寿美子はイェイツの後期の詩に共通する主題として、「相反する二つの衝動の相克」、すなわち「自我」（あるいは「心」）と「魂」の対立関係を指摘している。「『自我』は『孕み、生まれ、死にゆく』無限のサイクルを繰り返す地上の『生』、その一切の受容を表し、『魂』は、究極の霊的真理を究めんとする希求を表わす。二つは、天と地、神と人間、聖と俗、夜と昼、死と生等、この世界が孕む二律背反全てを含む」」（杉山　三八三-八四）と述べている。この図式は『血と暴力の国』におけるベルの（あるいはマッカーシーの）内的葛藤を理解するうえで有用だろう。

5　John Cant, *Cormac McCarthy and the Myth of American Exceptionalism* (New York: Routledge, 2008) 248. この点において、ベルの姿勢は、イェイツの詩における芸術に慰めや希望を見出す老人の姿勢とは異なるという見解もあるだろう。たとえば、『すべての美しい馬』第一章に描かれるコマンチ族の夢や、物語の終わりの場面などで描かれているように、変わりゆく世界とそのことへの諦念はマッカーシーの作品ではおなじみの表現である。Steven Frye, "Yeats's 'Sailing to Byzantium' and McCarthy's *No Country for Old Men*: Art and Artifice in the Novel," No Country for Old Men: *From Novel to Film*, ed. Lynnea Chapman King, Rick Wallach, and Jim Welsh (London: Scarecrow, 2009) 14を参照。

6　ジョルジョ・アガンベン『例外状態』（上村忠男・中村勝巳訳、未来社、二〇〇七年）一〇。

7　アガンベン 九‐一〇。

8　アガンベン 一二。

9　萱野稔人『カネと暴力の系譜学』（河出書房新社、二〇〇六年）九八。

10　アガンベン 一七五。

11　アガンベン 一六、一八、五〇、五五、一一八、一七四‐七五。

12　アガンベン 一一八。

13　アガンベン 四八。

14　D. H. Lawrence, *Studies in Classical American Literature* (Cambridge: Cambridge UP, 2002) 65.

15　アガンベン 一〇。

16　マッカーシーの原作小説とコーエン兄弟の映画との関係については、拙論「コーマック・マッカーシーの小説とコーエン兄弟の映画の対話的関係の構築をめぐって」『アメリカ文学と映画』（杉野健太郎編集責任、三修社、二〇一九年）二八〇‐九五を参照。

17　梶原克教「アダプテーションと映像の内在的論理――『ノーカントリー』における遅延を例に」、『アダプテーションとは何か――文学／映画批評の理論と実践』（岩田和男・武田美保子・武田悠一編、世織書房、二〇一七年）一三三。

18　『ノーカントリー』（DVD）（監督ジョエル・コーエン、イーサン・コーエン、パラマウント・ジャパン、二〇〇八年）。

19　梶原 一三五‐三六。

20　渡邉克昭『楽園に死す――アメリカ的想像力と〈死〉のアポリア』（大阪大学出版会、二〇一六年）三一九。

21　『すべての美しい馬』および『平原の町』におけるジョン・グレイディや、『越境』におけるボイドなどが典型的であろう。

22　初期原稿ではモスが自身で戦争体験を語っていた。Cormac McCarthy, *The Cormac McCarthy Papers* [CMP], *1964-2007*. MS and TS. Alkek Lib. Texas State University, San Marcos, Box 80, Folder 8を参照。

23　萱野 八九。

24　Dennis Cutchins, "Grace and Moss's End in *No Country for Old Men*," King, Wallach and Welsh 164-65. モスの死について、カッチンズはまた、「彼は状況をすべてコントロールできないし、自身の決断の結果すらコントロールできないが、たしかに意味のある決断をしたのだ」（160）と解釈している。

25　Cant 241.

26　ただし、メキシコ人ギャングに殺害される直前に少女を助けるため銃を手放すように、モスは「自由意志」によって行動した人間であり、彼がシュガーに殺されるのではない事実が示すように、必ずしも彼の死はシュガーの「宿命論」に対する敗北を意味するものではないことは物語から読みとることができる。

27　ベルが実際にどのように娘に先立たれたのかは物語のなかでは語られないが、マッカーシーが小説以前に構想していた脚本では、麻薬抗争の巻き添えになり殺害されたという設定が採用されていた（*CMP*, Box 79, Folder 2, 1）。

28　Judith Butler, *Frames of War: When Is Life Grievable?*（London: Verso, 2010）170. 日本語訳はジュディス・バトラー『戦争の枠組み——生はいつ嘆きうるものであるのか』（清水晶子訳、筑摩書房、二〇一二年）を参照した。

29　キルケゴール『イロニーの概念（上）』キルケゴール著作集第二〇巻（飯島宗享・福島保夫訳、白水社、一九六六年）一一六。

第10章　『ザ・ロード』――崇高の向こう側

終末論的世界の倫理

　死の灰が降り積もる凍てつく荒野を父親と息子が鉛のように重い足取りで南の海を目指す。核戦争の帰結なのか、宇宙からの隕石の衝突なのか、地殻変動や火山の大規模爆発など自然災害によるものなのかは不明だが、二人が取り残されたのは終末論的な「焼灼された土地」[1]だ。時間と場所の概念が失われた世界で、正体不明の病に侵された父親は「悪しき者」たちの脅威から息子を守り、残されたわずかな食糧を見つけだし、今日の命をかろうじて存続させる。過去の世界は幻想の彼方に後退し、世界のグロテスクな常態が身も心も浸食していく。

　アメリカ文学史のなかで最良の作品の多くは世界の終わりとの個人的・集合的関係を問う「アポカリプティック（終末論的）」な物語でありつづけてきたが、[2]『ザ・ロード』（*The Road*, 2006）もこの系譜に連なる作品だ。だが同時に『ザ・ロード』は作者の私的動機から創作された寓意的な物語でもある。[3]マッカーシーが「二〇〇三年ごろ、四歳の息子と一緒にテキサス州エルパソのホテルに泊まっているとき、息子が眠ったあと、深夜に窓から外を眺め……列車の物悲しい汽笛を聞きながら、五〇年後、一〇〇年後にはこの町はどんな風になっているだろうと考え」ていると、「山の上で大火事が起きている光景が目に浮かび、そこからこの小説が生まれた」という。[4]

「この子が神の言葉でなかったら神は一度も口を開いたことがないんだ」とつぶやき、息子の存在を生きる唯一の「正当な理由」とする『ザ・ロード』の父親の言動には（三）、高齢で息子を授かった作者の思いが強烈に反映されているのだろう。端的に言えば、『ザ・ロード』は世界の最悪の形を想像し、そこで生きていく息子に対していかなる倫理的責任を果たしうるのかという問題をめぐり逡巡する、マッカーシーの自己の物語なのである。物語全体が欽定訳聖書にならい、緊張感みなぎる英語で表現されているのも、作者の並々ならぬ覚悟を示している。[5]

夢と記憶の危険

『ザ・ロード』は父親がある夢から目覚める場面で幕を開ける。

今目覚めた夢の中で彼［父親］は洞窟の内部をさまよっていたが、子供にその手を引かれていた。流れ石の上を戯れるフラッシュライトの光。花崗岩の獣に飲み込まれてその体内で道に迷ったおとぎ話の巡礼者のような二人。水が滴り歌う深い石の管。それは静寂のなかで地球の分を告げ、時間と日を告げ、年を告げていた。……その向こう岸で一匹の生き物が縁辺石に囲まれた水溜まりからしずくの垂れる口を持ち上げてライトの光を見つめてきた。その眼は蜘蛛の卵のように光沢のない白色で盲目だった。……その生き物は首を左右に振ったあと低いうめき声をあげると体の向きを変えよろめきながらゆっくりと音もなく闇の中へと歩み

去った。（一一二）

この奇怪な夢のなかで、父子は、大魚に飲み込まれ、その腹のなかにいた旧約聖書の預言者ヨナよろしく、「花崗岩の獣に飲み込まれて」その内部をさまよっている。だが、二人の状況は、洞窟を出た後に人々に伝えるべき神の預言を携えているわけでもなく、神の慈悲が与えられるわけでもない点において、ヨナの物語とは異なり、徹底的に暗く、展望がない。この奇怪な夢は、しかしながら、時の音が確実に打たれ、息子の手が父親を導いている点において、逆説的だが、『ザ・ロード』の物語のなかで唯一生きる意志に支えられた夢と言えるだろう。反対に、明るい、希望に満ちた夢は危険な心の乱れを表すものであり、冷酷な現実から目を背ける行為、ひいては死に近づく兆候と見なされるからだ。したがって、父親は、自らを戒めるように、「生命の危難に遭っている人間が見るべき夢は危難の夢であるべきで、それ以外の夢は衰弱と死の呼び声」と考え、鳥が飛び交い、花咲く森を子供と歩いている夢や、音楽会の劇場席で妻と手を握りあう夢を危険な誘惑と見なし、そこから目覚める術を身につけることになる（一七一一八）。

夢と同様に記憶もまた、サヴァイヴァルにとっての大敵と見なされる。父親は我知らず、昔、伯父の農場で過ごした秋の一日を「子供時代の完璧な一日」「すべての日が模範とすべき一日」（一二）とノスタルジックに振り返ってしまう。また、もはや通じない電話の受話器を手に取り、子どもの頃に住んでいた家の番号をダイヤルし（五）、その家の残骸を観察しながら無意識に幸福だった過去の記憶をよみがえらせる。

寒い冬の夜に嵐で停電したりするとこの暖炉のまわりにみんな集まったもんだ。パパと姉さんたちは宿題をやったりしてね。少年は父親を見つめた。目には見えない何かの幻影が父親の心をとらえているのを見た。もう行こうよ、パパ、と少年は言った。父親は、ああ、と答えた。だが彼は動けなかった。(二二八)

このとき、父親の姿を間近で見る少年が真に恐れているのは、父親が夢・記憶・過去の世界に沈潜し、現実に帰還できなくなってしまう事態にほかならない。もっとも、父親のほうも「少年だけが自分と死の間に立ちはだかっている」(二九)ことを意識するからこそ、サヴァイヴァルのためには「お互いがお互いの全世界」(四)であるように、あらゆる他者を排した二人だけの独我的世界を守り、いざというときには自らの手で息子を殺すことを自らの倫理的使命とするのだ。そのような独我的世界が存立しつづける可能性はないことを知りつつ。

だが、父親は息子が夢を見たり、空想をめぐらすことについては相反する感情を抱く。このとき、父親は息子がこの世界で「人間的」に「成長」することへの一抹の希望を我知らず抱いている。

時々少年は自分にとっては記憶ですらない世界のことを父親にたずねた。彼はどのように答えたらいいのか必死に考えた。過去なんてものはないんだ。お前はどんなのがいいんだ? ……少年は少年なりに空想した。南の方はどんな様子だろうかとか、他の子供たちのこととか。父親は息子のそんな空想が行き過ぎないようにと手綱を締めようとしたが、本気でそうしようとは思わなかった。(五五)

要するに、父親は息子の未来への希望の種子を、今ある世界の過去や歴史、それらを形成する言葉に求めるほかないのだが、その言葉とは彼自身の内部に宿る言葉＝自分自身にほかならないからこそ、完全に否定することはできないのだ。

しかし、父子の前に広がるのは、過去と未来を架橋しようとする営為を徹底的に挫折させる没価値状況（アノミー）の世界だ。焼け焦げた図書館の廃墟で、水溜まりに浸かった黒い書物の数々を見て、父親は思い知らされる。

> 何千列にも整然と並んでいた嘘に対する憤怒。……彼はそれまでどんな小さなものもその価値を来たるべき世界に依拠していると考えたことはなかった。彼は驚かされた。これらの書物が占めていた空間そのものがひとつの期待であったことに。（一九九）

アノミーの世界では、過去への郷愁も未来への期待も根源的に挫折する。夢も記憶も過去の書物（歴史や言語そのもの）も、今の現実を生き抜くためには役に立たない。「〈あとで〉という時はなく」、あるのはこの「時」だけであり（五六）、「人間」と「動物」の違いはどこにもなく、「人間」的であるとはどういうことなのか、「成長」するとはどういうことなのか、さらには自分とは何なのかを判断する根拠すらない。かくして、父と息子の旅は、必然的に、サヴァイヴァルすること自体の「意味」を創造するための認識論的な旅となる。

言葉とカニバリズム

夢が「魂の言葉」であるとすれば、つまり、人間が「アプリオリにもって生まれた」無意識が夢の母胎であるとすれば、[6] 夢を見ることが躊躇(ためら)われる世界とは言葉と現実の結びつきが失われた世界、「自己」と「他者」とのつながりが根底から否定された世界にほかならない。事実、『ザ・ロード』の世界は、麻痺と絶望の果てにあらゆる言葉が指示対象を失い、真実と信じられていたものの名前も消え去り、聖なる言葉が現実性を喪失した世界（九三）と表現される。裏を返せば、それは古い言葉では表象することのできない新しい世界であり、完全なる「他者」としての世界とも言える。

「他者」としての世界における父親と息子の旅を駆動しつづけるのは、自分たちが「善き者」であり、「火を運んでいる」という倫理的信念だけである。二人にとっての「倫理」とは、人を殺し、人肉、とりわけ子どもや赤ん坊の肉を食べるか食べないかにあるのだが、この善悪の基準もまた言葉によって定義されうる限り、絶対的なものとはならない。言葉が指示対象を失った世界では、善悪の基準を立てるという倫理的行為自体がそもそも不可能なのだ。だからこそ、息子は絶えず「僕たちは今でも善き者なの」と父親に問いかけるのだし、父親も「ああ。今でも善き者だ」（八一）と儀式的に答える言語遂行行為(パフォーマンス)が必要とされる。それなしには、自分たちが「善き者」で「火を運んでいる」という信念は簡単に崩れ去り、空理に陥ってしまうだけでなく、いつでも自身が「悪しき者」に反転してしまうのだ。

その証左に、息子の首にナイフの刃を突きつけた男、「悪しき者」を殺害し、その男の脳みそを息子の体から洗い流した後に父親の考えが及ぶのは、自身とその男の類似性にほかならない。

あの男は少年を除けばここ一年以上の間で初めて言葉を交わした人間だった。ようやく出会った兄弟。あの冷たいよく動く目に爬虫類の計算。灰色の不潔な歯。そこには人肉がこびり付いていた。あいつの言葉一言一言が世界を欺瞞へと変えた。（七九）

「善き者」の対極的存在と捉える「悪しき者」に直面したことで、父親は自らの使命を再確認すると同時に、皮肉なことに、自身が内にはらむ「悪しき者」の属性と言葉がもつ不気味な力を発見してしまう。つまり、「善き者」と「悪しき者」という二項対立を定位し、息子に対して自分たちが「善き者」だと説きつづけるその言葉もまた、「世界を欺瞞へと変え」るものなのかもしれないという不吉な予感をもたらし、さらには自身がいつでも肉を食らう者に転化してしまう可能性に父親は恐怖を抱いてしまうのである。

妻＝母親がひとりで命を絶ったのは、いずれ「悪しき者」たちにレイプされ、殺され、肉を食べられることになる事態が容易に想像できるからとされるが（五八）、[7] その背後にあるのは醜悪な現実を勝手に創造することもある言葉の不気味な力に対する意識であり、かつそうした言葉によって規定されてしまう人間の存在様式なのだ。「自分のためだと生き続けることはできない。……誰もいない人はそこそこ出来のいい幻影をこしらえた方がいい。それに命の息を吹き込んで愛の言葉で機嫌をとるのよ」（五九）という母親の言が暗示するのは、全面的破滅を前にして「善き者」と「悪しき者」を峻別しない言葉の恣意性であると同時に、それでも言葉に依拠しながらしか生きることができない人間の定めなのだ。

物語が描く、父親が「悪しき者」に変容する瞬間はその範例であろう。父親は、自分たちの荷物を盗んだ「どこかのコミューンを追放され右手の指全部を切り落とされた」男に拳銃を向け、身ぐるみを剥がし、「全裸の不潔で飢えた」肉体を、極寒の道に置き去りにする（二七三―七六）。父親のこの残虐な行為は充分な恐怖を少年に与えるが、ここで重要なのは、少年が「善き者」もいつでも「悪しき者」＝人肉を食べる者に転化しうる事態を目撃してしまうことの意味合いであろう。要するに、ここで少年がはからずも想像してしまうのは、父親が人肉を食べる姿なのであり、それでも自分たちが人肉を食べない「善き者」であると言いつづけ、サヴァイヴしていくこととの決定的矛盾なのだ。実際に、道で出会ったイーライという偽名を使う人物は父親の仮の姿、あるいはオルター・エゴとも言えるし、彼の言葉（「わしが何を食ってきたか知らないほうがいい」［一八三］）が暗示しているのは、人肉を食べる者とは「善き者」でもあり「悪しき者」でもあるという現実なのだ。

太平洋戦争時にフィリピンでのジャングル戦やその後の捕虜生活を日誌に記した小松真一は「人肉を食べん人でも、機会があれば食べてやろうという考えを持ち出し、それが誰も不思議だとも不道徳と考えなくなっていたことは事実だ」、「戦争は、ことに負け戦となり食物がなくなると、食物を中心にこの闘争が露骨にあらわれて、他人は餓死しても自分だけは生き延びようとし、人を殺してまでも、そして終いには死人の肉を、敵の肉、友軍の肉、次いで戦友を殺してまで食うようになる」などと記録している。[8]

『ザ・ロード』において「百もの夜に精神病院の壁に鎖で繋がれた哲学者のように真剣に自ら死を選ぶことの是非」（六〇）について妻と議論したという父親が、人の肉を食うことを拒絶していた人間が人の肉を食うようになる事態を想像しなかったというのは不自然だろう。そう考えると、妻が「永遠の無を心の底から望み」（五九）、自死を選んだ最大の理由が自分の息子を食さなければならない状況に追い込まれることであると考えても、的外れではなかろう。つまり、自己のサヴァイヴァルのために、自己の一部である息子の肉を食らわねばならないほど過酷な状況、そのように自己がサヴァイヴしていくことのアポリアから逃れる唯一の方策として、彼女は自死を選択したということになる。カニバリズムをめぐる言説は、道を進むあいだ、絶えず脅迫的に父親に迫る問いであるだけでなく、『ザ・ロード』の語り全体の通底基音となっているのだ。

本筋からははずれるが、この文脈で最も議論を呼ぶのは映画『ザ・ロード』[9]のラストシーンであろう。映画では父親の死後、一人海辺でたたずむ少年のもとに銃を携えた男が近づき、自分たちの家族に少年を迎え入れる。小説のエンディングについては「銃を持つ男と同伴の女性が食糧が必要となったらすぐに少年を食べるかどうかは分からない」[10]という解釈が一般的だろうが、そのような可能性は映画のラストシーンからは完全に排除されている。つまり、「善き者」が「悪しき者」＝人肉を食べる者に転化する可能性が排除され、「善き者」と「悪しき者」は最初から最後まで峻別されていることになるのだ。男とその妻、男の子と女の子、さらには飼い犬までが登場する映画のラストシーンは、少年がこの家族の庇護のもとでサヴァイヴすることだけでなく、人類全体がサヴァイヴしていくことが強く示唆されている。父親の死の直後に、あたかも神から遣わされたかのようにあらわれるこの家族の登場によって、映画『ザ・ロード』は大団円を迎える。そのようなハッピーエンディングは観る者にカタルシスの感覚を喚起してやまないが、原作小説にあった倫理基準をめぐる言葉のグロテスクな恣意性という主題は、はるか遠くに放逐されてしまうのだ。

崇高の向こう側

小説『ザ・ロード』において、父親が無意識に恐れるのは、二人が取り残された世界が神の裁きが終わった以後の世界であり、自分たちがすでに神に棄てられた存在である可能性だ。マッカーシー作品では終末論的主題が扱われることはめずらしくないが、なかでも『ザ・ロード』は、世界の終焉を扱う聖書へのほのめかしに満ちている。とりわけ、『ヨハネの黙示録』における、七つの封印（六章一節–一七節）、七つのラッパと七人の天使（八章六節–九章二一節）、七つの雷（一〇章一–七節）、七つの鉢（一六章一節–二〇一節）のエピソードに記された、神の怒りが注がれた後の世界を『ザ・ロード』は暗示している。実際に、天から降り注ぐ炎、焼き尽くされた木々や草、破壊された船、死に絶えた海の生命、消えた太陽と月、疫病や巨大地震、死体がいたるところに放置された都市などの風景は、両者に共通する。[11] そして、『ザ・ロード』の世界が神によって人間すべてが救われた者と呪われた者に聖別された以後の世界だとすれば、必然的に後者に属することになる父親と息子に救済が訪れる可能性はないということになる。[12]（図1参照）

図1　アルブレヒト・デューラー「ラッパを吹く七人の天使」『黙示録』（1498年）

カントは「深い寂寥は崇高であるが、恐怖的にそうである」[13]と述べたが、キリスト教世界において究極の恐怖とは神に見捨てられる恐怖にちがいないだろうし、逆説的だが、そのような究極の恐怖が崇高という究極の美学的感性につながることになる。D・H・ロレンスの言を援用すれば、キリストも福音もキリスト教精神の創造的息吹もない『ヨハネの黙示録』が聖書のなかで最も効果的な教義となったように。[14]またカントは、悲劇においては「崇高に対する感情」が動かされる点に言及し、「他人の幸福のための、惜しみなき献身、危険に際しての大胆な決意、試練をうける信義などが現われる」[15]としているが、そうであれば、『ザ・ロード』においてプロットや主題の中心を形成するもの、すなわち、究極の業苦のなかでこそ息子の生の意味を見出そうとする父親の意志はすぐれて悲劇的なのであり、「恐怖的崇高」の表現によって下支えされているとも言えよう。

たとえば、「全裸で不潔で飢えたまま立っている」（二七五）、「不潔でぼろぼろで希望のない姿」（二九二―九三）というように、『ザ・ロード』で描写される数少ない生者たちの身体は、救いようがなく醜いが、そのなかにあって、少年の身体は奇妙に審美的に描かれる。それは一方で、「死の収容所から出てきたように……飢えて、疲れ果て、恐怖で気鬱になっていた」（一二三）というように他の人物たちのそれと同列に描かれている反面、美醜入り混じったこの世のものとは思われないたたずまいを保持している。

［父親］はいよいよ自分たちに死が及んできたようだから誰にも見つからない場所を探さなければならないと考え始めた。しばしば座って少年の寝顔を眺めていると嗚咽が止まらなくなることがあったがそれは死が理由というわけではなかった。よく分からなかったが美（beauty）や善（goodness）がその理由らしかった。

(一三七)

「胸にきつく抱きしめたいほど優美なもの(grace and beauty)はすべて苦痛に起源をもつ」(五六)という語りが示しているように、父親にとって少年の身体は怪奇と恐怖と信仰が結びつく「崇高」のためのトポスにほかならない。

リオタールの言を借りれば、「崇高」は「ある概念と一致するはずの事物を、想像力が提示しそこなったときに生じる感情」[16]である。

われわれは世界(いま現に存在するものの総体)という「理念」をもっている、しかし、その例をひとつあげてみせる能力をもたない。……われわれは絶対的に偉大なものや絶対的に強力なものを着想することはできる、けれどもその絶対的偉大さやその絶対的権力を〈見せる〉ための、事物のあらゆる提示は、われわれには苦痛なほど不十分であるように見えるのだ。[17]

父親は死の直前に「崇高」としての息子の姿を幻視する。「涙に濡れた目をあげてみると少年は道に立って想像もつかない未来からこちらを見返しているのだった。その姿は荒廃のなかで聖像を安置する聖なる入れ物(tabernacle)のように輝いていた」(二九三)。ここで、父親は、旧約聖書『出エジプト記』(二五章―二七章)に記された、イスラエルの民がエジプト脱出後に荒野をさまよった際の移動式聖所、またはキリストの聖体を入れる容器、「神が住まうのにふさわしい黄金の盃」（七五）として息子の身体を目に焼きつける。[18] 死の間際になってはじめてこの父親は、自分の想像力の限りで捉え、解釈し、言語化できる世界の向こう側を幻視するのだ。

父親は表象不可能な、息子の内なる「火」を信じながら死んでいく。もっとも、息子が自分の死後もサヴァイヴしていくという合理的確証は得られないまま、「死んだ息子を抱くことはできない」（二九八）という理由で息子を終末論的世界に残していく彼は、当初決意したような意味で倫理的責任を果たしたとは言えないだろう。だが、物語の終わりで父親が抱く息子の未来への希望は、二人だけの閉じられた世界を求めた帰結として、つまり独我論的な倫理的責任を果たした末に訪れるものではもはやない。父親と少年が最後に交わす会話は以前見かけた男の子についてである。「あの子が迷子になっちゃったんじゃないかって心配なんだ」という息子に対して、父親は「善意（goodness）が見つけてくれる。いつでもそうだった。これからもそうだ」と説明する（三〇〇）。ここでの「あの子」とは父親にとっては息子のことにほかならないのだが、この最後の瞬間の父親の賭金は、越智博美の言を借りれば、「サヴァイヴァルの意味を、他者と競争して自分だけが生き延びることから、失われた他者を悼み、はからずも生き延び、その痛みをよすがに他者とつながる可能性」[19] に対してだ。同時に、この「善意」とは単に社会性によって育まれるものというよりも、今ここにある世界が包摂しきれない、「崇高」の向こう側にある「真実」の領域に属すものであり、息子を残し死にゆく父親が幻視する、絶対的に表象不可能な何かである。[20] したがって、父親が「自己」の価値観を放棄し、死去した直後に、少年が男の人とその家族に、つまり、「他者」のなかに迎え入れられることは物語的必然と言えるだろう。父親は、古い世界の生の価値を支えていた人間の想像力や倫理観にもとづき、新しい世界の状況と葛藤しつづけた人間と言えるが、そのような父親の庇護下にある限り、少年が、あるいは彼の物語が、「真実」の領域に自ら入っていく契機は訪れえなかったのだ。
物語の最後で少年は見ず知らずの「他者」たちに迎え入れられる。

女のひとは少年を見ると両腕で彼を抱いた。ああ、あなたに会えて嬉しい、と彼女は言った。彼女は少年に時々神様のことを話した。少年は神様に話しかけようとしてみたができることと言えば父親に話しかけることだけで実際彼は父親に話しかけたしそうするのを忘れなかった。彼女はそれでいいのだといった。神様の息はいつも人から人へ伝わるがそれでも神様の息には違いないのだからと。（二〇六）

一見、幸福感に満ちた物語のエンディングではある。もっとも、それは純粋なハッピーエンディングでは決してない。いつの日か、彼らが少年の肉を食らうことになる可能性が無である確証はないのだから。それでもなお、ここには神なき世界における希望の可能性が見出されると言わねばならないだろう。『ザ・ロード』の創作に関連し述べられた「我々はもっと感謝しなければならない。誰に対して感謝すればいいのか分からないが、今あるものに感謝しなければならない」[21]という作者マッカーシーの言葉は、『ザ・ロード』が倫理とサヴァイヴァルの領域を絶えず揺れつづける作品であると同時に、わが子の未来を包摂する「真実」への切実な祈りに満ちた作品であることを裏書きしている。

物語の最後に描かれるのは、少年や世界がその後にどうなったかのではなく、かつて渓流の「琥珀色の流れ」に棲み、「白いひれを柔らかく波打たせている」川鱒の姿である。

川鱒の背には複雑な模様があり、それは生成する世界の地図であった。地図であり迷宮であった。二度とは元に戻せないものの。二度と同じようには作れないものの。川鱒が棲んでいた深い峡谷ではすべての存在が人間よりも古く、神秘の歌を静かに口ずさんでいたのであった。（三〇七）

このエンディングには、人間なき後（ポスト・ヒューマン）の世界が存在しつづける可能性が描かれていると解釈することも可能だろうが、本章の趣旨に照らせば、人間の存続をも可能にする、人間の価値観そのものの変遷の可能性が暗示されていると言えるだろう。もっとも、それはこれまでに人類が築いた歴史の繰り返しや延長では決してないし、「崇高」の向こう側の世界にどうたどりついたらいいのかについては、人間の想像力は決して及ぶことはないのだ。

註

1 Cormac McCarthy, *The Road* (New York: Picador, 2006) 19. 以下、引用は同書による。日本語訳は著者によるが、黒原敏行訳（早川書房、二〇一〇年）を適宜参照した。

2 Lois Parkinson Zamora, "The Myth of Apocalypse and the American Literary Imagination," *The Apocalyptic Vision in America: Interdisciplinary Essays on Myth and Culture*, ed. Lois Parkinson Zamora (Bowling Green: Bowling Green U Popular P, 1982) 97-98.

3 『ザ・ロード』の寓意的解釈については、キリスト教神学、環境文学、アメリカ例外主義、ネオリベラリズムなどの視点から多様に論じられてきた。たとえば、三浦は「社会的なセーフティネットが失われた市場原理と自己責任の世界の寓話になっており、だからこそ、途方もない大災害こそ逆にリアルだったわけである。……社会などというものは存在しない。われわれは自己責任で生き延びるしかないのだ」（三浦玲一「『文学』の成立と社会的な想像力の排除——『キャッチャー・イン・ザ・ライ』の現在とコーマック・マッカーシーの『ザ・ロード』」、『文学研究のマニフェスト——ポスト理論・歴史主義の英米文学批評入門』［三浦玲一編、研究社、二〇一二年］八一）と論じ、『ザ・ロード』をネオリベラリズムの悲劇として解釈している。

4 黒原敏行「訳者あとがき」、コーマック・マッカーシー『ザ・ロード』三三九参照。

5 ロバート・オルターは、リンカーン、メルヴィル、フォークナー、ヘミングウェイ、ベロー、マッカーシーなど主要なアメリカ文学の文体や想像力に対して、いかに『欽定訳聖書』が大きな影響を与えてきたかを分析しつつ、「マッカーシーの散文に見られる、簡潔な音律や張りつめた言いまわしは、並列節を多用し複雑な構文を避けることで実現しているが、それらは多くを欽定訳聖書に負っている。ただし、聖書に起源を見出すことをしなくても、読者はマッカーシーの文体の力を感じることができるだろう」(Randall Stephens, "American Literature and the King James Bible: An Interview with Robert Alter," *Religion in American History*. Web. 23 Mar. 2012) と述べている。

6 ハンス・ディークマン『魂の言葉としての夢——ユング心理学の夢分析』（野村美紀子訳、紀伊國屋書店、一九八八年）一四。

7 ここには『ヨハネの黙示録』（一二章）に描かれた、「荒野に逃げた女」が含意されているのかもしれない。

8 小松真一『虜人日記』（ちくま学芸文庫、二〇〇四年）一四〇、三五一、三五四。

9　『ザ・ロード』（DVD）（監督ジョン・ヒルコート、ハピネット、二〇一〇年）。

10　Jan Nordby Gretlund, "Cormac McCarthy and the American Literary Tradition," *Intertextual and Interdisciplinary Approaches to Cormac McCarthy: Borders and Crossings*, ed. Nicholas Monk (New York: Routledge, 2012) 49.

11　Carl James Grieneley, "The Setting of McCarthy's *The Road*," *Explicator* 67.1 (2010) 12.

12　「長い鋏の刃のような光と、続いて地の底からわくような一連の衝撃」にともない、「時計はみな一時一七分で止まった」（五四）という描写のこの時計の数字の意味を『ヨハネの黙示録』（一章一七節）に結びつけ解釈する向きもある。「わたしは、その方を見ると、その足もとに倒れて、死んだようになった。すると、その方は右手をわたしの上に置いて言われた。『恐れるな。わたしは最初の者にして最後の者』」（新共同訳）というヨハネに対するキリストの顕現を、原型的描写と見なすわけである。この文脈では、父親は神の怒りの証言者、息子は神の言葉の預言者ということになるかもしれない。

13　マギスター・イマヌエル・カント「美と崇高の感情に関する考察」『カント全集』第三巻（川戸好武訳、理想社、一九六五年）一三。

14　D. H. Lawrence, *Apocalypse* (New York: Penguin, 1996) 66.

15　カント 一七。

16　ジャン＝フランソワ・リオタール『こどもたちに語るポストモダン』（管啓次郎訳、ちくま学芸文庫、一九九八年）二六－二七。

17　リオタール 二七。

18　マッカーシーはこの作品の初期原稿に「聖杯（The Grail）」というタイトルを付していた。当初マッカーシーは少年のキリスト的人物像を強調したが、最終的にヘミングウェイの「氷山理論」的に最小の言葉で最大の効果を得る方向を採用した。Allen Josephs, "The Quest for God in *The Road*," *The Cambridge Companion to Cormac McCarthy*, ed. Steven Frye (Cambridge: Cambridge UP, 2013) 139 を参照。

19　越智博美「サヴァイヴァル」『文化と社会を読む　批評キーワード辞典』（大貫隆史・河野真太郎・川端康雄編、研究社、二〇一三年）一七〇。

20　マッカーシーは初期原稿のなかで「世界の終わりと真実の終わりが同じだとは決して思わない」というメモを残している。Cormac McCarthy, *The Cormac McCarthy Papers, 1964-2007.*

MS and TS. Alkek Lib. Texas State University, San Marcos, Box 51, Folder 3 を参照。

21 Cormac McCarthy, "Oprah's Exclusive Interview with Cormac McCarthy Video," *The New Oprah.com*. Harpo Productions. Web. 28 Aug. 2015.

第11章　『特急日没号――劇形式の小説』――"You See Everything in Black and White"

グローバル資本主義の精神とポストモダン文学の倫理

グローバリズム（ここでは「アメリカ」というシステムの世界化と言ってもいいだろう）においては、人間の欲望や主体が管理統制され、ハイパーリアリティやシミュラークルの「表層」が「真実」を凌駕する。この文脈において、トマス・ピンチョン、カート・ヴォネガット、ドナルド・バーセルミ、リチャード・ブローティガン、ドン・デリーロ、ロバート・クーヴァーといったアメリカのポストモダン作家たちは、「現実」の構築性・虚構性に対して強烈な批判意識をもち、独自の倫理を醸し出す文学作品を数多く残してきた。「リアルなもの」の多様な存在様式、高度消費社会へのアイロニー、固定化された「現実」に対抗する複数の「現実」の提示、意味生成の過程を問題化し自らの虚構性を意識した語りの仕掛け（メタフィクション）、高級芸術と低級芸術の垣根を壊すジャンル混淆性、シミュラークルのパロディとも言える奇抜な詩的イメージの連鎖、などをそれらの作品は特徴とする。しばしば物語的自己矛盾に陥ることさえ厭わずに、画一的・統一的な世界観を超えようとする姿勢こそがポストモダン的だとも言えようが、ポストモダン文学の多くの作品は「精神の弁証法、意味の解釈学、理性的人間あるいは労働者としての主体の解放、富の発展」といった「大きな物語」に対する不信を共有している。[1]

だとすれば、「真なる物語を構成する関係の諸要素——すなわち偉大な主人公、偉大な危難、華々しい巡歴、崇高な目標」に彩られた近代文学の系譜に属する作品、すなわち、最終的に物語の背後の象徴的意味に回収される類の物語をポストモダン文学が問題化したのも必然であった。西洋近代的主体を所与の条件とする「大きな物語」は資本主義と連動しながら人間の欲望を開拓しつづけたが、やがて欲望の主体それ自体が蕩尽されるにいたったことと、このことは無関係ではない。ポストモダン文学は「これはどの世界なのか」「その世界のなかで何がなされるべきなのか」「どの自己がそれをなすべきなのか」[2]といった存在論的問いを前景化するが、このことが逆説的に示すのは、グローバル化した世界に生きる人間とは自身にとっての他者を失うことで自己の同一性をも失った存在であるという事態なのである。

ポストモダン文学の多くが表面的には遊戯的で不真面目に見えながら鋭利な文化・文明批評となるのは、人間の個の生が徹底的に簒奪される「ポストモダンの状況（条件）」を意識しながら対抗物語（カウンター・ナラティヴ）を紡ぎだそうとする強烈な創造の意志を有するからにほかならない。誤解をおそれずに言えば、ポストモダン以降の文学とは、高度なシステムで人間を消費者としての主体に封じ込め、管理するグローバル世界への反応であると同時に、否応なくシステムと共犯関係を切り結んでしまう主体のあり方を痛切に意識したアイロニカルな自己批評でもあるのだ。つまり、ポストモダン文学の倫理はグローバリズムの精神と表裏一体のものであり、自己破壊的な衝動を携えた内なる他者（性）とともに立ち現れる自己のあり方を表現することにあったのである。自己分裂的なポストモダン文学の優先的主題は、主体の分裂・崩壊・消滅の諸相をどのように表象するかについての倫理的洞察にあったのだ。

コーマック・マッカーシーは、神話的世界を立ち上がらせる独自のリアリズムの手法で、一見、ポストモダン作家たちとは一線を画す作品を創作しつづけてきた。だが彼もまたポストモダン作家たちと同根の批判精神を共有していることは疑いえない。実際に、暴力と死が横溢する世界や自然の人間に対する根源的な冷酷さ・無頓着さという、彼の作品に通底するモティーフは、「ポストモダンの状況（条件）」と通底するのであり、ポストモダン作家たちのアメリカ的想像力とも共振する。ここでは「劇的形式の小説（A Novel in Dramatic Form）」という副題が付された『特急日没号』[3]（*The Sunset Limited*, 2006）を題材にしながら、「人間」的なものを無化しつづける（あるいは、後述するように、「生」から「死」を、「善」から「悪」を目くらまし的に引き裂く）グローバリズムの「文化」の内実を暴露しようとする、ポストモダン作家としてのマッカーシーの物語戦略について考察する。[4]

ポストモダン都市ニューヨーク

『特急日没号』の舞台はニューヨーク市（以下、「ニューヨーク」と略記）の黒人居住区（ゲットー）にある安アパートの一室。部屋に住む元囚人ブラックが朝の通勤途中の地下鉄駅構内で飛び込み自殺をしようとした大学教授ホワイトを間一髪のところで助け、部屋に連れてきたところから物語は始まる。それに続くのは記号そのものの名前が付与されたこの二人の対話、というより二つの世界観の衝突であり、そこには、死、幸福、神、他人への義務、人生の意味、意味の意味、などの主題が含まれる。基本的に二人のやりとりだけで進行するこの小説

=戯曲（以下、「物語」と表記）の眼目は、ブラックがホワイトを説得し自殺を思いとどまらせることができるのか、あるいは逆に、ホワイトがブラックを論破し自殺を決行することになるのかという点に収斂する。どちらが「善」でどちらが「悪」とも言えない世界観の衝突や葛藤をめぐって、二人のどちらに共感するのか、あるいは双方に共感するのか、はたまたできないのかによって決定的な解釈の差異が生じる物語である。

まずはこの物語の舞台がニューヨークに設定されている意味合いについて考えてみたい。一九世紀末以降、経済・金融・文化の中心として世界有数の都市となったニューヨークは、世界各地から迫害を逃れ、アメリカの夢を求めてやってきた移民を受け入れ、諸々の摩擦や対立が生まれる反面、多文化・多民族の価値観を巧みに同居させてきたとされる。もっともそれはレム・コールハースが論じたように、「論理的推論によって再構築」[5]された言説としての「ニューヨーク」であり、だからこそ、この国際都市は今もなお多くの文学者や芸術家を惹きつける「文化」首都でもありつづけているのだが、その成立要件はさまざまな人間の「欲望」をエンジンとする大衆消費社会の成熟にあったと言ってもいいだろう。

一九世紀末から二〇世紀初頭にかけてのアメリカにおける大衆消費社会の成立を綿密に分析したスーザン・ストラッサーは「習慣、思考方法、態度、社会組織、宗教、環境、経済組織、物的資源、つまり文化の諸要素に依存し、またそれらに影響をあたえる」点において、「人間のニーズ［欲望］とは文化的な複合概念である」[6]と論じている。現在のグローバル資本主義は都市に住む「消費者」の誕生と拡大に端を発するが、その背景として大量生産・大量消費を前提とする、いわゆる「テーラーシステム（言語の習得、高い教育水準、技術の熟練等を要しない点でおよそ誰でも参加することができる、すぐれて効率的なシステム）」が多民族国家アメリカの経済活動だけでなく、自由主義・民主主義を下支えする「文化」装置となったことが大きい。そのようなアメリカ型の資本主義〈グローバル資本主義〉がもたらした「文化」は、とりわけ冷戦時代において、アメリカの夢の概念と接続したアメリカ的生活様式の普遍性を世界に拡散するのに大きく寄与したのであるが、それは同時に「消費者」の欲望を無限に拡大する自動運動でもあったために、やがてそれに不可避的に包摂される実社会内部においてさまざまな矛盾や弊害、簡単に言えば、「人間」疎外の状況をもたらすこととなった。たとえば、佐伯啓思は「資本主義の運動が社会を覆えば覆うほど、社会は伝統破壊的であり、習慣や落ち着いた生活［は］、打ち壊されていく。……静謐はおろか、節度や反復さえかえりみられなくなる。ゆったり流れる時間の感覚や、歴史、文明といったものは、性急できりつめられた時間の感覚に席をゆずる。持続するものは変化するものの中でだれの関心もひかなくなる」[7]と指摘しているが、この「感覚」はマンハッタンの中心街を歩いたことがある者なら誰もが知る「感覚」だろう。

ポストモダン作家たちのみならず、二〇世紀のアメリカ作家たちは資本主義に支配される人間の欲望や主体の様相を克明に描き出しつづけてきた。貨幣によって人間の思想や生き方が支配される資本主義の自動運動が人々の欲望を加速度的に増大させた一九二〇年代の「ニューヨーク」はその典型である。F・スコット・フィッツジェラルドの作品が描いているように、「ジャズ・エイズ」を謳歌した人々は「欲望」の網の目に捕らえられていたとしばしば指摘される。たとえば、当時の物質主義と消費社会を迎えたロスト・ジェネレーションについて述べられた、「他者の欲望を引き受け、欲望する主体となることで、自らの内に他者の欲望の及ばない〈本来の自己〉という幻想を作り上げ、その上でそれを失ってしまったという虚無感を抱えることになる。そういう意味で消費社会においては欲望の主体となると同時に自己を喪失するという逆説的状況に置かれる」[8]といった事態はその範例だろう。欲望の主体になるということは自己の喪失と引き換えに行われる消費活動の主体になることと等価であり、そのことを意識したときに刹那主義的な、あるいはロマンティックな自己の生き方に対するシニシズムが生まれる。エドマンド・ウィルソンが指摘したフィッツジェラルドの「ダブル・ヴィジョン（ロマンティックであるがロマンスに対してシニカル）」[9]とは「欲望」の自動創出装置によって自己が解体される人々の自意識の謂いでもあったのだ。

人間の分裂的自己意識のあり方はポストモダンのアメリカ文学においてより顕著に主題化された。金融資本と情報の流動化を中心とするグローバル資本主義は、貧富の格差の拡大や、人種・民族・ジェンダーにもとづく労働分業、都市空間の変容、都市住民の移動、地域（ローカリズム）の台頭、人種・民族間対立の複雑化などをもたらしたが、[10]ポストモダンのアメリカ文学は、都市の文化的・歴史的固有性が失われ、主体の液状化や分裂症的解体がもたらされる状況に敏感に反応したわけである。とりわけニューヨークは多くの作品において物語の舞台となったが、それは「ニューヨークほど高度資本主義社会における都市の活力と矛盾を表象する都市はほかにない」ので、「ニューヨークの経験は、アメリカと世界のほかのすべての中枢都市の経験を先取り」[11]することが常であったからだ。なるほど、文学や芸術を含めた広い意味での「文化」の大部分がグローバル資本主義に支えられ存在していることを示すのに「ニューヨーク」というトポスはいかにもふさわしい。事実、「無限に欲望を喚起する資本の論理が文化の論理に浸透した結果、主体は表象不可能な崇高性に身を委ねる恍惚感と、認知不可能な巨大なシステムに操作される不安の間に宙吊りにされる」[12]といった感覚を表現するうえで「ニューヨーク」は恰好の物語的トポスでありつづけているのだ。

グローバリズム（アメリカ的システムの世界化）を体現するポストモダン都市ニューヨークは二〇〇一年九月一一日の同時多発テロの時点において、「その歴史をつうじて、システムのあらゆる変遷とそのシステムの現在のかたちを、驚くほど忠実にたどることができる、世界でただひとつの都市」[13]でもあった。なかでも世界貿易センターのツインタワーはそれまで四半世紀にわたってアメリカの夢とアメリカ的生活様式を幾重にも重ねあわせたグローバル資本主義の化身であった。だからこそ、ジャン・ボードリヤールが指摘したように、「建築そのものが、システムの現状を反映」した「ツインタワーの崩落は……建築形態と、それが体現するシステムの行く末を劇的に先取りして」いたのであり、「垂直性のレトリックとともに、鏡のレトリックも消滅」したこと[14]は、オリジナルとコピーの区別すら消失したポストモダン的主体の崩壊を端的に象徴することとなった。

> テロリズムは……パワーとその解放、資本のフローと計算の狂宴を完成させる。ツインタワーはそのシンボル的存在だったが、塔とともに、効率と覇権の極限の形態もまた暴力的に解体されたのだった。……こうして、グラウンド・ゼロ［ツインタワーの跡地］で、グローバルなパワーの瓦礫を前にするとき、私たちは自分自身の姿を絶望的な思いで見出すほかはない。[15]

以上の文脈に置いてみるとき、『特急日没号』の「ニューヨーク」は、その設定において、オリジナルとコピーの区別がつかないシミュレーション原理にもとづくポストモダン的巨大システムとして、そのシステム自体が

ハイパーリアリティとして括弧にくくられた存在（非存在）として（反）表象されていることがわかる。つまりそれはグローバル資本主義それ自体の象徴ではなく、その内的崩壊の象徴なのであり、人々の存在様式の崩壊をも指示する記号として表現されているのだ。実際のニューヨークの街並みや群衆、風景などはまったく表現されず、物語舞台がブラックの部屋に限定されていること、しかもそれが地上とではなく、どこか地下鉄の駅に連結しているような設定、つまりシミュラークルとしての「ニューヨーク」に想像的に接続する提喩的空間であることは偶然ではない。[16] ブラックとホワイトのあいだで交わされる形而上学的・神学的議論において、グローバリズムの「文化」の極地「ニューヨーク」は不在の中心となっているのだ。[17] また、物語における二人の登場人物の関係は、同時多発テロ直後に刊行された『ニューヨーカー』の表紙に描かれた、あたかも亡霊として屹立する「ツインタワー」（図1参照）に対応しているように映るし、地下鉄の駅でブラックの前に突然あらわれたホワイトをツインタワーの廃墟から「生」の領域に回帰した絶対的他者（死）として寓意的に解釈することもあながち的外れではないだろう。このような舞台設定・人物設定は、グローバリズムが人々の「欲望」や「価値」の複雑な編成のうえに象徴のコードとして成り立ってい

図1 「亡霊のように屹立するツインタワー」雑誌『ニューヨーカー（*The New Yorker*）』2001年9月24日号表紙
Art Spiegelman, *The New Yorker* © Conde Nast

るのであり、その言説空間の仕組みが暴露され、「自分自身の姿を絶望的な思いで見出す」ときに個人はどうなるのか、どうすべきなのかという、ポストモダンの存在論的問いに不可分につながっているのだ。[18] 象徴機能が喪失する時代の謂いがポストモダンであれば、西洋近代的主体と共犯関係にあるグローバリズムの黄昏や憂鬱を、そのタイトルが明示するように取り込んだ『特急日没号』の物語設定は、明らかにモダンとポストモダンとの接続、さらにはポストモダンによるモダンの超克という古くて新しい主題が含意されている。そうでなければ、九・一一以後、その余波のなかで書かれたにちがいないこの作品の舞台をあえてニューヨークに措定する意味は何もないだろう。

弁証法的関係の緊張と脱構築される主体

消費者としての人間の「欲望」や「価値」は他人との関係から生まれる「社会的なもの」であり、「社会的なもの」はハイパーメディアによって絶えず増幅され、主体を形成していく。ルネ・ジラール[19]を持ち出すまでもなく、物質的なモノであれ、精神的なモノであれ、他者の欲するものを欲望することで主体は形成されるが、ポストモダン以降の文脈においては、もはやいかなる拘束も存在しないように見えるグローバリズムと共犯関係にある主体化自体が自己を象徴的に殺戮しかねない危ういものとして批判の対象となる。

たしかに資本主義の誕生以降、モノの背後に「意味」や「価値」を求めずにはいられない人間の内なる衝動は病であると同時に生きる活力源でありつづけてきた。もっとも、新奇なものや未知なるものへの関心が歴史や芸術を含む広い意味での「文化」を創造し、そのようなモノの背後に「価値」を見出すことで主体そのものの「価値」は想像的に担保されてきたはずだが、現在、さまざまな社会や世界の矛盾を前にして、グローバル資本主義と相互依存する主体のあり方を手放しで歓迎することはできないだろう。主体とは常にすでに記号の権力構造のなかで承認される「意味」や「価値」の手垢にまみれた様態であることを誰もが自認する時代であればなおさらであろう。

ボードリヤールは言っている。

中世社会が神と悪魔の上で均衡を保っていたように、われわれの社会は消費とその告発の上で均衡を保っている。悪魔のまわりにはさまざまな異端とさまざまな黒魔術の流派が組織されえたが、われわれの魔術は白く、豊かさのなかには異端はもはや存在しえない。それは飽和状態に達した社会、眩暈も歴史もない社会、自ら以外に神話をもたない社会の予防衛生的な白さなのである。[20]

『特急日没号』において、ホワイト（白）という記号的な名前をもつ人物が自らを「暗闇の教授」と呼び、「昼間の衣装をまとった夜」（一四〇）と形容することはいかにも意味ありげだ。また、ブラック（黒）という名の人物に一般的には「白」が象徴する「善」性が与えられていることは決して偶然ではない。ここにはトニ・モリスンが議論したような意味でのアメリカ文学に支配的な「白」と「黒」の象徴の攪乱という物語戦略、すなわち、アメリカの白人が「自分は奴隷ではなく自由なのだと自覚する道具」としての「アフリカニズム（いやがられる者ではなく望まれる者、無力ではなく資格と力をもち、歴史をもたぬ者ではなく歴史をもつ者、呪われた身ではなく無垢の者であり、盲目的な進化から偶然に生まれてきた者ではなく成就していく人間として自覚するための道具」[21]の転倒・倒錯がある。物語が進むにつれ、ホワイトとブラックの世界観や宗教的見解は対立的に示されていくのだが、その対立自体の対称的に持続する弁証法的緊張を通して、ポストモダンの時代における渾然一体とした主体編成のあり方が示されているのだ。ここでは「白」と「黒」が含意するシニフィアンとシニフィエの関係は不変ではなく、むしろ可逆的である。

図2「簡素なブラックの部屋」*The Sunset Limited*（監督 Tommy Lee Jones、DVD、1分51秒）

ブラックが暮らす安アパートの部屋は彼が物質的極小主義者であることを端的に示している。そこには必要最小限の物だけが置かれている（図2参照）。台所に備え付けの冷蔵庫のほかには、簡易なテーブルに椅子が二脚、テーブルの上に置かれた聖書、新聞、眼鏡、メモ用紙、鉛筆があるだけだ。ブラックの「生」に必要なモノはこれですべてというわけであるが、ここで示唆されるのは、ブラックが物質的消費（消費の主体となること）を忌避する生活をしているという事実、さらに言えば、「欲望」全般の排除を志向しているという事実だ。アパートの他の部屋には不埒な輩が住み、物がなくなる（盗まれる）こともよくあるが、ブラックにとってはまったく問題ではない。というよりも、モノがなくなるということは彼にとって福音ですらあるという。盗人が跋扈する「ひどい場所」にブラックが住みつづけていることを理解できないというホワイトに対し、ブラックは

「奴らが俺の持ち物を持ち出すから俺は何も持たなくなる。それはいいことなんだ。……そのうち、物がどうしても欲しいなんてことも一切なくなる」(三九)と反論する。外部との通信手段をもたず、舌を滑らかにする酒も置かない(二二、五六)、この極小主義者の宇宙に存在してほしいと願う唯一の対象は神、厳密に言えば、純粋な象徴としての神というわけだ(たとえそれが沈黙の神だとしても)。

妻に去られ、二人の息子に先立たれ、知り合いのほとんどはこの世を去ったというブラックは、刑務所暮らしのなかでの乱闘事件をきっかけに神の声を聞き、再生したキリスト教徒(ボーン・アゲイン=「新生」の意)となったという(三七、四九)。[22] トラブルを求めるかのように過ごした人生の対極に今はいて、悩みや苦しみを抱える人間の手助けをすることが自身の存在意義と考えている(三八)。「試練を好んで受け入れてきた」彼にとって、自殺を試みるホワイトが目の前にあらわれたことは彼を試す神の意志の顕現にほかならないのだ(四〇、六五)。そのように、神の秩序を中心とする中世的価値観への回帰にも見える彼の回心体験は「価値」の消失ではなく転換をともなうという意味で肯定的な選択であり、少なくとも彼自身は「悪」から「善」への移行を果たしたものと自己認識している。

ブラックとは対照的に、ホワイトはグローバル化のなかで「価値」の座標軸を喪失した人物である。この現代アメリカ版シュペングラーとおぼしき人物が芸術や人文科学に対する信頼を喪失したことを自殺の論理的根拠としていることは象徴的だ(「なぜそうなったのか、説明はうまくできない。でもあの世界はおおかた失われてしまったんだ。すぐにすべてが失われてしまうだろう。……私が愛したものはとてももろかった。……壊れることなんかないと思っていたが、そうじゃなかった」[二六])。[23] かつてのナチスの強制収容所を引き合いに出し、

「西洋文明はダッハウの煙突から上がる煙と化してしまった……それに夢中になるあまり真の姿が見えていなかった」（二七）と嘆いてみせる知識人ホワイトは、文明、世界、人間、そして彼自身の終焉をはっきりと見据えているのだ。奇しくもシュペングラーは書いていた。

思想家にとっては、自分といっしょに、自己の世界像として生まれたものが真理なのである。それは［彼］の作りあげたものではなく、彼が自分のなかに発見するところのものである。それはいいかえれば［彼］自身であり、言葉に述べられた彼の本質であり、学説として形成された彼の人格の意義であって、その一生を通じて変えることのできないものである。なぜならばその真理と彼の生命とは、同じものだからである。[24]

だが、同時に、ホワイトはグローバリズムの「文化」に「価値」を見出すことを自らの自由意志で拒絶する人間として表象されてもいる。「私は自分の今の心が世界を悲観的に捉えていると見なしているわけではない」（三六）というように、ホワイトはグローバリズムの「文化」に主体化＝従属化しないことを、逆説的だが、主体的に選択したとも言えるのだ。いみじくもブラックが形容するように、「文化に病みつきのマニア（culture junky）」の状態から、自身と「特急日没号を隔てるすべて」が失われた今、「信じるのは特急日没号」だけ、つまり「死」だけがある種の超越性を担保していると考えるように、彼は世界像のパラダイム変化を求めるのだ（三二）。

このようにホワイトもブラックもあらゆる事象＝モノの背後に超越的象徴を求めずにはいられない近代人なのだ。西洋近代の歴史を通して、未知なるものや神秘的なものとの距離を意味づけ、その距離を観念（イメージ）

で架橋しようとする欲望は科学、芸術、神話、宗教など広い意味での「文化」を展開してきたが、その延長線上において、ブラックはボーン・アゲイン（ここでは「生」を選び取った人間とも言えるだろう）として何事にも超越的象徴（神の意志）の顕現を追求しつづける人間となり、他方、ホワイトは「死」にある種の特権的な超越的象徴を見出す人間になったというわけだ。ブラックは言う――「俺は疑う人間（doubter）ではない。だが探究する人間（questioner）だ。……探究する人間は真理を欲す。疑う人間はそんなものは存在しないと誰かに言ってほしいだけだ」（六七）。ここで、ブラックの信仰は不可知論的、すなわち、神の存在は認めるものの認識は不可能とする立場と言えるが、他方、ホワイトは無神論者ではなく、ブラックと同程度に「真理」の探究者として立ち現れている。つまり、善悪をめぐるブラックの主体とホワイトの主体はいつでも反転しうる可逆的で倒錯的な関係を切り結んでいるというわけだ。

ホワイトはあえぎ苦しむ者たちの怒号や叫びを心地よく聞くような神を否定するだけでなく、そもそも神は存在しないと主張する一方で、神を罵倒ばかりしている無神論者たちの議論に満ちた世界を否定する。そのうえで、ブラックが信じる宗教がさらなる悲惨な「生」、さらなる幻想や嘘にだけ備える宗教だと指摘し、「人間の心から死への恐怖を払いのけることができれば人間は一日たりとも生きる気はしなくなるだろう」（一三七）と主張する。「あらゆる道は死で終わる。……あらゆる友情。あらゆる愛。苦悩、裏切り、喪失、苦しみ、痛み、老い、憤慨、おぞましく長びく病気。すべてただひとつの結論に帰結する」（一三七―一三八）からだと。そして、「生」や来世に備えるのではなく、「死」や無に備える宗教こそが本物の宗教なのであり、そのような教会があれば進んで入会するとまで言い放つ。残酷な現実の背後に「神」という超越的存在の意志を幻視しようとするブラックの世界観を虚偽だと指摘し、人々がこの世界や自分自身のありのままの姿を見ておきながら絶望しないこと、すぐにでも自死を選ばないことがむしろ不思議だと声高に言うホワイトは、別種の象徴システムを仮構するかのように、きわめて理知的に「沈黙。暗闇。孤高。平和」としての「死」を選び取ろうとするのだ（一三六）。[25]

ただし、ここでマッカーシーが描こうとするのは、ヘミングウェイが幾多の小説で描いたような「死の不可能を可能性へと逆転させようとする……起死回生の戦略」、つまり「死に直面してはじめて主体が本来的な自己を掴み取り、真正な自らの死を全体性のうちに回復しようとする姿勢」や「誰のものでもない固有の死を自らの手元に手繰り寄せ、またとない自己実現の可能性に賭けようという姿勢」[26]とは異なるものだろう。ブラックとホワイトの主体の錯綜的な関係を通して暗示されているのは「自らの死を純粋で固有のものとして占有することにより自己実現を果たす主体」[27]ではなく、その経験を語ることも表象することも不可能な絶対的他者としての「死」を「生」（あるいは「善」）の領域へ回収することなく、不気味に揺らぎつづける主体のあり方なのだ。この文脈において、ただ「死」に超越的象徴を見出す以外に術をもたない、脱構築された主体の謂いが「闇の教授」なのであり、あらかじめ転倒・倒錯した「白」と「黒」、「生」と「死」、「善」と「悪」の統合されることのない弁証法的緊張を持続しながら『特急日没号』は前進するのである。

ポストモダンにおける倫理の主体・主体の倫理

このように見ると、ブラックとホワイトの世界認識や二人の緊張関係が平和的に解きほぐされ、物語的予定調和に向かうことはないことは明白だ。事実、ホワイトとブラックの対話劇によって示されるのは理性や合理主義の信仰や神秘主義に対する優位ではないし、その逆でもなく、「ドストエフスキーのいくつかの物語における対話のように……自己と、あるいは神と交わされる永遠の対話」[28]なのだ。それは対話であると同時に独話（モノローグ）でもあり、端的に言えば、作者マッカーシーの分裂した自我、あるいは内面の二つの声のせめぎ合いの反映と見なすこともできるだろう。[29]この点において、『特急日没号』の主題はポストモダン的な二つの自己像・世界像の永遠の宙吊り状態をめぐる物語であり、まさにこの言説空間において他者の自死をめぐる倫理の問題系が表出している。

マッカーシーは先行作品において、「自殺」「安楽死」あるいは「死への衝動」などを主題として継続して取り上げてきた。たとえば、『すべての美しい馬』の主人公ジョン・グレイディ・コールは「死への衝動」に突き動かされるがゆえに愛に生きることが可能となる人物であり、『平原の町』においては、愛に生きる＝死ぬという目的のために決闘することを選択し、その意のままに死んでいく。『越境』のボイドもまた、大義なき世界において敗北することを知りつつ自分なりの大義＝死を選び取る人物である。ボイドの兄ビリーはボイドの死に対しても、ジョン・グレイディの死に対しても、何か自分にできることはなかったのかと逡巡し、責任を痛感しながら生きつづけるしかない悲喜劇的人物であるが、読者や観客が必然的にその立場に身を置いて考えることを迫られるという点では『特急日没号』のブラックと相同的である。実際にブラックは「適切に配慮すること（proper care）とはどういうことなのか。誰かが自身の世界のなかであれほど不安定になり、あれほど疎外されるときに、それがこの生において意味をもつことは果たしてあるのだろうか」と問い、「私たちの愛する人々が私たちから奪われる時やその奪われ方を統御することなどできない」[30]という抗えない事実をつきつけられているのだ。

右の登場人物たちはある意味、グローバリズムの蛮行によって失われた世界を無謀にも取り戻そうとするロマンティシズムに貫かれた人物たちである。他方、ホワイトをその変奏と捉えることも可能だろうが、「文化」（もっとも、それはホワイトにとって「文化」の名に値しないものであるが）に関して透徹した悲観主義者、あるいはニーチェ的な意味でのニヒリストであることによって、彼は一連の登場人物のなかでも特異な存在である。と同時に、ホワイトの主張は、同時期に執筆された『ザ・ロード』において、世界の黙示録的終末を前にして、夫と息子と決別し、自死を選択する主人公の妻の主張と相同的である。「私の唯一の希望は永遠の無であって、心からそれを望んでいるのよ」[31]という彼女の決意を『ザ・ロード』の主人公は覆すことができないが、彼女と同じく崩壊した世界に対する悲しみ・憎しみ・怒りを担ったホワイトに救済がもたらされるかどうかが『特急日没号』のプロットの中心となっていることは明白だ。[32]

『特急日没号』において、部屋のドアに固くかけられた複数の錠は、ホワイトの魂を救済しようとするブラックの意志を表す装置だ（図3参照）。[33]だが同時にそれはブラックの信仰がきわめて独我論的であり、したがって、他者としてのホワイトを説得できない人物であることをも暗示してしまう。自ら認めるようにブラックはホワイトの「痛み」や「悲しみ」を十全には理解しえないし（一三〇）、問題の解決策を提示しうる救済者としての資質は付与されていないのだ。それどころか、ブラックは何よりもまず不可知論者であり、彼自身、他者との対話を通して魂の救済を求めている人物と言える。つまり、もとよりブラック自身、自己の救済のために他者との対話を切実に必要としている人物なのであり、彼の賭金はすべて少なくとも対話が続く限りホワイトは部屋を出ていくことはできないという一点に賭けられているのだ（「ここで俺がしなくちゃいけないのは時間をもっと買うことだ」［一二九］）。物語上、対話が継続される限り、どこかの時点で、ホワイトが考えを改めるとともに自らが救済される可能性にブラックの希望は全面的に依存するというわけだ。もっとも、それは神が再び彼に語りかけることを意味しない。キリスト教神学において、それを期待するのは最上級の高慢の罪なのだから。

図3 「五つの錠がかけられたドア」*The Sunset Limited*（監督 Tommy Lee Jones、DVD、1時間24分48秒）

　このような観点から見ると、ブラックがホワイトに食事をふるまう歓待の時間は、二人がひとつの物事を共有し、魂のレベルで「交流する」（communicate）唯一の場面として、さらには両者がお互いの他者として歓待しあう唯一の場面として解釈すべきだろう（九六―一〇二）。出された料理を食しながらホワイトはイエス・キリストが弟子たちと分かちあったぶどう酒に言及するが（一〇二）、このとき、この場面が二人だけの「聖体拝領」（communion）の儀式を想起させることは偶然ではない。ブラックが我知らず行う他者としてのホワイトの歓待は倫理の根幹をなす態度にほかならないのだ。それは翻って自己への歓待の時間となり、ブラック自身の救済の可能性が開かれる。もっとも、二人の会話はすぐにアルコール中毒者がワインの瓶をトイレのタンクに隠すという卑俗な話題に横滑りしてしまうのだが（一〇二）。

　ホワイトは、形骸化した世界においては「怒り」の感情も次第に失われていったと言う（「怒りは実際、良き日々を求めるためだけにある。残された怒りはほとんどないというのが本当のところだ」〔一三九〕。ホワイトは世界に対するいかなる感情（生きることそのもの）も抱かなくなったことが自殺未遂の遠因であることを示唆するのだが、英語のemotionの語源が示唆するように人間の感情が「肉体、主体、場を横断する心の動き」[34]であるとすれば、ブラックとの対話を通してホワイトが感情を少なからず掻き立てられることは、ホワイトの自己が少なからずブラックという他者に向けて開かれたことをあらわすだろう。たしかに、わずかな時間でもホワイトは他者としてのブラックから自らを切り離すのではなく、その他者性に対峙したのだ。主体間の感情の動きというのは社会的・文化的に調整されるものであり、[35]感情は「人間の間だけでなく、社会的なるもの、心理的なるもの、生物学的なるものの間を移動する」[36]らしい。「さまざまな感情の伝播の起源は社会的であるが、それは感情が特定の個人の内部からというより外部から派生するという点においてである。要するに、感情は他者や環境との相互作用を経てやってくる」[37]のだとすれば、精神分析の「転移」の概念を持ち出すまでもなく、物語の該当箇所において、ブラックとホワイトの感情の共時性・共同性ともいうべきものが生じていることは間違いない。『特急日没号』において、結局のところ、ブラックはホワイトを引き留めつづけることはできないが、少なくとも一時的には、それまで世界に対する感情を喪失していたホワイトの怒りの感情を攪乱し、彼の世界観・世界像に風穴をあけることに成功したのだ。激情したホワイトがブラックをうなだれさせるほどに声を張り上げて自己主張する場面（一三七–三八）はその証左である（図4参照）。ブラックはホワイトに直接的な救済をもたらすことはできないが、ホワイトの自閉的な主体の回路を攪乱し、硬直した自己の内へ他者が介入する可能性に道を開いたとも言えるのだ。

他方、ホワイトが「今や残されているのは無への希望のみだ。私はその希望にすがることにするよ」（一四一）

挿4　「怒るホワイト」*The Sunset Limited*（監督 Tommy Lee Jones、DVD、1時間21分45秒）

と言い残し、部屋を出ていった後、ブラックはうなだれたまま部屋に取り残される。ブラックの自己も無傷のままではいられず、その主体は根底から攪乱されてしまったのだ。絶対的な「善」なる立場に立つことを希求するブラックにはさらなる信仰への不屈の精神が試されることになる。物語は、再び声を聴かせてくれない神に対して怒りの声をあげ（図5参照）、誰に対してなのか、自分自身に対してなのかもわからぬ、「これでいいのか、これでいいのか」（一四三）というブラックのあえぎ声で幕を閉じる。ある舞台演出家はこの作品の朗読劇の演出にあたり、「ホワイトは（死への）信仰の立場に、ブラックが懐疑の立場に置かれる……信仰と懐疑はお互いの一部であり分け隔てることはできないという感覚を出そうとした」[38]と述べているが、物語の終わりにおいても、弁証的緊張状態に終止符が打たれることはなく、絶対的な「善」なる倫理的主体が立ち上がることもない。「道徳的価値や美的価値……は、善と悪、美と醜などの調整ずみの対立を介して機能する」[39]のだとすれば、『特急日没号』においては、グローバリズムによって調整された＝統合された倫理的主体が確立されることは意図的に避けられていると言えるだろう。要するに、永遠の進歩と繁栄をもたらすとうそぶくグローバリズムの「文化」に自己を同一化するのではなく、むしろ切断し、主体形成のなかに潜む「善」ならざる他者性に向き合い、真の意味で応答することこそが展望や成長なきポストモダンにおける倫理の端緒になるというわけだ。この意味で、ブラックとホワイトはお互いの主体を脅かしつづけ、おぞましきものとして排除しようにも排除できない他者同士であるがゆえに、逆説的にある種の倫理の次元で切り開かれるポストモダン的主体形成のあり方を前景化する。「善は悪を縮小しないし、その逆もありえない。善と悪はどちらか一方には還元できないのであり、善と悪の関係はもつれあって解きほぐせないほどだ。結局、善は善であることを放棄しないかぎり、悪を挫折させることはできない」[40]のだ。『特急日没号』において、ブラックもホワイトも互いが互いの他者として互いの主体に介入し、回帰しあうことで、「善」なるものを標榜し「悪」なるものを排除しつづけ、終末に向かって突き進むグローバリズムの「文化」を異化し、主体化それ自体に抵抗しながら生き残る（グローバリズムと心中しない）可能性ときっかけを暗示していると言えるのではないだろうか。

図5 「神に叫ぶブラック」*The Sunset Limited*（監督 Tommy Lee Jones、DVD、1時間26分6秒）

註

1 ジャン=フランソワ・リオタール『ポストモダンの条件——知・社会・言語ゲーム』(小林康夫訳、風の薔薇、一九八六年)八-九参照。

2 Brian McHale, *Postmodernist Fiction* (New York: Routledge, 1989) 10.

3 Cormac McCarthy, *The Sunset Limited. A Novel in Dramatic Form* (New York: Vintage, 2006). 以下、引用は本書による。図版使用の映像は以下のＤＶＤを使用する。*The Sunset Limited*. Dir. Tommy Lee Jones, HBO Home Entertainment, 2011.

4 この作品が本質的に戯曲なのか小説かについては見解が分かれるところだろう。たとえば、二〇〇九年にイギリスのウォリックシアで舞台朗読を行ったトム・コーンフォードは、この作品は「演劇の決まり事(theatrics)に従わない」という点において反演劇的で、小説の「目的(purpose)」に与するものの「構成上は小説的なところはなく、哲学的な意味での対話から多く構成されている」と述べ、さらに、「だからといって、劇として失格ということにはならない」と複雑な見解を述べている(Peter Josyph, *Cormac McCarthy's House: Reading McCarthy without Walls* [Austin: U of Texas P, 2013] 84)。また、当初、マッカーシーはこの作品を「一幕劇(A Play in One Act)」としていたことには留意しておくべきだろう。(*The Cormac McCarthy Papers* [*CMP*], *1964-2007*. MS and TS. Alkek Lib. Texas State University, San Marcos, Box 94, Folder 7を参照。

5 レム・コールハース『錯乱のニューヨーク』(鈴木圭介訳、ちくま学芸文庫、一九九九年)一二。

6 スーザン・ストラッサー『欲望を生み出す社会——アメリカ大量消費社会の成立史』(川邉信雄訳、東洋経済新報社、二〇一一年)一五。

7 佐伯啓思『「欲望」と資本主義——終りなき拡張の論理』(講談社現代新書、一九九三年)二〇七。

8 高野泰志「『夜はやさし』の欲望を読む」『英文学研究』第九二巻(二〇一五年)六一-七六、六二-六三。

9 諏訪部浩一責任編集『アメリカ文学入門』(三修社、二〇一三年)二二七。

10 伊藤章「グローバリゼーションと情報化のなかの八〇年代ニューヨーク」『ポストモダン都市ニューヨーク——グローバリゼーション・情報化・世界都市』(伊藤章編、松柏社、二〇〇一年)一五-一七。

11 伊藤 一二、一〇。

12　渡邉克昭「ポストモダン文学への誘い――『黒い時計の旅』をめぐって」『20世紀アメリカ文学を学ぶ人のために』（山下昇・渡邉克昭編、世界思想社、二〇〇六年）七〇。

13　ジャン・ボードリヤール『パワー・インフェルノ――グローバル・パワーとテロリズム』（塚原史訳、NTT出版、二〇〇三年）四九。

14　ボードリヤール　四八-四九。

15　ボードリヤール　七三。

16　シカゴのステッペンウルフ劇場における舞台の初演はリアリズム劇に近く、原作にはない、地下鉄の列車の低く重々しい振動音が断続的に鳴り響くような演出がなされた。また、上演中に実際に劇場の近くを通過する列車の響きも劇の一部として取り込むという演出もなされた。Dianne C. Luce, "Cormac McCarthy's *The Sunset Limited*: Dialogue of Life and Death (A Review of the Chicago Production)," *The Cormac McCarthy Journal* 6 (2008) 13-21を参照。

17　マッカーシーは作品を書く際には徹底した調査を行うのが常だが、『特急日没号』においてはニューヨークの地下鉄や街について現実にはありえない設定を多々している（Josyph 85）。このことが逆説的に示すのは、この作品における「ニューヨーク」の寓意性・象徴性の攪乱であろう。「黒人居住区（black ghetto）」（五）という表現のアナクロニズムも同じ文脈において理解できる。そもそも、タイトルの『特急日没号』自体が象徴性の攪乱を意図しているようだ。現実の特急日没号はニューヨークの地下鉄を走る列車ではなく、かつてフロリダ州オーランドからニューオリンズやエルパソといった都市を経由しロサンジェルスまで、アメリカ南部・南西部を大陸横断的に走っていたアムトラック（全米鉄道旅客公社）の列車の名であり、何十年ものあいだ、現地の人々の知る地域文化のひとつであったという（Luce 14）。タイトルはアメリカ南部を舞台とした、テネシー・ウィリアムズの戯曲『欲望という名の電車』を想起させるが、『特急日没号』において列車の歴史的な南部性は失われている。また、南部ルイジアナ州の出身であるというブラックの南部性が失われていることは（たとえば、南部料理をニューヨークに来てから覚えたというエピソード［九九-一〇〇］）は、この物語が象徴機能や象徴操作についてのメタ物語であることを示唆していると捉えることができるだろう。

18　このような設定はボードリヤールが同時多発テロ後のアメリカの反応について述べた見解と反響する。「テロリズムに対する道徳的糾弾という神聖同盟的結束は、じつは、その世界的超強国が打撃を受ける光景を目撃したという驚異、こういってよければ、超強国がいわば自滅して美しい自死をどける場面に立ち会うという驚異の歓喜にのみあったものだ。なぜなら、その耐えがたいパワーを行使して、あの世界中にひろがった暴力を助長し、その結果、私たちすべてが内心（それと知らず）宿しているあのテロリズムへの想像力を育くんだのは、まさにこの超強国なのである。……結局、それを実行したのは彼らだが、望んだのは私たちのほうなのだ」（ボードリヤール 八‐九）。この物議を醸した言説は『特急日没号』におけるホワイトの自殺願望にもつながっていると捉えることができる。

19 ルネ・ジラール『欲望の現象学——ロマンティークの虚偽とロマネスクの真実』新装版（古田幸男訳、法政大学出版局、二〇一〇年）。

20 ジャン・ボードリヤール『消費社会の神話と構造』新装版（今村仁司訳、紀伊國屋書店、二〇一五年）三四七。

21 トニ・モリスン『白さと想像力——アメリカ文学の黒人像』（大社淑子訳、朝日新聞出版、一九九四年）八五‐八六。

22 草稿の段階では、ブラックがかつて息子を殺そうとしたエピソードを語る場面があったが、最終的にすべて削除された（*CMP*, Box 95, Folder 6, 90-96）。意図的かどうかは不明だが、このことが示すのは登場人物の記号的性格の強調であると言えよう。

23 草稿の段階では、ホワイトにはかつて自殺してしまったパトリシアという名の恋人がいたことが示されていた（*CMP*, Box 94, Folder 2, 60-61）。ここにも登場人物の記号的性格の強調がある。また、ホワイトは西洋文明の問題点を具体的に列挙していた。「社会経済の問題。政治の問題。世界規模のテロリズム。病気の蔓延。環境破壊。世界のあり方を否定的に捉えることがこれまでもずっと正しい見解だった。……世界を読むということは殺人、流血、貪欲、愚行の大河小説を読むことにほかならない」（*CMP*, Box 94, Folder 2, 83）。

24 オスヴァルト・シュペングラー『西洋の没落——世界史の形態学の素描』第一巻（村松正俊訳、五月書房、二〇一五年）一‐二。

25 ウィリアム・カークはホワイトの考え方とニーチェの思想との類似を指摘している。とりわけ、「生に対する歴史の利害について」でニーチェが述べた見解にもとづき、ホワイトは物事を「永遠に成ること（eternal Becoming）」ではなく「永遠に死ぬこと（eternal Dying）」として捉え、「ホワイトの問題も同様に忘れるという能力の欠損、健全に彼自身を信じる能力の欠損、彼自身の直接体験ではない、読書や学習の内容をあまりに重く捉えないという能力の欠損に由来する」

(William Quirk, "'Minimalist Tragedy': Nietzschean Thought in McCarthy's *The Sunset Limited*," *The Cormac McCarthy Journal* 8.1 [2010] 33) と指摘している。ニーチェの言葉を借りれば、ホワイトは生に奉仕するために非歴史的に考える（忘却する）ことができない人間ということになるだろう。他方、ニーチェの立場は、歴史も書物も音楽も芸術も生に奉仕する限りにおいて意味をもつというものであり、事実、「晴れやかさ、やましくない良心、悦ばしい行動、来たるべきものへの信頼――これはすべて個人においても民族においても次のことに依存する、すなわち見渡し得るものや明るいものと明らかにしえないものや暗いものとを分離する線のあること、適当な時に追憶するのと同様に適当な時に忘却するすべを心得ていること、いつ歴史的に感覚し、いつ非歴史的に感覚するのが必要かを力強い本能をもって感知すること、これ次第である。……非歴史的なものと歴史的なものは個人や民族や文化の健康にとって同じように必要である」（フリードリッヒ・ニーチェ『反時代的考察』ニーチェ全集4［小倉志祥訳、ちくま学芸文庫、一九九三年］一二六－一二七）と述べている。

26　渡邉克昭『楽園に死す――アメリカ的想像力と〈死〉のアポリア』（大阪大学出版会、二〇一六年）九。

27　渡邉 一〇。

28　Luce 16.

29　トム・コーンフォードは、ブラックとホワイト双方の人物設定にマッカーシーの伝記的事実を読み取り、「ホワイトの父親はマッカーシーの父親と同様に政府関係の弁護士である。ブラックは南部出身だが、マッカーシーも南部で育った。ホワイトはマッカーシーと同様にヨーロッパ文明の偉大な作品を読み込んでいる。ブラックはモノを所有しないが、マッカーシーも禁欲的な生活を長らく続けてきた。したがって、『特急日没号』は解きほぐれなかった、またはそもそも解きほぐすことの不可能な緊張の数々を表現していると私は理解している」と述べている。Josyph 67-68 を参照。

30　Josyph 136-37.

31　Cormac McCarthy, *The Road* (New York: Picador, 2006) 59.

32　マッカーシーは『特急日没号』と『ザ・ロード』を同時期に執筆していた。両作品で同型の思想を抱く人物が造型されていたことは、もともと「聖杯（The Grail）」というタイトルで構想されていた『ザ・ロード』のアーカイヴ原稿が『特急日没号』の原稿に紛れていることからもうかがえる（*CMP*, Box 94, Folder 7）。

33　ステッペンウルフ劇場での上演では全部で七つの錠が使用されているが、これを『ヨハネの黙示録』に書かれた「七つの封印」と結びつける批評家もいる（Luce 15)。であれば、終末論的主題との関連で寓意的な解釈を施す必要が生じるのは必然だろう。

34 Katharine Ann Jensen and Miriam L. Wallace, "Facing Emotions," *PMLA* 130.5 (2015) 1252.

35 Sara Ahmed, *The Cultural Politics of Emotion* (New York: Routledge, 2004) 参照。

36 Jensen and Wallace 1253.

37 Teresa Brennan, *The Transmission of Affect* (Ithaca: Cornell UP, 2004) 3.

38 トム・コーンフォードの言。Josyph 81 を参照。

39 ジャン・ボードリヤール『パスワード——彼自身によるボードリヤール』（塚原史訳、NTT出版、二〇〇三年）二〇。

40 ボードリヤール『パワー・インフェルノ』一八－一九。

あとがき

コーマック・マッカーシーの小説に「邂逅」したのは今世紀に入ってすぐのことだ。当時の私はアメリカの大学院での博士論文執筆資格の審査を何とかパスしたものの、将来を見通すことのできない日々を悶々と過ごしていたのだと思う。博士論文の題材はポストモダン小説であったのだが、迷宮のような図書館でふと手に取り、現実逃避的に読みはじめたのが『越境』であった。羚羊を狩る狼の群れの舞いに魅せられ、過酷な運命を課される少年ビリー・パーハムの物語に心を鷲づかみにされ、現実から遠くかけ離れた世界に誘われたのが最初のマッカーシー体験であった。もっとも、現実逃避的に読みはじめたこの大著を一気に読み終えるなど到底できなかったのだが、何日かかけてようやく読み終えたときには、第二章冒頭にある「不運に定められた企ては人生を永遠に過去と現在に分かつ」という言葉に妙に納得させられていた。

今になってみると、「偶然」に訪れたマッカーシーとの「邂逅」は「不運」などではなく、最上の「幸運」と呼ぶほかないわけだが、そのような「偶然」を「運命」と読み替えたい個人的事情が私自身のなかにあるのも否定できない。端的に言えば、マッカーシーの小説（とくに「国境三部作」）を読んでいると、山梨の故郷で過ごした少年期の記憶が否応なく脳裏に浮かんでくるのだ。アメリカ南西部の風土が故郷の風土と似通っているというわけではないし、マッカーシーの主人公たちのように劇的な出来事や事件と遭遇したというわけでもない（幼い時分に家の庭で飼われていた一頭の牛が脱走したときの光景が蘇るくらいのことはあるが）。おそらく、と言うしかないのだが、マッカーシー作品によって喚起される私の記憶は、暴力的で混沌とした世界のなかに根強く残る人間のあり方に関連している。それは「親切」や「ホスピタリティ」などの言葉では捉えることのできない、現代社会から失われつつある、かけがえのない何かである。たとえば、マッカーシーが描く失われたカウボーイたちの世界から私が想起するのは、ショッピング・モールに置き換えられてしまった田園風景だけでなく、今は亡き大事な人々の「顔」である。私にとって、マッカーシー作品を読むという行為は、悲しくも失われてしまった世界に想像的に立ち帰り、しばしの間、過去にあったはずの世界との関係を切り結ぶという個人的な行為なのである。その意味において、マッカーシーの小説一一篇を題材とする本書は、圧倒的な暴力や死を支配原理とする世界のなかにわずかに光る、「倫理」なるもののきざはしを見出そうとする試みと言える。

マッカーシー作品との「邂逅」からほぼ約二〇年を経て、こうして一冊の研究書として、しかも自身最初の単著として上梓することができるのは望外の喜びというほかはない。もっとも、難解極まるマッカーシー作品について一気呵成に書き上げることは私の能力をはるかに超えており、本書は、一部書き下ろしの章を除き、各所で発表させていただいた拙論を加筆修正したものの寄せ集めとなっている。今後の日本におけるマッカーシー研究のたたき台としていただくということでご容赦いただければ幸いである。以下にその初出一覧を示し、再掲を快諾していただいた関係各所に感謝の意を表したい。

序章　書き下ろし
第1章「ニューディールと『保守』の倫理――コーマック・マッカーシーの『果樹園の守り手』における市民的反抗の精神」山口和彦・中谷崇編『揺れ動く〈保守〉――現代アメリカ文学と社会』春風社、二〇一八年、四三―七一頁。

第2章「コーマック・マッカーシー『外なる闇』論――南部ゴシックとグノーシス主義の世界像」上智大学英文学科編『英文学と英語学』第五六号、二〇二〇年、二五―四一頁。

第3章「コーマック・マッカーシー『チャイルド・オブ・ゴッド』における暴力と帰還する聖なるもの」東京学芸大学英語合同研究室編『英學論考』第四六号、二〇一七年、八一―九六頁。

第4章　書き下ろし
第5章「暴力表象と倫理の行方――コーマック・マッカーシー『ブラッド・メリディアン』論」日本英文学会関東支部編『関東英文学研究』第八号、二〇一六年、一―一〇頁。

第6章「冷戦カウボーイの行方――『すべての美しい馬』における「永遠へのノスタルジア」」東京学芸大学英語合同研究室編『英學論考』第四二号、二〇一三年、八五―一一二頁。

第7章「「呪われた企て」――コーマック・マッカーシー『越境』における「剥き出しの生」と証人の責務」東京学芸大学学術情報委員会編『東京学芸大学紀要』人文社会科学系I第六三集、二〇一五年、七―一七頁。

第8章「夢の中で責任は始まるのか――コーマック・マッカーシー『平原の町』における他者への倫理、供犠、証人」東京学芸大学英語合同研究室編『英學論考』第四三号、二〇一四年、一一五―三二頁。

第9章 「シニシズムの先へ——*No Country for Old Men* における「例外状態」「戦争」「暴力」」東京学芸大学英語合同研究室編『英學論考』第四四号、二〇一五年、六九-八三頁。
「コーマック・マッカーシーの小説とコーエン兄弟の映画の対話的関係の構築をめぐって」杉野健太郎責任編集『アメリカ文学と映画』三修社、二〇一九年、二八〇-九五頁。
第10章 ——「崇高の向こう側——コーマック・マッカーシー『ザ・ロード』」東雅夫・下楠昌哉責任編集『幻想と怪奇の英文学II』春風社、二〇一六年、三六三-八三頁。
第11章 「"You See Everything in Black and White"——コーマック・マッカーシーの『特急日没号』論」田中正之編『ニューヨーク——錯乱する都市の夢と現実』竹林舎、二〇一七年、三三三-四〇頁。

本書の各論を執筆するうえで参考にした先行研究は「文献リスト」掲載のマッカーシー研究書を含め数多いが、ここであらためて言及したい文献が二つある。ひとつはテキサス州立大学サンマーコス校アルケク図書館のアーカイヴ所蔵の『コーマック・マッカーシー・ペーパーズ』(*The Cormac McCarthy's Papers*)である。テキサス州の州都オースティンとサンアントニオの中間にあるこの大学町の図書館には数年かけて幾度となく訪問し、アーカイヴの部屋に入り浸り、保管されているマッカーシーのタイプ原稿のほとんどすべてに目を通すこととなった。初校から最終稿にかけて物語が微妙に変遷していく様を観察し、作家自身が余白に手書きで残した覚書や編集者への指示などを読み解くのは単調な作業であったものの、その時間は「オリジナル」のアウラを放つ原稿に向き合う至福の時間であった。そのような愚直とも言える方法によって文学研究の原点に立ち返ることができた気がしたのも事実である。いつも朗らかに対応していただいた、主任文書館員のケイティ・サルツマンはじめとするアーカイヴのスタッフ一同にこの場を借りて深くお礼申し上げる次第である。

ここで言及したいもうひとつの文献は『新カトリック大事典』全四巻（上智大学新カトリック大事典編纂委員会編、研究社）である。「キリスト教二千年の歴史的遺産と叡知の集大成」と銘打たれ、ローマ教皇にも献呈されたこの事典からは、さまざまなインスピレーションを得るばかりでなく、実際に諸項目を援用させていただき、カトリック教徒でありながら反カトリック的とも言えるマッカーシーの作品解釈を行った部分も本書には多い。大学院生時代にアルバイトとしてこの事典の校正作業にかかわらせていただいた経緯がある。その作業のあり方から学問研究を支える地道さと忍耐の大切さを学ばせていただいたのであるが、ここでも私はマッカーシー研究に導かれることになった「運命」を感じないわけにはいかないのである。上智大学文学部名誉教授であり、神父でもいらっしゃる高柳俊一編集長をはじめ、歴代スタッフの方々に心よりのお礼を申し上げる。

こうして感謝の意を述べるべき方は無数にいらっしゃるわけだが（そして、ほとんどの方に言及できないことをどうかお許しいただきたい）、曲がりなりにもアメリカ文学の研究書を上梓することが可能になったのは、日本アメリカ文学会の先生方、会員諸氏からの学問的恩恵と人間関係によるところが大きい。なかでも東京支部の方々からはいつも貴重なアイデアをいただいているばかりでなく、人文学研究の冬の時代を共に生き抜く仲間として勇気づけられてもいる。文学研究においても、個人の研究成果は純粋にその個人だけの研究成果とは見なすことはできないと思うのは、アメリカ文学会での活動に携わったうえでの実感である。その意味において、日本英文学会、アメリカ学会、サウンディングズ英文学会、冷戦読書会など、私の研究を鍛えていただいた諸学会・

研究会のメンバーの皆様にもこの場を借りて深く御礼申し上げる次第である。

学部と大学院（修士課程）の学生時代を過ごした上智大学の先生方、学友たちにも心からの感謝を表したい。アメリカ文学研究の道へと導いていただいた先生方はほとんど故人となってしまわれたが、なかなか芽が出ない私を指導教員として我慢強く指導していただいた渋谷雄三郎先生には格別の感謝の意を表したい。今はすっかり疎遠になってしまっているが、ペンシルヴァニア州立大学大学院の諸先生方や友人たちにも心よりの感謝を申し上げる。当時の苦しい学究生活を支えてもらえなかったら、現在の私の生活もありえなかっただろう。とりわけ、公私ともにお世話になった、トマス・ビービー先生とレイコ・タチバナ先生に心よりの感謝を申し上げたい。

これまで所属させていただいた宮城教育大学、東京学芸大学、上智大学でお世話になった（なっている）すべての先生方、学生たちにも心より感謝申し上げたい。一二年間もの長い間、おつきあいいただいた東京学芸大学の諸先生方には多大な恩義を感じるばかりである。上智大学文学部英文学科の先生方、学生のみなさんからは、現在進行形でさまざまな面でご支援をいただいている。

大学時代からの気の置けない友人である、監修の諏訪部浩一氏には諸学会や共著等ではお世話になりっぱなしだが、今回はいつにも増して多大なご助力をいただいた。この絶好の場を借りて、これまでとこれからのすべてに最大限の感謝を申し上げる。三修社の永尾真理さんにはいつも温かい言葉をいただき、本書の完成まで本当に粘り強い作業をしていただいた。心よりのお礼を申し上げる。

最後に、私を育ててくれた両親と、育ててもらっている妻と娘に本書を捧げる。

二〇二〇年二月

山口　和彦

2011年　『特急日没号』のテレビ映画版（トミー・リー・ジョーンズ製作・監督・主演）がHBOで放映（ニューメキシコ州での撮影に参加）。

2012年　HBOが『特急日没号』の映画版を販売（マッカーシーも参加したオーディオ・コメンタリー版を含む）。脚本『悪の法則』（*The Counselor*）の権利を売る。

2013年　リドリー・スコット監督、映画『悪の法則』公開。

註

1　この年譜の作成にあたっては主に以下を参照した。① Steven Frye, "Chronology of McCarthy's Life and Works," *The Cambridge Companion to Cormac McCarthy*, ed. Stephen Frye (Cambridge: Cambridge UP, 2013) xvii-xxii.　② John Cant, "Personal and Literary Biography," "Tennessee Background," *Cormac McCarthy and the Myth of American Exceptionalism* (New York: Routledge, 2008) 18-46.　③ Edwin T. Arnold and Dianne C. Luce, "Introduction," *Perspectives on Cormac McCarthy*, rev. ed., ed. Edwin T. Arnold and Dianne C. Luce (Jackson: UP of Mississippi, 1999) 1-16.　④ Robert L. Jarret, "Chronology," *Cormac McCarthy* (New York: Twayne, 1997) xiii-xiv.

2004年　ティフトによる肖像画の完成。夏、アイルランドに滞在し、『ザ・ロード』（*The Road*）と『特急日没号』（*The Sunset Limited*）を執筆。

2005年　クノッフ社より、『血と暴力の国』（*No Country for Old Men*）刊行。

2006年　『ブラッド・メリディアン』と「国境三部作」が『ニューヨーク・タイムズ・ブック・レヴュー』の過去25年の最良小説リストに入る。クノッフ社より『特急日没号——劇形式の小説』が刊行。シカゴのステッペンウルフ劇場での公演のためのリハーサルに参加。クノッフ社より『ザ・ロード』刊行。

2007年　『特急日没号』がゴールウェイ芸術祭で上演。『ザ・ロード』がオプラ・ウィンフリーのブック・クラブで推薦図書となる。ウィンフリーのテレビ・インタヴューに応じる。『ザ・ロード』がピューリッツァ賞と、英国のジェイムズ・テイト・ブラック記念賞を受賞。ジョエルとイーサンのコーエン兄弟監督『ノーカントリー』（『血と暴力の国』の映画化作品）がカンヌ映画祭で上映。

2008年　映画『ノーカントリー』がアカデミー賞で8部門にノミネートされ、作品賞、監督賞（コーエン兄弟）、助演男優賞（ハビエル・バルデム）、脚色賞（コーエン兄弟）の4部門で受賞。受賞式にはマッカーシーも息子ジョン・フランシスと出席。ヴァージニア大学のアルバート・アースキン・ファイルが公開。国立肖像画博物館がティフトによるマッカーシーの肖像画を購入。

2009年　PEN／ソウル・ベロー賞を受賞。ジョン・ヒルコート監督の映画『ザ・ロード』が上映。テキサス州立大学サンマーコス校のウィットリフ・コレクションがマッカーシーの原稿を購入し、南西部作家コレクションの一部（*Cormac McCarthy Papers*）としてアーカイヴ公開。

1993年　ヴィンテージ社が『果樹園の守り手』『外なる闇』『チャイルド・オブ・ゴッド』を刊行。ケンタッキー州ルイヴィルでコーマック・マッカーシー協会が結成される。『すべての美しい馬』がテキサス文芸協会ジェシー・H・ジョーンズ賞を受賞。『越境』からの抜粋「狼罠師」（"Wolf Trapper"）が『エスクワイア』誌に掲載。

1994年　『石工——五場から成る一幕劇』がエッコ社より刊行。『越境』がクノッフ社より刊行。

1995年　『越境』からの抜粋「狼猟師」（"Wolf Hunter"）がハンティングと釣り雑誌『スポーツ・アフィールド』に掲載。

1996年　『庭師の息子』がエッコ社より刊行。

1997年　テキサス文芸協会ロン・ティンクル功労賞を受賞。プリンストンで行われた『石工』のワークショップに参加。『石工』を改稿。

1998年　クノッフ社より『平原の町』刊行（「国境三部作」の完成）。ジェニファー・ウィンクレーと結婚し、エルパソに家をあらたに購入。息子ジョン・フランシス誕生。『平原の町』からの抜粋「犬たち」（"The Dogs"）が『メンズ・ジャーナル』誌に、もうひとつの抜粋が『世界と私』誌に掲載。

1999年　『パッセンジャー』の執筆を続ける（未刊）。

2000年　ビリー・ボブ・ソーントン監督による映画『すべての美しい馬』が上映。

2001年　妻ジェニファー、息子ジョン・フランシスとともにニューメキシコ州サンタフェに移る。サンタフェ研究所のフェローとなる。テキサス州ヒューストンで行われた『石工』の初公演に出席。

2003年　アンドリュー・ティフトによる肖像画製作のための写真撮影。

1981年　アンと正式に離婚。ノックスヴィルに戻り、『ブラッド・メリディアン』の改稿のため、友人が経営するモーテルに滞在。「天才助成金」マッカーサー基金奨学金（当時は23万6千ドル）を獲得。ノーベル物理学賞受賞者マレー・ゲルマンと知り合い、親交を深める。

1982年　エルパソの家屋を購入。

1984年　エッコ社がマッカーシーのテネシー小説群をペーパーバックで再版。

1985年　ランダムハウス社より『ブラッド・メリディアン』刊行。

1986年　脚本『石工』（*The Stonemason*）完成。『鯨と人間』（*Whales and Men*）（未刊）、および脚本『平原の町』（*Cities of the Plain*）の執筆。生物学者ロジャー・ペインと鯨の調査のため、アルゼンチンに渡航。『ブラッド・メリディアン』からの抜粋「解放の道具」（"Instruments of Liberation"）が『ホームワーズ』誌に掲載。

1988年　『すべての美しい馬』（*All the Pretty Horses*）の原稿完成。メキシコに渡航。『越境』（*The Crossing*）の原稿を完成させ、小説『平原の町』（*Cities of the Plain*）の執筆にとりかかる。ヴェリーン・ベルによる初のマッカーシー研究書が出版される。

1992年　『すべての美しい馬』がクノッフ社より刊行（編集者はゲイリー・フィスケットジョン）、『ニューヨーク・タイムズ』紙のベストセラーリストに入る。『エスクワイア』誌に抜粋が掲載される。全米図書賞と全米批評家賞を受賞、リチャード・B・ウッドワードより初の公式インタヴューを受ける。『石工』の公演準備のためにワシントンDCでのワークショップに参加（公演は頓挫）。

1968年　テネシー州ロックフォードの安賃貸の家にアンと移り住む。ランダムハウス社より『外なる闇』刊行。

1969年　グッゲンハイム奨学金を獲得。

1971年　テネシー州ルイヴィルの納屋を買い取り、自分で改築。ビル・キッドウェルと共同でメリヴィルに二つの巨石のモザイクを創作。

1973年　ランダムハウス社より『チャイルド・オブ・ゴッド』を刊行、その衝撃的な内容が物議を醸す。

1974年　『ブラッド・メリディアン』（*Blood Meridian*）を着想。アリゾナ州トゥーソンに旅行し、西部を舞台とする作品の調査を開始。

1975年　テレビ用脚本『庭師の息子』（*The Gardener's Son*）の調査と執筆。

1976年　アンと別離し、テキサス州エルパソに移り住む。

1977年　リチャード・ピアース監督の『庭師の息子』がPBSで放映（マッカーシー自身は台詞のない、紡績工場の株主として出演）。アリゾナ州トゥーソンに移り、『ブラッド・メリディアン』を執筆。

1978年　エルパソに移住。

1979年　『サトゥリー』の抜粋「埋葬」（"Burial"）が『アンタイオス』誌に掲載される。2月、ランダムハウス社より『サトゥリー』刊行（執筆開始から20年弱が経過）。テネシー州ナッシュヴィルに移り、秋にケンタッキー州レキシントンに移る。

1980年　エルパソに戻る。『パッセンジャー』（*The Passenger*）の執筆を開始（未刊行）。脚本「平原の町」の執筆を開始。『ブラッド・メリディアン』の抜粋「頭皮狩り隊」（"The Scalphunters"）が『トリクォータリー』誌に掲載される。

1960年　「ある溺死事件」（“A Drowning Incident”）が『フェニックス』に掲載される。イングラム＝メリル財団の奨学金を得る。長編第一作『果樹園の守り手』（*The Orchard Keeper*）の執筆を開始。テネシー大学を離れる。

1961年　テネシー大学を正式に退学。大学の同級生リー・ホレマンと結婚。長男カレン誕生。一家でシカゴに移り住み、自動車部品倉庫などで臨時で働く。第四作『サトゥリー』（*Suttree*）の執筆を開始。

1962年　春に『果樹園の守り手』が完成し、ランダムハウス社に送付。一家で両親のテネシー州ヴェスタルの家に身を寄せた後、セヴィアヴィル近郊の古い農場家屋に移り住む。冬に『外なる闇』（*Outer Dark*）の執筆を開始。

1964年　リーと離婚。ノースカロライナ州アッシュヴィル、つぎにルイジアナ州ニューオリンズに移り住む。ランダムハウス社のアルバート・アースキンがマッカーシーの担当編集者となり、その後、20年間のつきあいが始まる。

1965年　『果樹園の守り手』の抜粋「報奨金」（“Bounty”）と「暗い流れ」（“The Dark Waters”）がそれぞれ『イェール・レヴュー』誌と『スワニー・レヴュー』誌に掲載される。『外なる闇』の改稿のため、テネシー州ヴェスタルに戻る。『果樹園の守り手』刊行。アメリカ文芸アカデミーの奨学金を獲得し、アイルランドへ渡航。アン・デ・リールと出会う。フランスにも滞在。

1966年　『外なる闇』の改稿、『サトゥリー』の執筆を進める。『チャイルド・オブ・ゴッド』（*Child of God*）の着想を得る。アン・デ・リールと結婚。ウィリアム・フォークナー財団の新人賞（アメリカ作家による初出版の小説が対象）を受賞。ロックフェラー財団による2年間の奨学金を得、ヨーロッパ各地を回り、イビザ島に暮らす。

1967年　夏の終わりにイギリスに戻り、10月17日、アメリカに帰国。

年譜[1]

1933年7月20日　ロードアイランド州プロヴィデンスに生まれる（後に自身でアイルランド王にちなむコーマックに改名する。「チャールズの息子」を意味するゲール語名に改名したという説もある）。

1937年　テネシー川流域開発公社（TVA）の法律担当（legal staff 1954-67; chief counsel 1958-67）として赴任していた父を追って、母と二人の姉とともにテネシー州ノックスヴィルに移住。その後、弟が二人、妹が一人生まれる（父と母のマッカーシー家は1967年、父が法律事務所の首席弁護士になったのにともないワシントンDCに移る）。

1943年　マッカーシー家、ノックスヴィル南の地域の新興住宅地に移り住む。カトリック信者として育てられ、地元の教区学校に通う。

1951年　ノックスヴィルのカトリックの高等学校を卒業。テネシー大学ノックスヴィル校に入学し、リベラル・アーツを専攻。

1952年　テネシー大学を退学。

1953年　空軍に入隊し、四年間兵役に就く（そのうちの二年間、アラスカに滞在）。

1957年　復員兵援護法（GI Bill）でテネシー大学に復学。専攻は物理学と工学。

1959年　C・J・マッカーシー・ジュニアの名で、学内誌『フェニックス』に短編小説「スーザンのための通夜」（“Wake for Susan”）が掲載される（後に『ヴァージニア・クォータリー』誌より高額での再掲の話があがるも断る）。

刑中に書いたとされるこの書では、彼が幻視した世界の終わりの光景が預言的に記述されている。現代文化一般においては、「最後の審判」「善と悪の最終対決」「終末論的世界（世界の終わり）」などのイメージを喚起する世界観と言えるだろう。『外なる闇』の太陽が消えた世界＝夢、『ブラッド・メリディアン』の判事が説く根源的な暴力の世界、『血と暴力の国』の麻薬抗争の世界、『越境』が示唆する核戦争後の世界、『ザ・ロード』の世界以後の世界（ポストアポカリプスの世界）などはその範例であろうが、マッカーシー作品において、黙示録的世界観は細部にいたるまであふれている。

夢（Dream） マッカーシー作品において、登場人物の内面が詳細に描かれることは稀だが、夢の描写を通して、（歴史の集積としての）個人の心のあり方だけでなく、（実在としての）悪・（生きつづける）死者・（言葉や文化以前の）世界とのつながりなどが示される。また、登場人物の運命や死を予兆したり、黙示録的なヴィジョンが表現されたりもする。夢が人間を導くだけでなく人間を裏切ることもある。マッカーシーの夢の使用法は多種多彩だが、夢と現実の区分不可能性が何度も強調され、夢の内容を語ることと物語を語ることの倫理的類似性が主題化されることからも、夢の表象への作者のこだわりは明白だ。

ーダーランド」は地理的・物理的・言語的な境界域（中間域）を指すと同時に比喩的・形而上学的な意味合いも含む。アメリカとメキシコの国境地帯を舞台とする『ブラッド・メリディアン』「国境三部作」『血と暴力の国』だけでなく、テネシーを舞台とする初期作品群および『ザ・ロード』においても、生と死、過去と現在、意識と無意識、現実と夢、善と悪、歴史と虚構、などが混在し、融合する中間領域あるいはハイブリッドな領域として表象される。主人公たちの存在様式や存在意義はこの領域において問われる。

明白な天命（Manifest Destiny） 1845年にジャーナリストのジョン・L・オサリバンがテキサスの合衆国への併合を訴える論説のなかで用いたスローガン。アメリカが領土を拡大し、アメリカ文明を広めるのは神から与えられた使命であるとするこのスローガンは、その後の領土拡張や海外進出を正当化する際にもしばしば使用された。

メキシコ革命（The Mexican Revolution） メキシコで1910年から17年（20年とする場合もある）にかけて起きた、一連の革命、反革命。発端はポルフィリオ・ディアス独裁政権の打倒、農地改革を含む社会・経済構造の変革を企図するものであったが、次第に改革の失敗や民族主義的な側面が強調されたこともあり、泥沼の内戦へとつながっていった。『すべての美しい馬』では、メキシコの歴史上はじめて民主主義的選挙によってフランシスコ・マデーロ（在位1911-13）を大統領に仕立てた民衆の力とその後の裏切りに焦点が当てられ、登場人物たちの運命や悲観主義的人間観を規定する要因のひとつとなっている。『越境』では、革命の一連の出来事は、敵の将軍に目を吸い取られた盲人の話のようにリアリスティックに表現されるばかりでなく、「貧乏な者の歴史」と形容される「コリード」で表現され、為政者や既得権層が語る「歴史」に対置される。「国境三部作」において物語の中心をなすと指摘する批評家もいるように、メキシコ革命は、アメリカ南西部とメキシコの「歴史／神話」を混ぜ合わせ、文学ジャンルとしてのウェスタンを攪乱し、再構築するうえでの重要なモティーフとなっている。

黙示録（アポカリプス）（Apocalypse） 語源的にはギリシア語の「天の啓示」を意味する“apokalypsis”に由来し、狭義には新約聖書の『ヨハネの黙示録』を指す。十二使徒の一人ヨハネが流探究する点が特異な点である。

フロンティア（Frontier） 西部開拓時代のアメリカの開拓地と未開拓地の境界線。歴史家フレデリック・ジャクソン・ターナーが1893年に提示した学説「アメリカ史におけるフロンティアの意味」以来、アメリカの民主主義・自由主義・個人主義を支え、そのアイデンティティの源泉と見なされた。1890年の国勢調査はフロンティアの消滅を告げたが、以降もさまざまに神話化され、アメリカ人の精神の底流を形成している。マッカーシー作品においても、表面的には、入植者と先住民とのあいだの土地をめぐる争いの最前線であるが、「ボーダーランド」表象の文脈においては仮想的な境界線という意味合いが強い。

米墨戦争（Mexican American War） テキサス共和国の存在や帰属をめぐり、1846年から48年にアメリカ合衆国とメキシコ合衆国のあいだで戦われた戦争。アメリカでは「メキシコ戦争(Mexican War)」と呼ばれ、メキシコでは「アメリカ合衆国のメキシコ侵略（U.S. American Invasion of Mexico)」などと呼ばれる。スペインからの独立を果たした1820年代の初頭にはテキサスはメキシコ北部の州であったが、アントニオ・ロペス・デ・サンタ・アナによる中央集権国家は反発を招き、1836年、多くのアメリカ人が移り住んでいたテキサスは共和国の独立を宣言した。メキシコ政府は共和国の存在を認めていなかったが、1845年、テキサス共和国はアメリカ合衆国に併合された。その後、勃発した武力衝突から発展した戦争の結果、1848年、グアダルーペ・イダルゴ条約が結ばれ、メキシコはカリフォルニアやネバダを含む国土の3分の1をアメリカに割譲するにいたった。これにより、「アメリカ南西部」というトポスが創出されたと言っても過言ではないだろう。『ブラッド・メリディアン』は混乱を極め、文字通りの無法地帯であった当時の「アメリカ南西部」を物語の舞台とする。

暴力（Violence） 南部で育てばかなり卑劣な暴力を目撃することになるというマッカーシーは、すべての作品のなかで暴力を描いている。舞台や暴力の形はさまざまだが、冷酷・無作為・無意味などの点で共通している。ある批評家の言葉を借りれば、マッカーシー作品が描く暴力は「ただ存在するのであり、何か別のものを示したり、象徴するものではない」。

ボーダーランド（Borderlands） マッカーシー作品において、「ボ然は文明に支配される対象ではないし、ロマン主義的に人間個人の意味を見出したり、人間の内面が投影されるトポスとして表象されているわけでもない。むしろ、人間存在を凌駕する暴力そのもの、人間とは無関係かつ非情に存在する崇高なるもの、神なき世界が展開する悪夢の空間、エントロピーに向かう秩序なきカオス、といった風に人間以前の存在として、あるいは、ポスト・ヒューマンの枠組みにおいて表現されている。

証人（Witness） 小説のナラティヴについて鋭敏な意識をもつマッカーシーは、物語を語るとはどのようなことなのかについて登場人物たちに語らせることが多い。「証人」はひとつの事実を物語として存在させる不可欠な存在として提示される。『越境』における、「行為は証人がいてはじめて存在する。……行為は無に等しく証人こそがすべて」という言は、出来事と物語（る人）の倒錯した関係を端的にあらわしている。

戦争（War） 人間の歴史は戦争の歴史であり、小説家たちも古代の戦争から近代の戦争までをさまざまに表象してきた。マッカーシー作品において「戦争」は描かれる対象というよりも、文学的・哲学的・神学的主題として論じられる対象としての意味合いが強く、「戦争の傷は戦争でしか癒せない」（『すべての美しい馬』）、「人間が出てくる前から戦争は人間を待っていた。……戦争は神なのだ」（『ブラッド・メリディアン』）というように、ある種の箴言のように表現される。

テネシー川流域開発会社（TVA = Tennessee Valley Authority） フランクリン・D・ローズヴェルト大統領によるニューディール政策の中心的事業を行った政府機関。1933年に設立され、テネシー川とその支流の地域を開発した。マッカーシーの父親はこの公社の顧問弁護士をつとめた。

南部ゴシック（Southern Gothic） 近代化の波に取り残された南部を題材とし、グロテスクな人物、非合理で逸脱的な思考・欲望・衝動を特徴とするゴシック的作品の総称。ウィリアム・フォークナー、テネシー・ウィリアムズ、カーソン・マッカラーズ、フラナリー・オコナーなどが代表的作家。技巧的には、エドガー・アラン・ポーやチャールズ・ブロックデン・ブラウンのアメリカン・ゴシックの伝統を継承するが、「南部」とは何か、「南部人」とは何かという、鋭敏な社会意識に貫かれ、奴隷制や人種差別にまつわる南部人の罪意識や心の闇のあり方をグノーシスとはギリシア語で元来「認識」の意で、グノーシス主義は「認識（知識）」に救済論的意味を与える。グノーシス主義的救済とは、神的本質を内にはらむ人間が可視的・物質的宇宙を超えて神的本質に回帰することとされるが、そのために人間は反宇宙的に到来する啓示を通して自己の神的本質を認識しなければならない（『新カトリック大事典』参照）。マッカーシー作品の理解にグノーシス主義的世界観・人間観をどこまで応用すべきなのかは意見が分かれる。

孤児（Orphan）　マッカーシー文学で頻出する主題。多くの主人公たちは孤児性を内に抱え込んでいると言えるが、そのような人間の存在様式は社会や世界、神との関係においてさまざまに表現されている。たとえば、『越境』に登場するある老人によれば、「孤児が世界を必要としているように、世界も孤児を必要としている」とされ、人間の孤児性は世界自体の孤児性（神からの孤立）と結びつけられる。

コリード（Corrido）　支配者による圧政、革命、恋愛、農夫の日常などを題材に、英雄、悪党、無法者の伝説を寓意風のバラッド形式で表現するメキシコの民謡。口承文化の伝統と結びつき、メキシコ独立革命（1810-21）の時代にはじまり、メキシコ革命（1910-21）の時代に最盛期を迎えた。当初は、圧政下の民衆の情報伝達の手段でもあったが、次第に、神話化される英雄への共感や同一化によって民衆が文化的自尊心を担保し、為政者に与さない歴史観・社会観を醸成・維持する機能を果たした。マッカーシー作品においては、とりわけ、「国境三部作」のなかで言及される。なかでも、『越境』において、ボイドが英雄化・神話化され、コリードで歌われるエピソードは、物語ることの本質を読者に考えさせる契機となっている。音楽ジャンルとしては、メキシコ北部のノルテーニョと呼ばれるリズムに合わせて、カウボーイ風のいでたちの男性たちがバンド形式で演奏するのが現在では一般的であるが、近年では、過激化する麻薬抗争に関連し、マフィアの暗躍や悲劇を歌うナルココリードというジャンルも隆盛した。

自然（Nature）　マッカーシー作品において、自然（あるいは荒野）はアパラチア南部の森にせよ、南西部の砂漠にせよ、作者の観察にもとづき、またその独特な世界観・人間観と結びつき、絶妙に描写されてきた。もっとも、マッカーシー作品における自

キーワード集

馬（Horse）　マッカーシーの作品に登場する動物のなかで、古（いにしえ）の秩序や消えゆく生活様式との結びつきを最も象徴する存在が馬である。とりわけ、「国境三部作」において、馬は神秘化・審美化され、神の創造物のなかで最高の地位を与えられている。『すべての美しい馬』においては、主人公にとって馬こそが堕落した世界における唯一の希望として表象されるだけでなく、すべての馬の魂はひとつにつながっている、人が人を愛する根拠として馬への愛が前提とされる、馬も人間と同じように戦争を愛する、という風にさまざまな見解が述べられる。

狼（Wolf）　マッカーシー作品、とりわけ、「国境三部作」において、狼は失われつつある古い時代の生のあり方や、消えゆく世界それ自体を体現する。また、人間に飼いならされた家畜のアンチテーゼとして表象されると同時に、人間が住む世界とは異なる（聖なる）空間に生きる存在として神秘化・崇高化される。たとえば、『越境』においては、狼の群れが羚羊を狩る光景を目撃した原始体験により、主人公の運命の歯車は決定的に狂ってしまう。『ブラッド・メリディアン』においては、砂漠の過酷な状況においてさえ、生命の絶頂期を生きる存在として理想化される。

国（Country）　マッカーシーの作品において、国とはときに国家に留まらない抽象概念であり、さまざまな意味合いで問題化される。『すべての美しい馬』では、メキシコから帰還したジョン・グレイディは国（住むべき場所）がどこにあるのか、どんな意味があるのか、わからない。『血と暴力の国』では、第二次世界大戦あるいはヴェトナム戦争で国に忠誠を誓い、戦った主人公たちは、自身の過去に強い疑いをもつ。家（ホーム）の概念と結びつき、個人の所属感覚やアイデンティティを担保してきた国という概念は、マッカーシー作品においては、あらかじめ崩壊している。

グノーシス主義（Gnosticism）　マッカーシー文学の世界観をグノーシス主義で説明する批評家もいる（ダイアン・ルースなど）。

マッカーシー研究者にとっての基本図書のひとつ。

—, ed. *They Rode On:* Blood Meridian *and the Tragedy of the American West*. N.p.: The Cormac McCarthy Society, 2013. 『ブラッド・メリディアン』論を集めた研究書。コーマック・マッカーシー協会のケースブック第２弾。

—, ed. *You Would Not Believe What Watches:* Suttree *and Cormac McCarthy's Knoxville*. 2nd ed. N.p.: The Cormac McCarthy Society, 2012. 『サトゥリー』論を中心に集めた研究書。コーマック・マッカーシー協会のケースブック第１弾。

Walsh, Christopher J. *In the Wake of the Sun: Navigating the Southern Works of Cormac McCarthy*. Knoxville: U of Tennessee Libraries, 2009. テネシー大学在学時の習作短編２編や脚本、『ザ・ロード』を含む、マッカーシーの南部作品を各論で論じる。神話と歴史の混交によりアメリカのナショナル・アイデンティティを形成してきた、「正統的な」アメリカ作家の系譜にマッカーシーを位置づける。各論に付された"Overview of Critical Responses" は各作品についての代表的批評を簡便にまとめている。

Worthington, Leslie Harper. *Cormac McCarthy and the Ghost of Huck Finn*. Jeffreson: McFarland, 2012. マッカーシーの作品とマーク・トウェイン（およびヘミングウェイ、フォークナーをはじめとする『ハックルベリー・フィンの冒険』の後継）の作品との間テクスト性を探り、マッカーシー作品がいかにアメリカ文学の伝統を吸収し、乗り越えたのかを具体的に論じる。

Murphet, Julian, and Mark Steven, eds. *Styles of Extinction: Cormac McCarthy's* The Road. New York: Continum, 2012.　主に文体（スタイル）の側面から『ザ・ロード』を論じる９つの論考。欽定訳聖書（King James Version）の英語から大きな影響を受けているとされる『ザ・ロード』の音律や象徴、アレゴリーの政治的側面、崇高の表象を分析する論が並ぶ。

Owens, Barcley. *Cormac McCarthy's Western Novels*. Tucson: U of Arizona P, 2000.　「フロンティア」の言説史を背景に、同じくアメリカ西部（フロンティア地帯）を題材にしつつも、『血と暴力の国』と「国境三部作」を異なる世界観で書かれたとする。筆者自身が作家でもあるためか、読み物的な要素も強いが、随所に秀逸な批評的考察がある。

Rikard, Gabe. *Authority and the Mountaineer in Cormac McCarthy's Appalachia*. Jefferson: McFarland, 2013.　権力と抵抗、規律と訓練など、ミシェル・フーコーによる「近代化」についての分析を援用し、マッカーシー作品が描く、「他者化」されるアパラチア山村やヒルビリー的人物の様態を歴史的・文化的に考察する。

Sanborn Wallis R., III. *Animals in the Fiction of Cormac McCarthy*. Jefferson: McFarland, 2006.　各章ごとにひとつの作品と動物一種の表象を取り上げ（ネコ、ブタ、ウシ、鳥とコウモリ、イヌ、ウマ、オオカミ、猟犬など）、ひとつの主題（食物連鎖の世界、戦士としての動物、舞踊としての狩りなど）に沿って論じる。ユニークな視座であると同時に、生物学的決定論の世界に生きる生き物（人間を含む）を描くマッカーシー作品の本質を扱う。

Schimpf, Shane, ed. *A Reader's Guide to* Blood Meridian. N.p.: BonMot, 2006.　『ブラッド・メリディアン』を読むためのガイドブック。該当ページごとに語句の注釈がある。

Sepich, John Emil. *Notes on* Blood Meridian. Rev. and exp. ed. Austin: U of Texas P, 2011.　文字通り、『ブラッド・メリディアン』についての覚書。歴史的背景や人物造型、資料など情報満載。

Wallach, Rick, ed. *Beyond Borders: Cormac McCarthy's* All the Pretty Horses. N.p.: The Cormac McCarthy Society, 2014.　『すべての美しい馬』論を集めた研究書。コーマック・マッカーシー協会のケースブック第３弾。

—, ed. *Myth, Legend, Dust: Critical Responses to Cormac McCarthy*. Manchester: Manchester UP, 2000.　『果樹園の守り手』から『平原の町』までを扱う、コーマック・マッカーシー研究初期から中期の論集。

策する章など、オリジナリティあふれるアプローチの考察が並ぶ。著者の手によるイラストや写真の数々もマッカーシー作品を感じるために示唆的かつ刺激的。

Lilley, J. D., ed. *Cormac McCarthy: New Directions.* Albuquerque: U of New Mexico P, 2002. 「国境三部作」までを扱う正統派の論集。優秀な論をふるいにかけたとあって、代表的な研究者の論が並び、人種やジェンダーなど主題はオーソドクスで手堅い。

Lincoln, Kenneth. *Cormac McCarthy: American Canticles*. New York: Palgrave, 2009. 『ザ・ロード』までの作品のプロットや主題について「賛美歌」のように歌い上げた独特な解説集。

Luce, Dianne C. *Reading the World: Cormac McCarthy's Tennessee Period.* Columbia: U of South Carolina P, 2009. 『サトゥリー』を頂点とする、マッカーシーのテネシー小説５作品を歴史的・哲学的・宗教的背景と総体的に関連づけた力作。プラトン主義、グノーシス主義、実存主義などから派生する神話的想像力を作家がいかに文学的表現へと昇華し、独自の人間観・世界観を提示しているのかを具体的かつ説得的に論じていく手さばきは圧巻。

Monk, Nicholas, *Intertextual and Interdisciplinary Approaches to Cormac McCarthy: Borders and Crossings*. New York: Routledge, 2012. マッカーシー作品への、狭義と広義双方の意味での「影響」を探る論集。間テクスト性、メディア横断性、ジャンル解体性などに着目しながら、「演じる」批評としてのマッカーシー批評の可能性も示す。

—, ed. *True and Living Prophet of Destruction: Cormac McCarthy and Modernity.* Albuquerque: U of New Mexico P, 2016. 固定的な政治的・文化的・宗教的立場に還元することなく、マッカーシー作品におけるモダニティに対する応答を分析し、環境破壊への警告としてだけでなく、未来へのヴィジョンを提示するものとして肯定的に捉える。研究についての自己省察や「主観的」読解を取り込む「オートエスノグラフィー」という社会学的手法を援用した章構成は独創的。

Mundik, Petra. *A Bloody and Barbarous God: The Metaphysics of Cormac McCarthy.* Albuquerque: U of New Mexico P, 2016. マッカーシーの作品世界は、グノーシス主義、キリスト教神秘主義、仏教などのさまざまな秘儀を引く形而上学によって豊かになっていったと捉え、『ブラッド・メリディアン』から『ザ・ロード』までを中心に分析する。悪の存在と神の聖性は矛盾しないとする、マッカーシー作品がはらむ弁神論を読みとろうとする壮大かつ緻密な読みの実践。

ョン・トピック、包括的な参考文献なども目がゆき届いていて便利。

Hall, Wade, and Rick Wallach, eds. *Sacred Violence*. 2 vols. El Paso: Texas Western P, 1995, 2002.　第１回コーマック・マッカーシー会議をもとにした第１版（*Sacred Violence: A Reader's Companion to Cormac McCarthy*）を２巻に拡充した論集（１巻の副題は *Cormac McCarthy's Appalachian Novels*、２巻は *Cormac McCarthy's Western Novels*）。ベストセラー作家が語るマッカーシー無名時代の話、マッカーシーの元妻とのインダヴュー、同郷の人物が語るノックスヴィルや実在の人物の作品への影響など、論文以外の文章も興味深いが、現在入手は困難。

Holloway, David. *The Late Modernism of Cormac McCarthy*. Westport: Greenwood, 2002.　芸術作品の自律を強調する「モダニズム」ではなく、その不可能性に拘泥する「ポストモダニズム」でもなく、作品をそれが生み出される歴史的瞬間のイデオロギーの産物であると捉え、自己言及的に自身を表象する「後期モダニズム」の文学として、マッカーシー作品を捉える。（ポスト・）マルクス主義批評の観点から、資本主義による人間の商品化や価値の創出を問題化し、内側からポストモダンなるものを弁証法的に突き崩す作品として、マッカーシー作品を分析する。

Jarret, Robert L. *Cormac McCarthy*. New York: Twayne, 1997.　有名な入門シリーズの一冊。「国境三部作」までの作品を手際よくまとめている。極端に作者の情報が少ないなかで書かれた第１章「キャリアの形成（"The Shape of a Career"）」は貴重。

Josyph, Peter. *Adventures in Reading Cormac McCarthy*. London: Scarecrow, 2010.　マッカーシーの二大巨編『サトゥリー』と『ブラッド・メリディアン』をオリジナルで刺激的、かつパーソナルな視点から分析する章（たとえば、『サトゥリー』に描かれた1951年のノックスヴィルの状況を９・11後のニューヨークの現況になぞらえる）、ハロルド・ブルーム、マッカーシー研究者、脚本家などとのインタヴューなどから構成される。紋切り型の批評の概念を根底から覆す一冊。

—. *Cormac McCarthy's House: Reading McCarthy without Walls*. Austin: U of Texas P, 2013.　作家、画家、写真家、俳優、監督などさまざまな顔をもつ筆者による、マッカーシー作品をいかに書斎での読書体験を超えて血肉化するかを試みた冒険的批評。自殺した友人との対話を『越境』や『特急日没号』の主題と結びつける章、マッカーシーの戯曲の演出の難しさを監督と語り合う章、『サトゥリー』のノックスヴィルを散界、自由と安全、支配と隷属、束縛と逃避）に関連させてマッカーシー作品を読み解く刺激的な論考。無意味で空虚な「空間（space)」と、何らかの意味を付され構築された「場所（place)」という二項対立にもとづく読みは一貫している。

Ford, Paul J., and Stephen R. Pastore. *Cormac McCarthy: A Descriptive Bibliography. Volume I.* N.p.: American Bibliographical P, 2014. マッカーシー作品の収集家のための手引き。稀覯の版も含め、収集の際の注意説明はもとより、写真（本のジャケット、サイン、イラスト、原稿、作者自身の肖像など）も数多く掲載され、見ているだけでも楽しい。各初版本の後に付された、作品の内容と批評の傾向についての説明は簡潔にして鋭い。

Frye, Steven, ed. *The Cambridge Companion to Cormac McCarthy*. Cambridge: Cambridge UP, 2013.　マッカーシーのキャリア全般をカヴァーする論集。善悪、暴力、自然主義、南部ゴシック、フェミニズム、冷戦、ポストモダニズム、映画など、さまざまな角度から論じられ、マッカーシー作品への秀逸な案内書としても機能する。

—. *Understanding Cormac McCarthy*. Columbia: U of South Carolina P, 2009.　一般読者層を視野に入れた、現代作家シリーズの一冊。作家への影響、形式と主題、歴史的文脈の説明を中心に、マッカーシーの主要作品の特質をわかりやすく概説する。マッカーシーの世界に踏み込むなら最初に手にすべき入門書。

Greenwood, Willard P. *Reading Cormac McCarthy.* Santa Barbara: Greenwood, 2009.　一般読者層を視野に入れた概説書。マッカーシーの小説 10 作品を要約した各章がメインだが、ジャンル、戯曲、ポップカルチャー、メディアとの関連について論じた章もある。第 1 章「作家の生涯」は、類書のなかでは、最もかゆいところに手が届いている。

Guillemin, George. *The Pastoral Vision of Cormac McCarthy.* College Station: Texas A&M UP, 2004.　マッカーシー作品の「パストラリズム」から「エコパストラリズム」への変遷をたどる。扱われるのは「国境三部作」までだが、『サトゥリー』をこの主題における原テクストと捉える点が独創的で、その後のマッカーシー作品にも通底する、ポスト・ヒューマン的な主題やネイチャー・ライティングの要素を読みとる。

Hage, Erik. *Cormac McCarthy: A Literary Companion*. Jefferson: McFarland, 2010.　登場人物、作品分析、主題、地名、出来事などのキーワードをアルファベット順に並べた、マッカーシー研究必携書。ほとんどの項目に参考文献紹介が付されている。短い伝記、ディスカッシ典）として、『ブラッド・メリディアン』（＝『創世記』あるいは旧約聖書全般）、「国境三部作」（＝福音書）、『血と暴力の国』（『ヨハネの黙示録』）を捉え、『ザ・ロード』をポストアポカリプスとして読み解く。

Cant, John. *Cormac McCarthy and the Myth of American Exceptionalism*. New York: Routledge, 2008.　単著としてはマッカーシー作品を最も網羅的に論じた力作。さまざまな装いで現れるアメリカ例外主義の神話への批評として、それ自体が神話的なマッカーシー作品を系統的に論じている。情報の少ない作者情報や大学学内誌に掲載された短編２編についても論じている。

Chollier, Christine, ed. *Cormac McCarthy: Uncharted Territories/Territoires Inconnus*. Reims: Presses Universsitaires de Reim, 2003.　フランスで出版された異色のマッカーシー論集。アメリカとフランスの代表的なマッカーシー研究者の論が並ぶ（フランス人研究者の論は英語、フランス語、両方で掲載されている）。未刊行の『鯨と人間』を論じるアーノルド、冷戦カウボーイとノスタルジアを論じるホーキンズの論なども目を引くが、マッカーシー作品を介して翻訳論、アメリカ論、他者論などを展開するフランス人研究者の論が特徴的。

Cooper, Lydia R. *No More Heroes: Narrative Perspective and Morality in Cormac McCarthy*. Baton Rouge: Louisiana State UP, 2011.　マッカーシーの小説における語りのテクニックと倫理的な主題との関連を論じる。さまざまな「正義」や「倫理」のせめぎ合いがどのように語られ、読者の想像力に訴え、感情移入がもたらされるのか、を具体的に論じる。ベーシックでわかりやすい読みの実践で、マッカーシー批評の世界に入るのに適切な書。

Eagle, Chris, ed. *Philosophical Approaches to Cormac McCarthy: Beyond Reckoning*. New York: Routledge, 2017.　ヘラクレイトス、プラトン、ブランショ、ハイデガー、デリダ、フッサール、アドルノ、シェリング、カント、ヘーゲルなどの哲学とマッカーシー作品の交点を探るだけでなく、マッカーシー作品を哲学と文学の融合、文学による哲学の実践と捉える。存在論的脱人間中心主義、脱神話化・脱構築される自然、超越的価値を措定しない脱規範的倫理などに注目し、従来のマッカーシー作品の哲学的考察を継承、拡張する１３の論が並ぶ。

Ellis, Jay. *No Place for Home: Spatial Constraint and Character Flight in the Novels of Cormac McCarthy*. New York: Routledge, 2006.　さまざまな意味合い（物理的・精神的・家族的・社会的・歴史的など）での「空間」表象に着目し、さまざまな主題（家、身体、親子関係、境

Southern Quarterly 初出の論文が大半を占める。

—, eds. *Perspectives on Cormac McCarthy*. Jackson: UP of Mississippi, 1993; rev. ed. 1999. 『果樹園の守り手』から『平原の町』までを扱う論集。基本的にひとつの作品につきひとつの論文から成る、マッカーシー研究者にとっての基本図書。

Bell, James. *Cormac McCarthy's West: The Border Trilogy Annotations*. El Paso: Texas Western P, 2002. 「国境三部作」を読む際に参照したい注釈書。年表、登場人物と地名の一覧、関連地図、馬の品種や繁殖・狼猟・メキシコの地勢をはじめとする「平均的な読者」のための文化的・歴史的情報などを含む。

Bell, Vereen M. *The Achievement of Cormac McCarthy*. Baton Rouge: Louisiana State UP, 1988.　初のマッカーシー研究書。本格的なマッカーシー研究の開始を告げた画期的な研究書。『ブラッド・メリディアン』までの考察に限定されるが、そのニヒリズム的な読解が後発の研究をさまざまな意味で活性化した。

Bloom, Harold, ed. *Cormac McCarthy*. New ed. New York: Bloom's Literary Criticism, 2009.　編者のマッカーシー観が書かれた序論、他の単行本や雑誌論文からの選りすぐりの抜粋で構成されている。

—, ed. *Cormac McCarthy's* The Road. New York: Bloom's Literary Criticism, 2011.　高名な批評家による、名著入門シリーズの一冊。作品要約や分析、主題の紹介だけでなく、代表的な論文についての注釈を含む、『ザ・ロード』研究のための手引き。

Boguta-Marchel, Hanna. *The Evil, the Fated, the Biblical: The Latent Metaphysics of Cormac McCarthy*. New Castle: Cambridge Scholars, 2012.　マッカーシー作品に描かれた「悪」の諸相 について、分類し、考察する。マッカーシー作品において、「悪」は環境やシステムのなかに属するのではなく、個人に具現すると捉える。主要な登場人物の「悪」を、「善が欠如とした状態」としての悪と「傑出した性質と形状をもつ強大な力」としての悪に分類するなど、議論の単純化は否めないが、レヴィナス、ニーチェ、バタイユなどの理論を援用しつつ、この難題に果敢に挑んでいる。

Broncano, Manuel. *Religion in Cormac McCarthy's Fiction: Apocryphal Borderlands*. New York: Routledge, 2014.　二つの立場に分かれてきた、マッカーシー作品がはらむ宗教性をめぐる議論（宗教性を読みとる立場とそれを否定するニヒリズム的立場）を架橋する試み。聖書の言語やレトリックを援用した、アメリカ南西部のアポクリファ（聖書外

Tennessee at Knoxville, 1959.
"A Drowning Incident." *The Phoenix*. A Publication of the University of Tennessee at Knoxville, 1960.

インタヴュー

Woodward, Richard B. "Cormac McCarthy's Venomous Fiction." *The New York Times Magazine*, 19 April 1992: 28-31, 36, 40.
—. "Cormac Country." *Vanity Fair*, 1 August 2005: 98, 100, 103-04.
Kushner, David. "Cormac McCarthy's Apocalypse: The Acclaimed Author's Dark Vision—and the Scientists Who Inspire Him." *Rolling Stone*, 27 December 2008: 43, 46.
Jurgensen, John. "Hollywood's Favorite Cowboy." *Wall Street Journal*, 13 November 2009: W1.［再録］"Cormac McCarthy on *The Road*." *Times*, 14 November 2009: Saturday review sec., 1-2.

映像資料（日本版を優先）

『すべての美しい馬』監督ビリー・ボブ・ソーントン、ミラマックス、2000年、ソニー・ピクチャーズ・エンタテインメント、2002年。

『ノーカントリー』監督ジョエル・コーエン／イーサン・コーエン、ミラマックス、2007年、パラマウント・ジャパン、2008年。

『ザ・ロード』監督ジョン・ヒルコート、2929プロダクションズ、2009年、ハピネット、2010年。

『チャイルド・オブ・ゴッド』監督ジェイムズ・フランコ、ラビット・バンディーニ・プロダクションズ、2013年、トランスワールドアソシエイツ、2018年。

『悪の法則』監督リドリー・スコット、フォックス2000ピクチャーズ、2013年、20世紀フォックス・ホーム・エンターテイメント・ジャパン、2014年。

The Gardener's Son. Dir. Richard Pearce. Direct Cinema Limited, 2010.

The Sunset Limited. Dir. Tommy Lee John. HBO Studios, 2012.

二次資料

Arnold, Edwin T., and Dianne C. Luce, eds. *A Cormac McCarthy Companion: The Border Trilogy*. Jackson: UP of Mississippi, 2001. 「国境三部作」についての論集、基本図書。学術雑誌 *The*

主要文献リスト

第1次資料（刊行順）

小説・戯曲・映画脚本

The Orchard Keeper. New York: Random House, 1965.

Outer Dark. New York: Random House, 1968.

Child of God. New York: Random House, 1973.

Suttree. New York: Random House, 1979.

Blood Meridian, or, The Evening Redness in the West. New York: Random House, 1985.

All the Pretty Horses. New York: Alfred A. Knopf, 1992.

The Crossing. New York: Alfred A. Knopf, 1994.

The Stonemason: A Play in Five Acts. Hopewell: Ecco P, 1994.

The Gardener's Son: A Screenplay. Hopewell: Ecco P, 1996.

Cities of the Plain. New York: Alfred A. Knopf, 1998.

No Country for Old Men. New York: Alfred A. Knopf, 2005.

The Road. New York: Alfred A. Knopf, 2006.

The Sunset Limited: A Novel in Dramatic Form. New York: Vintage, 2006.

The Counsellor. London: Picador, 2013.

邦訳

『すべての美しい馬』黒原敏行訳、早川書房、2001年。

『血と暴力の国』黒原敏行訳、扶桑社、2007年。

『ザ・ロード』黒原敏行訳、早川書房、2008年。

『越境』黒原敏行訳、早川書房、2009年。

『ブラッド・メリディアン』黒原敏行訳、早川書房、2009年。

『平原の町』黒原敏行訳、早川書房、2010年。

『チャイルド・オブ・ゴッド』黒原敏行訳、早川書房、2013年。

『悪の法則』黒原敏行訳、早川書房、2013年。

大学時代の習作短編

"Wake for Susan." *The Phoenix*. A Publication of the University of

や

ら

わ

ま

な

は

た

さ

か

索引

あ

著者略歴

山口　和彦（やまぐち　かずひこ）

1971 年生まれ。上智大学卒業。同、大学院博士前期課程修了、ペンシルヴァニア州立大学大学院博士課程修了（Ph.D.）。現在、上智大学文学部英文学科准教授。
共編著に『アメリカ文学と映画』（2019 年、三修社）、『揺れ動く〈保守〉――現代アメリカ文学と社会』（2018 年、春風社）、『アメリカ文学入門』（2013 年、三修社）、『アメリカン・ロマンスの系譜形成』（2012 年、金星堂）、共著に『幻想と怪奇の英文学 II』（2016 年、春風社）、『交錯する映画――アニメ・映画・文学』（2013 年、ミネルヴァ書房）などがある。

監修者略歴

諏訪部浩一（すわべ こういち）

1970 年生まれ。上智大学卒業。東京大学大学院修士課程、ニューヨーク州立大学バッファロー校大学院博士課程修了（Ph.D.）。現在、東京大学大学院人文社会系研究科・文学部准教授。
著書に『A Faulkner Bibliography』（2004 年、Center Working Papers）、『ウィリアム・フォークナーの詩学――一九三〇-一九三六』（2008 年、松柏社、アメリカ学会清水博賞受賞）、『「マルタの鷹」講義』（2012 年、研究社、日本推理作家協会賞受賞）、『ノワール文学講義』（2014 年、研究社）、『アメリカ小説をさがして』（2017 年、松柏社）、『カート・ヴォネガット――トラウマの詩学』（2019 年、三修社）、編著書に『アメリカ文学入門』（2013 年、三修社）、訳書にウィリアム・フォークナー『八月の光』（2016 年、岩波文庫）など。

アメリカ文学との邂逅
コーマック・マッカーシー
錯綜する暴力と倫理

二〇二〇年三月三〇日　第一刷発行

著　者　山口和彦
監　修　諏訪部浩一
発行者　前田俊秀
発行所　株式会社　三修社
〒150-0001　東京都渋谷区神宮前二-二-二二
電　話　〇三-三四〇五-四五一一
FAX　〇三-三四〇五-四五二二
https://www.sanshusha.co.jp/
振替　〇〇一九〇-九-七二七五八
編集担当　永尾真理

印刷所　萩原印刷株式会社
製本所　加藤製本株式会社
装　幀　宗利淳一

ISBN978-4-384-05944-1 C3098